DONGSUH MYSTERY BOOKS 28

CALAMITY TOWN

재앙의 거리

엘러리 퀸/현재훈 옮김

동서문화사

옮긴이 현재훈(玄在勳)

고려대 철학과 졸업. 1959년 단편 《분노》가 〈사상계〉 신인상에 당선되어 문단에 나온 뒤 단편 《환》《여름밤의 법열》《기만자》 장편 《밤》《십자로》《대석가》를 발표. 옮긴책에 블레이크 《야수는 죽어야 한다》 등이 있다.

DONGSUH MYSTERY BOOKS 28

재앙의 거리

엘러리 퀸 지음/현재훈 옮김

1판 1쇄 발행/1977년 12월 1일

2판 1쇄 발행/2003년 1월 1일

2판 2쇄 발행/2010년 10월 1일

발행인 고정일/발행처 동서문화사

창업 1956. 12. 12. 등록 16-345(윤)

서울강남구신사동540-22 ☎546-0331~6 (FAX) 545-0331

www.epascal.co.kr

＊

편찬·필름·제작 일체 「동판」 자본으로 이루어짐에 따라 출판권 소유권자 「동판」에서 제조출판판매 세무일체를 전담합니다.

사업자등록번호 211-90-02201

ISBN 978-89-497-0109-7 04840

ISBN 978-89-497-0081-6 (세트)

재앙의 거리
차례

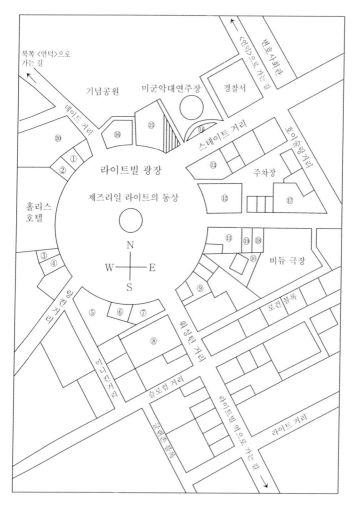

북쪽 〈언덕〉으로
가는 길

편안으로 가는 길

편흥사회관

경찰서

데이드 거리

기념공원

미군악대연주장

종이공방거리

⑳

⑯

⑮

⑭

스테이트 거리

라이트빌 광장

⑬

제즈리일 라이트의 동상

주차장

홀리스
호텔

⑫

⑰

③

④

⑪ ⑲ ⑱

N

⑩

비듀 극장

케로 링컨 거리

W — E

S

⑨

⑤ ⑥ ⑦

로건블록

웨스턴 거리

⑧

머니킨 거리

슬로컴 거리

라이트빌 역으로 가는 길

라이트 거리

① J.P. 심프슨 전당포   ⑧ 켈튼 호텔   ⑮ 시청·공회당
② 딘크 맥글린 고급 주류점   ⑨ 애팜 블록   ⑯ 라이트빌 내셔널 은행
③ 솔 가우디 양복점   ⑩ 라이트 옛 저택   ⑰ 5센트·10센트 균일 상점
④ 케첨 보험회사   ⑪ 라이트빌 레코드 신문사   ⑱ 아이스크림 팔러
⑤ 본턴 백화점   ⑫ US 우체국 빌딩   ⑲ 대여·잡화점
⑥ 약국   ⑬ 카네기 도서관   ⑳ 석탄 저장소
⑦ 뉴욕 백화점   ⑭ 전몰자 기념비

등장인물

존 F. 라이트 은행장

해미온(해미) 존의 아내

로라 존의 맏딸

노라 존의 둘째딸

패트리시아(패티) 존의 셋째딸

짐 하이트 노라의 남편

로즈메리 하이트 짐의 누이

에밀린 하이트 부부의 이웃 사람

프랭크 G 신문사 사장

윌로비 의사

엘리 마틴 판사며 변호사

로버타 로버츠 부인 통신원

카터 블랫포드 검사

라이샌더 뉴볼트 재판장

디킨 서장

블레이디 순경

엘러리 퀸 범죄 연구가

제1부

1 엘러리 퀸의 아메리카 발견

라이트빌 역 플랫폼에서 엘러리 퀸은 짐더미에 무릎까지 파묻힌 채 서서 생각했다. 마치 제독이라도 된 듯한 기분이 드는군, 콜럼버스 제독 말이야. 역은 검붉은 벽돌로 지은 건물이었다. 역 건물의 차양 밑에 놓여 있는 녹슨 손수레에 낡아 빠진 푸른 작업복을 입은 어린 두 남자아이가 나란히 앉아서 똑같이 리듬에 맞추어 껌을 씹고 다리를 흔들거리며 멍하니 그를 바라보고 있었다. 역 주위 자갈 위에는 말똥이 군데군데 떨어져 있다. 철로 한쪽편에는 조그만 목조 2층 집들과 장난감 상자처럼 초라하고 작은 가게들이 옹기종기 모여 있다. 아마 이쪽편이 거리인 모양이다. 왜냐하면 네모진 포석이 깔린 가파른 언덕길로 되어 있는 거리 저쪽에는 조금 더 높은 건물들이 서 있고, 그쪽을 향해 달려가는 버스의 듬직한 등이 보였기 때문이다. 역의 다른 한쪽에는 차고가 하나, '필 식당'이라는 간판이 붙은 폐물 전차가 하나, 그리고 네온사인이 붙은 대장간이 하나 있을 뿐, 그 다음은 온통 드넓고 상쾌한 초록빛이었다.

역시 시골은 좋다고 퀸은 중얼거렸다. 초록과 노랑, 밀짚 색, 푸른 하늘, 흰 구름——여지껏 본 일도 없는 푸르름과 새하양이었다. 도시와 시골——이러한 것들이 이 라이트빌 역에서 서로 맞부딪쳐, 대지의 깜짝 놀라고 있는 얼굴에다 20세기를 철썩 갖다붙인 것이다.

"맞아, 이것이었어, 이제 겨우 찾았군. 여보시오, 짐꾼!"

홀리스 호텔도, 애팜 하우스도, 켈튼 여관도 접수계에 나타난 이 외국 사람에게 방이 하나도 없다면서 사절했다. 호경기가 퀸보다 한 발 먼저 와서 라이트빌에 달려 들었던 것이다. 홀리스 호텔에 겨우 방 하나가 비어 있었는데, 그것마저도 온몸에 '군수 산업'이라고 써붙이기라도 한 듯한 뚱뚱보 신사에게 눈 앞에서 빼앗기고 말았다. 그래도 엘러리 퀸은 낙심하지 않고 홀리스 호텔의 프런트에 짐을 맡기고 식당에서 천천히 점심을 들며 라이트빌 레코드 신문을 읽었다. 편집인 겸 발행인은 프랭크 로이드였다. 그는 신문에 실린 이 지방 유명 인사인 듯한 사람의 이름을 될 수 있는 대로 많이 왼 다음 로비의 담배 가게에 있는 마크 도우들의 아들 글로버로부터 펠멜 두 갑과 라이트빌 거리의 지도를 사 가지고 햇빛이 쨍쨍 내리쬐는 붉은 돌이 깔린 광장으로 나갔다.

광장 중앙에 있는 말에게 물을 먹이는 곳에 서서 퀸은 이 거리의 창립자인 라이트의 동상을 올려다보았다. 창립자 라이트의 동상은 본디 청동으로 만들었으나 지금은 이끼가 긴 듯한 빛깔로 변했고, 그 받침돌로 되어 있는 물 먹이는 곳은 이미 몇 년째 쓰지 않은 듯했다. 창립자의 양키다운 코 위에는 새똥이 말라붙어 있고, 명판(銘板)에 제즈리일 라이트는 1701년에 인디언이 버리고 간 고장을 경작하여 농장으로 만들어 차츰 번영시켜서 라이트빌을 건설했다고 적혀 있었다. 광장 건너편에서는 라이트빌 내셔널 은행의 '총재 존 F 라이트'라는 글씨가 씌어진 품위있는 창문이 미소를 던지고 있었다. 엘러리 퀸도 마주 미소지어 보였다. 오오, 개척자 여러분!

그 다음에 그는 둥근 모양의 광장을 한 바퀴 둘러보았다. 솔 가우디 양복점, 본턴 백화점, 던크 맥글린 고급 주류 판매점, 그리고 윌리엄 케첨 보험회사 등을 들여다보았고, JP 심프슨 전당포 위에 걸어놓은 세 개의 금빛 공이며, 마일론 가백 약국의 쇼윈도에 화분처럼 진열된 초록색과 빨간 색 약병들을 보고 다녔다. 광장에서 보았더니 큰길이 수레바퀴 살처럼 방사선으로 뻗어 있었다. 하나는 넓고 큰 거리로 붉은 벽돌의 시청 건물, 카네기 도서관, 그리고 공원 어귀와 높은 나뭇가지가 보였으며, 그 너머로 저 멀리 서 있는 하얀 건물은 공공 사업 촉진국인 듯했다. 또 하나의 수레바퀴살에 해당하는 거리에는 상점이 즐비하게 서 있어, 평상복 차림의 부인들이며 작업복 차림의 남자들이 북적거리고 있었다. 지도를 보았더니 그곳이 '번화가'였으므로, 퀸은 그쪽으로 걸어갔다. 이 거리에 레코드 신문사가 있었다. 들여다보았더니 피니 베이커 노인이 조간을 찍고 난 커다란 인쇄기를 열심히 닦고 있는 중이었다. 그는 번화가 이곳저곳을 돌아다니면서 '5센트, 10센트 균일 상점'의 북새통에 끼어들기도 했고, 새로 지은 우편국 앞을 지나 비듀 극장을 거쳐서 JC 페티글 부동산 사무실 앞으로 갔다가 앨 브라운 아이스크림 팔러에 들어가 뉴욕 칼리지 아이스크림을 먹으며, 구릿빛으로 그을린 고등학생처럼 보이는 소년과 볼이 발그레한 소녀들의 재잘거림을 듣기도 했다. 오른쪽에서도 왼쪽에서도 토요일 밤의 데이트에 대한 의논을 하고 있다. 3마일쯤 떨어진 라이트빌 중계역 가까이 숲이 있고, 그곳에 댄스홀이 자리잡은 모양이었다.

"입장료는 한 사람에 1달러인데, 마지, 너의 엄마를 주차장에 오시지 못하게 해야 해. 2주일 전처럼 붙잡혀서 네가 또 엉엉 울면 큰일이니까!"

엘러리 퀸은 촉촉한 푸른 잎과 인동덩굴의 내음을 한껏 마시며 느긋한 기분으로 이 거리 저 거리를 돌아다녔다. 카네기 도서관의 현관에 놓인 박제 독수리도 나쁘지 않았고, '책을 들고 나가면 안 됩니다'라고나 하듯 그를 흘끗 쳐다보는 주임 사서 에이킨 양에게조차 호감이 갔다. 그는 상점 거리의 꾸불꾸불한 길이 마음에 들었다. 그리고 시드니 고티 잡화상에 들어가 커피며 고무신이며 식초며 치즈며 석유의 냄새를 맡아 보고 싶어 그 핑계로 씹는 담배 올드 마리나 한 갑을 샀다. 다시 문을 열게 된 라이트빌 기계 공장도 좋았고, '세계 대전 전몰자 기념비' 저쪽의 방적 공장도 좋았다. 시드니 고티의 말에 의하면 이것은 처음에 방적 공장이었으나 얼마 뒤에 문을 닫았다가 구두 공장으로 바뀌었는데, 다시금 빈집이 되고 말았다는 것이었다. 잘 보니 군데군데 창문 가장자리에 오톨도톨한 구멍이 뚫려 있었다. 이것은 데이드 거리에 있는 학교——세인트 존즈 교수의 학교라고 하는데——에 다니는 번화가에 사는 아이들이 여름에는 돌을 던지고 겨울에는 눈덩이를 던져서 그렇게 되었다는 것이었다. 그러나 지금은 특별 경비원이 허리에 길다란 총을 차고 무서운 얼굴로 공장 안을 돌보고 있기 때문에 아이들도 그저 "와아" 하고 고함을 지를 뿐이며, 그곳에서 세 채 가량 떨어진 곳에 호이슬링 거리의 길모퉁이에 가까운 뮬러 사료 가게를 공격 목표로 삼고 있다고 시드니 고티는 말했다. 그리고 모직물 공장에도 생각지 않았던 구원의 손길이 뻗쳤다. 군수품이었다.

"굉장한 호경기랍니다. 그러니 방이 없는 것도 당연하지요, 우리 집만 하더라도 베티와 단둘이 살고 있었는데, 세인트 폴에서 오신 아저씨와 피츠버그의 사촌이 밀고 들어와서 식구가 갑절로 늘어났답니다!"

어쨌든 퀸은 이 거리가 하나에서 열까지 마음에 들었다. 시청 뾰죽

탑의 큰 시계를 올려다보았더니 2시 30분이었다. 방이 없다고? 그는 다시 빠른 걸음으로 큰 거리로 돌아가 곧장 'JC 페티글 부동산 사무실'이라고 씌어진 가게에 들어갔다.

2 재앙의 집

엘러리 퀸이 들어가자 JC는 책상 위에 사이즈 12의 구두를 신은 발을 얹어 놓고서 졸고 있었다. 주일마다 애팜 하우스에서 열리는 상공회의소 주최의 오찬회를 마치고 돌아온 참이어서 그의 뱃속은 마담 애팜의 치킨 프라이로 가득차 있었던 것이다. 퀸은 그를 깨웠다.

"나는 스미드라는 사람인데, 지금 막 라이트빌에 도착했습니다. 월세로 빌려 줄 가구딸린 조그만 집이 없을까요?"

"어서 오십시오, 스미드 씨" 하며 JC는 개버딘 사무복에 팔을 끼웠다. "더우시죠! 가구 딸린 셋집이라고요? 당신은 다른 지방에서 오신 분이시군요. 라이트빌에 가구 딸린 셋집이란 없답니다, 스미드 씨."

"그럼, 가구 딸린 아파아트는――"

"역시 마찬가지지요" 하고 말하며 JC는 하품을 했다. "이거 참, 실례했습니다. 너무 더워서요."

"정말 덥군요."

페티글은 회전의자에 기대며 상아 이쑤시개를 꺼내어 잇새에 낀 닭고기 찌꺼기를 파내어 그것을 찬찬히 들여다보았다.

"요즈음은 모두 집 때문에 곤란을 겪고 있답니다. 깔대기 속으로 밀알을 쏟아넣듯이 사람들이 이 거리로 밀려들어오거든요. 모두 기계 공장에서 일하기 위해서지요. 잠깐만 기다리십시오." 퀸은 기다렸다.

"옳지, 그 집이 있군!" JC는 이쑤시개 끝에서 닭의 찌꺼기를 떼냈다. "스미드 씨, 당신은 미신을 믿으십니까?"

엘러리 퀸은 놀랐다.

"미신 따위는 믿지 않는데요."

"그러시다면" 하고 JC는 밝은 표정을 짓다가 갑자기 우물거렸다.

"그런데 하시는 일은 무엇인지요. 아무래도 상관은 없습니다만——"

엘러리는 머뭇거렸다.

"나는 작가입니다."

부동산 소개업자는 벌어진 입이 다물어지지 않는 듯했다.

"그럼, 소설을 쓰십니까?"

"그렇다고 할 수 있지요, 페티글 씨. 책이니, 뭐 그런 것을 쓰니까요."

"이거 참, 당신 같은 분을 알게 되어 매우 영광입니다, 스미드 씨. 스미드라…… 이상한데" 하고 JC는 말했다. "나는 책을 꽤 많이 읽은 편입니다만, 그런 성을 가진 작가는 생각나지 않는데요. 이름은 뭐라고 하십니까, 스미드 씨!"

"말씀드리지 않았군요. 엘러리입니다. 엘러리 스미드."

"엘러리 스미드라." JC는 생각에 잠겼다.

퀸은 빙그레 웃었다.

"나는 필명으로 쓰고 있지요."

"아아, 네! 뭐라는……?" 하고 말하다가 스미드가 그저 웃고 있을 뿐이므로 페티글은 턱을 어루만지며 말했다.

"물론 보증인은 있으시겠지요?"

"집세를 석 달치 먼저 내면 이 라이트빌에서 신용해 주지 않을까요, 페티글 씨?"

"그러시다면 좋습니다. 그럼, 스미드 씨, 함께 가십시다. 당신에게 꼭 알맞은 집이 있습니다."

JC는 싱글벙글하며 말했다.

엘러리는 JC의 연초록 쿠페 자동차에 실려 가며 물었다.

"나더러 미신을 믿느냐고 물은 이유는 뭡니까? 그 집에서 도깨비라도 나온단 말인가요?"

"아니오……. 그런 것은 아닙니다. 그러나 그 집에 대해서 조금 이상한 이야기가 나돌고 있어서——당신 소설의 재료가 될는지도 모르겠군요. 안 그렇습니까?"

스미드는 고개를 끄덕였다. 그럴는지도 모르는 일이다.

"그 집은 '언덕'의 존 F 씨 저택 바로 옆에 있습니다. 즉 라이트빌 내셔널 은행의 총재 존 F 라이트 씨의 집이지요. 그 집은 이 거리에서 가장 오래된 집입니다. 그런데 말입니다, 3년 전에 존 F의 세 딸 가운데 둘째딸인 노라가 짐 하이트와 약혼을 했지요. 짐은 존 F 은행의 출납계 주임이었습니다. 그 사람은 이 고장 사람이 아니고 2년쯤 전에 훌륭한 보증인의 소개로 뉴욕에서 라이트빌로 온 사람이었습니다. 출납계 조수로부터 시작했는데, 아주 일을 잘했답니다. 짐은 착실한 남자여서 좋지 않은 패들과는 절대로 사귀지 않았고, 도서관에만 다니며 유흥 같은 것은 거의 거들떠 보지도 않았던 모양입니다. 가끔 루이 커언의 비듀 극장에 가서 영화를 보거나, 음악회가 열리는 밤 같은 때에는 음악당 부근에서 다른 친구들과 함께 어울려 팝콘을 먹으며 지나가는 처녀들을 이따금 놀려 주는 정도였겠지요. 열심히 일했고 의욕도 대단했으며, 무엇보다도 짐은 독립심이 강했어요. 짐처럼 혼자 힘으로 꿋꿋이 살아가는 사람도 그리 흔치 않을 겁니다. 모두 그에게 호감을 가졌었지요" 하고 말하며 페티글은 한숨을 쉬었다. 그처럼 앞길이 훤한 이야기를 하며 어째서 그가 실망한 듯한 한숨을 쉬는지 엘러리는 알 수 없다고 생각했다.

"그러다가 노라 라이트 양이 누구보다도 그를 좋아하게 되었다는 말인가요 ? ”

엘러리는 이야기를 재촉했다.

“그렇습니다. 그에게 열을 올렸지요. 짐이 오기 전에는, 노라는 어느 쪽이냐 하면 별로 눈에 띄지 않는 편이었습니다. 안경을 껴야 했으며, 그 때문에 자기는 남자들에게 매력을 주지 못하는 여자라고 생각했던 모양이지요. 왜냐하면 로라와 패티는 남자친구들과 놀러 다니는데, 노라는 늘 집에만 틀어박혀 있었으니까요. 책을 읽거나 바느질을 하거나 어머니가 하는 사회 사업을 도왔지요. 그런데 짐이 나타나자 그녀는 완전히 달라지고 말았습니다. 짐은 안경 따위로 움찔할 남자는 아니었지요. 노라는 미인입니다. 짐이 그녀에게 열을 올리기 시작하자 그녀는 달라지기 시작했습니다……. 정말 완전히 달라지더군요 ! ” 하고 말하며 JC는 얼굴을 찌푸렸다. “내가 너무 말을 많이 하는 것 같군요. 당신도 짐작은 하실 수 있을 겁니다. 짐과 노라가 약혼하자 사람들은 참으로 어울리는 한 쌍이라고 서로 이야기했지요. 더구나 존의 맏딸 로라의 일이 있은 뒤였으니까요. ”

엘러리는 재빠르게 물었다.

“그건 또 무슨 일입니까, 페티글 씨 ? ”

JC는 핸들을 돌려 넓은 시골길로 자동차를 접어들게 했다. 여기까지 오자 번화가에서 꽤 멀리 떨어졌으므로 주위는 전원의 싱싱한 초록빛으로 가득차 있었다.

부동산 소개업자는 작은 목소리로 말했다.

“로라에 대해서는 아직 말씀을 안 드렸지요 ? 그것이 말입니다……. 로라는 집에서 몰래 달아났었답니다. 지방 순회 공연차 이 고장에 왔던 작은 극단의 배우와 달아났지요. 얼마 뒤에 그녀는 라이트빌로 다시 돌아왔지만요. 이혼을 당하고 말입니다. ”

JC는 여기까지 말하고는 입을 꼭 다물고 말았다. 퀸도 그 이상 더 로라 라이트에 대해 물어 본들 소용없을 것 같아 체념했다. 그러나 JC는 한참 있다가 다시 이야기를 계속했다.

"그건 그렇고, 존과 해미온 부부는 짐과 노라의 결혼 선물로 집을 지어 주기로 결정했습니다. 존은 자기 저택 대지의 한쪽을 떼어서 거기다 지어 주었습니다. 안채 바로 옆이지요. 해미온이 노라를 될 수 있는 대로 가까이 두고 싶어했기 때문이었습니다……. 딸 하나 가 집을 나가 버렸으니 무리도 아니지요."

"로라 말씀이로군요" 하고 퀸은 고개를 끄덕였다. "지금 그 딸이 나중에 이혼하고 돌아왔다고 했는데, 그렇다면 로라는 그때 이미 부 모와 함께 살고 있지 않았단 말입니까?"

"살지 않았지요. 그래서 존은 짐과 노라를 위해 바로 옆에다 예쁘 고 아담한, 방이 여섯 개 있는 집을 지어 주었던 것입니다. 해미온이 정성을 다해서 융단이며 가구며 벽걸이며 식탁보며 은식기 등을 갖추 어 빈틈없이 챙겨 놓았는데, 갑자기 그런 일이 생기고 말았습니다" 하고 JC는 말했다.

"그것이 말입니다, 스미드 씨, 아무도 그 까닭을 모릅니다" 하고 부동산 소개업자는 주춤주춤 말했다. "노라 라이트와 짐 하이트 말고 는 아무도 모른답니다. 모든 준비가 빈틈없이 갖추어진, 바로 결혼식 전날 짐 하이트가 갑자기 이 거리에서 없어졌습니다! 거짓말이 아니 에요. 달아났단 말입니다. 그것이 3년 전의 일인데, 그는 아직도 돌 아오지 않고 있습니다."

그들을 태운 자동차는 크게 휘어진 언덕길로 접어들고 있었다. 드 넓은 잔디밭 저쪽에 위풍당당한 낡은 저택이 나타나고, 느릅나무, 단 풍나무, 노송나무, 수양버들 따위의, 집보다 키가 큰 거목들이 보이 기 시작했다. 페티글은 그 '언덕'의 고갯길을 보고 눈썹을 모았다.

"그 다음날 아침, 존 F는 은행의 그의 책상 위에 사직서가 놓여 있는 것을 발견했는데, 짐이 어째서 달아났는지는 한 마디도 씌어 있지 않았답니다. 더구나 노라마저 한 마디의 말도 하지 않았다는군요. 그녀는 자기 침실에 틀어박힌 채 아버지와 어머니 동생 패티가 가도, 그리고 사실상 이 세 딸을 길러 낸 늙은 하녀 루디가 달래도 막무가내로 나오지 않는 것이었습니다. 노라는 자기 방에서 혼자 울고만 있었지요. 내딸 카멜이 패티 라이트와 아주 친한 사이여서 패티가 카멜에게 모두 이야기하더랍니다. 그날은 패티도 무척 울었지요. 아마 모두 다 울었을 겁니다."

"그래서 그 집은?"

엘러리는 입속으로 중얼거렸다.

JC는 자동차를 길 옆에 세워 놓고 엔진을 껐다.

"결혼식은 취소되고 말았습니다. 우리는 연인들끼리 몹시 다투어서 그럴 것이며, 이제 곧 짐이 어슬렁어슬렁 나타나겠지 생각했으나, 그는 끝내 나타나지 않았습니다. 그 두 사람의 사이가 벌어지다니, 어지간히 큰일이 있었음에 틀림없습니다!" 부동산 소개업자는 머리를 저었다. "어쨌든 새 집은 완성되었는데, 그 안에서 살 사람이 없었습니다. 해미온에게는 크나큰 충격이었을 겁니다. 해미온은 노라가 짐을 버렸다고 발표했지만, 세상 사람들이 이러니 저러니 말이 많았습니다. 그리고 마침내……."

여기서 페티글은 입을 다물었다.

"그리고?"

엘러리가 재촉했다.

"마침내 사람들은 노라가 미쳤다고 소문을 퍼뜨리기 시작했습니다. 그래서 그 방이 여섯 개 있는 작은 집은 재수가 없다는 말을 듣게 되었지요."

"재수가 없다……."

JC는 빙긋이 웃었다.

"세상 사람들이란 공연히 말을 많이 하는 법이지요. 그 집 때문에 짐과 노라의 인연이 끊어졌다고 하니 말입니다! 노라는 아무렇지도 않습니다. 다시 말해서 미치지 않았단 말입니다. 미치다니요!" JC는 화가 난다는 듯이 말했다. "그런데 그뿐이 아닙니다. 짐이 돌아오지 않자 존 F는 딸을 위해 지은 그 집을 내놓았습니다. 얼마 뒤에 사겠다는 사람이 나타났지요. 마틴 판사의 부인 클래리스 여사의 친척으로, 헌터라는 사람이었습니다. 따로 나와 보스턴에서 살고 있었지요. 그 거래는 제가 다루었습니다."

JC는 목소리를 낮추었다.

"스미드 씨, 이것은 실제로 있었던 일입니다. 매매 계약서에 서명하기 전에 마지막으로 한 번 보겠다고 해서 나는 헌터 씨를 그 집으로 안내했습니다. 그리고 우리는 거실 안을 돌아보고 있었지요. 헌터 씨가 '저기에 소파를 놓는 것은 아무래도 좋을 것 같지 않군' 하고 말하다가 갑자기 무엇에 질린 사람처럼 자기 가슴을 움켜쥐며 내 앞으로 쓰러지는 것이었습니다! 그는 그 자리에서 죽고 말았지요! 나는 일주일쯤 잠도 잘 수 없을 지경이었답니다." 그는 이마의 땀을 닦았다. "윌로비 선생은 심장마비라고 하더군요. 그러나 세상 사람들은 그렇게 말하지 않습니다. 그 집 때문이라는 거지요. 처음에는 짐이 달아났고, 그 다음에는 그 집을 사려던 사람이 갑자기 죽었으니 말입니다. 더욱 나쁜 것은, 프랭크 로이드가 경영하는 레코드 신문사의 시건방진 풋내기 기자가 헌터의 죽음에 대한 기사를 썼는데, 그 기사 속에서 그 집을 '재앙의 집'이라고 일컬었던 것입니다. 프랭크는 그 기자를 당장에 해고했지요. 프랭크는 라이트 집안 사람들과 가까이 지내고 있었거든요."

"어처구니없는 이야기로군!"라고 말하며 퀸은 웃었다.

"그렇긴 해도 역시 아무도 그 집을 사려고 하지 않습니다" 하고 JC는 중얼거렸다. "그래서 존은 세를 놓기로 했지요, 하지만 빌리겠다는 사람조차 없습니다. 불길하다는 거지요, 그래도 당신은 빌리시겠습니까, 스미드 씨?"

"물론 빌리고말고요." 퀸은 쾌활하게 말했다. 그러자 JC는 다시 자동차를 몰기 시작했다. "운이 나쁜 가족이군요, 딸 하나는 남자와 달아나고, 또 한 딸은 애인에게 배신당했으니 말입니다. 막내딸은 괜찮습니까?" 하고 엘러리는 말했다.

"패티 말입니까? 미인인데다 영리한 점에 있어서는 이 거리에서 우리 딸 카멜 다음 갈 겁니다! 패티 라이트는 카터 블랫포드와 정식 연인 사이로 되어 가고 있습니다. 카터는 이번에 새로 임명된 우리 군의 검사지요……. 자, 다 왔습니다!"

부동산 소개업자는 자동차를 큰길에서 외진 언덕 중턱에 자리잡고 있는 식민지 시대풍 저택의 드라이브 길로 돌렸다. 거기에는 엘러리가 아까 멀찍이 보았던 가장 큰 집이 있었고, 나무들도 그 어느 곳의 나무보다 키가 컸다. 그 커다란 집 바로 옆에 하얀 칠을 한 작은 목조 건물이 있는데, 창문마다 덧문이 닫혀 있었다.

엘러리 퀸은 라이트 저택의 넓은 포치에 자동차가 닿을 때까지, 이제부터 그가 빌리고자 하는 아무도 살지 않는 작은 집을 찬찬히 보고 있었다. JC가 초인종을 누르자 언제나처럼 풀이 빳빳한 앞치마를 두른 늙은 하녀 루디가 정면의 문을 열고 "무슨 일로 오셨습니까?" 하고 물었다.

3 유명한 작가, 라이트빌에 살다
"주인님께 당신이 오셨다고 말씀드리겠습니다."

루디는 쌀쌀하게 말하고는 앞치마를 네덜란드 사람의 모자처럼 양

옆으로 뻗치게 하며 안으로 들어갔다.

"루디는 우리가 재앙의 집을 빌리러 온 것을 알아차린 모양입니다"라고 말하며 페티글은 웃었다.

퀸이 말했다. "저 여자는 어째서 나를 마치 나치의 지방장관이라도 보는 듯한 눈초리로 볼까요?"

"루디는 존 F 라이트 같은 훌륭한 사람이 집을 빌려 준다는 것은 체면에 관한 문제라고 생각하나 봅니다. 루디와 해미온 두 사람 중 누가 더 이 가문을 자랑스럽게 생각하는지 알 수 없을 때가 있답니다!"

엘러리 퀸은 집 안을 두리번거리며 보았다. 훌륭하게 꾸며져 있다. 매우 값져 보이는 마호가니 가구가 몇 개 놓여 있고, 이탈리아 대리석으로 만든 멋진 벽난로가 있다. 그리고 벽에 걸려 있는 그림 가운데 적어도 두 점은 상당히 훌륭한 작품이었다. 그가 흥미를 느끼고 있음을 JC는 알아차린 모양이었다.

"저 그림들은 모두 해미온이 골라서 사들인 것입니다. 해미온은 그림을 꽤 볼 줄 알지요. 저기, 나오십니다. 존 씨도 함께 나오시는군요."

엘러리는 일어섰다. 그는 몸집이 크고 엄격한 표정의 여자가 나타나리라고 생각했었는데, 그렇지 않았다. 해미온은 늘 이렇게 처음 찾아온 사람을 당황하게 만들었다. 그녀는 아주 몸집이 작고 모성적인 상냥한 부인이었다. 존 팔러 라이트는 컨트리 클럽의 회원답게 햇볕에 그을린 얼굴의 날씬하고 키가 작은 남자였다. 엘러리는 첫눈에 그가 마음에 들었다. 그는 손에 우표 앨범을 소중한 물건인 양 들고 있었다.

"존 씨, 이분은 엘러리 스미드 씨입니다. 가구 딸린 셋집을 찾고 계시답니다. 스미드 씨, 이쪽은 라이트 씨이고 또 이쪽은 라이트 부인입니다"라고 말했다. 해미온은 한껏 팔을 내밀며 "스미드 씨, 참으로 잘 오셨습니다" 하고 말했으나 엘러리는 그녀의 아름다운 파란 눈 속에서 얼음 같은 차가움이 번쩍이는 것을 보고, '여기에도 남성보다 여성이 무서운 실례가 또 하나 있구나' 하고 생각했다. 그래서 그는 될 수 있는 대로 그녀에게 공손하게 대했다. 그러자 해미온은 조금 부드러워지며 날씬한 손으로 윤기있는 백발을 살그머니 어루만졌는데, 이것은 그녀가 만족했거나 들떴을 때, 아니면 그 양쪽일 때에 하는 버릇이었다.

"그래서 저는 곧 이 댁 옆에 지으신 작은 별채 생각이 났던 것입니다, 존 씨."

"세 놓으시는 것을 저는 찬성할 수 없어요, 존" 하고 해미온은 매우 쌀쌀하게 말했다. "페티글 씨, 어쩌면——"

"스미드 씨가 어떤 분인지 아시면 그럴 수 없으실 텐데요" 하고 JC는 재빠르게 말했다.

해미온은 놀라는 것 같았다. 벽난로 옆의 안락의자에 앉아 있던 존 F가 몸을 앞으로 내밀었다.

해미온이 물었다. "어머나! 어떤 분이신데요?"

JC는 말했다. "이분은 유명한 작가 엘러리 스미드 씨입니다."

"유명한 작가시라고요! 실례했습니다. 제가 너무 경솔했군요! 루디, 이 탁자로 가지고 와요!"

해미온은 빠른 어조로 말했다.

루디는 포도 주스와 레모네이드 펀치와 얼음이 담긴 커다란 물병과 아름다운 크리스털 유리잔이 네 개 얹힌 쟁반을 내려놓았다.

"그 집은 아마 마음에 드실 거예요, 스미드 씨. 조그만 꿈의 집이지요, 제가 직접 이것저것 꾸몄답니다. 강연도 하시겠지요? 우리 부인 클럽에서는——"

"이 고장은 골프치기에도 아주 좋답니다. 스미드 씨, 집은 얼마 동안이나 빌리시겠습니까?" 하고 존 F가 말했다.

"스미드 씨는 라이트빌이 마음에 드셔서 아마 오랫동안 머무실 거예요. 스미드 씨, 루디의 솜씨를 좀 맛보지 않으시겠어요?"

해미온이 가로막았다.

"문제는 라이트빌의 눈부신 발전이지요." 존 F는 얼굴을 찌푸리며 말했다. "아마 얼마 안 가서 그 집이 팔릴 텐데……."

"그 점은 간단합니다, 존 씨! 임대 계약서에 매매가 이루어졌을 경우 스미드 씨에게 적당한 예고 기간을 드리고 집을 비우도록 기입해 놓으면……" 하고 JC가 말했다.

"자, 일을 시작해 볼까요, 일을 말이에요." 해미온이 쾌활하게 말했다. "스미드 씨는 집이 보고 싶으실 거예요. 페티글 씨, 당신은 여기서 존과 우표 수집 이야기나 하고 계세요. 그럼, 스미드 씨, 가실까요?"

해미온은 큰 집에서 작은 집까지 가는 동안 내내 엘러리의 팔을 붙잡고 놓지 않았다. 만일 놓았다가는 그가 달아날지도 모른다고 걱정하고 있는 듯한 모습이었다.

"가구에 먼지가 앉지 않도록 지금은 덮개를 씌워 놓았습니다만, 정말 아름다운 가구들이랍니다. 아메리카 초기의 단풍나무로 만든 것인데, 아직 새것이지요. 한 번 보세요, 스미드 씨."

해미온은 엘러리를 아래층서 위층으로 끌고 다니며 지하실과 지붕밑 방까지도 빠짐없이 보여 주었다. 이층의 사라사 천으로 도배한 큰 침실, 아래층 거실의 단풍나무로 만든 가구, 미술품이 걸려 있는 벽장식, 황마포 융단, 절반쯤 책이 꽂혀 있는 책장 등의 아름다움을 장황하게 설명했다……

"과연 훌륭한 것들입니다, 라이트 부인."

엘러리는 적당하게 받아넘겼다.

"가정부도 구하셔야지요" 하고 해미온은 기쁜 듯이 말했다. "어머나! 서재는 어디로 할까요? 이층의 두 번째 침실을 손질하면 서재로 바꿀 수 있어요, 글을 쓰시려면 아무래도 서재가 있어야지요. 스미드 씨." 스미드는 적당히 해 나갈 수 있다고 말했다. "그럼, 이 작은 집이 마음에 드셨단 말씀이지요? 다행이에요!" 그리고 나서 해미온은 갑자기 목소리를 낮추었다. "라이트빌에는 물론 비밀리에 오신 거겠지요?"

"그렇게 말씀하시면 제가 굉장한 사람인 것 같습니다. 라이트 부인 ……."

"그럼, 아주 친한 친구 말고는 아무에게도 당신이 누구라는 걸 말하지 않겠어요, 어떤 것을 쓰실 작정이세요, 스미드 씨?"

해미온은 신이 나는 듯 웃었다.

"소설입니다. 어느 지방의 작은 거리를 무대로 한 특수한 소설입니다, 라이트 부인" 하고 엘러리는 슬쩍 말했다.

"그럼, 당신은 지방색을 파악하기 위해 오셨군요! 안성맞춤이에요, 우리들의 이 라이트빌을 선택하시기를 정말 잘하셨어요! 제 딸 패티도 소개해 드리지요, 스미드 씨. 그애는 영리한 아이랍니다. 당신이 라이트빌에 대해 뭔가 알아보고 싶으실 때 그애가 틀림없이 도움이 될 거예요."

그로부터 2시간 뒤에 엘러리 퀸은 임대 계약서에 '엘러리 스미드'라는 이름으로 서명하고, '언덕' 460번지의 주택을 1940년 8월 6일부터 6개월 동안 가구째 빌리기로 했다. 집세는 한 달에 75달러로 3개월분을 선불하며, 이 집이 팔릴 경우에는 집주인이 1개월 전에 계약 해제를 통고하도록 했다.

"실은 말입니다, 스미드 씨, 아까 그 집에서 나는 잠깐 동안 숨이 막힐 듯했답니다" 하고 JC는 두 사람이 라이트 저택에서 나왔을 때 털어놓았다.

"언제 그랬지요?"

"당신이 존 F의 만년필을 빌려 그 임대 계약서에 서명하실 때였습니다."

"숨이 막히다니요? 어째서지요?"

엘러리는 이상하다는 듯이 눈살을 찌푸렸다.

JC는 껄껄 웃으며 말했다.

"나는 그 가엾은 헌터가 그 집에서 죽었을 때의 광경이 생각났습니다. 재앙의 집이라니, 너무들 했지요! 당신은 이렇게 멀쩡하게 살아 계시는데 말입니다."

그는 또 웃으며 자동차를 타고 홀리스 호텔에 맡겨 둔 엘러리의 짐을 가지러 갔다……. 이리하여 엘러리는 왠지 불안한 기분을 안고 라이트 저택의 드라이브 길에 혼자 서 있었다.

새로운 거처로 돌아온 엘러리는 어쩐지 등골이 오싹했다. 이리하여 라이트 부인의 손에서 해방된 엘러리는 어째서인지 이 집에 무언가가 있는 듯한 느낌이 들기 시작했다. 무언가가 있다. 뭐라 말할 수 없는, 우주같이 종잡을 수 없는 공허함이었다. 엘러리는 언뜻 '비인간적'이라는 말이 떠올랐으나, 그 순간 섬칫하여 고쳐 생각했다. 재앙의 집이라니! 마치 라이트빌을 재앙의 거리라고 하는 것과 마찬가지로 어처구니없는 말이 아닌가! 그는 윗옷을 벗고 셔츠 소매를 걷어올린 다음 집 안을 치우기 시작했다.

"스미드 씨, 무엇을 하시는 거예요!" 하고 깜짝 놀라는 듯한 목소리가 났으므로, 엘러리는 나쁜 짓을 하다 들킨 사람처럼 벗기고 있던 덮개를 도로 놓았다. 그러자 해미온 라이트가 뛰어들어왔다. 그녀의 두 뺨은 붉게 물들었고, 하얀 머리카락은 흐트러져 있었다. "그런 일을 하시면 안 됩니다. 엘버터, 어서 이리 와요. 스미드 씨가 너를 잡아먹지는 않을 테니까."

아마존 같이 큰 여자가 주춤거리며 들어왔다.

"스미드 씨, 엘버터 매너스커스예요. 차차 마음에 드실 겁니다. 엘버터, 거기 그렇게 멍청히 서 있지 말고 어서 2층으로 올라가서 일을 시작해야지!"

엘버터는 달아났다. 엘러리가 입 속으로 감사의 뜻을 말하고 의자에 앉자 라이트 부인은 놀라울 만큼의 정력으로 그 둘레를 치우기 시작했다.

"금방 깨끗하게 치워 드릴게요! 그런데 제 말을 듣고 언짢아하지 마세요. 저는 지금 엘버터를 데리러 거리에 나갔다가 레코드 신문사에 잠깐 들렸어요──아유! 이 먼지 좀 봐!──그리고 프랭크 로이드와 비밀 이야기를 하고 왔답니다. 그는 그 신문의 편집인 겸 발행인이지요."

엘러리의 심장이 빨리 뛰기 시작했다.

"그 다음에 로건 상점에 들러 야채와 고기를 주문해 놓았지요. 물론 오늘 밤은 우리집에서 함께 식사하셔야 합니다만. 내가 뭘 또 잊은 건 없는지 몰라……. 전기……가스……수도…… 빠짐없이 부탁해 놓았어요. 어머나, 전화를 잊었군요! 내일 아침에 맨 먼저 신청해 놓겠어요. 내가 아무리 조심을 해도 늘 그렇듯이 언젠가는 당신이 라이트빌에 오셨다는 소문이 온 거리에 퍼질 거예요, 스미드 씨. 그래서 프랭크는 신문쟁이니만큼 틀림없이 당신에 대한 기사를 쓸 것 같아서 내가 앞질러서 특별히 부탁하여 당신이 유명한 작가라는 것을 쓰지 못하도록 해 놓았지요. 어머나, 패티, 너 왔구나! 저런, 카터도! 애야, 네가 아주 놀랄 일이 있단다!"

엘러리 퀸은 일어서서 윗옷을 집어들었다. 그가 뚜렷이 느낀 것은 그녀의 눈이 햇볕에 반짝이는 시냇물 같은 빛깔이라는 것뿐이었다.

"어머나, 이분이 바로 유명한 작가이시군요." 패티 라이트는 고개를 조금 갸우뚱하며 그를 바라보았다. "아빠가 카터와 저에게 엄마가 지금 막 유명한 작가를 붙잡았다고 하셨을 때 저는 틀림없이 헐렁한 바지에 중산모를 쓴 우울한 눈빛의 비실비실하는 시인일 거라고 생각했어요. 하지만 다행이네요."

엘러리 퀸은 될 수 있는 대로 붙임성있게 보이려고 입 속으로 뭐라고 중얼거렸다.

"하지만 정말 멋진 분이셔!" 하고 해미온이 외쳤다. "스미드 씨, 죄송합니다. 우리들은 시골뜨기랍니다. 그래서 아주 당황해 버렸어요. 패티, 카터를 소개해 드려야지."

"카터를 잊고 있었군요! 죄송해요, 스미드 씨, 카터 블랫포드 씨예요."

총명하게 보이긴 해도 어딘지 근심에 잠겨 있는 듯한 키가 큰 젊은이와 악수하며 엘러리는 그가 어떻게 해서든 패티 라이트 양의 마음을 끌려고 애쓰고 있는 듯하다고 느꼈다. 그는 갑자기 이 젊은이가 가엾은 생각이 들었다.

"당신에게는 우리 모두가 시골뜨기처럼 보이실 겁니다, 스미드 씨" 하고 카터 블랫포드는 조용히 말했다. "쓰시는 것은 픽션입니까, 논픽션입니까?"

"픽션입니다" 하고 엘러리는 대답했다. 선전 포고인가?

"정말 다행이에요" 하고 패티는 엘러리를 찬찬히 바라보며 다시 똑같은 말을 했다. 카터는 씁쓰레한 얼굴이 되었고, 퀸은 의기양양했다. "그럼, 이 방을 꾸미는 일은 제가 하겠어요, 엄마…… 하지만 스미드 씨, 우리의 쓸데없는 간섭이 모두 끝난 다음에 당신이 이 방을 마음대로 바꾸어 놓으셔도 상관없어요. 그러나 지금 당장은——"

카터 블랫포드가 의심스러운 눈으로 지켜보는 앞에서 집 안 여기저기를 정리하고 있는 패티를 바라보고 있던 엘러리는 생각했다. '이런 종류의 재앙이라면 매일 쏟아졌으면 좋겠는데, 카터, 자네에게는 미안하지만 자네의 패티를 내가 좀 교육시켜야겠네' 하고.

그가 느긋한 기분에 잠겨 있는데 JC 페티글이 그의 짐을 가지고 들어오며 지금 막 나온 라이트빌 레코드 신문을 펄럭여 보였다. 발행인 겸 편집인 프랭크 로이드는 헤미온 라이트와의 약속을 형식상 지켰을 따름이었다. 뉴스란에는 스미드의 기사를 '뉴욕에서 온 엘러리 스미드 씨'라고만 썼다. 그러나 그 기사의 표제는 다음과 같이 되어 있었다. '유명한 작가, 라이트빌에 살다'.

4 세 자매

엘러리 '스미드' 씨는 '언덕'의 상류 사회와 이 고장 지식 계급 사이에 센세이션을 불러일으켰다. 지식층이라면 그리스 말을 연구했다는 도서관 사서 에이킨 양, 라이트빌 고등학교에서 비교문학을 가르치고 있는 홈즈 여사, 그리고 거리의 허풍쟁이라는 험담을 듣고 있는 에밀린 듀플레 부인 등인데, 그 중에서도 에밀린은 그의 이웃집에 살고 있다는 기적적인 행운 때문에 늙은이도 젊은이도 그녀를 부러워했다. 에밀린 듀플레의 집은 엘러리네 집 바로 맞은편에 있었다. '언덕'에 자동차의 내왕이 갑자기 잦아졌다. 거리의 사람들의 관심이 히드라(그리스 신화에 나오는 머리가 아홉 달린 뱀)의 머리처럼 늘어났기 때문에 라이트빌 버스회사가 그의 집 앞으로 관광 버스를 통과시킨다 해도 엘러리는 그다지 놀라지 않았을 것이다. 그는 여기저기 초대를 받았다. 다과회, 만찬회, 오찬회, 그리고 한 번은——이것은 에밀린 듀플레로부터였는데——아침 식사까지 초대받은 일이 있었다. '잔디밭에서 아침 이슬이 사라지기 전에 상쾌한 아침 공기를 마시며 예술을 이야기하고 싶다'는 것이었다. 번화가에서 책 대여와 그 밖의 잡화를 팔고 있는 벤 댄티그는 고급 문방구가 이토록 잘 팔리기 시작한 적은 일찍이 없었다고 말했다.

그래서 엘러리 퀸은 이른 아침에 패티와 둘이서 도망쳐 나가게 되기를 은근히 기다리는 것이었다. 그녀는 늘 바지와 앞이 막힌 스웨터 차림으로 와서 그녀의 조그만 컨버터블 자동차에 그를 태우고 라이트빌 군의 여기저기를 달리는 것이었다. 그녀는 라이트빌과 슬로컴에서는 모르는 사람이 없어, 누구를 만나든 그에게 소개해 주었다. 가지각색의 이름들이었다. 오헬러런, 짐블스키, 존슨, 더울링, 콜드버거, 베느티, 재코울, 울라디스래우스, 그리고 플로드벡——기계공, 세공 기술자, 조립공, 농부, 소매 상인, 날품팔이 일꾼, 백인과 흑인과 황색인, 그리고 갖가지 크기의 더럽고 깨끗한 아이들을 그에게 소개했다. 패티 덕분에 엘러리 퀸의 노트에는 얼마 안 가서 이상스러우리만큼 여러 가지 자료가 가득 적히게 되었다. 재미있는 말씨, 저녁 식사 때의 자질구레한 습관, 16호 도로에 있는 술집에서의 토요일 밤의 야단법석, 스퀘어 댄스와 재즈 콘테스트, 낮에는 여자들이 지나가면 휘파람을 불고, 담배를 피우고, 웃고, 서로 쿡쿡 찌르는 아메리카 지방색의 라이트빌 판이 푸짐하게 모였다.

"당신이 없었더라면 나는 아무 일도 못했을 겁니다." 어느 날 오전 '번화가'에서 돌아온 엘러리가 말했다. "당신은 컨트리 클럽이나 교회의 친목회나 젊은이들만의 파티에 드나드는 그런 여성 같은데, 어째서 이런 일도 하지요, 패티?"

패티는 웃었다. "저는 이런 일도 얼마든지 거들어 드릴 수 있어요. 저는 사회학을 전공하고 있어요. 전공했다고 하는 편이 옳겠군요. 지난 6월에 이미 졸업했으니까요. 그래서 곤란을 겪고 있는 사람들을 돕지 않고는 배기지 못해요. 만일 이 전쟁이 계속되면……."

"우유 기금 모으기 운동을 할는지도 모르겠군요. 그렇지요?"

엘러리는 물어 보았다.

"그런 일은 야만스러워요. 우유 기금 따위는 엄마들이나 하면 되지요. 사회학이란 성장기의 골격에 필요한 칼슘보다 훨씬 고급의 일을 다루는 것이거든요. 이것은 문명의 과학이에요. 예를 들어 짐블스키네 가족은……."

"그 가족에 대한 이야기는 그만 해주었으면 좋겠군요." 짐블스키네 가족을 알고 있는 퀸은 신음했다. "그건 그렇고, 당신의 애인 블랫포드 검사는 이것을 어떻게 생각하고 있을까요, 패티?"

"저와 사회학 말인가요?"

"나와 패티에 대해서 말입니다."

"아, 네" 하고 패티는 기쁜 듯이 얼굴을 들고 머리카락을 바람에 나부끼게 했다. "카터는 질투하고 있어요."

"맙소사! 하지만 패티."

"그렇게 심각하게 생각하실 건 없어요. 카터는 너무 오랫동안 나를 으레 자기 사람으로 생각하고 있었기 때문에 그래요. 우리는 거의 함께 자란 거나 다름이 없거든요. 조금은 질투를 느끼게 하는 편이 좋아요."

"글쎄……. 내가 사랑의 자극제라니, 그다지 달갑지 않은 역할이군요."

"어머나, 무슨 말씀을 그렇게 하세요." 패티는 놀라는 것 같았다.

"저는 당신을 좋아하고 있어요. 그리고 함께 다니는 것이 재미있고요." 그녀는 늘 하는 버릇대로 곁눈질로 흘끗 나를 보고는 "거리의 사람들이 뭐라고 하는지 아세요?" 하고 말했다.

"이번에는 뭐라고 하던가요?"

"당신은 패티글 씨에게 유명한 작가라고 하셨지요?"

"'유명'이라는 형용사는 페티글 씨가 멋대로 붙인 것이지요."

"그리고 당신은 엘러리 스미드라는 이름을 쓰지 않고 필명으로 쓰신다고 하셨지요……. 하지만 어떤 필명을 쓰고 계시는지 아무에게도 말씀하지 않으셨지요?"

"말하지 않았지요."

"그래서 사람들은 당신이 유명한 작가가 아닐는지도 모른다고 말하고 있어요. 까다로운 곳이지요?" 하고 패티는 중얼거렸다.

"어떤 사람들이 그럽디까?"

"모두 다 그래요."

"당신도 나를 엉터리 작가라고 생각하시오?"

"제가 어떻게 생각하든 그런 건 상관없어요." 하고 패티는 되받았다. "하지만 카네기 도서관에 작가들의 사진이 갖추어져 있는데, 그것을 보러 오는 사람이 많아요. 그런데 에이킨 양은 당신의 사진이 없다는 거예요."

"그야 내가 아직 유명한 작가가 아니니까 그렇지요."

"저도 그녀에게 그렇게 말했어요. 어머니는 그런 것은 생각만 해도 화가 나신대요. 그래서 저는 말씀드렸지요. '엄마, 사실이 어떤지는 모르는 일이잖아요'라고요. 그랬더니 어머니는 가엾게도 밤새껏 주무시지 못하셨다지 뭐예요."

두 사람은 소리를 모아 웃었다. 그리고 나서 엘러리가 말했다.

"그러니까 생각이 나는데, 어째서 나에게 당신 언니 노라 양을 소개해 주지 않습니까? 몸이라도 불편한가요?"

언니의 이름을 듣자 갑자기 패티는 웃음을 그쳤는데, 그 기색을 보고 엘러리는 놀랐다.

"노라?" 하고 패티는 완전히 무표정한 목소리로 말했기 때문에 그 목소리를 통해서는 아무것도 짐작할 수가 없었다. "아니에요, 노라는 잘 있어요. 그럼, 이야기는 그만하겠어요, 스미드 씨."

그날 밤 해미온은 그녀의 새로운 보물을 정식으로 소개했다. 초대받은 것은 가까이 지내는 사람들뿐이었다. 마틴 판사와 그의 아내 클래리스, 월로비 박사, 카터 블랫포드, 존 F의 단 하나뿐인 누이동생 더비사 라이트——더비사는 라이트 가문 사람답게 완고한 여자로, 블루필드 가문에서 시집온 해미온을 끝내 진심으로 받아들이려 하지 않았다——그리고 레코드 신문의 편집인 겸 발행인 프랭크 로이드가 왔다. 로이드는 카터 블랫포드와 정치 이야기를 하고 있었으나, 두 사람은 서로 상대방의 이야기를 재미있게 듣고 있는 척할 따름이었다. 카터는 이탈리아풍 벽난로 앞의 2인용 의자에 앉아 있는 패티와 엘러리에게 독기 어린 시선을 던지고 있었고, 큰곰 같은 로이드는 현관 계단을 안절부절못하며 지켜보고 있었다.

"프랭크는 짐보다 먼저 노라를 좋아하고 있었지요" 하고 패티가 설명했다. "짐 하이트가 온 다음 노라가 그에게 끌리기 시작하자 프랭크는 무척 원망했답니다."

엘러리는 저쪽 끝에 있는 산더미만한 신문 편집인을 보며 '프랭크 로이드를 연애 경쟁자로 삼으면 꽤 만만치 않겠는데' 하고 마음 속으로 생각했다. 저 움푹 들어간 초록빛 눈속에는 철근이 들어 있다.

"그리고 짐이 노라를 버리고 갔을 때 프랭크가 말하기를……."

"네?"

"프랭크가 한 말 따위는 아무래도 좋아요"라고 말하며 패티는 발딱 일어섰다. "제가 너무 말을 많이 했나 봐요."

그녀는 블랫포드에게 좀더 조바심을 내게 할 작정인지 그가 있는 곳으로 옷자락을 바닥에 스치며 걸어갔다. 그녀는 빳빳한 태프터로 지은 디너 가운을 입고 있었으므로 몸을 움직일 때마다 사각사각 소리가 났다.

"마일로, 이분이 엘러리 스미드 씨예요."

해미온은 쿵쿵 소리를 내며 걷는 몸집이 큰 윌로비 박사를 뒤에 거느리고 와서 의기양양하게 말했다.

"스미드 씨, 당신이 쓰시는 것이 건전한지 어떤지는 모르겠습니다만" 하고 의사는 싱글거리며 말했다. "나는 지금 막 재코울 댁에서 아이를 받고 오는 길입니다. 프랑스계 캐나다 사람은 굉장하더군요. 이번에는 세 쌍둥이였습니다. 더포우 박사와 나의 차이라면 라이트 군의 부인들이 아직 네 쌍둥이를 낳아 주지 않았다는 점이라고나 할까요. 이 거리가 마음에 들었습니까?"

"아주 마음에 들었습니다. 윌로비 선생님."

"정말 좋은 거리입니다. 해미, 나에게 마실 것을 주지 않겠소?"

"관대한 사람이라면 그렇게 생각하겠지요."

아내 클래리스에게 팔을 꼭 붙잡힌 채 마틴 판사가 다가와서 큰 소리로 말했다. 마틴 판사는 마르고 키가 작았으며, 졸린 듯한 눈과 무뚝뚝한 태도의 남자였다. 엘러리는 그를 보고 아더 트레인의 태트 씨를 연상했다.

"이이가 엘리 마틴입니다" 하고 클래리스는 외쳤다. "스미드 씨, 제 남편을 잊지 말아 주세요. 이이는 턱시도가 답답하다고 불평하신답니다. 그것이 다 당신 때문이라는 거예요. 해미, 여러 가지로 수고 많이 하셨군요."

"뭘요." 해미온은 자랑스러운 듯이 입 속으로 우물우물 말했다.

"그저 가깝게 지내는 분들만 모셨으니까요, 클래리스."

"이런 쓸데없는 것이 마음에 들지 않는단 말이야" 하고 판사는 나비 넥타이를 만지작거렸다. "아니, 더비사, 왜 그렇게 투덜거리십니까 ? "

"마치 어릿광대 같아요 ! " 존 F의 누이동생은 늙은 법률가를 훔쳐
보며 "스미드 씨가 우리를 보고 어떻게 생각하시겠어요, 엘리 씨 ! "
하고 말했다.

마틴 판사는 만일 스미드 씨가 하찮은 넥타이에 질려 있는 자기를
보고 하찮은 인간이라고 생각한다면, 자기도 스미드 씨를 하찮은 인
간으로 생각할 따름이라고 말했다. 바로 이때 헨리 클레이 잭슨이 나
타나 저녁 식사 준비가 다 되었다고 알렸으므로 위험한 사태는 벌어
지지 않았다. 헨리 클레이는 라이트빌에 단 하나뿐인 전문적인 집사
였다. 따라서 상류 계급의 부인들은 '좋든 싫든 공산주의'로 그와 그
의 낡아 빠진 집사복을 공유하지 않을 수 없었다. 부인들 사이에서는
헨리 클레이를 초특급의 경우가 아니고는 데려오지 않는다는 것이 불
문율로 되어 있었다. 헨리 클레이 잭슨은 알렸다.

"여러분, 저녁 식사가 준비되었습니다 ! "

박하 젤리 꽃으로 장식한 어린 양고기 구이를 먹고 나서 파인애플
무스의 디저트가 나오려는 참이었는데, 느닷없이 노라 라이트가 나타
났다. 한순간 방 안은 쥐죽은 듯 조용해졌다. 이윽고 해미온 라이트
가 떨리는 목소리로 "아니, 노라야 ! " 라고 말했고, 존 F는 소금에
절인 호두를 입에 가득 담은 채 기쁜 듯이 "노라가 왔구나 ! " 하고
말하자 클래리스 마틴이 "노라, 어서 이리로 와요" 하고 말함으로써
침묵의 주문이 풀렸다. 맨 먼저 일어난 사람은 엘러리였고, 맨 마지
막으로 일어난 사람은 더부룩한 머리카락 밑의 목덜미를 벽돌색으로
물들인 프랭크 로이드였다. 패티가 어색한 분위기를 수습하기 위해
빠른 어조로 말했다.

"언니, 마침 잘 나왔어. 지금 루디가 늘 솜씨를 자랑하는 어린 양

고기 구이를 다 먹은 참이었거든. 이분은 스미드 씨, 그리고 노라예요."

노라는 손을 내밀었다. 마치 자석처럼 가냘프고 차가운 손이었다.

"어머니에게서 말씀 많이 들었습니다" 하고 노라는 딱딱하게 말했다.

"저를 보고 실망하셨지요? 당연한 일이지만요."

엘러리는 미소지으며 의자를 잡았다.

"별말씀을 다 하시는군요! 안녕하세요, 판사님, 마틴 부인, 더비사 고모…… 선생님…… 카터……."

프랭크 로이드가 쉰 목소리로 "잘 있었소, 노라" 하고 말하며 엘러리의 손에서 거칠지도 않고 정중하지도 않은 모습으로 그저 담담하게 의자를 앗아 노라에게로 당겨 주었다. 그녀는 얼굴이 새빨개지며 앉았다. 바로 이때 헨리 클레이가 책 모양으로 만든 커다란 무스를 들고 들어왔고, 사람들은 이야기를 시작했다.

노라 라이트는 두 손을 젖혀 포개 놓고 피곤한 듯이 앉아 있었으나, 핏기 없는 입술을 찡그리며 미소지으려고 했다. 그녀는 무척 정성들여 몸단장을 한 듯, 뚜렷한 줄무늬의 디너 가운을 산뜻하고 단정하게 입고 있었으며, 손톱도 깨끗이 손질했고, 포도주 빛에 가까운 갈색 머리는 조금도 흐트러진 데가 없었다. 엘러리는 이 가냘프고 안경을 낀 여자가 2층 침실에서 열심히 몸단장을 하고 있는 광경을 마음속으로 그려 보았다. 손톱을 다듬고, 머리 손질을 하고, 아름다운 가운을 여기저기 매만져서……. 모든 것이 완전히 아름답게 갖추어지도록 조심하며……. 필요없으리만큼 지나치게 자상히 손질을 했기 때문에 식당으로 나오는 것이 한 시간이나 늦어지고 말았으리라.

그리고 거의 완전하다고 할 수 있으리만큼 몸단장을 하고서 한껏 애쓰며 아래층으로 내려와 보았는데, 그토록 애쓴 것이 어쩐지 헛수고인 듯한 생각이 들어 맥이 풀렸는지도 모른다. 엘러리가 말을 걸자 하얀 얼굴을 조금 숙이고 미소지으며 듣고 있었으나, 무스나 커피에는 손도 대지 않고 이따금 짤막하게 대답할 따름이었다. 이러한 자리에 참석한 것이 시시해서라기보다는 감동하는 힘을 잃을 만큼 지쳐 있는 것 같았다.

그리고 들어왔을 때에 못지않게 느닷없이 "그럼, 실례하겠습니다"라고 말하며 일어섰다. 좌중은 다시 쥐죽은 듯 조용해졌다. 프랭크 로이드가 벌떡 일어나 그녀의 의자를 끌어내 주었다. 그가 뚫어지게 그녀의 얼굴을 들여다보자 그녀는 그에게 웃어 보이고 다른 사람에게도 미소를 던지며 조용히 나갔다. 식당에서 현관으로 나가는 아치 있는 곳에 이르자 그녀는 갑자기 빠른 걸음으로 사라졌다. 사람들은 이야기를 다시 시작했고, 커피도 마셨다.

엘러리 퀸은 그날 밤 일을 이것저것 생각하며 따뜻한 어둠 속을 걸어 집으로 갔다. 커다란 느릅나무 잎이 살랑거리고 있었다. 하늘에는 커다란 보석 같은 달이 떠 있고, 해미온 라이트가 가꾸어 놓은 꽃 향기가 감돌고 있었다. 그러나 그의 집 앞에 아무도 타고 있지 않은 불이 꺼진 소형 로드스타 자동차의 시커먼 모습이 보이자 지금까지의 상쾌감은 단번에 날아가 버렸다. 밤은 그저 캄캄한 밤에 지나지 않게 되었고, 더구나 무슨 일이 생길 것만 같은 예감이 들었다. 연푸른 잿빛 구름이 달을 가렸다. 엘러리 퀸은 잔디밭 어귀의 풀을 밟으며 작은 집을 향해 걸어갔다. 포치에 빨간 불이 하나 아른거렸다. 그것은 서 있는 사람의 허리 언저리 높이에서 움직이고 있었다.

"당신은 스미드 씨지요?"

여자의 나지막한 목소리였다. 조금 쉰 듯하면서도 사람을 놀리는 듯한 목소리였다.

"누구십니까?" 하고 말하며 엘러리는 포치의 계단을 올라갔다.

"불을 켤까요? 너무 어둡군요."

"네, 그러세요. 당신이 보고 싶으니까요. 당신도 그러시죠?"

엘러리는 스위치를 눌렀다. 그녀는 그네처럼 천장에 매달은 의자 한구석에 몸을 웅크리고 앉아 담배 연기를 통해 그를 올려다보고 있었다. 불그스름한 암회색 바지가 넓적다리를 팽팽하게 감쌌고, 캐시미어 스웨터가 대담하게 유방을 솟아오르게 하고 있었다. 엘러리는 성숙한 여자의 품위없고 억울함에 찬 듯한 기색을 강하게 느꼈다. 그녀는 신경질적으로 웃고는 포치 난간 너머의 어둠 속으로 담배를 내던졌다.

"불을 꺼도 좋아요, 스미드 씨. 나는 미움을 받고 있어요. 그래서 가까이 와 있다는 것이 알려져 부모님의 입장이 난처해지면 안 되니까요."

엘러리는 순순히 포치의 불을 껐다.

"그럼, 당신이 로라 라이트 양이로군요?"

로라는 남자하고 달아났다가 이혼당하고 돌아온 딸로서, 라이트 부부가 한 번도 입에 담은 적이 없는 것이다.

"능청을 떠시는군요!" 로라 라이트는 또 웃었는데, 그것이 딸국질로 바뀌었다. "미안해요. 일곱 잔째 위스키의 일곱 번째 딸국질이에요. 나는 꽤 유명하답니다. 라이트 가문의 주정뱅이 딸이라고 말이에요."

"당신의 불운한 소문은 이미 듣고 있습니다."

엘러리는 껄껄 웃으며 말했다.

"아까부터 굽실거리는 것을 보고 당신은 꽤 만만치 않은 사람 같다고 생각했지요. 하지만 그렇지도 않은 모양이로군요. 자, 악수!"

의자가 삐걱거렸고, 칠칠치 못한 웃음 소리와 함께 발자국 소리가 나더니 뜨뜻미지근하고 축축한 손이 그의 목덜미를 더듬었다. 그는 쓰러지려는 그녀의 팔을 붙잡았다.

"자, 자, 여섯 잔만 마시고 그만했더라면 좋았을걸 그랬군요."

그녀는 그의 풀이 빳빳한 와이셔츠 가슴에 손을 대고 힘껏 밀었다.

"왜 이러세요! 이 로라가 술에 취했다고요!" 그녀가 풀썩 주저앉자 의자가 심하게 흔들렸다. "이봐요, 유명한 작가이신 스미드 씨, 우리들을 어떻게 생각하세요? 소인과 거인, 착한 사람과 심술궂은 사람, 뻐드렁니와 잡지 광고처럼 고운 잇바디, 소설의 재료로 쓰기에 안성맞춤이지요?"

"안성맞춤입니다."

"그렇다면 그 어디보다도 좋은 곳에 오셨군요." 로라 라이트는 다시 담배에 불을 붙였다. 성냥불이 떨렸다. "라이트빌! 사람들의 입이 거칠고, 심술궂고, 까다로운, 아메리카에서 가장 깊은 수렁이지요. 뒷길로 돌아가 보면 그야말로 더럽기 짝이 없는 곳, 뉴욕이나 마르세이유 따위는 문제도 안 되지요."

퀸은 반대했다. "저런, 그렇던가요. 나는 틈만 나면 여기저기 돌아다녀 보았지만, 꽤 인상이 좋은 거리던데요."

그녀는 웃기 시작했다. "인상이 좋다고요! 그럴까요! 나는 이 고장에서 태어났지만, 벌레가 좀먹은 듯하며 축축하고 더러운 곳이에요."

"그런데 뭣하러 돌아왔습니까?"

엘러리는 중얼거렸다.

담배 끝의 빨간 불이 잇달아 세 번 환히 밝아졌다.

"그런 것은 알 필요 없어요. 우리 집 식구들을 어떻게 생각하세요?"

"모두 좋은 분들이더군요. 당신은 동생 패트리시아 양과 닮았군요. 역시 미인인데요."

"하지만 패티는 젊고 나는 이미 불이 꺼져 가고 있는걸요." 로라 라이트는 잠시 입을 다물고 있었다. "저어, 스미드 씨, 라이트라는 이름의 이 할머니에게 잘해 주지 않으시겠어요? 당신이 뭣하러 라이트빌에 오셨는지 모르겠지만, 우리 가족들과 가까이 지내시게 되면 언젠가는 이 로라라는 딸에 대해 여러 가지로 듣게 될 거예요. 그래서 그까짓 라이트빌 사람들이야 어찌 생각하든 상관없지만, 다른 곳에서 오신 분은 조금 달라요. 저에게도 자존심은 남아 있거든요."

"댁의 가족들께서는 당신에 대해 아직 아무 말씀도 하지 않으셨는데요."

"아직 듣지 못하셨다고요?" 그녀는 또 웃었다. "오늘 밤에는 모조리 털어놓고 이야기하고 싶어지는군요. 당신은 내가 술을 마신다는 이야기를 듣게 되실 거예요. 그것은 사실이에요. 나는 술을 배웠어요. 잘 마시지요. 그리고 내가 이 거리의 좋지 않은 곳에 드나든다는 소문도 듣게 될 거예요. 그것도 나 혼자서 말이에요. 아시겠어요! 나는 쾌락주의자란 말예요. 나는 다만 하고 싶은 일을 하고 있을 뿐인데, 저 '언덕'에 살고 있는 독수리 같은 여자들이 우르르 몰려와서 나를 할퀴고 있는 것이지요!"

그녀는 입을 다물었다.

"한잔 하시겠습니까?" 하고 엘러리가 물었다.

"지금은 그만하겠어요. 나는 어머니를 원망할 생각은 없어요. 어머니는 다른 사람들과 마찬가지로 소심해요. 세상에 대한 체면이 무엇보다도 소중한 사람이니까요. 하지만 내가 어머니 말씀대로 한다 해도 어머니는 역시 나를 그전처럼 길들이려고 하실 거예요. 그러면 나는 또다시 어머니를 실망시키는 짓을 하게 될 테지요. 그래서 나는 어머니가 하라는 대로 하지 않아요. 나에게는 내 나름대로 사는 방법이 있으니까 어머니가 하라는 대로 할 수는 없어요. 아시겠지요? 알았다고 말씀해 주세요, 어서요."

"알았습니다."

그녀는 잠시 잠자코 있었다.

"실례 많이 했군요. 그럼, 안녕히 주무세요."

"또 뵙고 싶은데요."

"싫어요. 안녕히 주무세요."

그녀의 구두가 보이지 않는 포치 바닥을 더듬어 가는 소리가 났으므로 엘러리는 전등스위치를 켰다. 그녀는 팔을 들어올려 눈을 가렸다.

"라이트 양, 바래다 드릴까요?"

"염려 마세요, 나는……."

그녀는 말을 하다가 말았다.

저 밑의 어둠 속에서 패트리시아 라이트의 명랑한 소리가 들려 왔다.

"엘러리 씨지요? 거기서 마지막 담배라도 한 대 피우시겠어요? 카터를 보내고 돌아오는데, 여기 전등이 켜져 있어서……."

패티는 입을 다물었다. 두 자매는 서로 얼굴을 마주보았다.

"어머나, 언니!" 하고 패티는 외치며 계단을 뛰어올라와서 로라에게 뜨거운 키스를 했다. "돌아온다고 어째서 나에게 알리지 않았어?"

엘러리 퀸은 재빠르게 전등을 껐다. 그러나 그는 로라가 자기보다 키가 큰 동생에게 매달리는 것을 놓치지 않고 보았다.

"그만 울어, 이 울보야. 예쁘게 빗은 머리가 엉망이 되지 않니."

로라는 목소리를 죽여서 말했다.

"하지만 엘러리 씨, 언니는 라이트빌에서 첫째가는 미인인데 이렇게 더러운 바지로 자기를 가리고 있으니 서러울 수밖에요!"

패티는 애써 쾌활하게 말했다.

"패티야, 제발 그런 말은 하지 말아다오. 이젠 끝장이 났으니까."

패티는 슬픈 듯이 말했다.

"언니…… 어째서 집에 돌아오지 않지?"

"나는 저 수국이 얼마나 예쁘게 피었는지 가서 봐야겠군."

퀸이 말했다.

"그만두세요. 나는 이제 그만 가야겠어요. 정말이에요."

로라가 말했다.

패티는 울먹이며 불렀다.

"로라!"

"저애는 정말 울보랍니다, 스미드 씨. 동생은 늘 어린애처럼 말하거든요. 그만 그쳐, 패티. 늘 이렇다니까."

"이젠 됐어" 하고 말한 패티는 어둠 속에서 코를 풀었다. "내가 자동차로 바래다 줄게, 언니."

"아니야, 패티. 안녕히 주무세요, 스미드 씨."

"안녕히 가십시오."

"생각을 고쳤어요. 언제라도 좋으니 저 있는 곳으로 와 주시지 않으시겠어요? 한잔하시려 말이에요. 그리고 잘 자, 우리 울보!"

그리고 나서 로라는 가 버렸다.

로라의 1932년 형 자동차의 엔진 소리가 들리지 않게 되자 패티는 중얼거리듯 말했다.

"로라는 큰 거리의 기계 공장 부근에 방 두 개뿐인 굴속 같은 집에서 살고 있어요. 언니는 헤어진 남편이 주는 위자료를 한사코 받으려 하지 않았어요. 그 남자는 끝까지 비겁했답니다. 게다가 언니는 아빠의 돈도 받지 않겠다는 거예요. 아까 입고 온 그 옷은 벌써 6년 전에 시집갈 때 만든 것이지요. 지금은 번화가 아이들에게 한 번에 50센트씩 받고 피아노를 가르치며 살고 있답니다.”

“그녀는 어째서 라이트빌에서 살고 있을까요? 이혼하고 나서 뭣 때문에 이곳으로 돌아왔지요?”

“연어도 코끼리도 태어난 곳으로 돌아온다고 하잖아요…… 죽기 위해서겠지요. 나는 이따금 로라는…… 숨어 있는 것이 아닐까 하고 생각할 때가 있어요.” 패티의 디너 가운이 스치는 소리가 났다.

“당신은 나에게만 말을 시키는군요. 안녕히 주무세요, 엘러리 씨.”

“안녕, 패티.”

엘러리 퀸은 캄캄한 밤의 어둠을 오랫동안 지켜보고 있었다. 옳지, 차츰 윤곽이 잡히고 있어. 이번에는 운이 좋은 모양이군. 이야기에 필요한 재료가 잔뜩 생겼으니까. 그러나 문제는 범죄인데, 범죄는 어떻게 되어 있을까? 어디 있을까? 혹은 이미 저질러지고 있는 것이 아닐까?

엘러리는 과거, 현재, 미래의 일들을 생각하며 재앙의 집 침대로 들어갔다.

엘러리가 라이트빌에 온 지 3주일쯤 지난 8월 25일 일요일 오후였다. 그는 포치에 앉아서 저녁 식사 뒤의 담배를 피우며 놀랄 만큼 아름다운 석양을 바라보고 있는데, 에드 호치키스의 택시가 ‘언덕’의 고갯길을 올라오더니 라이트 씨의 저택 앞에서 멎었다. 그리고 모자를 쓰지 않은 어떤 젊은이가 택시에서 뛰어내렸다. 엘러리 퀸은 심상치 않은 기미를 느끼고 좀더 자세히 보려고 일어섰다.

젊은이는 큰 소리로 에드 호치키스에게 뭐라고 말하고는 층계에 뛰어올라가 라이트 씨 저택의 초인종을 눌렀다. 늙은 하녀 루디가 문을 열었다. 엘러리는 그녀가 퉁퉁한 팔을 들어올려 누가 때리려는 것을 막는 듯한 몸짓을 하는 것을 보았다. 그리고 루디가 빠른 걸음으로 안으로 들어가자 젊은이도 그 뒤를 따라 뛰어들어갔다. 문이 요란스럽게 닫히더니 5분쯤 지나자 다시 열리고 아까의 젊은이가 뛰어나와 기다리게 했던 택시에 머리를 넣고 뭐라고 외치자 자동차는 가 버렸다.

엘러리는 천천히 앉았다. 아마 이제 곧 모두 알게 될 테지. 패티가 잔디밭 위를 날 듯이 달려올 것이다. 과연 그녀는 어김없이 왔다.

"엘러리 씨, 맞춰 보세요!"

"짐 하이트가 돌아왔겠지요."

엘러리는 말했다. 패티는 눈을 크게 떴다.

"맞았어요. 어쩌면⋯⋯. 3년이나 소식도 없더니 노라를 버리고 갔을 때와 똑같이 불쑥 돌아왔어요! 믿을 수 없어요. 그런데 무척 늙어 보이더군요. 노라를 만나게 해달라고 소리지르는 거예요. 그녀는 어디 있느냐, 어째서 아래층으로 내려오지 않느냐, 아버지 어머니가 어떻게 생각하고 계시는지는 잘 알고 있지만, 그건 그렇고, 노라는 어디 있느냐. 이렇게 소리지르고 아빠의 눈 앞에서 주먹을 휘두르며 마치 미친 사람처럼 한 발로 깡충깡충 뛰어다니는 거예요."

"그리고 어떻게 하던가요?"

"저는 2층으로 뛰어올라가 노라에게 알렸지요. 언니는 죽을 것처럼 새파랗게 질리며 침대에 쓰러져 '짐이?' 하고 외마디 소리를 지르더니 울기 시작했어요. 그리고는 죽고 싶다고 말하며 그 사람이 뭣하러 왔느냐, 비록 엎드려 사과한다 해도 절대로 만나 주지 않겠다고 야단법석이에요. 여자란 모두 그런가 봐요. 아아, 가엾어!" 패티는 반쯤 울고 있었다. "나는 아무리 말해도 소용없다는 생각이 들었어요, 노라는 그렇게 해야겠다고 마음을 먹으면 어디까지나 밀고 나가는 성미거든요. 그래서 내가 짐에게 가서 그렇게 말해 주었더니 짐은 더욱더 흥분하여 이층으로 달려올라가려 하지 않겠어요. 그러자 이번에는 아빠가 화를 내시며 계단 밑에 가로막고 서서, 그 소중한 5번 골프채를 휘두르며 짐에게 이 집에서 나가라고 명령하셨어요. 마치 다리에 버티고 서 있는 호레이시어스(로마의 전설. 티베리스 강에 걸려 있는 다리를 지켜 적 에트루리아 군을 몰아 낸 용사) 같았어요. 짐도 아빠를 때려눕히지 않는 한 올라갈 수 없음을 깨닫고는 폭탄을 던져서라도 밀고 올라가 노라를 만나야겠다고 외치며 밖으로 뛰어나갔어요. 이런 법석 속에서 엄마는 때를 잘 맞추어 정신을 잃고 말았기 때문에 나는 엄마를 간호해야만 했지요. 나는 빨리 돌아가야 해요!" 패티는 뛰어갔다. 그러다가 갑자기 걸음을 멈추고 뒤돌아보며 천천히 말했다. "엘러리 스미드 씨, 나는 대체 무엇 때문에 이런 집 안의 비밀 이야기를 일부러 달려와서 당신에게 말했을까요?"

"아마 내가 친절하게 보였기 때문이겠지요."

엘러리는 미소지었다.

"어머나, 몰라요! 난 정말 바보"라고 말하다 말고 패티는 입술을 깨물고 햇볕에 그을린 얼굴을 빨갛게 물들이며 달아나 버렸다.

엘러리 퀸은 다시 담배에 불을 붙였으나 손가락이 떨렸다. 무더운 밤인데도 그는 갑자기 오한을 느꼈다. 그는 아직 피우지 않은 담배를 잔디 위에 내던지고 집 안으로 들어가 타이프라이터를 잡아당겼다.

5 약혼자가 돌아오다

짐 하이트가 기차에서 내리는 것을 본 사람은 정거장에 있던 운송업자로, 이가 하나밖에 없는 개비 윌럼이었다. 개비가 이 사실을 에밀린 듀플레에게 말했다. 그리하여 에드 호치키스가 짐을 애팜 하우스 앞에서 내려주고 그 집의 여주인이 구면이라 해서 방 하나를 비어주었을 때쯤에는, 에밀린 듀플레가 온 거리 사람들에게 전화를 했기 때문에 이 뉴스를 듣지 못한 사람은 파인 글로브로 소풍을 갔거나, 슬로컴 호수에서 헤엄을 치고 있던 사람들뿐이었다.

월요일에 엘러리 퀸이 거리를 돌아다니며 강철로 만든 덫처럼 틀림없이 포착하는 귀를 쫑긋이 세우고 들은 바에 의하면, 사람들의 의견은 두 갈래로 갈라져 있었다. JC 페티글이며 도널드 맥켄지 등 반은 컨트리 클럽, 반은 장사치이기도 한 로터리 클럽 회원들은 하나같이 짐 하이트 같은 녀석은 거리에서 쫓아 내야 한다고들 생각하고 있었다. 그러나 부인네들은 그 의견에 대하여 정면으로 반대했다. 짐은 좋은 사람이었다, 3년 전에 그와 노라 라이트 사이에 무슨 일이 있었건, 절대로 그의 탓만이 아닐 것이다. 그 점은 지난해 유행한 모자를 걸어 맹세해도 좋다는 것이었다.

프랭크 로이드는 모습을 감추었다. 피니 베이커의 말에 의하면, 자기의 상사는 마호가니 산으로 사냥을 하러 갔다는 것이었다. 그 말을 듣고 에밀린 듀플레는 '흥' 하고 콧방귀를 뀌었다.

"짐 하이트가 라이트빌로 돌아온 다음날 아침에 프랭크 로이드가 사냥을 하러 가다니, 우습잖아요. 물론 달아난 것이지요, 그 허풍쟁이가!"

에미는 프랭크가 사슴 사냥을 라이플 총을 겨누고 오웬 위스터의 버지니언(그 역을 케리 쿠퍼가 했었다)처럼 짐을 노리며 라이트빌 거리를 살금살금 걸어다니지 않는 것이 서운해서 견딜 수가 없었다.

월요일 점심때쯤 엘러리 퀸은 번화가의 창립자 기념비의 받침돌 위에 벌렁 누워 있는 '거리의 주정뱅이'라고 불리우는 괴짜 노인 앤더슨을 만났다. 그는 희끗희끗하니 더부룩한 수염을 어루만지며 뇌까리는 것이었다.

"무슨 일이 이 따위로 어정뜨게 되어 버렸담 ! (셰익스피어의《오델
로》제2막 제1장)"

"앤더슨 씨, 안녕하십니까 ? "

엘러리는 안부를 물었다.

"아주 좋소. 하지만 내가 하고 싶은 것은 성경의 '잠언' 제26장의
말이오. 거기에 아마 이렇게 씌어 있을 거요. '웅덩이를 파는 자는
제가 그 속에 빠지리라.' 물론 이것은 이 저주받은 거리로 짐 하이
트가 돌아온 것을 말하고 있소. 재앙의 씨를 뿌려 더욱 심한 벌을
받을 것이오 ! "

이 일 속에 숨어 있는 효모(酵母)는 이상한 작용을 하기 시작했다.
라이트빌로 돌아온 짐 하이트는 애팸 하우스의 자기 방에 틀어박혀
나오지 않았다. 애팸 아주머니의 말에 의하면, 그는 식사마저도 자기
방으로 가져오도록 한다는 것이었다.

그런데 감옥 속에 들어가 있는 듯하던 노라 라이트가 모습을 나타
내기 시작했다 ! 물론 공적인 자리에는 나오지 않았다. 그래도 월요
일 오후에는 라이트 저택 뒤뜰의 잔디밭 테니스 코트에서 패티와 엘
러리가 시합을 벌이는 것을 노라는 양지 바른 곳에 접는 의자를 갖다
놓고 앉아서 구경했다. 눈이 부시므로 안경 위에다 검은 안경을 쓰고
조금 미소짓고 있었다. 월요일 밤에는 패티와 그리고 아직 '스미드'
씨에게 적의를 품고 있는 카터 블랫포드와 셋이서 '스미드 씨의 소설
이 얼마만큼 되었는지 보기 위해' 왔다. 엘러리는 앨버터 매너스커스
에게 차와 오트밀 쿠키를 내놓게 하여 노라를 늘 오는 사람처럼 대했
다. 그리고 화요일 밤……. 화요일 밤에 라이트 저택에서는 브리지를
하기로 되어 있었다. 카터 블랫포드는 늘 그랬듯이 저녁 식사를 함께
나누었고, 식사 뒤에 카터와 패티가 한편, 헤미온과 존 F가 한편이
되어 대항했다. 헤미가 8월 27일 화요일에 "스미드 씨도 함께 하시

지요"라고 권했으므로 엘러리는 기꺼이 승낙했다.

"저는 오늘 밤에는 구경만 하겠어요. 카터, 당신과 아빠가 한편이 되고 엘러리 씨와 엄마가 한편이 되어 해보세요. 저는 옆에서 훈수나 할게요." 하고 패티가 말했다.

"자, 그럼, 어서 시작합시다. 판돈은 얼마로 할까, 스미드 씨, 당신이 정하시오." 존 F가 말했다.

"저는 아무래도 좋습니다. 블랫포드 씨가 결정하시지요."

"그럼, 10분의 1로 합시다. 카터, 검사에게 어째서 좀더 많은 봉급을 주지 않는지 모르겠군요." 해미는 빠른 어조로 말했으나 갑자기 밝은 표정을 지으며 덧붙였다. "하지만 당신이 지사(知事)가 되면……"

"1점에 1센트로 하지요."

카터는 여윈 얼굴을 빨갛게 물들이며 말했다.

"하지만 카터, 나는 그런 뜻으로——" 하고 해미온은 우는 소리를 냈다.

"카터가 1센트로 하겠다면 그대로 1센트로 하세요. 틀림없이 카터가 이길 거예요!" 패티가 야무지게 말했다.

"여러분!" 하고 노라의 목소리가 들려 왔다.

그녀는 저녁 식사 때 내려오지 않았던 것이다. 해미온은 아마 두통이겠지 하고 적당히 꾸며대어 말했었다. 그러나 지금 노라는 문가에서서 그들에게 미소를 던지고 있었다. 그녀는 뜨개질거리가 담긴 바구니를 들고 들어와 피아노 전등 밑의 커다란 의자에 앉았다.

"저는 혼자서 애쓰고 있어요. 이게 열 번째의 스웨터랍니다."

그녀는 미소지으며 말했다.

라이트 부부는 깜짝 놀라며 서로 눈짓했고, 패티는 무심한 듯이 엘러리의 머리카락을 흩뜨리며 만지작거리기 시작했다.

"시작합시다." 카터가 나직이 말했다.

머리카락 속에서 그녀의 따뜻한 손을 느끼며 카터의 아랫입술이 내밀어져 있는 것을 보고 있던 엘러리는 일이 재미있게 되어 가는구나 생각하며 게임을 시작했다. 과연 두 판의 승부가 끝나자 카터는 카드를 테이블 위에 홱 내던졌다.

"왜 그래요, 카터?"

패티가 깜짝 놀라 물었다.

"카터 플랫포드, 설마……."

해미온이 말했다.

"자네 왜 그러나?"

존 F도 눈이 휘둥그레졌다.

"네가 그렇게 날뛰고 있으니 차분히 게임을 할 수 없단 말야!"

카터가 외쳤다.

"날뛰다니요! 나는 아까부터 이 엘러리 씨의 의자 팔걸이에 걸터앉아 한 마디도 하지 않았는데요!"

패티가 화를 냈다.

"그의 그 말쑥한 머리카락을 장난감으로 삼고 싶으면, 저 달 밝은 밖으로 데리고 나가지그래."

패티는 기관총 같은 시선을 그에게 던졌다. 그리고 엘러리에게 상냥하게 말했다.

"카터의 무례함을 용서해 주세요. 저이는 좋은 집안에서 자랐지만, 너무나 거친 죄인들만 다루는 동안에……."

노라가 갑자기 외쳤다. 방 입구의 아치 밑에 짐 하이트가 서 있었던 것이다. 입고 있는 여름 양복은 후줄근했고 와이셔츠는 땀이 배어 더러웠다. 그는 이 뜨거운 하늘 밑을 정처없이 걸어다닌 모양이었다. 노라의 얼굴이 구름이 걷힌 하늘처럼 되어 갔다.

"노라!"

노라의 두 뺨에 피어나기 시작한 붉은 기가 차츰 온 얼굴에 퍼져 불길이 비쳐진 거울처럼 되었다. 아무도 꼼짝하지 않았고 소리도 내지 않았다.

노라는 그에게 달려들었다. 엘러리는 순간 그녀가 너무 화가 나서 그를 덮치는 것이 아닌가 생각했다. 그러나 노라는 화를 내고 있는 것이 아니라 당황하고 있었던 것이다. 그것은 지금까지 오랫동안 삶의 희망을 버리고 숨을 쉬면서도 죽은 사람처럼 체념하며 살아 온 여자의 놀라움이었다. 그것은 기쁜 재생의 두려움이었다.

노라는 짐 옆을 지나 계단으로 달려올라갔다. 짐 하이트는 기뻐서 어찌할 바를 몰라했다. 그도 곧 그녀의 뒤를 쫓았다. 그리고 침묵. 사람들은 살아 있는 조상(彫像)이었다. 엘러리가 칼라 사이에 손가락을 넣자 땀에 흠뻑 젖은 칼라가 벗겨졌다. 존 F와 해미온 라이트는 30년을 함께 살아 온 남편과 아내답게 곁의 사람들이 알 수 없는 비밀의 말을 눈과 눈으로 주고받았다. 패티는 아무도 없는 입구의 공간을 뚫어지게 보고 있었다. 그녀의 가슴이 크게 물결쳤다. 그리고 카터는 지금 짐과 노라 사이에 일어난 일과 자기와 패티 사이에 일어난 일이 그의 마음속에서 마구 뒤섞이고 있는 듯, 패티를 지켜보고 있었다.

잠시 뒤……. 잠시 뒤, 2층에서 소리가 났다. 침실 문이 열리는 소리, 걸어가는 소리, 그리고 계단에서 들려 오는 발소리, 노라와 짐이 입구에 나타났다.

"우리 결혼하겠어요" 하고 노라가 말했다. 이것은 마치 그녀는 꺼진 전구이며, 짐이 스위치를 누른 것과 비슷한 현상이라고 할 수 있었다. 그녀의 몸 안에서 붉은 빛이 배어 나오며 어떤 종류의 열을 발산하기 시작했다.

"당장에 하겠습니다" 하고 짐이 말했다. 굵고 반항적인 목소리였다. 스스로도 짐작하지 못했던 금강사로 문지른 듯한 거칠고 쉰 목소리였다. "당장에 말입니다. 좋겠지요?" 그는 모랫빛 머리 밑으로부터 목덜미까지 새빨개지며 말했다. 그는 존 F와 해미온을 도전하는 눈길로 고집스럽게 노려보았다.

"오오, 노라!" 하고 패티가 외치며 갑자기 노라에게 매달려 그녀의 입에 입을 맞추고는 울며 웃었다. 해미온은 죽은 사람같이 얼어붙은 미소를 지었고, 존 F는 "당했군!" 하고 말하며 의자에서 일어나 딸에게로 가서 그녀의 손과 그 옆에 우뚝 서 있는 짐의 손을 붙잡았다. 카터는 "드디어 저 두 사람의 머리가 돌았군" 하고 말하며 패티의 허리에 팔을 감았다. 노라는 울지 않았다. 그녀는 다만 어머니를 찬찬히 보고 있었다. 이때 여지껏 화석이 되어 있던 해미온 부인이 자세를 허물어뜨리며 패티를 밀어젖히고 존 F와 카터를 헤치고 노라에게로 달려갔다. 그녀는 노라에게 키스하고 짐에게도 키스하고는 히스테리컬한 목소리로 알 수 없는 말을 뭐라고 자꾸만 지껄였는데, 이런 경우에는 분명한 말로 표현했다 하더라도 결국 마찬가지였으리라.

6 짐과 노라의 결혼식

해미온은 전쟁터의 지형과 정확한 병력의 숫자가 기입된 지도를 보며 작전 계획을 세우는 야전 사령부의 장군처럼 결혼식 계획을 짜고 있었다. 노라와 패티는 노라의 결혼 의상을 사기 위해 뉴욕으로 갔다. 해미온은 우선 감리교회의 늙은 사무원 토머스와 결혼식에 대한 타합을 짓고, 번화가에 있는 아르메니아 사람인 애꾸눈 앤더 바일로베티안의 꽃 가게에 가서 장식용 꽃에 대한 의논을 한 다음, 목사인 도우리틀 박사와 결혼식 연습 및 소년 합창대 등에 대한 의논을 하고, 요리를 담당할 존즈 부인과 여행사의 클레이시와 의견을 나눈 뒤 은행에 가서 남편 존과 비용에 대해 의논했다.

그러나 이러한 일들은 모두 보급 장교와의 교섭에 지나지 않는다. 참모 장교들은 라이트빌의 상류 부인들인 것이다.

"마치 영화의 한 장면 같았어요!" 하고 해미온은 전화로 줄곧 말했다. "시초는 애인들끼리의 싸움이었으니까요. 그래요, 나도 세상 사람들이 뭐라고 하는지 알고 있고 말고요!" 해미온은 쌀쌀하게 말했다. "하지만 우리 노라를 억지로 데려가 달라고 할 필요는 없었어요. 잊으셨는지 모르겠지만, 작년에도 바 하버의 훌륭한 젊은이와 혼담이 있었지만……. 그렇지 않아요! 몰래 결혼을 시키다니요. 식은 교회에서 합니다……. 물론 새색시차림으로 하고 말고요……. 네, 남아메리카로 6주일 예정으로 간답니다……. 아, 네, 그것은 짐이 은행에서 다시 일하도록 하면 되지요……. 아니오, 임원 자리예요! 노라의 결혼식에 댁을 초대하지 않다니요!"

짐이 라이트빌에 돌아온 지 일주일 뒤인 8월 31일 토요일에, 짐과 노라는 제1감리교회에서 도우리틀 박사의 주례 아래 결혼했다. 존 F가 신부를 데리고 들어갔고, 카터 블랫포드가 짐의 들러리를 섰다. 식이 끝난 뒤 라이트 저택의 잔디밭에서 피로연이 벌어졌다. 짧은 윗옷을 입은 20명의 흑인 급사가 시중을 들었고, 존 F가 1928년에 버뮤다에서 배워 온 비결에 의해 만들어진 럼 주의 펀치가 나왔다. 오건디 천으로 지은 드레스와 생화로 만든 장미 화관으로 꽃처럼 차려입은 에밀린 듀플레는 이곳 저곳으로 뛰어다니며 해미온 라이트가 얼마나 '재치있게' 이 '야릇한' 옥신각신을 수습했는지, 눈 밑에 보랏빛 테가 생긴 짐을 보라는 둥, 저 사람은 지난 3년 동안 계속 술만 마신 모양이니 얼마나 낭만적이냐는 둥 떠들었다. 그러자 클래리스 마틴은 들으라는 듯이, 이 세상에는 천성적으로 남에게 해가 되는 말만 하고 다니는 사람이 꼭 있는 법이라고 말했다.

잔디 위에서 피로연이 벌어지고 있는 동안 짐과 노라는 뒷문으로 살짝 빠져나갔다. 에드 호치키스가 이 신랑 신부를 급행 열차에 태워 가도록 슬로컴 정거장까지 태워다 주었다. 짐과 노라는 그날 밤 뉴욕에서 묵고, 화요일에 리오데자네이로를 향해 출항할 예정이었다. 바깥을 서성거리고 있던 엘러리 퀸은 이 신혼부부가 에드의 자동차에 급히 올라타는 것을 보았다. 다이아몬드처럼 눈을 반짝이며 노라가 남편의 손에 꼭 매달려 있고, 짐은 엄숙하고 자랑스러운 얼굴을 하고 있었다. 그는 아무렇게나 다루면 흠이라도 난다고 생각하는지 자기 아내를 소중히 차에 태워 주었다. 퀸은 프랭크 로이드도 보았다. 결혼식 전날에 '사냥'에서 돌아온 로이드는 '유감스럽게'도 결혼식에도 피로연에도 참석하지 못한다는 뜻을 써서 해미온에게 보내 왔다. 이유는 공교롭게도 그날 밤에 주의 수도에서 열리는 신문 발행자 회의에 참석해야 하기 때문이라는 것이었다. 그 대신 사회부 기자 글래디스 헤밍워스를 시켜 결혼식 상황을 취재케 하겠다고 했다. 그리고 '노라의 행복을 빕니다. 프랭크 로이드'라고 끝을 맺고 있었다.

그런데 200마일이나 먼 곳에 가 있어야 할 프랭크 로이드가 라이트 저택 뒤뜰 잔디밭 옆의 수양버들 그늘에 몰래 숨어 있었다. 퀸은 부들부들 떨리도록 불안을 느꼈다. 패티가 전에 뭐라고 했더라? '프랭크는 무척 원망하고 있었어요'라고 하지 않았던가. 게다가 프랭크는 위험한 인물인 것이다……. 짐과 노라가 택시를 타기 위해 부엌문을 통해 나왔을 때 단풍나무 뒤에 숨어 있던 엘러리는 만일의 일에 대비하기 위해 돌을 주워서 들고 있을 정도였다. 그러나 수양버들은 늘어진 채 흔들거리고 있을 뿐이었으며, 택시가 사라지고 보이지 않게 되자 프랭크 로이드는 숨었던 자리에서 나와 저택 뒤의 숲 속으로 들어가 버렸다.

결혼식이 끝난 다음의 화요일 밤, 패티 라이트는 엘러리의 집 포치에 올라와 일부러 쾌활한 목소리로 말했다.

"지금쯤 노라와 짐은 대서양 어딘가에 있을 거예요."

"달빛 아래 서로 손을 마주잡고 말이지요."

패티는 한숨을 쉬었다. 엘러리는 매달은 의자 위 그녀 옆에 앉았다. 두 사람은 어깨를 대고 함께 의자를 흔들었다.

"오늘 밤의 브리지 게임은 어떻게 하지요?"

엘러리가 물었다.

"엄마가 취소하셨어요. 너무 지치셨거든요. 일요일부터 내내 자리에 누워 계셔요. 그리고 아빠는 우표 앨범을 손에 든 채 어쩔 줄 몰라하시며 집 안을 서성거리고 계시답니다. 딸을 빼앗긴다는 것이 어떤 것인지 나는 정말 전혀 몰랐어요."

"로라 언니의 모습이……."

"로라는 오지 않았어요. 엄마가 번화가까지 일부러 자동차를 타고 가서 와 달라고 부탁했는데도 말이에요. 로라의 이야기는 하지 마세요."

"그럼, 누구 이야기를 할까요?"

패티는 입 속으로 중얼거렸다.

"당신 이야기."

"나의 이야기?" 엘러리는 놀랐다. 그리고 웃으며 말했다. "대답을 하라면 '예스'라고 하겠지만……."

"뭐라고요! 엘러리 씨, 나를 놀리시는군요!"

패티가 외쳤다.

"그렇지 않습니다. 당신 아버님이 난처한 입장에 처해 계실 것 같군요. 노라가 간신히 결혼했는데, 본디 그녀를 위해 지은 이 집은 지금 내가 쓰고 있으니 말이오. 아버지는 마음속으로……."

"어쩌면, 엘러리 씨, 당신은 정말 좋은 분이시군요! 아빠는 어찌할 바를 모르고 계시는 것 같아요. 마음이 약한 분이거든요! 그래서 나더러 당신에게 말씀드리라고 부탁하시더군요. 짐과 노라는 기왕이면 자기들의……. 즉 이렇게 되리라고는 아무도 몰랐지만, 신혼 여행에서 돌아오면 곧 이 집에서 살도록 해주었으면 하고 바라는 것 같아요. 하지만 그렇게 한다는 것은 당신에게 너무 미안한일이지요!"

"염려 말아요, 패티. 나는 금방 비워 드릴 수 있으니까" 하고 엘러리는 말했다.

"그건 너무해요! 당신은 6개월 계약으로 빌리셨잖아요. 그리고 소설을 쓰고 계시니만큼 우리 쪽에서는 전혀 뭐라고 말할 권리가 없지요. 아빠는 매우 난처해서——"

"쓸데없는 소리!" 하고 말하며 엘러리는 미소지었다. "당신의 머리카락에 아까부터 마음이 쏠려서 견딜 수가 없군요. 그것은 사람의 것이 아니라 마치 명주실 속에 반딧불을 넣은 것 같습니다."

패티는 아무 말도 하지 않았다. 그리고 매달은 의자의 끝으로 바싹 다가가더니 스커트 자락을 무릎 밑으로 내렸다.

"뭐가요?"

패티는 이상한 목소리로 물었다.

엘러리 퀸은 성냥을 찾았다.

"그만둡시다. 그저 조금 색다른 데가 있다는 것이었소."

"알겠어요. 내 머리카락이 사람의 것 같지 않단 말이지요? 그저 조금 색다른 데가 있다고요." 패티는 그의 말투를 흉내내었다. "그럼, 나는 그만 가 봐야겠어요. 카터가 기다리고 있거든요."

엘러리도 벌떡 일어섰다.

"카터 씨를 화나게 하지 말아요! 다음 토요일이라면 아직 날짜가 충분하군. 당신 어머니는 이 집을 손질해 놓고 싶으시겠지요. 지금 같이 주택이 부족하면, 나도 라이트빌을 떠날 수밖에."

"어머나, 내 정신 좀 봐! 가장 중요한 일을 잊고 있었어요. 아빠와 엄마는 당신이 원하시는 만큼 얼마든지 우리 집에 묵으셨으면 좋겠다고 말씀하셨어요. 안녕히 주무세요."

그리고 그녀는 느긋한 기분에 젖어 있는 엘러리 퀸을 재앙의 집 포치에 혼자 남겨두고 가 버렸다.

7 핼로윈 (모든 성인의 날) ── 가면

짐과 노라는 10월 중순 무렵 신혼 여행에서 돌아왔다. 산이란 산은 모두 불이 붙은 듯이 새빨갛고, 거리의 어디를 걸으나 낙엽을 태우는 향기로운 연기 내음이 감돌고 있었다. 슬로컴에서 열린 물산공진회는 대성황을 이루었고, 제스 와트킨즈의 흑백 얼룩 무늬 젖소 파니 9호가 진기한 종류의 젖소로 일등상을 받아 라이트빌을 빛냈다. 장갑을 끼지 않은 아이들은 빨간 고무 같은 손으로 왁자지껄 돌아다녔고, 하늘에는 별이 얼어붙은 듯 밤공기가 차가웠다. 밭에는 호박이 조그만 오렌지빛 화성인처럼 묘하게 줄지어 웅크리고 있었다. 해미온의 먼 친척인 시청에 다니던 에모스 블루필드가 10월 11일에 뇌일혈로 갑자기 세상을 떠나, 관례대로 '엄숙한' 가을의 장례식까지 치렀다. 노라와 짐은 하와이 사람처럼 햇볕에 그을린 얼굴로 기차에서 내렸다. 짐은 장인을 보고 싱긋이 웃었다.

"이건 너무 쓸쓸한 환영이군요."

"지금 이 거리에는 매우 중요한 문제가 있어서 그렇다네, 짐. 내일이 징병 등록일이란 말일세" 하고 존 F가 말했다.

"그렇다면 큰일인데, 노라. 나는 까맣게 잊고 있었어."

"어쩌면 좋지요! 저에게 또 새로운 걱정거리가 생겼으니!"

그녀는 '언덕'에 닿기까지 짐의 팔에 매달려 떨어질 줄을 몰랐다.

"거리가 온통 떠들썩하단다. 노라야, 너 아주 좋아졌구나!"

해미온 부인이 말했다.

노라는 확실히 건강해 보였다.

"몸무게가 5킬로그램이나 늘었어요" 하고 말하며 노라는 웃었다.

"신혼 여행의 감상은 어떻습니까?"

카터 블랫포드가 물었다.

"당신도 빨리 결혼해서 직접 맛보세요, 카터. 어머나, 패티, 너 정말 아주 매력적이로구나!" 하고 노라는 말했다.

"나는 도무지 어떻게 해볼 도리가 없답니다. 말 재주 좋은 직업 작가가 집 안에 있으니――" 하고 카터는 얼버무렸다.

"상대가 되지 않는단 말인가?" 하고 짐이 싱글거렸다.

"집 안이라니요!" 노라가 깜짝 놀란 목소리로 말했다. "어머니, 아무것도 알려주지 않으셨군요!"

"그런 정도는 해 드려야 하지 않겠니, 노라야. 아무튼 계약을 포기해 주셨으니 친절한 분이시지" 하고 해미온 부인이 말했다.

"좋은 사람이야" 하고 존 F가 말했다. "어떠냐, 우표는 좀 수집해 왔니?"

이때 패티가 애타는 목소리로 말했다.

"언니, 이 남자분들은 그냥 내버려 두고 우리끼리 어디 가서 이야기해요."

"형부와 내가 가지고 온 선물을 펴보고 난 다음에 그러자꾸나." 리무진 자가용이 라이트 저택의 드라이브 웨이에 접어들자 노라는 눈이 휘둥그레졌다.

"짐, 저것 보세요!"

"정말 놀랐는데!"

커다란 저택 옆의 조그만 집은 10월의 태양 밑에서 빛나고 있었다. 새로 페인트 칠을 하여 바람벽은 새하얗고, 검붉은 덧문과 창틀, 그리고 새로 꾸며 놓은 정원의 초록빛 등이 마치 즐거운 선물 꾸러미같이 보였다.

"정말 아름다워!"

짐이 말하자, 노라는 그를 보고 미소지으며 손을 꼭 잡았다.

"애들아, 집 안을 보고 나면 더욱 놀랄 게다."

해미온은 자랑스럽게 말했다.

"아름답게 단장하고 정다운 두 사람을 기다리고 있다우. 어머나, 언니, 울고 있네!"

패티가 말했다.

"어쩌면 이렇게도 아름답게!"

노라는 흐느껴 울며 아버지와 어머니에게 안겼다.

그리고 그녀는 남편의 손을 잡고서 엘러리 퀸이 살고 있던 짧은 기간을 제외하고는 3년 동안이나 비어 있던 집 안을 돌아보기 위해 들어갔다.

엘러리 퀸은 신혼 부부가 돌아오기 전날 조그만 가방 하나를 들고 정오의 기차를 탔다. 그가 참으로 눈치빠르게 피해 주었으므로, 패티는 그것은 그가 '정말 좋은 사람'이라는 증거라고 말했다. 이유는 알 수 없으나 엘러리는 징병 등록일 다음날, 즉 10월 17일에 돌아왔고, 옆의 조그만 집에서는 떠들썩하게 웃으며 술렁거리는 소리가 났으며, 얼마 전까지만 해도 '재앙의 집'이라는 말을 듣던 기미는 조금도 없었다.

"스미드 씨, 이 집을 비워 주셔서 뭐라고 감사의 말씀을 드려야 할 지 모르겠어요."

노라가 말했다. 그녀의 조그만 코가 벌써 주부답게 무엇인지 묻어서 더럽혀져 있었다.

"200와트의 밝은 얼굴이 나에게는 더할 나위 없는 감사의 뜻으로 보입니다."

"듣기 좋은 말씀도 잘하시는군요!" 노라는 말하며 풀이 빳빳한 작은 앞치마를 잡아당겼다. "저는——"

"눈이 나빠서 잘 보이지 않습니다만, 행복한 서방님은 어디 가셨습니까?"

"그이는 짐을 찾으러 정거장에 갔어요. 뉴욕의 아파트에서 이리로 옮겨오기 전에 책이며 옷가지며 다른 자질구레한 물건을 라이트빌 정거장으로 부쳤다는군요. 그것을 여지껏 창고에 그냥 맡겨 두었었지요. 어머나, 돌아왔어요! 여보, 짐은 잘 보관되어 있었나요?"

슈트케이스, 책 상자, 트렁크 등을 가득 실은 에드 호치키스의 택시에서 짐이 손을 흔들었다. 에드와 짐이 그것을 날라들였다. 엘러리는 짐이 무척 건강해 보인다고 말했고, 짐은 붙임성있게 악수하며 집을 비워 주어서 고맙다고 말했다. 노라는 스미드 씨와 점심을 같이하고 싶다고 말했으나 스미드 씨는 노라와 짐이 집 안을 정돈하고 안정된 다음에 폐를 끼치겠다고 말하며 돌아갔다. 그가 사라진 다음 노라가 "여보, 어쩌면 책이 이렇게도 많지요!"라고 말하자 짐은 입 속으로 중얼거렸다.

"짐을 싸면서야 비로소 책이 정말 많다는 것을 알았어. 에드, 그 책 상자를 우선 지하실에 넣어 주지 않겠나?"

엘러리가 뒤돌아보았더니 짐과 노라는 손을 맞잡고 있었다. 그는 혼자 미소지었다. 이 새색시의 집이 정말로 그 울타리 안에 재앙을 숨기고 있다면 어지간히 감쪽같이 숨기고 있음에 틀림이 없다.

엘러리는 소설을 쓰는 일에 박차를 가했다. 식사 시간을 제외하고는 해미온이 얼마든지 마음대로 써도 좋다고 말한 맨 위층의 자기 성역에서 나오지 않았다. 해미온과 패티와 루디는 밤이 이슥해질 무렵까지 그의 타이프라이터 소리를 들었다. 그는 짐과 노라와도 거의 만나지 않았다. 그러나 저녁 식사 때만은 가족들의 대화 속에 어떤 잡음 비슷한 소리가 섞여 있지 않나 하고 은근히 귀를 기울였다. 그러나 짐과 노라는 아주 행복한 듯했다. 은행에서 다시 일을 하게 된 짐에게는 자기 전용의 방이 마련되어 기다리고 있었고, 떡갈나무로 만든 새 책상 위에는 '부총재 하이트 씨'라고 씌어진 청동 명패가 놓여 있었다. 이따금 예전부터 알고 지내던 손님들이 찾아와서 그에게 축하의 말을 한 다음, 야릇한 표정으로 노라는 잘 지내고 있느냐는 둥 엉큼하게 묻곤 했다.

그들의 작은 집도 유명해졌다. '언덕'의 부인들이 번갈아 가며 찾아왔다. 노라는 일일이 미소와 차로 그들을 접대했다. 날카로운 눈길들이 방의 구석구석을 살폈고, 조그만 흠이나 더러움도 놓칠세라 샅샅이 둘러보는 것이었다. 그리고 노라는 그들의 빗나간 호기심을 마음속으로 웃었다. 해미온은 결혼한 이 딸을 자랑스럽게 여겼다.

그리하여 엘러리 퀸은 자기가 쓸데없는 상상을 지나치게 하는 어리석은 사람이었음을 깨달았고, 재앙의 집은 이제 다시 살아날 가망이 없을 만큼 깊이 파묻혀 버리고 말았구나, 하고 단념했다.

이와 같이 실재의 인생이 협력을 해주지 않으니 그의 소설에 그려질 범죄는 자기 스스로 창작해야만 할 것이다. 그리고 이 집에 사는 사람들은 모두 착한 사람들이니만큼 오히려 잘됐다고 그는 생각했다.

10월 29일이 왔고, 또한 지나갔다. 그와 동시에 워싱턴에서 거행된 연방 징병 추첨 번호도 발표되었다. 짐도 카터 블랫포드도 낙첨되었다. 30일 아침 일찍 엘러리 퀸이 호텔에 나타나 뉴욕 신문을 사서 읽고는 재미없다는 듯이 어깨를 움츠리며 내던지는 것을 마크 도우들의 아들 글로버가 놓치지 않고 보았다.

31일은 광란의 하루였다. '언덕'의 집들은 하루 종일 누가 누르는지 알 수 없는 초인종 소리에 시달렸다. 포장 도로에는 색분필로 무서운 기호가 그려졌다. 저녁이 되자 여러 가지 옷을 걸친 기괴한 작은 도깨비들이 얼굴에 그림 물감을 칠하고 두 팔을 휘두르며 온 거리를 뛰어다녔다. 이집 저집의 누나들은 콤팩트며 입술 연지가 없어진 것을 알고 화를 냈고, 수많은 작은 도깨비들이 매를 맞아 쓰라린 엉덩이를 어루만지며 잠자리로 들어갔다. 아무튼 하나에서 열까지 모두 명랑했고 향수를 느끼게 했다. 저녁 식사 전에 부근을 산책한 엘러리 퀸은 다시 한 번 어린아이로 돌아가 10월 31일 핼로윈의 장난을 쳐 보고 싶은 마음이 일었다. 라이트 저택으로 돌아오다가 하이트네 집에도 불이 켜져 있는 것을 보고 그는 문득 가 보고 싶은 생각이 들어 그 집 앞으로 가서 초인종을 눌렀다.

문간에 나온 것은 노라가 아니라 패티였다.

"어머나, 나를 피해서 달아나신 줄 알았어요. 그래서 이젠 만나지 못하리라고 각오하고 있던 참이에요" 하고 패티는 말했다. 엘러리는 잠시 동안 그녀의 얼굴을 황홀한 듯이 보고 있었다. "왜 그러세요?" 패티는 얼굴을 붉혔다. "어머나 언니, 유명한 작가 선생님이 오셨어요!"

"어서 오세요!"

노라가 거실에서 말을 걸었다. 들어가 보았더니 그녀는 책을 한아름 안고서 바닥에 마구 쌓여 있는 책을 또 주위 올리려 하고 있었다.

"저런, 내가 도와 드리지요" 하고 엘러리가 말했다.

"괜찮아요, 거기 앉아서 보고만 계세요" 하고 말하며 노라는 계단을 밟고 올라갔다.

"언니는 2층에 있는 또 하나의 침실을 형부의 서재로 꾸미려고 해요" 하고 패티가 설명했다.

패티가 바닥에 놓여 있는 책을 차례차례 주워 올리고 있는 동안 엘러리는 책장에 절반쯤 남아 있는 책의 표제를 무심히 보고 있었는데, 노라가 다시 책을 가지러 2층에서 내려왔다.

"노라, 짐은 어디 갔습니까?"

엘러리가 물었다.

"은행에요." 노라는 허리를 구부리며 말했다. "중요한 중역 회의가 있다는군요!"

그 순간 그녀가 두 팔에 새로 안아올린 맨 위의 책 하나가 떨어지더니 잇달아 한 권 한 권 떨어지기 시작했다. 이 책의 폭포수에 깜짝 놀란 노라가 바닥에 주저앉았기 때문에 애써 안고 있던 책이 절반쯤 다시 바닥에 떨어졌다.

패티가 말했다.

"어머나, 언니! 편지 좀 봐!"

"편지? 어디? 어머나 정말 그렇구나!"

노라가 안고 있던 책 가운데 한 권은 다갈색 헝겊으로 장정된 특별히 큰 책이었다. 그 책장 사이에서 몇 장의 봉투가 흘러 떨어졌다. 노라가 이상하다는 표정으로 그것을 주워 올렸다. 그 봉투들은 봉해 있지 않았다.

"그런 허술한 낡은 봉투 석 장 따위는 놓아 두고 빨리 책이나 정리해요, 언니. 그렇지 않으면 언제 끝날지 알 수 없으니까."

패티가 말했다. 그러나 노라는 얼굴을 찌푸렸다.

"이 속에 뭔가 들어 있어. 이것은 모두 집의 책인데, 어쩌면……."

그녀는 하나의 봉투 속에서 접힌 종이 하나를 꺼내어 펴서 혼자 천천히 읽었다.

"노라, 왜 그래요?"

퀸이 물었다.

노라는 가냘픈 소리로 말했다.

"모르겠어요."

그리고 그 종이를 봉투 속에 도로 넣었다. 다음 봉투에서도 같은 종이를 꺼내어 읽고 다시 봉투에 넣었고, 세 번째 것도 읽었다. 그리고 그 종이를 세 번째 봉투에 넣었을 때 그녀의 볼은 젖은 모래 빛깔로 바뀌어 있었다. 패티와 엘러리는 까닭을 모르는 채 눈과 눈을 마주보았다.

"우!" 하는 소리가 났다. 노라가 비명을 지르며 몸을 홱 돌렸다. 입구에 한 남자가 웅크리고 있었다. 종이 가면을 쓰고 기괴한 얼굴 앞에 두 손을 들어올리고서 할퀴려는 듯 손가락을 구부렸다 폈다 하고 있는 것이었다. 노라의 눈동자가 위로 치켜올라가더니 흰자위만 남았다. 다음 순간 그녀는 세 통의 편지를 움켜쥔 채 바닥 위에 쓰러졌다.

"노라!" 짐이 기괴한 핼로윈 가면을 벗어던지며 말했다. "노라, 내가 설마……."

"형부, 이게 무슨 짓이에요! 그런 장난을 치시면 어떡해요!" 패티는 허덕이듯 말하며 움직이지 않는 노라 옆에 무릎을 꿇었다. "언니, 왜 그래요, 언니!"

"패티, 비켜 줘" 하고 짐은 쉰 목소리로 말하고는 축 늘어진 노라를 안아올려 종종걸음으로 계단을 올라갔다.

"그저 까무러쳤을 뿐이오" 하고 엘러리는 부엌으로 달려가는 패티에게 말했다. "이제 곧 나을 테니 염려 말아요, 패티!"

패티는 물이 담긴 유리잔을 들고 넘어질 듯하며 돌아왔으므로, 한 걸음마다 물이 쏟아졌다. 엘러리가 그 유리잔을 들고 2층으로 달려올라가자 패티도 곧 뒤를 따라갔다. 노라는 침대에 누운 채 반쯤 미친 듯했고, 짐은 그녀의 두 손을 두드리며 풀이 죽어 있었다.

"잠깐 실례합시다."

엘러리가 말했다. 그는 어깨로 짐을 밀어젖히고 노라의 핏기 잃은 입술에 유리잔을 갖다댔다. 그녀는 그의 손을 밀어 내려고 했다. 엘러리가 그녀의 볼을 찰싹 때리자 그녀는 울기 시작했으나, 흐느껴 울며 물을 마셨다. 그리고 베개에 머리를 묻고 두 손으로 얼굴을 가렸다.

"저리들 가세요" 하고 말하며 그녀는 울었다.

"언니, 이젠 괜찮아?"

패티가 조심스러운 듯이 물었다.

"응, 제발 가만 내버려 둬. 부탁이야!"

"자, 그만 내려가지. 우리 둘이만 있게 해주시오."

짐이 말했다.

노라는 두 손을 내렸다. 얼굴이 부석부석했다.

"당신도 내려가세요, 여보."

짐은 놀라며 그녀를 보았다. 패티가 짐을 이끌고 방에서 나가자 엘러리는 얼굴을 찌푸리며 침실 문을 닫고 그들과 함께 아래층으로 내려갔다. 짐은 여러 가지 술이 들어 있는 캐비닛으로 가서 위스키를 가득 따라 자포자기한 듯이 단숨에 마셨다.

"언니가 그토록 걱정하는데 또 마셔요?" 패티가 나무라듯이 말했다. "형부가 오늘 밤 이렇게 많이 마시지만 않았어도——"

짐은 화가 나서 불끈하며 말했다.

"내가 취한 줄 알아? 노라에게는 내가 술을 많이 한다고 말하지 말아요! 알겠지?"

"알았어요, 형부."

패티는 조용히 말했다.

그들은 기다렸다. 패티가 이따금 계단 밑으로 가서 2층을 올려다보았고, 짐은 슬금슬금 왔다갔다했다. 엘러리는 소리나지 않는 멜로디를 휘파람으로 불었다. 노라가 불쑥 나타났다.

"언니, 좀 나았어?"

패티가 외쳤다.

"깨끗이 나았어. 미안합니다, 스미드 씨. 갑자기 무서워서 그랬어요."

노라는 미소지으며 계단을 내려왔다.

짐은 그녀를 두 팔로 끌어안으며 "오, 노라" 하고 말했다.

"이젠 됐어요, 걱정마세요, 여보."

노라는 웃었다.

세 통의 편지에 대해서는 조금도 내비치지 않았다.

8 핼로윈──붉은 편지

저녁 식사 뒤 짐과 노라가 포치에 나타났는데, 노라는 제법 떠들어댔다.

해미온 부인이 말했다. "짐, 그 시시한 가면 때문에 노라가 몹시 놀랐다는 이야기를 들었네. 노라야, 이젠 정말 괜찮니?"

"그럼요, 어머니. 제가 조금 놀랐을 뿐인데 이렇게 야단이세요!"

존 F는 당황한 표정으로 딸과 사위를 남모르게 지켜볼 따름이었다. 짐은 멋쩍은지 그저 웃고만 있었다. 해미온이 물었다.

"패티, 카터는 왜 안 오지? 그 사람도 오늘 밤에 우리와 함께 공회당에 가기로 되어 있지 않았니?"

"저 머리가 아파요, 엄마. 그래서 카터에게 전화로 저는 이제부터 쉬어야겠다고 말했어요. 그럼, 저는 들어가겠어요."

패티는 급히 집 안으로 들어갔다. 존 F가 말했다.

"함께 가지 않으시겠소, 스미드 씨? 오늘 밤에 강연할 사람은 종군기자인데 훌륭하답니다."

"고맙습니다만, 저는 소설 때문에 조금 바빠서요. 용서하십시오."

짐의 새 차가 언덕을 내려가 보이지 않게 되자 엘러리 퀸은 라이트 저택의 포치를 내려가 호박같이 둥근 보름달 빛을 받으며 잔디밭을 가로질러 갔다. 그는 노라의 집 둘레를 돌며 창문을 보았다. 어느 창문에도 불은 켜 있지 않았다. 그렇다면 앨버터는 돌아간 모양이다. 목요일 밤마다 그녀는 쉬게 되어 있었던 것이다. 엘러리는 들어가서 손전등을 비춰 다시 잠그고 홀을 지나 거실로 갔다. 그리고 소리나지 않도록 조심하며 2층으로 올라갔다. 끝까지 올라간 그는 얼굴을 찌푸리고 멈춰섰다. 노라의 침실 문 밑으로 가느다란 불빛이 새어나오고 있었던 것이다! 그는 귀를 기울였다. 방 안에서 서랍 여닫는 소리가 나고 있다. 도둑일까? 아니면 역시 누군가가 핼로윈의 장난질을 치고 있는 것일까? 엘러리는 손전등을 곤봉처럼 단단히 쥐고 문을 걸어찼다. 노라의 화장대 맨 밑 서랍 앞에 쭈구리고 있던 패티가 비명을 지르며 벌떡 일어났다.

"나쁜 사람! 놀라서 기절할 뻔했잖아요!" 패티는 숨을 할딱이며 말했다. 그리고 엘러리가 재미있다는 듯이 자기를 내려다보고 있음을 알자 얼굴을 붉혔다.

"나에게는 구실이 있어요! 동생이니까요. 하지만 당신은…… 당신은 비겁해요. 남의 집에 몰래 들어오다니, 나빠요. '엘러리 퀸 씨'!"

엘러리의 턱이 그 순간 늘어졌다. 그는 감탄하며 물었다.

"당신은 여간아니군. 오래 전부터 알고 있었소?"

"그럼요. 나는 전에 〈현대 문명에 있어서의 미스터리 소설의 위치〉라는 강연을 들은 일이 있어요. 무척 성황을 이루었지요."

"그것은 웰즐리에서였던가?"

"새라 로렌스의 집이었지요. 그때의 당신은 무척 핸섬한 분이라고 생각했었는데, 실망했어요! 어쨌든 걱정하실 필요는 없어요. 나는 당신의 귀중한 익명을 폭로하지는 않을 테니까요."

엘러리 퀸은 그녀에게 키스했다.

"키스해 주시는 것이 싫지는 않지만, 지금은 안 돼요……. 그만 하세요, 엘러리 씨. 이 다음에 다시 해주세요. 그 편지에 대해서 말인데요, 당신밖에 의논드릴 사람이 없군요. 엄마와 아빠가 아시면 얼마나 걱정하실는지."

"카터 블랫포드는?"

엘러리는 아무렇지도 않은 듯이 말했다.

"카터는……" 하고 말하며 라이트 양은 얼굴을 찌푸렸다. "글쎄요, 카터에게는 어쩐지 좋지 않은 일이 있었다는 것을 알리고 싶지 않아요. 만일 이것이……. 아무튼 나는 뭐가 뭔지 아직 모르겠어요."

그녀는 빠른 어조로 덧붙여 말했다.

"그야 그렇겠지요. 그 입술 연지는 참으로 맛있는데요."

"닦으세요, 어서요" 하고 패티는 조금 풀이 죽어서 말했다. "나는……. 하지만 노라는 그 편지의 내용에 대해 어째서 한 마디도 하지 않을까요?" 하고 그녀는 큰 소리로 말했다. "어째서 그 편지를 놓아 두고 거실로 돌아왔을까요? 어째서 우리를 침실에서 내쫓았을까요? 엘러리 씨, 나는……. 무서워요."

엘러리는 그녀의 차가운 두 손을 꼭 쥐어 주었다.

"어쨌든 편지를 찾아봅시다."

그것은 노라의 모자 상자 속에 들어 있었다. 그 상자는 노라의 옷장 속 선반에 얹혀 있었는데, 세 통의 편지는 멋있는 보랏빛 베일이 달리고 꽃 장식이 있는 조그만 모자 밑의 화장지 아래에 숨겨져 있었다. 엘러리 퀸이 한탄했다.

"엉성하게 감추어 놓았군."

"가엾게도……. 어디 좀 보여 주세요."

엘러리는 그 세 통의 편지를 건네 주었다. 어느 봉투에나 오른쪽 위 우표가 붙어 있어야 할 자리에 빨간 크레용으로 날짜가 적혀 있었다. 패티는 이맛살을 찌푸렸다. 엘러리가 봉투를 들고 크레용으로 적힌 날짜의 순서대로 포개 놓았다. 날짜는 11월 28일, 12월 25일, 1월 1일이었다. 패티는 의아한 듯 말했다.

"이것은 세 통 모두 로즈메리 하이트 양에게 보내는 편지로군요. 형부의 단 하나뿐인 누이동생이랍니다. 우리는 아직 만나 본 적이 없지만요. 하지만 주소도 적혀 있지 않으니, 이상하지 않아요……."

엘러리는 이마에 주름을 모으며 말했다.

"그다지 이상할 것은 없지요. 다만 이상하다면 크레용으로 썼다는 점일까."

"형부는 언제나 연필 대신 빨간 크레용을 써요. 형부의 버릇이지요."

"그럼, 이 겉봉에 있는 누이동생의 이름은 짐이 직접 쓴 것이겠군요?"

"맞아요. 형부의 필적이에요. 나는 보면 금방 알 수 있어요. 엘러리 씨, 대체 무엇이 들어 있을까요?"

엘러리가 첫 봉투에서 알맹이를 꺼냈는데, 그것은 노라가 정신을 잃으며 움켜쥐어서 꾸깃꾸깃해진 종이였다. 역시 빨간 크레용으로 씌어진 그 편지를 보고 패티는 그것도 짐의 필적이라고 말했다.

동생에게

너무 바빠서 오랫동안 편지를 보내지 못해 미안하다. 오늘은 아내가 병이 나서 길게 쓰지 못하겠다. 심한 병 같지는 않지만, 아직 확실한 것은 모르겠구나. 무슨 병인지 의사도 알 수 없다고 한다. 큰 병이 아니기를 바랄 뿐이야. 병세에 대해 계속 알려 주마. 곧 답장 주기 바란다.

11월 28일

"대체 무슨 말일까요? 언니는 건강한데 말이에요. 요전에도 엄마하고 그 얘기를 했었지요, 엘러리 씨."

패티는 천천히 말했다.

"노라는 최근 윌로비 선생께 진찰을 받은 적이 있소?"

"아니오. 어쩌면……. 하지만 진찰을 받은 것 같지는 않아요."

"그럴 테지" 하고 엘러리는 말했으나 그 말투에서는 아무것도 짐작할 수가 없었다.

"게다가 그 날짜, 11월 28일이라면 아직 한 달이나 있어야 하잖아요, 엘러리 씨! 짐은 어떻게 미리 알 수 있을까요?"

패티는 말을 하다 말았다. 조금 있다가 쉰 목소리로 말했다.

"다음 것을 펴보세요!"

다음 편지는 처음 것보다 짧았는데, 역시 빨간 크레용으로 씌어졌으며 같은 필적이었다.

동생에게

너에게 걱정을 끼쳐 주고 싶지 않지만 그래도 알리지 않을 수 없구나. 아내는 전보다 병세가 더욱 나빠졌어. 위독해. 우리는 최선을 다하고 있다.

이만 총총.

12월 25일

짐

"'이만 총총'이라고요! 이만 총총이라니, 날짜는 12월 25일이구요!" 엘러리는 눈을 거의 감고 있었다. "노라가 병이 나지도 않았는데, 어째서 위독하다고 했을까요?" 하고 패티는 우는 목소리로 말했다. "하물며 앞으로 두 달 뒤의 일인데 말이에요!"

"세 번째 편지를 읽어 봅시다."

엘러리 퀸은 마지막 봉투에서 종이를 끄집어 냈다.

"엘러리 씨, 뭐라고 씌어 있어요?"

그는 패티에게 편지를 건네 주고 자신은 신경질적으로 담배를 피우며 노라의 침실 안을 걸어다녔다.

패티는 눈을 크게 뜨고 편지를 읽었다. 그것 역시 다른 것과 마찬가지로 같은 필적이었고, 빨간 크레용으로 씌어 있었다.

동생에게

아내는 세상을 떠났다. 오늘 숨을 거두었어. 지금까지 그녀가 세상에서 살아 있었던 것 같지 않은 기분이 든다. 그녀의 임종은……. 도저히 이 이상 더 쓸 수가 없구나. 되도록 와 주었으면 좋겠다.

1월 1일

짐

"자, 자, 우리 아기, 이제 그만 울어요" 하고 엘러리는 말하며 그녀의 허리에 팔을 감았다.

"대체 이게 무슨 뜻일까요?"

그녀는 흐느껴 울며 말했다.

"어서 그쳐요."

패티는 얼굴을 옆으로 돌렸다.

엘러리는 편지를 하나하나 제 봉투에 넣고 그 봉투를 그가 발견했던 자리에 정확하게 돌려 놓았다. 옷장 선반에 모자 상자를 올려놓고 패티가 휘저은 화장대 서랍을 닫은 다음 노라의 손거울을 본디 자리에 놓았다. 그리고 다시 한 번 둘러보고 패티를 방 밖으로 데리고 나와 문 옆의 스위치를 눌러 천장의 불을 껐다.

"문은 본디 열려 있었소?"

"닫혀 있었어요."

그녀는 괴로운 목소리로 대답했다. 그는 문을 닫았다.

"잠깐, 그 두터운 갈색 책은 어디 있을까? 그 편지들이 끼워져 있던 책 말이오."

"형부 서재에 있어요."

형부라는 말을 입에 올리고 싶지 않은 듯한 어조로 말했다.

가 보았더니 그 책은 노라가 남편을 위해 침실을 고쳐 서재로 만든 방의 새로 설치한 책장에 있었다. 엘러리가 책상 위의 전기 스탠드를 켜자 벽에 그 그림자가 길게 그늘을 던졌다. 엘러리는 책장에서 그 책을 집어들며 말했다.

"헝겊 표지의 빛깔도 아직 바래지 않았고, 책장의 모서리도 깨끗하군."

"에치컴의 독물학이로군."

"독물학!"

패티는 겁먹은 눈을 크게 떴다.

엘러리는 표지를 자세히 보았다. 그리고 두 손으로 그 책을 펼치려

하자 한귀퉁이가 접혀진 페이지가 저절로 열렸다. 한귀퉁이가 접힌 곳은 그 페이지뿐이었다. 그리고 책의 등이 깊이 갈라져 있었는데, 그것은 귀퉁이가 접혀져 저절로 열린 페이지가 있는 곳이었다. 그러니까 그 세통의 봉투는 이 두 페이지 사이에 끼워져 있었음에 틀림없다고 엘러리는 생각했다. 그는 그 페이지를 혼자 읽기 시작했다.

"무엇이 씌어 있지요? 형부는 독물학 페이지 책으로 무엇을 하려는 것일까요?"

패티는 몹시 흥분하여 말했다.

엘러리는 그녀를 보았다.

"이 두 페이지에는 여러 가지 비소(砒素) 화합물에 대한 것이 씌어 있소. 화학식, 유독 작용, 기관이나 조직 속에 있는 것을 검출해 내는 방법, 해독제, 치사량, 비소 중독으로 일어난 병의 조치법 등."

"중독!"

엘러리는 스탠드 불빛이 가장 강하게 모이는 곳에 책을 놓았다. 그리고 굵은 글씨로 인쇄된 백비(As_2O_3)라는 글자를 손가락으로 가리켰다. 그의 손가락이 밑으로 내려가자 그 구절에는 '백색, 무미, 유독'이라고 적혀 있었고, 그 치사량도 적혀 있었다. 그리고 빨간 크레용으로 밑줄이 그어져 있었다.

패티의 일그러진 입술 사이로 해서는 안 될 말이 똑똑히 흘러나왔다.

"형부는 언니를 죽이려 하고 있어요."

제2부

9 타버린 편지

"형부는 언니를 죽이려 하고 있어요."

엘러리는 그 책을 책장에 도로 꽂았다. 그리고 패티에게 그대로 등을 돌린 채 "어리석은 소리!" 하고 말했다.

"당신은 직접 그 편지를 보셨잖아요! 자신의 눈으로 읽으셨잖아요!"

엘러리 퀸은 한숨을 쉬었다. 그는 그녀의 허리에 팔을 감고 캄캄한 아래층으로 내려왔다. 밖에 나가자 낯익은 달이 떠 있고 별들이 차갑게 반짝이고 있었다. 패티가 몸을 떨자 감겨 있던 그의 손에 힘이 주어졌다. 두 사람은 은빛으로 빛나는 잔디밭을 가로질러 가자 높은 느릅나무 밑으로 갔다.

"자, 하늘을 보며 지금 한 말을 다시 한 번 해봐요."

"설교는 그만두세요! 시적으로 얼버무려도 소용없어요. 여기는 광란의 1940년대인 아메리카예요. 짐은 미친 사람이구요, 틀림없어요!"

그녀는 울기 시작했다.

"사람의 마음이란……." 퀸은 말하려다 그만두었다. 그는 사람의 마음이란 기묘하고도 굉장한 것이라고 말하려고 했었다. 그러나 그것은 델포이의 신탁처럼 애매한 표현이라는 생각이 들었기 때문이다. 사실은……. 절대로 좋지 않은 것이다. 매우 나쁜 것이다.

"언니가 위험해요. 엘러리 씨, 어떻게 하면 좋을까요?"

패티는 자꾸만 울었다.

"패티, 시간이 흐르면 어느 정도 사실을 알 수 있게 될 테니 걱정 말아요."

"하지만 나 같으면 이런 일을 도저히 혼자서 견디어 내지 못할 거예요. 언니는, 언니는 참고 있지만. 엘러리 씨, 노라는 몹시 무서울 텐데도 저렇게 아무 일 없는 듯한 얼굴을 하고 있어요. 언니는 이미 결심하고 있나 봐요. 모르시겠어요? 믿지 않으려고 결심하고 있는 거예요. 코 끝에다 대고 그 편지를 펄럭여 보인들 언니는 아무 말도 받아들이려 하지 않을 거예요! 잠시 동안 마음의 문을 열었다가 금세 다시 꼭 닫아 버리고 말았어요. 그리고 하느님에게조차 거짓말을 할 작정인가 봐요."

"그럴 테지" 하고 엘러리는 말하고 그녀를 끌어안으며 위로했다.

"짐은 그녀를 그토록 깊이 사랑했는데! 당신도 보셨지요? 그날 밤, 둘이서 내려와 결혼하겠다고 말했을 때의 그의 얼굴을 보셨지요? 짐은 행복해 보였어요. 신혼 여행에서 돌아온 그는 더욱더 행복해 보였어요." 패티는 목소리를 낮추었다. "그는 미쳐 버린 것이 아닐까요? 처음부터 그랬는지도 모르겠군요. 위험한 미치광이인가 봐요."

엘러리는 아무 말도 하지 않았다.

"어떻게 내가 어머니에게 이런 일을 알려 드릴 수 있겠어요? 아버지도 마찬가지예요. 두 분 모두 그런 말을 들으시면 돌아가실 거예요. 그러니 말해 봐야 소용없지요. 하지만 역시 말씀드리지 않을 수 없군요!"

'언덕'의 어두운 고개를 올라오는 자동차 소리가 났다.

"패티, 당신은 지나치게 흥분해서 올바르게 생각하지 못하고 있소. 이럴 경우에는 올바른 관찰력과 깊은 주의력이 필요하오. 그리고 함부로 말을 해서도 안 되고."

"그건 무슨 뜻이지요……?"

"한 마디라도 잘못 비난했다가는 그 때문에 짐과 노라의 일생뿐만 아니라 아버지와 어머니의 일생마저 엉망으로 만들지도 모른단 말입니다."

"그렇군요…… 언니가 그토록 오랫동안 기다리고 있었는데……."

"그래서 나는 시간이 흐르기를 기다리자고 했던 것입니다. 우리들이 자세히 관찰하고 있으면 마침내 알게 될 테니까요. 그리고 그때까지 우리 둘만이 알고 있기로 합시다. 지금 나는 우리라고 말했지요."

엘러리는 조금 분한 듯이 말했다. "결국 내가 이 일에 말려들어갔다고 선언한 것과 다름이 없게 되었소."

패티는 놀라며 말했다.

"설마 지금에 와서 발뺌하려는 것은 아니시겠지요? 나는 그 무서웠던 처음 순간부터 당신에게 의지하고 있었어요. 엘러리 씨, 언니를 살려 주세요. 이런 일에는 익숙하시잖아요. 제발 달아나지 마세요!"

패티는 그를 흔들었다.

"그래서 지금 '우리'라고 말했잖소!"

엘러리는 짜증스럽게 말했다. 이때 어쩐지 이상한 기색을 느꼈다. 소리가 달라진 것이다. 들려 오던 소리가 들리지 않는 것이다. 자동

차였나? 조금 아까 들린 것은 자동차 소리였을까? 지나가는 차소리
가 아닌 모양이다.

"지금 실컷 울어 버려요. 그리고 앞으로는 절대로 울지 말도록. 알
았소?"

그러면서 이번에는 엘러리가 그녀를 흔들었다.

"네, 저는 울보예요. 미안해요."

"당신은 결코 어릿광대가 되어서는 안 되오. 주역을 맡아야 한단
말입니다. 그리고 입 밖에 내어서도 안 되고, 얼굴에 나타내도 안
되고, 행동으로 드러내 보여서도 안 됩니다. 라이트빌에 사는 다른
사람들은 아무도 그런 편지에 대해 모르도록 해야 합니다. 짐은 당
신의 형부이며, 당신은 그를 좋아하고 있어요. 그리고 그와 노라가
행복해지면 그만큼 당신도 기쁠 테니까."

그녀는 그의 어깨에 얼굴을 기대며 끄덕였다.

"우리는 이 사실을 아무에게도 말해선 안 됩니다. 아버지에게도 어
머니에게도, 프랭크 로이드에게도, 그리고……."

패티는 얼굴을 들었다.

"그리고 누구지요?"

그는 얼굴을 찌푸렸다.

"아니, 이것은 당신이 결정할 일이지 내 입으로 할 말이 아닌 것
같군요."

패티가 또렷한 어조로 말했다.

"카터 말이로군요."

"즉 라이트빌의 검사지요."

패티는 아무 말도 하지 않았다. 엘러리도 잠자코 있었다. 달이 기
울어지며 엷은 구름이 끼기 시작했다.

"카터에게는 말할 수 없어요. 말해야겠다는 생각도 하지 않았고요.

왜 그런지 모르겠어요. 아마 그가 경찰과 관계가 있기 때문이겠지요. 그가 우리의 가족이 아니기 때문일는지도 모르고요."

패티는 속삭였다.

"나도 당신의 가족은 아니지요."

퀸이 말했다.

"당신은 달라요."

엘러리 퀸은 그답지 않게 가슴이 설레였다. 그러나 그의 목소리는 차분했다.

"어쨌든 당신은 나의 눈이 되어 주고 귀가 되어 주어야 합니다, 패티. 눈치채지 못하도록 해야 하면서 되도록 노라 곁을 떠나지 말도록 해요. 그리고 넌지시 짐의 동태를 살펴야 합니다. 무슨 일이 있으면 곧 나에게 알려 주시오. 그리고 가족들이 모이는 자리에 되도록 나도 끼게 주선해 주어야 합니다. 알았지요?"

패티는 그를 쳐다보며 미소지었다.

"나는 바보였어요. 이렇게 당신하고 나무 밑에 서서 당신의 오른쪽 볼에 달이 비치는 것을 보고 있으니까 근심거리가 절반쯤 달아나 버리는군요. 엘러리 씨, 당신은 무척 멋진 분이에요."

"그렇다면 어째서 그에게 키스하지 않지?"

어둠 속에서 굵직한 남자의 목소리가 들려 왔다.

"카터!"

패티는 느릅나무의 검은 기둥을 붙잡았다. 가까운 곳에서 블랫포드의 숨소리가 들려 왔다. 거칠고 빠른 숨소리였다 '이상한 짓도 다 하는군' 하고 엘러리 퀸은 생각했다. 도리를 아는 남자라면 하필 자기가 따돌림당하고 있다는 것을 일부러 드러내는 짓은 하지 않을 것이다. 그러나 덕분에 아까 들리다 그친 자동차 소리 때문에 조금 불안을 느꼈던 수수께끼가 풀렸다. 그것은 카터 블랫포드의 자동차 소리였던 것이다.

"그래요. 그는 멋있어요."

나무 기둥에서 패티의 목소리가 났다.

엘러리는 혼자서 싱긋이 웃었다.

"너는 거짓말을 했어!" 카터가 외쳤다. 그의 모습이 가까이에 나타났다. 모자도 쓰지 않았으며 머리칼은 노여움에 떨고 있었다. "패티, 수풀 속에 숨어 있을 필요는 없어!"

"내가 왜 숨어요. 그리고 여기는 수풀이 아니에요."

패티가 뾰로통해서 말하며 어두운 곳에서 나왔다.

두 사람은 숨가쁘게 마주섰다. 엘러리 퀸은 슬며시 재미있어하며 보고 있었다.

"전화로 머리가 아프다고 했지?"

"그래요."

"그리고 자야겠다고 했어!"

"그렇지요."

"거짓말이었잖아!"

"아무려면 어때요. 하찮은 일 가지고 떠들어 대지 말았으면 좋겠어요, 블랫포드 씨."

싸늘한 별빛 아래에서 카터는 두 팔을 휘둘렀다.

"너는 나를 따돌리려고 거짓말을 했어. 내가 있으면 난처하니까 그랬겠지. 너는 이 엉터리 작가와 데이트하고 있었지. 안 그렇다고는 말 못할걸!"

"그렇지 않아요, 카터. 분명히 거짓말은 했지만, 엘러리 씨와 데이트한 것은 아니에요."

패티는 조용히 말했다.

"그 말이 맞소."

퀸이 관람석에서 맞장구를 쳤다.

"쓸데없는 참견은 마시오! 나는 지금 억지로 참고 있단 말이오, 그렇지 않았다면 벌써 당신을 잔디 위에 때려눕혔을 거요!"

카터가 외쳤다.

'스미드' 씨는 빙그레 웃을 뿐 상대하지 않았다.

"그래, 나는 질투하고 있어. 하지만 패티, 그렇게 숨어서 할 필요는 없어! 내가 싫으면 싫다고 똑똑히 말하면 되잖아."

카터가 중얼거렸다.

"이것은 내가 당신을 좋아하거나 싫어하는 것과는 관계없는 일이에요."

패티는 다소곳이 말했다.

"그럼, 내가 좋은지 싫은지 말해 봐."

패티는 눈을 내리떴다.

"지금 여기서 그런 것을 물을 권리는 없다고 생각해요." 그녀는 그를 쳐다보았다. "아무튼 당신은 이런 데 몰래 와 있는 내가 싫겠지요?"

"알았어! 마음대로 해!"

"카터……."

성난 목소리가 카터의 입에서 튕겨나왔다.

"난 이젠 아무래도 좋아!"

패티는 하얀 지붕의 큰집 쪽으로 달려가 버렸다.

그녀의 날씬한 몸이 잔디 위를 달려가는 것을 바라보며 엘러리 퀸은 생각했다. 잘됐어……. 썩 잘된 일이야. 자신이 지금 얼마나 곤란한 입장에 처해 있건 상관할 바가 아니다. 아마 저 카터 블랫포드와 다음에 만날 때에는 완전히 적대시당할 것을 각오해야 하리라.

다음날 아침, 엘러리가 아침 식사 전 산책을 마치고 돌아오는데 라이트 저택의 포치에서 노라가 어머니와 소곤소곤 이야기하고 있었다.

"밤새 안녕하셨습니까? 어젯밤 강연은 재미있었나요?" 그는 쾌활하게 말했다.

"재미있었어요."

노라는 슬픈 표정이었고 헤미온은 조심스러운 얼굴이었다. 그래서 엘러리는 그대로 집안으로 들어가려고 했다.

"스미드 씨" 하고 헤미온이 그를 불러세웠다. "난처하군, 뭐라고 말을 해야 할지 모르겠구나, 노라야."

"라이트빌 씨, 어젯밤에 여기서 무슨 일이 있었나요?"

노라가 물었다.

"무슨 일이라니요?"

엘러리는 시치미를 떼며 말했다.

"패티와 카터 말이에요. 당신은 집에 계셨으니까……."

"패티가 어떻게 됐습니까?" 하고 엘러리가 급히 물었다.

"그럼요. 그애는 아침 식사에도 내려오지 않았고, 무슨 말을 물어 보아도 대답하지 않아요. 패티는 일단 토라지기 시작하면……."

"카터 때문이에요." 헤미온이 거의 울먹이며 말했다. "어젯밤에 그애가 '두통'이라고 말할 때 나는 조금 이상하다고 느꼈지요! 저, 스미드 씨, 당신은 뭔가 알고 계실 것 같군요. 어젯밤 우리가 공회당에 간 사이에 어머니로서 알아 두어야 할 무슨 일이 있었던 것은 아닐까요?"

노라는 근심스럽게 물었다. "패티와 카터가 말다툼을 했나요? 네, 대답하지 않으셔도 좋아요, 엘러리 씨. 당신 얼굴을 보면 알 수 있어요. 어머니, 어떻게 해서든 패티를 달래 보세요. 언제까지나 카터와 패티를 이런 상태로 내버려 둘 수는 없잖아요."

엘러리는 노라를 바래다 주기 위해 작은 집으로 갔다. 라이트 부인에게 들리지 않을 만큼 멀어지자 노라가 말했다.

"물론 어제의 말다툼에는 당신이 관계되어 있겠지요."

"내가요?"

"그러니까……. 패티와 카터가 서로 사랑하고 있다는 것은 당신도 잘 알고 계시겠지요? 그러니까 카터가 질투하지 않도록 해주시면 좋겠는데요."

"블랫포드라는 사람은 패티가 핥는 우표에게조차 질투를 느끼는 그런 사람이더군요."

"그래요. 그 사람은 울컥하는 성미여서 아주 곤란하답니다." 노라가 한숨을 쉬었다. "지나친 말을 해서 죄송해요. 함께 아침 식사 드시지 않겠어요?"

"그러지요. 감사합니다." 그는 노라를 부축하여 계단을 올라가며 자기가 과연 얼마나 나쁜 것일까, 생각했다.

짐은 정치 이야기에 열을 올렸고 노라는……. 노라는 훌륭했다. 엘러리는 그 외의 적당한 말을 생각해 낼 수 없었다. 그녀를 바라보며 말하는 것을 듣고 있노라면 겉으로 꾸미는 듯한 기색은 티끌만큼도 찾아볼 수 없었다. 두 사람은 한결같이 신혼의 즐거움에 젖어 있는 젊은 부부처럼 보여서 전날 밤의 사건 따위는 환상에 지나지 않았다는 생각마저 들 정도였다. 이때 느닷없이 패티가 앨버터와 함께 달걀을 들고 들어왔다.

"언니, 내가 마침 잘 왔나봐" 하고 마치 아무 일도 없었다는 듯한 목소리로 말을 했다. "배가 고프니까 달걀 좀 먹게 해줘요. 안녕히 주무셨어요, 형부! 그리고 엘러리 씨! 루디가 조반을 주지 않는 것이 아니라 신혼 재미가 어떤지 좀 보고 싶어서……."

"앨버터, 한 사람분을 더 가져와요" 하고 노라는 말하며 패티를 보고 미소지었다. "너 오늘 아침에는 말문이 열렸구나! 엘러리 씨도 어서 앉으세요. 신혼여행이 끝났기 때문에 이 사람은 이제 가족에게는 일일이 일어서는 예절을 생략하기로 했답니다."

짐이 눈을 크게 뜨며 "누구 얘기지, 패티 말인가?" 하고 웃었다.

"과연 많이 자랐어! 어디 좀 봐요, 정말 멋진 글래머 걸이 됐단 말이야. 스미드 씨, 당신이 부럽군요, 내가 독신이라면……."

노라의 얼굴에 언뜻 그늘이 스쳤다. 그녀는 남편에게 커피를 권했다. 패티는 계속해서 지껄였다. 그녀는 연극이 서툴렀다. 아무래도 짐의 얼굴을 정면으로 보지 못했다. 그러나 한껏 열심히 하고 있었다. 자기 자신의 트러블 때문에 마음이 아프면서도 엘러리의 지시를 잊지 않고 있었다. 그건 그렇고, 노라는 참으로 장했다. 역시 패티가 말한 대로였다. 노라는 그 끔찍한 편지에 대해서 생각하지 않으려고 결심하고 있었던 것이다. 그리고 패티와 카터 사이에 일어난 조그만 위기를 구실삼아 자기 자신의 일은 생각하지 않으려 애쓰고 있는 것이었다.

노라가 패티에게 말했다. "내가 달걀을 삶아 줄게. 물론 앨버터의 요리 솜씨는 좋지만, 네가 약한 불로 4분 삶은 달걀을 좋아한다는 건 모르니까. 부엌에 잠깐 갔다올게."

노라는 부엌으로 갔다.

"노라답단 말이야" 하고 짐이 싱글벙글 웃었다. "친절하고 자상하거든. 아니, 지금 몇시지? 은행에 늦으면 안 되는데, 패티, 울었다며? 더구나 말다툼까지 하고 말이야. 여보" 하고 그는 큰 소리로 불렀다. "우편물은 아직 안 왔소?"

"아직 안 왔어요!" 부엌에서 노라가 대답했다.

"내가요? 그만두세요, 놀리지 말아요, 형부."

패티가 작은 소리로 말했다.

"알았어, 알았어" 하고 짐은 웃었다. "나와는 관계없는 일이니까,

아니, 베일리가 왔군. 잠깐 실례!"

짐은 배달부가 누른 초인종 소리를 듣고 급히 현관으로 나갔다. 그가 현관문을 여는 소리가 났고, 늙은 배달부 베일리의 쉰 목소리가 들려 왔다.

"하이트 씨, 안녕하십니까?"

짐의 농담섞인 대답이 들려 오고 문 닫히는 소리가 나더니 우편물을 분류하며 걷는 듯한 짐의 느린 발소리가 들려 왔다. 이윽고 그의 모습이 보였는데, 그는 그 자리에 서서 지금 받은 몇 통의 편지 가운데 하나를 찬찬히 들여다보고 있었다. 얼굴이 창백해졌다. 다음 순간 그는 급히 2층으로 달려올라갔다. 융단을 밟는 소리가 났고 '쾅' 하고 문이 닫히는 소리가 들려 왔다.

패티는 입을 벌린 채 조금 전에 짐이 서 있던 자리를 지켜보았다.

"콘플레이크나 들어요, 패티."

엘러리가 말했다.

패티는 얼굴을 붉히며 급히 접시에 손을 댔다. 엘러리가 일어서서 소리나지 않게 계단 밑으로 갔다. 잠시 뒤 그는 식탁으로 돌아왔다.

"그는 서재에 있는 모양이오, 문을 잠그는 소리가 났거든……. 아니, 지금은 안 되지. 노라가 오니까."

패티는 콘플레이크를 먹다가 목이 메었다.

노라가 달걀을 동생 앞에 놓으며 "짐은?" 하고 물었다.

"2층에 있습니다" 하고 엘러리가 토스트를 집으며 대답했다.

"여보!"

"왜 그래, 노라?"

짐이 계단 위에 모습을 나타냈다. 얼굴은 여전히 창백했으나 침착성을 되찾고 있었다. 윗옷을 입고 아직 뜯지 않은 갖가지 크기의 편지를 들고 있었다.

"여보! 무슨 일이에요?"

"무슨 일이라니? 의심도 많군, 당신은. 무슨 일이 있을 리 없잖아" 하며 짐은 웃었다.

"하지만 당신 얼굴빛이 나빠요."

짐은 그녀에게 입맞추었다.

"당신은 간호사가 되었더라면 좋았을걸. 이제 그만 출근해야겠군. 아, 우편물? 대수롭지 않은 것들뿐이야. 그럼 패티, 그리고 스미드 씨, 나중에 다시 봅시다."

짐은 서둘러 나갔다.

아침 식사가 끝나자 엘러리는 저택 뒤의 '숲 속을 산책하겠다'고 하며 나갔다. 그리고 30분 뒤에 패티와 그는 만났다. 그녀는 사라사 스카프를 머리에 두르고 누구에게 쫓기기라도 하는 듯이 뒤돌아보며 수풀을 가로질러 급히 왔다.

"노라에게서 빠져나올 수가 없어 혼났어요."

그녀는 숨을 헐떡거리며 나무 그루터기에 앉았다.

엘러리는 무슨 생각을 골똘히 하는지 담배 연기를 천천히 내뿜으며 말했다.

"패티, 아까 짐이 받은 편지를 꼭 봐야겠소."

"엘러리 씨……. 이 일이 마지막에는 어떻게 될까요?"

"그 편지를 받고 짐은 무척 당황하는 것 같았소. 그것은 절대로 우연한 일이 아니오. 오늘 아침의 편지는 이 수수께끼의 다른 부분과 틀림없이 연결되어 있을 겁니다. 노라를 외출하게 할 수 없을까요?"

"오전 중에 앨버터를 데리고 물건을 사러 거리에 나갈 거예요. 아아, 저것 좀 들어 보세요. 스테이션 왜건 소리가 나지요! 나는 저 자동차 소리라면 디트로이트 한복판에서도 가려 낼 수 있어요."

엘러리 퀸은 조심스럽게 담뱃불을 뭉개어 껐다.

"그거 잘됐군요."

패티는 작은 나뭇가지를 걷어찼다. 두 손이 떨리고 있었다. 그리고 나무 그루터기에서 뛰어내리며 말했다.

"어쩐지 나쁜 짓을 하고 있는 기분이 들지만, 이럴 수밖에 없겠지요?"

패티의 여벌 열쇠로 노라의 집 문을 열고 들어가자 엘러리는 말했다.

"어쩌면 찾아 내지 못할지도 모르겠군요. 짐이 2층으로 뛰어올라갔을 때 문에 자물쇠를 잠갔으니까요. 무엇을 했는지 모르겠지만……. 아무튼 뭔가 보이고 싶지 않은 것이 있었음에 틀림없소."

"그 편지를 불태웠을까요?"

"그럴는지도 모르지요. 어쨌든 들어가 찾아봅시다."

짐의 서재에 들어가자 패티는 문에 기대섰다. 그녀는 가슴이 울렁거리는 모양이었다. 엘러리는 코를 킁킁거리며 냄새를 맡았다. 그리고 똑바로 벽난로를 향해 갔다. 깨끗이 청소되어 있었으나 조그만 재 덩어리가 있었다.

"불태웠군요!"

패티가 말했다.

"하지만 완전히 타진 않았소."

"엘러리 씨, 뭐가 있어요?"

"타다 남은 조각이 있군요."

패티가 문에서 달려왔다.

엘러리는 타다 남은 종이 조각 하나를 찬찬히 살펴보았다.

"이것은 봉투의 한귀퉁이가 아니에요?"

"뚜껑 부분이로군요. 발신인의 주소가 적힌 것인데, 주소는 타 버렸지만 발신인의 이름만은 알 수 있겠소."

패티는 읽었다.

"'로즈메리 하이트', 이것은 형부의 누이동생 이름이에요." 그녀는 눈을 크게 떴다. "형부의 누이동생 로즈메리! 엘러리 씨, 형부가 노라의 일로 세 통의 편지를 보낸 바로 그 사람이에요!"

"아마——"

엘러리는 말을 하려다가 그만두었다.

"당신은, 아마 마지막 편지가 있었을 텐데 그가 그것을 보내 버렸기 때문에 우리는 보지 못했다고 말씀하시려고 했지요? 이것은 틀림없이 누이동생에게서 온 회답일 거예요."

"그런 것 같군요" 하고 엘러리는 타다 남은 조각을 지갑에 넣었다. "하지만 곰곰이 생각해 보면 아무래도 이상합니다. 이것이 정말 누이동생에게서 온 회답이라면 그가 이것을 보고 그토록 놀란 것이 이상하지 않소? 이것은 아무래도 또 다른 그 무엇이 아닐까요, 패티?"

"그렇다면 무엇일까요?"

"그 점을 이제부터 밝혀 내야 하지요"라고 엘러리 퀸은 말하며 그녀의 팔을 잡고 주위를 둘러보았다. "자, 나갑시다."

그날 밤, 모두 라이트 저택의 포치에 둘러앉아 낙엽이 바람에 휘날려 잔디 위에 굴러다니는 것을 바라보고 있었다. 존 F와 짐은 대통령 선거에 대한 이야기를 열심히 하고 있었고, 한편 노라와 패티는 해미온이 하는 말을 얌전히 듣고 있었다. 그리고 엘러리는 한쪽 구석에 앉아서 담배를 피우고 있었다.

"존, 그런 정치 이야기는 이제 그만 하셨으면 좋겠어요. 남자분들은 그런 일에 어떻게 그토록 열중할 수 있는지 모르겠군요."

해미온이 말했다.

존 F는 입 속으로 '으음' 하고 대답하며 말을 이었다.

"여보게, 이 나라에서 틀림없이 독재 정치가 등장할 걸세. 나는 단언하지만……."

짐은 웃으며 "그리고 아마 나중에 취소하시겠지요……. 알았습니다" 하고 말했다. 그리고는 곧 아무렇지도 않은 듯이 덧붙였다. "참, 여보, 오늘 아침에 누이동생 로즈메리에게서 편지가 왔지. 말한다는 걸 깜박 잊고 있었군."

"어머나, 그러세요. 반갑군요. 뭐라고 씌어 있었나요."

노라는 명랑하게 말했다.

패티는 엘러리가 있는 쪽으로 천천히 걸어가 그의 발 밑인 어두운 곳에 앉았다. 그의 목에 손을 얹었더니 땀이 흠뻑 배어나와 있었다.

"여전히 똑같은 말을 썼더군. 당신과 여러분을 뵙고 싶다고 말이야."

"그렇겠지. 나도 사돈 아가씨를 빨리 만나 보고 싶군. 이리로 온다고 하던가?"

해미온이 말했다.

"글쎄요……. 오라고 할까 합니다만."

"무슨 말을 그렇게 하세요, 여보. 나는 전부터 아가씨를 라이트빌에 오시도록 하자고 여러 번 말했잖아요."

"그럼, 그렇게 해도 좋단 말이지, 노라?"

짐은 급히 말했다.

"그렇게 해도 좋으냐라니요! 당신도 참, 주소를 가르쳐 주시면 제가 오늘 밤에라도 편지를 쓰겠어요."

"아니, 괜찮아. 내가 쓰지."

그리고 30분 뒤에 단둘이 남게 되자 패티는 엘러리에게 말했다.

"노라는 무서워하고 있어요."

"그렇소. 아까는 허세를 부리고 있더군요. 짐이 오늘 아침에 당황해 하던 그 편지가 바로 아까 그가 말한 누이동생에게서 온 편지였을 겁니다" 하고 말하며 엘러리는 두 팔로 무릎을 끌어안았다.

"엘러리 씨, 형부는 무언가 숨기고 있어요."

"물론이지요."

"누이동생 로즈메리가 정말로 그냥 한 번 방문하고 싶다는 예사로운 말을 썼다면……. 무엇 때문에 짐이 그 편지를 태웠겠어요?"

엘러리 퀸은 한참 동안 말이 없었다. 그러다가 이윽고 "그럼, 패티, 이젠 들어가 자도록 해요. 나는 생각 좀 해야겠소" 하고 말했다.

11월 8일, 프랭클린 델라노 루스벨트가 미국 대통령으로 세 번째 선출된 날로부터 나흘 뒤에 짐 하이트의 누이동생이 라이트빌에 왔다.

10 짐의 방종

라이트빌 레코드 신문의 사교란 담당 기자 글래디스 헤밍워스는 다음과 같은 기사를 썼다. '로즈메리 하이트 양은 프랑스 제의 멋진 가죽 여행복에다 거기에 어울리는 조끼와 화려한 은빛 여우 털가죽 자켓을 입고, 역시 여우 털로 장식한 모자를 쓰고 있었으며, 초록빛 양피 구두와 핸드백을 들고 있었다…….'

그날 아침 엘러리 퀸은 때마침 라이트빌 정거장으로 산책하러 나갔었다. 그래서 그는 로즈메리 하이트가 기차에서 내려, 짐을 들고 줄지어 서 있는 빨간 모자의 짐꾼들 앞에 찬란하게 반짝이는 햇빛을 받으며 서서 영화 배우인 양 한순간 포즈를 취하는 것을 보았다. 그리고 그녀는 짐에게 다가가서 그에게 키스하고 다음은 노라에게로 몸을 돌려 거만한 볼을 내밀며 정열적으로 얼싸안았다. 그녀들이 웃으며 이야기를 주고받는 동안 짐은 짐꾼들을 시켜 그녀의 짐을 그들의 자동차 있는 곳으로 날라가게 했다. 이것을 보고 퀸의 눈빛이 어두워졌다.

그날 밤 노라의 집에서 그는 그녀의 인상을 관찰할 수 있는 첫 기회를 잡았다. 그 결과 다음과 같은 결론을 얻었다. 즉 로즈메리라는 여자는 결코 여행의 즐거움에 들떠 있는 시골뜨기가 아닌 완전한 도회지 여성이며, 오만하고 따분함을 느끼고 있으면서 그 양쪽을 감추려 하고 있다. 그리고 뛰어난 미인이다. 해미온, 패티, 노라, 세 사람은 순간적으로 그녀에게 반감을 품은 것 같았다. 엘러리는 그녀들이 로즈메리에게 지나치게 공손히 대하는 것을 보고 금방 알았다. 존 F는 그녀의 매력에 완전히 이끌린 듯 매우 신이 나서 그녀의 시중을 들어 주고 있었다. 해미온은 이것을 보고 말없는 눈짓으로 그를 나무랐다. 그리고 엘러리는 그날 밤 로즈메리 하이트를 좀더 큰 수수께끼와 연결시켜 보려고 애썼으나 잘 되지 않아, 늦도록 잠을 이룰 수가 없었다.

이 무렵 짐은 은행 일이 바빠서 누이동생 대접하는 일을 주로 노라에게 맡기고 있었으므로 엘러리 퀸은 그것이 차라리 잘된 일이라고 생각하며 마음을 놓았다. 노라는 로즈메리와 함께 부근의 시골을 드라이브하며 구경시켜 주기로 했다. 패티가 엘러리에게 보고한 바에 의하면, 노라는 좋은 올케가 되려고 애쓰고 있으나 이만저만 어려운 일이 아니라는 것이었다. 왜냐하면 로즈메리는 무엇을 보든 그것을 깔보는 태도를 취하며 "이런 시시한 고장에서 용케 만족을 느끼며 살아 가는군요, 노라!" 하고 말하기 때문이었다.

게다가 거리의 부인들이 심한 비평을 하는 것이었다⋯⋯. 그녀를 위해 집 안에서도 모자와 장갑을 끼어야 하는 정식 오찬회를 열고,

마작 모임을 갖고, 달밤에 잔디 위에서 벌이는 불고기 파티며 교회 모임 등……. 부인들은 매우 쌀쌀한 눈으로 그녀를 보았다. 에밀린 듀플레는 로즈메리 하이트에게서는 어딘지 화류계 여자 같은 분위기가 풍긴다고 했고, 클래리스 마틴은 그녀의 옷차림이 지나치게 선정적이라고 했으며, 컨트리 클럽의 맥켄지 부인은, 그녀의 태생이 천한 여자임에 틀림없을 것이며, 어리석은 남자들이 아첨하는 모양은 눈 뜨고 볼 수 없다고 쏘아붙이는 것이었다. 라이트 집안의 여인들은 어떻든 그녀를 감싸 주는 편에 설 수밖에 없었는데, 그녀들도 마음속으로는 비난하는 사람들의 말에 찬성하고 있었으므로 그것도 그다지 쉬운 일이 아니었다.

"그 여자가 빨리 돌아갔으면 좋을 텐데 말이에요." 패티는 로즈메리가 온 지 며칠 뒤에 엘러리에게 말했다. "조금 심한 소리 같지만, 나는 정말 그렇게 생각해요. 그런데 그녀는 트렁크까지 가져오게 한다지 뭐예요."

"그녀는 이 고장을 싫어하는 줄 알았는데……."

"그래서 나도 이상하다는 생각이 들어요. 언니는 그녀가 잠시 동안 와 있을 거라고 말했는데, 로즈메리는 아무래도 겨울을 날 작정인가 봐요. 그렇다고 언니가 돌아갔으면 좋겠다는 눈치를 드러낼 수도 없구요."

"짐은 뭐라고 한답니까?"

"언니에게는 아무 말도 하지 않는대요. 하지만……." 패티는 주위를 둘러보며 목소리를 낮추었다. "로즈메리에게는 뭐라고 했나 봐요. 오늘 아침 내가 우연히 가 보았더니 언니가 부엌에 있는데, 형부와 로즈메리는 언니가 2층에 있는 줄 알고 식당에서 몹시 다투고 있었어요."

"무슨 일로 다투었을까요?"

엘러리는 다그쳐 물었다.

"나는 그 말다툼이 거의 끝날 무렵에 갔기 때문에 중요한 말은 하나도 못 들었지만, 언니의 말에 의하면……. 몹시 놀랄 만한 이야기였나 봐요, 언니는 그 이야기를 나에게 말하지 않아요, 하지만 몹시 근심스러운가 봐요, 그 독물학 책에서 떨어진 세 통의 편지를 읽었을 때와 같은 표정을 짓고 있었거든요."

엘러리는 중얼거렸다.

"내가 그 말다툼을 들었더라면 좋았을 것을. 알아야 할 일을 모르게 되었으니 야단났군! 패티, 당신은 탐정의 조수로는 낙제요!"

"미안해요,"

패티는 풀이 죽어서 말했다.

로즈메리 하이트의 트렁크는 14일에 도착했다. 용달사 주인 스티브 플래리스가 직접 트렁크를 운반해 왔다. 매우 커다란 트렁크로, 외국제 이브닝 드레스 같은 것이 잔뜩 들어 있음직해 보였다. 라이트 저택의 포치에서 엘러리 퀸이 보고 있으려니까 스티브는 넓은 어깨에 그것을 지고 노라의 집 안으로 들어간 지 몇 분 뒤에 빨강, 파랑, 흰색의 줄무늬진 네글리제를 입은 로즈메리와 함께 나왔다. 그녀는 마치 군인 모집 포스터에 나오는 여자 같았다. 로즈메리는 스티브가 내미는 영수증에 서명하고 집 안으로 들어갔다. 스티브는 싱글벙글 웃으며 보도를 걸어갔다. 패티의 말에 의하면 스티브는 번화가에서 가장 색골다운 눈매를 짓는 남자라는 것이었다.

"패티, 당신은 저 사람과 친하오?"

엘러리는 조금 성급하게 물었다.

"스티브 말인가요? 상냥하게만 대해 주면 스티브와는 금방 친해질 수 있어요,"

스티브는 트럭 운전석에 영수증 철을 던져 넣고 올라타려고 했다.

"그렇다면 그를 좀 꾀어 내어 주지 않겠소? 키스건, 윙크건, 스트립이건 무슨 수를 써서든 그를 5분 가량만 트럭이 보이지 않는 곳으로 데리고 가 주시오!"

"스티브!" 하고 패티는 당장에 외치며 포치에서 뛰어내렸다. 엘러리는 그 뒤를 따라 천천히 걸어갔다. 이때 '언덕'에는 아무도 얼씬거리는 사람이 없었다.

패티는 스티브의 팔에 자기 팔을 끼고 소녀처럼 웃으며 자기의 피아노에 대한 이야기를 했다. 지금 놓여 있는 자리에서 다른 자리로 옮기고 싶으나 힘이 센 사람이 없어서 미루고 있었는데 지금 스티브를 보니까……라고 패티는 말했다. 스티브는 의기양양하게 패티와 함께 라이트 저택으로 들어갔다. 엘러리는 한달음에 트럭으로 뛰어올라갔다. 그는 운전석에 있는 영수증 철을 집어들었다. 그리고 자기 지갑에서 작은 종이쪽지 하나를 꺼내어 그 영수증 철을 들추며 맞추어 보았다. 패티가 스티브와 함께 나왔을 때 엘러리 퀸은 해미온이 가꾸어 놓은 백일홍 화단 앞에 서서 그 시들어 가는 꽃을 시인처럼 슬픈 표정으로 바라보고 있었다. 스티브는 매우 멸시하는 눈초리로 그를 보며 지나쳤다.

패티는 말했다. "다음에 또 피아노를 옮길 때도 역시 당신이 해주셨으면 고맙겠어요, 미안해요, 좀더 가벼운 것을 부탁했더라면 좋았을 것을……. 안녕, 스티브!"

트럭은 요란한 소리를 내며 가 버렸다. 엘러리가 말했다.

"내가 조금 지나치게 생각했었나 보군."

"무엇을요?"

"로즈메리에 대해서 말입니다."

"수수께끼 같은 말만 하시는군요. 어째서 나더러 스티브를 트럭이 안 보이는 곳으로 끌고 가라고 하셨어요? 이 두 가지는 관계가 있지요, 퀸 씨?"

"나는 어떤 영감을 느꼈었지요. 즉 '이 로즈메리라는 여자는 짐 하이트와 같은 바탕에서 나온 사람이 아니다. 이 두 사람은 남매 간으로 보이지 않는다'라고 말입니다."

"어머나, 엘러리 씨!"

"네, 틀림없이 그럴 것 같았소. 하지만 나의 영감이 잘못된 것 같습니다."

"당신은 그것은 스티브 플래리스의 트럭에서 입증했단 말인가요? 당신은 굉장한 분이시군요!"

"그의 영수증 철을 보고 입증했지요. 거기에는 그녀의 이름이 서명되어 있었거든요. 내가 로즈메리 하이트의 서명이 있는 종이쪽지를 가지고 있다는 것을 잊지 않으셨겠지요, 나의 조수 아가씨?"

"어머나, 형부의 서재에서 찾아 낸 그 타다 남은 편지의 겉봉 말이지요? 그가 태운 누이동생의 편지 쪽지 말이에요."

"그렇소, 조수 아가씨. 그 편지의 겉봉에 있는 '로즈메리 하이트'라는 서명과 스티브의 영수증 철에 있는 서명은 같은 필적이었소."

"그럼, 우리는 조금도 진전이 없단 말이로군요."

패티가 말했다.

"그렇지 않소. 지금까지 우리는 이 여자를 짐의 누이동생이라고 그저 믿고 있을 따름이었지요. 이제야 비로소 그것을 확실히 알게 되었단 말입니다. 당신의 그 원시적인 머리로도 이 두 가지 차이점쯤은 구별할 수 있겠지요, 조수 아가씨?"

로즈메리 하이트가 노라의 집에 오래 묵을수록 이 여자의 정체는 더욱 알 수 없게 되었다. 그리고 짐은 은행 일이 나날이 바빠져서 저녁 식사 때에도 돌아오지 않는 수가 있었다. 그러나 로즈메리는 오빠에게 등한시당해도 아무렇지도 않은 모양이었다. 그것은 올케 언니의 극진한 대우를 무시하는 것과 마찬가지였다. 로즈메리의 혀는 뱀처럼 두 갈래로 갈라져 있는 듯, 그 독기가 이따금 노라를 눈물짓게 했다. 엘러리 퀸은 그가 귀여워하는 조수의 방에서 그녀와 단둘이 있을 때 그 이야기를 가끔 듣게 되었다. 로즈메리는 패티와 해미온에게는 그다지 버릇없이 굴지 않았다. 지치지도 않고 언제나 그녀의 '여행' 이야기만 늘어놓는 것이었다. 파나마, 리오, 호놀룰루, 발리 섬, 스코틀랜드의 뱀프, 그리고 파도타기, 등산, '재미있는' 남자들에 대한 이야기——특히 '재미있는' 남자들의 이야기가 대부분이어서 주로 듣기만 해야 하는 라이트네 여인들은 차츰 견딜 재간이 없게 되어 화가 나고 반감을 품게 되었다.

그런데도 로즈메리는 계속 머물러 있었다.

어째서일까? 어느 날 아침 퀸은 자기 방 창가에 앉아 이 수수께끼를 생각하고 있었다. 바로 그때 로즈메리 하이트가 그녀의 오빠 집에서 나왔다. 새빨간 입술에 건방진 모습으로 담배를 물고 승마 바지에 빨간 러시아 장화를 신었으며, 라나 타너가 유행시킨 스웨터를 입고 있었다. 그녀는 잠시 포치에 서서 라이트빌이 마음에 들지 않는지 채찍으로 신경질적으로 장화를 두드리더니 마침내 라이트 저택의 뒤에 있는 숲 속으로 성큼성큼 걸어갔다.

그리고 조금 뒤 패티가 와서 엘러리에게 드라이브하자고 권했을 때 엘러리는 로즈메리가 승마복 차림으로 숲 속으로 갔다는 이야기를 했다.

패티는 자동차를 콘크리트로 포장된 넓은 16호 도로 쪽으로 천천히 몰았다.

"지루해서 견딜 수 없게 되어 버린 것이지요. 그 여자는 대장장이 제이크 부슈밀에게 부탁해서 어디선지 말을 빌렸답니다. 어제부터 타기 시작했어요. 그녀가 쌍둥이산 쪽으로 가는 진흙 길을 마치 월

큐레(북구 신화에 나오는 오딘 신의 시녀. 하늘을 향해 말을 달려 전사자의 영혼을 이끌고 감)처럼 마구 달리는 것을 카멜 페티글이 보았다는군요. 카멜은 어리석어요, 로즈메리가 굉장히 멋있다고 생각하니 말이에요. ”

“당신은 어떻게 생각하시오?”

퀸이 물었다.

“저렇게 따분한 표범처럼 행동하고 있는 것도 다 연극이에요. 사실은 얌전하게 가만히 있을 수 없는 성미로 티크 목재처럼 억센 여자지요. 그리고 품위가 없어요. 당신은 그렇게 생각하지 않으세요?”

패티는 곁눈질로 엘러리를 흘끗 쳐다보았다.

“굉장히 매력적인 여자로 생각하는데요.”

엘러리는 슬쩍 받아넘겼다.

“사람을 잡아먹는 난초도 매력적이지요.”

패티는 반박했다. 그리고 10분의 8마일쯤 아무 말도 하지 않고 자동차를 마구 몰아댔다. 그런 다음에 겨우 입을 열었다.

“엘러리 씨, 이번 일 전체를 당신은 어떻게 보세요? 짐의 행동, 로즈메리, 세 통의 편지, 로즈메리의 방문, 그녀가 왜 그런지 빨리 돌아가지 않는다는 점 등?”

“별로 이상하게 생각지는 않습니다, 지금으로서는.”

엘러리가 말했다.

“엘러리 씨, 저것 좀 보세요!”

그들은 이 전원 풍경 속에서 유별나게 눈에 거슬리는 요란한 건물로 다가갔다. 회반죽으로 허옇게 칠한 단층집인데 벽에는 터무니없이 커다란 시뻘건 여자 도깨비가 춤추는 그림이 그려져 있었고, 지붕에는 삐죽삐죽하게 자른 널빤지가 불꽃처럼 하늘을 찌르고 있었다. 불이 켜 있지 않은 네온사인은 ‘케러티의 핫 스포트’라고 씌어져 있었다. 건물 옆 주차장에 작은 자동차 한 대가 멈춰 서 있었다.

"보라니, 무엇을 말입니까?" 엘러리는 의아해 하며 물었다. "손님이 하나도 없다는 것이 보일 뿐인데요. 이렇게 햇빛이 내리쬐고 있으니, 캐러티의 단골들은 해가 져야 찾아오겠지요."

"주차장에 자동차가 한 대 있으니, 손님이 한 사람은 있겠지요." 패티는 조금 창백해지며 말했다.

엘러리는 얼굴을 찌푸렸다.

"저것은 짐의 자동차 같은데요."

"그래요."

입구 앞에서 자동차를 세우고 두 사람은 뛰어내렸다.

"아마 일 때문에 와 있겠지요."

엘러리는 말해 보았다.

패티는 쌀쌀하게 그를 보고는 입구의 문을 열었다. 크롬 강철과 빨간 색 가죽으로 장식한 홀에 손님은 하나도 없고 다만 바텐더와 체크무늬의 마룻바닥을 청소하고 있는 남자가 있을 뿐이었다. 그들은 두 사람을 신기한 듯이 보았다.

"그 사람, 없는데요" 하고 패티가 속삭였다.

"칸막이 안에 있지 않을까……. 그렇지도 않군."

"구석진 방에 있을지도 몰라요."

"어쨌든 앉읍시다."

두 사람이 가까운 테이블에 앉자 바텐더가 하품을 하며 다가왔다.

"무엇을 드시겠습니까?"

"큐바 리블" 하고 패티는 주위를 두리번거리며 말했다.

"나는 스카치로 주시오."

"네."

바텐더가 저쪽으로 돌아갔다.

"여기서 기다려요."

엘러리는 말하고 일어서서 안쪽으로 걸어갔다.

"저쪽입니다."

걸레질을 하고 있던 남자가 '신사'라고 씌어 있는 문을 가리켰다. 그러나 엘러리는 반쯤 열려진 빨간색 금빛으로 장식한 묵직한 놋쇠가 달려 있는 문을 몸으로 밀었다. 그것은 소리없이 열렸다.

거기는 도박실이었다. 아무도 없는 룰렛 테이블 앞 의자에 짐이 한쪽 팔을 테이블에 괴고 그 위에 머리를 얹은 채 흐트러진 자세로 앉아 있었다. 불을 붙이지 않은 여송연을 입에 물고 저쪽 전화통 앞에서 반쯤 이쪽을 보고 서 있는 남자가 지껄이고 있었다.

"그래, 하이트 부인을 바꾸란 말이야, 이 바보야! 빅터 캐러티라고 부인에게 말해."

퉁퉁하게 살찐 얼굴에 시커먼 두 줄기의 눈썹이 바짝 붙어 있는 남자였다.

'바보'란 앨버터를 말하는 것이리라. 엘러리는 문에 기댄 채 가만히 서 있었다.

"하이트 부인이십니까? 저는 '핫 스포트'의 캐러티입니다"라고 가게 주인은 상냥하게 낮은 목소리로 말했다. "네, 그렇습니다. 아닙니다. 틀림없습니다, 부인. 하이트 씨에 대해서 말씀입니다만…… 잠깐만 기다리십시오. 지금 저의 가게 구석방에서 잠들어 버리셨습니다. ……네, 술에 취하셨지요…… 아니, 걱정하실 것 없습니다. 아무 일도 없습니다. 그저 너무 많이 마셨기 때문에 정신을 잃으신 것뿐이지요. 어떻게 할까요?"

"이봐요, 잠깐만."

엘러리가 큰 소리로 말했다.

캐러티는 그 커다란 머리를 돌려 엘러리를 뚫어지게 보았다.

"잠깐만 기다리십시오, 하이트 부인……. 왜 그러십니까? 무슨 용건이시지요?"

"내가 하이트 부인에게 말할 테니 그 전화 이리 넘기시오" 하고 말하며 엘러리는 걸어가 그 남자의 더부룩한 털북숭이 손에서 수화기를 앗았다.

"노라입니까? 엘러리 스미드입니다."

"엘러리 씨! 짐이 어떻게 됐나요? 어느 정도지요? 당신은 어떻게……."

노라는 당황하고 있었다.

"침착하세요, 노라. 제가 패티와 함께 캐러티네 가게 앞으로 차를 타고 지나가다가 짐의 자동차가 멎어 있기에 들어와보았지요. 짐은 아무 일 없습니다. 조금 지나치게 술을 마셨을 뿐입니다."

"제가 곧 가겠어요, 자동차로."

"그러실 것 없습니다. 30분쯤 뒤에 패티와 제가 데리고 갈 테니까요. 걱정하지 마십시오, 아시겠지요?"

"죄송합니다."

노라는 속삭이듯 말하고 전화를 끊었다.

엘러리가 전화를 끊고 돌아섰을 때 패티는 짐을 흔들어 깨우고 있었다.

"형부, 형부!"

"아무리 불러도 소용없어요, 아가씨. 곤드레가 됐으니까."

캐러티가 퉁명스럽게 말했다.

"당신이 나빠요. 이 사람을 이토록 취하게 했으니!"

"건방진 소리 마시오. 이 사람이 제 맘대로 마셨지. 나야 허가 내고 술 파는 사람이니 그가 마시겠다면 얼마든지 팔 따름이오. 이 자를 데리고 가시오."

"이 사람이 누구인지 어떻게 알았지요? 누구에게 전화하면 되는지 어떻게 알았느냔 말이에요?"

패티는 노여움으로 목청을 돋구며 말했다.

"전에 온 적이 있으니까 알지. 주머니를 뒤져서 알아냈단 말이오, 나를 노려보면 어쩔테야! 자, 썩 나가, 돼지 같은 것들!"

패티는 벌어진 입이 다물어지지 않았다.

"실례!"

엘러리가 말했다.

그는 그 커다란 캐러티 따위는 안중에도 없는 듯 그의 앞을 지나다 홱 돌아서더니 그의 발끝을 힘껏 밟았다. 그는 아픈 소리를 지르며 동시에 뒷주머니로 급히 손을 가져갔다. 엘러리는 오른쪽 손등으로 캐러티의 턱을 불쑥 치켜올렸다. 캐러티의 머리가 젖혀지며 비틀거리자 엘러리는 다른 한 손으로 그의 배에 일격을 가했다. 캐러티는 두 손으로 배를 움켜쥐고 신음하며 바닥에 무릎을 꿇고 놀란 듯이 쳐다보았다.

"돼지는 너야!"

엘러리는 말했다.

그의 의자에서 짐을 잡아일으켜 단단히 부축했다. 패티가 짐의 찌그러진 모자를 주워들고 먼저 뛰어가 문을 열었다.

돌아가는 길에는 엘러리가 운전했다. 오픈카였으므로 바람이 얼굴을 스쳤다. 패티가 자꾸 흔들자 짐은 제정신이 들었다. 그는 흐릿한 눈으로 주위를 둘러보았다.

"형부, 어째서 그런 짓을 하셨어요?"

"으음……."

짐은 다시 눈을 감으며 신음했다.

"아직 저녁때도 되지 않았는데 말이에요, 지금 은행에 계셔야 할 시간이잖아요 ! "

짐은 좌석에 깊이 파묻히며 뭐라고 중얼거렸다.

"정말 놀랍군" 하고 엘러리가 말했다.

그의 두 눈썹 사이에 깊은 주름이 잡혔다. 백미러를 보니 뒤에서 자동차 한 대가 굉장한 속도로 따라오고 있었다. 카터 블랫포드의 차였다. 패티도 알아차리고 뒤돌아보았다. 그리고 금방 다시 앞을 보았다. 엘러리는 블랫포드의 자동차가 앞질러 가도록 속도를 늦추었다. 그러나 블랫포드는 앞지르지 않았다. 속도를 늦추어 나란히 달려가며 경적을 울렸다. 불그스름한 얼굴에 젤리 같은 눈매를 한 흰 머리의 양키다운 마른 남자가 그와 나란히 앉아 있었다. 엘러리는 순순히 길 옆에 차를 세웠다. 블랫포드도 차를 세웠다.

패티는 놀란 목소리로 말을 걸었다.

"어머나, 카터, 안녕. 디킨 씨도 오셨군요 ! 엘러리 씨, 이분은 라이트빌 경찰서의 디킨 서장이셔요. 이쪽은 엘러리 스미드 씨. "

디킨 서장은 정중하게 말했다.

"처음 뵙겠습니다, 스미드 씨. "

엘러리는 고개를 숙여 인사했다.

"무슨 일이 있었습니까 ? 짐의 모습이 보이길래……. "

카터는 조금 어색하게 물었다.

"카터는 역시 보는 눈이 빨라요" 하고 패티가 부드럽게 말했다.

"그야말로 경시청 식인데요. 적어도 FBI만큼의 능력이 있는 것 같아요, 안 그래요, 엘러리 씨 ? 경사님과 서장님이……. "

"아무것도 아닙니다, 블랫포드 씨. "

엘러리가 말했다.

"약물이나 수면으로 낫지 않을 만큼 용태가 나쁜 것 같진 않군요, 캐러티네 가게에서였습니까 ? "

디킨 서장이 따끔하게 말했다.

"네, 그렇습니다. 그럼, 괜찮으시다면 실례하겠습니다. 하이트 씨를 되도록 빨리 침대에 눕혀야 할 것 같아서요."

"패티, 내가 뭐 도와 줄 일은 없을까……." 카터는 얼굴을 붉히며 말했다. "물론 나는 전화하려고 했었는데……."

"전화는 하려고 했었군요."

"그런데……."

패티와 엘러리 사이에서 짐이 몸을 움직이며 뭐라고 중얼거렸다. 패티가 나무라는 듯한 목소리로 물었다.

"형부, 기분이 좀 어때요?"

그는 눈을 떴다. 아직 흐릿한 눈빛이었으나 그 속에는 패티가 깜짝 놀라 엘러리의 얼굴을 언뜻 쳐다볼 만큼의 그 무엇이 있었다.

"아주 속이 언짢은 모양이군요."

디킨이 말했다.

"자, 몸을 편히 하고 쉬어요."

엘러리가 달래듯 말했다.

짐은 패티와 엘러리, 그리고 옆차에 타고 있는 남자들을 보았으나 누가 누군지 분간하지 못하는 것 같았다. 그의 중얼거림이 조금씩 뜻을 알아들을 수 있게 되었다.

"와이프, 와이프, 젠장, 망할 놈의 와이프……."

"형부!" 패티가 외쳤다. "엘러리 씨, 빨리 가요."

엘러리는 얼른 핸드 브레이크를 늦추었다. 그러나 짐은 좀처럼 얌전해지지 않았다. 그는 몸을 일으켰는데, 속이 언짢아 창백했던 볼이 새빨갛게 되었다. 그는 외쳤다.

"그 여자를 해치울 테야! 두고 보라구! 그 여자를 해치울 테니까! 죽여 버릴 테야!"

디킨 서장은 눈이 휘둥그레졌고, 카터 블랫포드는 너무 놀라 뭐라고 말하려고 입을 크게 벌렸다. 그러나 패티는 짐을 억지로 눕혔고, 엘러리는 블랫포드의 차를 뒤에 남긴 채 자동차를 몰기 시작했다. 짐은 흐느껴 울기 시작하더니 다시 잠들어 버렸다. 패티는 되도록 몸을 움츠려 짐에게서 떨어졌다.

"엘러리 씨, 이 사람이 하는 말을 들으셨지요? 네, 들으셨지요?"

"머릿속이 뒤죽박죽이 되어서 그렇소."

엘러리는 액셀을 덮어놓고 자꾸 밟았다.

"역시 그것은 정말이었어요" 하고 패티는 울먹이며 말했다. "그 세 통의 편지…… 로즈메리……. 엘러리 씨, 로즈메리와 짐이 연극을 하고 있어요! 두 사람은 한패가 되어 음모를 꾸미고 있어요. 그것을 카터와 디킨 서장이 들었으니……."

"패티, 나는 이런 말은 묻고 싶지 않았지만, 노라는 자기 명의의 막대한 돈이나 재산 같은 것을 가지고 있소?"

엘러리는 그대로 앞으로 보며 말했다.

패티는 입술을 천천히 축였다.

"설마……그럴 수가……있을까요?"

"그렇다면 가지고 있단 말이군요."

"네, 우리 할아버지의 유언이었어요. 언니는 결혼과 동시에 자동적으로 많은 돈을 상속받게 됐답니다. 그 돈은 신탁 예금이 되어 있지요. 할아버지는 로라 언니가 그 배우와 달아난 다음 얼마 있다가 돌아가셨어요. 그때 할아버지는 로라 언니에게 주려던 유산을 취소하고 노라 언니와 나에게만 나누어 주시기로 결정하셨어요. 나도 결혼하면 절반을 받게 되어 있는 셈이지요."

"노라는 얼마만큼 받았습니까?"

엘러리는 이렇게 물으며 짐을 흘끗 보았으나 짐은 크게 코를 골며 자고 있었다.

"모르겠어요. 하지만 아빠가 한 번 말씀하셨는데, 그것은 노라도 나도 다 쓰지 못할 만큼 많다더군요. 오오, 어떡하면 좋지요. 언니가!"

"울면 차에서 떨어뜨리겠소." 엘러리는 타이른 다음 "노라와 당신의 상속에 대한 이야기는 비밀로 되어 있나요?"

"라이트빌에 비밀이 있을 것 같나요? 노라의 재산……." 패티는 웃기 시작했다. "마치 값싼 영화에 나오는 이야기같군요. 엘러리 씨, 이제부터 어떻게 하면 좋지요?" 그녀는 언제까지나 웃음을 그치지 않았다.

엘러리는 패티의 자동차를 '언덕'의 찻길로 접어들게 했다. 그는 중얼거렸다.

"짐을 침대에 눕혀야지요."

11 감사절에 일어난 첫 징조

다음날 아침 8시 전에 엘러리 퀸은 노라의 집 문을 노크했다. 노라의 눈은 부석부석했다.

"어제는 정말 고마웠어요. 제가 몹시 당황해서 어쩔 줄 몰랐는데, 짐을 돌보아 주셔서."

엘러리는 명랑하게 말했다.

"별말씀을요! 신랑이 처음 술에 취해 돌아왔을 때 세상이 끝났다고 생각하지 않는 신부는 이브 적부터 여태 한 사람도 없었답니다. 그 괘씸한 신랑은 어디 있습니까?"

"2층에서 수염을 깎고 있어요."

식탁 위에서 반짝반짝 빛나는 토스터를 만지고 있는 노라의 손이 떨리고 있었다.

"제가 가 보아도 괜찮겠습니까? 이런 이른 아침에 침실 바닥을 걸어다녀 소리를 내면 누이동생께서 싫어하실 것 같기도 합니다만." 노라가 말했다.

"아니에요, 로즈메리는 10시까지 일어나지 않아요. 이렇게 기분좋은 11월의 아침인걸요. 그보다도 어서 빨리 2층으로 올라가셔서 남편을 좀 꾸짖어 주세요."

엘러리는 웃으며 2층으로 올라갔다. 반쯤 열려 있는 주인의 침실 문을 노크하자 짐이 욕실에서 대답했다.

"노라, 당신이오? 제발 이제 그만 나를 용서해 주구려."

그는 엘러리의 모습을 보자 목소리가 기어들어갔다. 짐의 수염은 절반쯤 깎여 있었다. 깎은 부분이 끈쩍끈쩍해 보였고, 눈은 부석부석했다.

"안녕하십니까, 스미드 씨. 어서 들어오십시오."

"기분이 좀 어떠신지 보러 왔습니다."

엘러리는 욕실의 문기둥에 기대섰다. 짐은 깜짝 놀라며 뒤돌아보았다.

"어떻게 아셨습니까?"

"어떻게 알다니, 기억하지 못하시는 모양이군. 패티와 내가 당신을 데리고 왔는데요."

"그랬었군요!" 하고 짐은 신음했다. "나는 용케 돌아왔다고 생각했지요. 노라는 아무말도 해주지 않았거든요. 무리도 아니지만, 폐많이 끼쳤겠군요, 스미드 씨. 나는 어디 있었지요?"

"16호 도로의 캐러티 주점에. '핫 스포트' 말입니다."

"그 선술집에!" 짐은 고개를 저었다. "노라가 화내는 것도 무리가 아니었군요." 그는 멋쩍은 듯이 웃었다. "밤새껏 앓았어요! 노라가 간호해 주었지만, 한 마디도 말을 걸지 않는답니다. 지독한 침묵

전술이지요！"

"당신은 돌아오는 차 속에서 꽤 지독한 말을 하더군요."

"지독한 말이라니, 뭐라고 했는데요？"

"으음…… 누군지를 '해치우겠다'고 하더군요" 하고 엘러리는 터놓고 말했다.

짐은 눈을 깜박거렸다. 그리고 다시 거울을 향해 돌아섰다.

"머리가 조금 돌았나 보군요. 아니면 히틀러 생각이라도 하고 있었겠지요."

엘러리는 고개를 끄덕였으나 그의 눈은 짐의 면도날을 지켜보고 있었다. 그것이 떨리고 있었던 것이다.

"나는 하나도 기억하지 못하겠는데요. 도무지 하나도……."

"나 같으면 술을 끊겠소. 지나친 참견인지는 모르겠지만……. 당신이 그런 말을 자꾸하면 남에게 오해를 받을 우려가 있거든요." 엘러리는 친밀감을 가지고 말했다.

"그럴는지도 모르지요. 아아, 또 머리가 아파 오는군！ 다시 마시지 않겠습니다" 하고 말하며 짐은 지금 막 면도한 턱을 어루만졌다.

"노라에게 그렇게 말하면 좋아하겠지요. 그럼, 몸조리 잘 하시오, 짐."

엘러리는 웃어 보였다.

"고맙습니다. 안녕히 가십시오."

엘러리는 미소지으며 나왔다. 그러나 계단에 이르렀을 때 그 미소가 사라졌다. 왠지 손님이 쓰는 침실문이 그가 아까 올라올 때보다 좀 넓게 열려 있는 듯했기 때문이었다.

엘러리 퀸의 소설을 쓰는 작업이 차츰 어려워지게 되었다. 이유 중 하나는 날씨 탓이었다. 들과 산은 빨간색, 오렌지 색, 누르스름한 초록색으로 변했고, 한낮에도 밤처럼 서리라도 내릴 듯 추워지는 것은 아무래도 첫눈이 내릴 징조 같았다. 낮의 길이가 차츰 짧아지기 시작했다. 그는 시든 낙엽을 저벅저벅 밟으며 저택 뒤쪽에 있는 시골길을 걸어 보고 싶은 생각에 견딜 수가 없었다. 특히 해가 지고 하늘에 밤의 장막이 드리워져 띄엄띄엄 서 있는 농가에 등불이 하나 둘 켜지고, 캄캄한 외양간에서 이따금 음매 하는 울음 소리가 들려 올 때면 더욱 그러했다. 월시 갤리머드는 칠면조를 다섯 트럭이나 싣고 거리에 나갔는데 순식간에 다 팔렸다.

"맞아, 이제 곧 추수감사절이 돌아오는군. '언덕' 460번지만 빼놓고는 어디든지 찾아오고 있어" 하고 퀸은 중얼거렸다.

패티는 요즈음 뒤를 돌아보는 버릇이 생겼다. 그녀가 공공연하게 엘러리를 따라다니기 때문에 해미온 라이트는 머릿속으로 비밀 계획을 짜기 시작했고, 탐탁치 못한 담보와 신기한 우표 말고는 별로 관심이 없는 존 F조차도 뭔가 생각하는 것 같았다. 엘러리는 그래서 차츰 일하기가 어려워졌다.

그러나 뭐니뭐니해도 엘러리가 가장 시간을 많이 소비해야 하는 것은 짐과 노라를 넌지시 감시하는 일이었다. 하이트 집안의 가정 사정은 더욱 나빠져 가고 있었다. 왜냐하면 짐과 노라는 이미 '정답게 살고 있다'고 할 수 없었기 때문이었다. 두 사람의 말다툼이 너무 심해서 그 흥분된 목소리가 닫힌 창문을 거쳐서 드라이브 웨이를 건너 라이트 저택까지 들려 왔다. 말다툼의 불씨는 로즈메리이기도 했고, 짐의 음주, 또는 돈 때문이기도 했다. 짐과 노라는 가족들 앞에서는 매우 행복한 척했으나 사실은 그렇지 않다는 것을 누구나 알고 있었다.

"짐은 또 새로운 놀이에 손을 대기 시작했어요. 도박을 하고 있답니다!" 하고 어느 날 밤 패티가 보고했다.

"정말이오?"

퀸이 말했다.

"오늘 아침 언니가 형부를 나무라는 소리를 들었어요." 패티는 가만히 앉아 있을 수 없을 만큼 마음 아파했다. "그러자 형부는 그럼 어쩔 테냐고 대꾸하더군요. 언니에게 호통을 치는 거예요. 그리고는 그 입으로 금방 언니에게 돈을 달라고 조르더군요. 언니는 어디 몸이 불편한 데가 있다면 말해 달라고 울다시피 애원했지만, 형부는 그러면 그럴수록 화를 내는 거예요. 엘러리 씨, 저는 형부가 정신이 돌아서 그러는 게 아닌가 하는 생각이 들어요."

"그렇지 않소" 하고 엘러리는 딱 잘라 말했다. "정신병에는 하나의 타입이 있는 법인데, 그의 행동은 거기에 들어맞지 않소. 그가 털어놓는다면 그렇다고 할 수 있겠지만, 그는 아무 말도 하지 않거든요. 어젯밤에 에드 호치키스가 택시에 태워 그를 데리고 왔지요. 짐은 꽤 많이 취해 있었지만, 내가 이것저것 묻자 나를 때리려고 덤벼들었단 말이오, 패티."

엘러리는 말하며 어깨를 움찔했다.

패티는 깜짝 놀랐다.

"무슨 일을 또 저질렀나요?"

"그는 보석을 전당포에 잡혔답니다."

"보석을 전당포에! 누구의 보석을?"

"나는 오늘 그가 점심 식사 때 은행에서 나오는 것을 미행했지요. 그러자 그는 광장의 심프슨 전당포로 들어가더니 루비 보석이 박힌 브로치 같은 것을 잡히더군요."

"그것은 언니의 브로치예요! 언니가 고등학교를 졸업할 때 더비사 고모님이 선물로 주신 거예요!"

엘러리는 그녀의 손을 잡았다.

"짐은 자기 마음대로 쓸 수 있는 돈이 없어서 그러는 게 아닐까요?"

"자기 월급 말고는 한푼도 없지요." 패티는 야무지게 입을 다물었다. "아버지가 며칠 전에 형부에게 주의를 주셨어요. 형부는 일을 게을리하고 있거든요. 당신은 아버지가 어떤 분인지 아시지요? 양처럼 온순한 분이에요. 웬만큼 눈에 거슬리지 않으면 말씀하지 않으셔요. 그런데 형부가 아빠에게 대들자 아빠는 가엾게도 눈만 크게 뜨고 쳐다보다가 나가 버리셨다는군요. 당신은 어머니가 어떤 얼굴을 하고 계셨는지 보셨지요?"

"맥이 빠진 것 같더군요."

"엄마는 불평 따위는 한 마디도 안하셔요. 저에게도 말이에요. 아무에게도 안하시지요. 뭐니뭐니해도 가장 고민하고 있는 사람은 언니예요! 그런데 남들은 어떻지요? 에밀린 듀플레는 겟베르스 선전 장관보다 더욱 신나게 활약하고 있지 않느냔 말이에요! 모두 쑥덕쑥덕 말이 많아요……. 정말 싫어요! 이 거리가 정말 싫어서 견딜 수 없어요. 집도 싫구요……."

엘러리는 그녀를 안아서 위로해 주지 않으면 안 되었다.

노라는 있는 정성을 다해 추수감사절 준비를 하고 있었다. 큰 소리를 내며 흔들리기 시작한 자기의 세계를 가라앉혀 보려는 여자의 모습이었다. 윌시 갤리머드에게서 사들인 칠면조가 두 마리였고, 놀랄 만큼 많은 밤을 쪘어야 했고, 대머리산에서 따 온 산딸기를 조려야 했으며, 호박이며 그 밖의 여러 가지 요리를 해야 했다. 모든 것을 앨버터 매너스커스의 도움을 받기도 하고, 또 스스로 하기도 하며 처리해 나가야 했다. 모두가 한결같이 정성들여 하지 않으면 안 되는 일들이었다. 온 집안에 맛있는 냄새를 풍기며 노라는 앨버터 외에 다른 누구의 도움도 받아들이려 하지 않았다. 패티도 해미온도 루디 할

멈조차 손을 대지 못하게 했다. 루디는 불평했다.

"요즈음 젊은 색시들은 뭐든지 모두 할 줄 안다고 생각하고 있단 말예요."

해미온은 손수건으로 눈을 누르며 말했다.

"여보, 내가 음식을 만들지 않고 추수감사절을 맞이하기는 결혼 이후 이번이 처음이에요. 노라야, 정말 훌륭한 요리를 만들었구나!"

"나도 이번만큼은 소화불량에 걸리지 않아도 될 것 같군그래. 어디 칠면조를 좀 먹어볼까!"

존 F는 웃으며 말했다.

그러나 노라는 사람들을 모두 내보내고 거실에 혼자 남았다. 아직 준비가 완전히 되지 않았다는 것이었다. 조금 떨떠름한 얼굴을 하고 있지만 취하지는 않은 짐이 식당에 남아 도와 주겠다고 말했다. 그러나 노라는 쓸쓸히 웃고 그도 다른 사람들과 마찬가지로 내쫓았다.

엘러리 퀸은 하이트 집의 포치로 어슬렁어슬렁 걸어갔다. 그래서 저쪽에서 걸어오는 로라 라이트를 맨 먼저 만날 수 있었다.

"안녕하세요. 한가하시군요."

로라가 말했다.

"여어, 어서 오십시오."

로라는 지난 번에 입었던 바지에 역시 그때에 입고 있었던 몸에 꼭 끼는 스웨터, 그리고 그때의 그 리본으로 머리를 묶고 있었다. 그녀의 비뚤어진 입에서는 역시 그때의 위스키 냄새가 났다.

"나를 그렇게 신기한 것을 보듯 바라보지 마세요, 다른 지방에서 오신 분! 나는 초대받아 왔답니다. 정말이에요. 노라가 초대했지요. 온 가족이 함께 모여 즐겁게 지내자는 말이겠지요. 당신은 여전히 한가하신 모양이군요. 이 로라네 집에도 좀 오세요."

"소설 때문에 바빠서요."

"어머나, 놀랍군요" 하고 로라는 비틀거리며 그의 팔을 잡았다.

"작가란 하루에 두세 시간 일을 하는 것이 아니었던가요? 저 조금 취했어요, 당신, 패티에게 마음이 있지요? 좋아요, 그애는 쓸 만하니까요, 몸매도 좋지만 머리도 좋거든요."

"나에게는 과분한 아가씨지요, 나는 그녀에게 아무 짓도 하지 않았습니다, 로라."

"아주 점잖으시군요, 좋으실 대로 하세요, 그럼, 실례하겠습니다. 나는 이제부터 안으로 들어가서 조금 짓궂게 굴어야겠어요."

로라는 동생의 집으로 살짝 들어갔다. 엘러리 퀸은 조금 사이를 두었다가 역시 안으로 들어갔다. 안에서는 야단법석이었다. 해미온은 상냥한 미소 뒤에 숨은 당황하는 기색이며, 짐에게서 마티니를 받아든 존 F의 손이 조금 떨리고 있다는 것 등은 웬만큼 눈이 날카로운 사람이 아니고서는 보지 못했을 것이다. 패티가 엘러리에게 억지로 마티니를 들려 주었으므로, 엘러리는 '훌륭한 이 집안'을 위해 건배하자고 선창하자 모두 진지하게 술잔을 비웠다.

그리고 노라가 기운차게 부엌에서 나와 모두 식당으로 가자고 권했다. 사람들은 요리책에 나오는 그림처럼 아름답게 꾸며진 식탁을 보고 칭찬했다……. 로즈메리 하이트는 존 F의 팔에 손을 얹고 들어왔다.

그것은 짐이 칠면조 요리를 모두의 접시에 두 번째로 나누어 주고 있을 때 일어났다. 노라는 어머니에게 접시를 건네 주다가 갑자기 괴로운 듯 숨을 헐떡거렸고, 그 때문에 접시의 음식이 그녀의 무릎 위로 흘렀다. 그와 동시에 노라가 소중히 여기던 영국제 사기접시가 바닥에 떨어지며 산산조각이 났다. 짐은 의자의 팔을 붙잡았다. 노라는 일어서서 식탁보에 두 손을 짚고 무서운 구토증의 발작을 일으키며 입술을 일그러뜨렸다.

"노라!"

엘러리는 한달음에 노라 곁으로 갔다. 그녀는 새 식탁보처럼 하얗게 질린 입술을 핥으며 힘없이 그를 밀어냈다. 그리고 외마디 소리를 지르며 놀랄 만한 힘으로 엘러리의 손을 뿌리치고 뛰어나갔다. 계단을 달려올라가 쾅 하고 문 닫는 소리가 났다.

"기분이 언짢아 그럴 겁니다. 노라는 토하고 싶은 거예요!"

"노라, 어디 있지?"

"누구든 윌로비 선생님을 좀 불러 줘요!"

엘러리와 짐은 동시에 2층으로 달려올라갔다. 짐은 미친 사람처럼 주위를 둘러보았다. 그러나 엘러리는 대뜸 욕실 문을 두드렸다.

"노라! 문 열어! 왜 그래?" 짐이 외쳤다.

이때 패티와 다른 사람들도 올라왔다. 로라가 말했다.

"윌로비 선생님은 곧 오실 거예요. 노라는 어디 있지요? 남자분들은 나가 주세요!"

"저 여자, 미친 게 아니에요?"

로즈메리가 숨을 헐떡거리며 말했다.

패티가 명령했다.

"문을 부숴요! 엘러리 씨, 부숴 주세요! 형부, 아빠도 도와 주세요!"

"짐, 비키시오. 방해가 되니까!"

엘러리가 말했다.

그러나 남자들이 문을 부수기 시작하자 노라가 비명을 질렀다.

"아무도 들어오지 마세요. 들어오면 나는, 나는, 절대로 들어오지 마세요!"

해미온이 앓는 고양이 같은 소리를 지르자 존 F는 "괜찮아요, 여보, 여보!" 하고 달랬다.

세 번째로 몸을 힘껏 부딪치자 문이 부서졌다. 엘러리는 욕실 안으로 달려들어갔다. 노라는 세면기에 매달려 새파랗게 질린 채 가냘프게 떨며 큰 숟가락으로 마그네시아 유제(乳劑)를 먹고 있었다. 그녀는 묘한 승리의 표정을 짓고 뒤돌아보더니 엘러리에게로 덥썩 쓰러지며 정신을 잃었다.

그러나 잠시 뒤에 노라가 침대에서 정신이 들자 한바탕 법석이 일어났다.

"싫어요, 동물원의 동물 같잖아요! 어머니, 다들 내보내 주세요!"

라이트 부인과 짐만 남겨 놓고 모두 밖으로 나갔다. 엘러리는 2층 홀의 계단 내려가는 곳에서 노라의 목소리를 들었다. 그러나 커다랗게 소리를 지르며 말과 말이 겹쳐져 알아들을 수 없었다.

"싫어요, 싫어요. 그런 사람 싫어요! 만나고 싶지 않아요!"

"하지만 애야, 월로비 선생님이란 말이다. 너를 이 세상으로 나오게 해주신 의사 선생님이 아니냐."

해미온이 우는 소리로 말했다.

"그런 늙은이, 더러운 늙은이가 옆에 오면 나는 무슨 짓을 할지 몰라요! 자살하겠어요! 창문으로 뛰어내리겠어요!"

노라의 목소리는 비명에 가까웠다.

"여보" 하고 짐이 신음했다.

"이 방에서 나가 주세요. 어머니도 나가세요!"

패티와 로라는 침실 문 앞으로 가서 어머니를 불렀다.

"어머니, 노라는 히스테리에 걸려 있으니 내버려 두세요. 저절로 가라앉을 거예요."

해미온이 겁먹은 얼굴로 나왔다. 이어서 짐도 나왔는데, 그는 눈이 새빨갛고 어찌 할 바를 모르겠다는 듯한 얼굴이었다.

방 안에서 노라가 토하는 듯한 소리가 들리더니 마침내 우는 소리로 바뀌었다.

월로비 박사가 헐레벌떡 달려왔으나, 존 F는 잘못 알고 오시라고 했다고 말하며 돌아가게 했다.

엘러리는 조용히 문을 닫았다. 그러나 전깃불을 켜기 전에 누가 방 안에 있음을 알았다. 그는 스위치를 누르며 말했다.

"패티?"

패티는 침대 위에 웅크리고 있었다. 얼굴 옆의 베개가 젖어 있었다.

"당신을 기다리고 있었어요, 지금 몇 시지요?" 하고 말하며 눈이 부신 듯이 눈을 깜박거렸다.

"한밤중이 지났소." 엘러리는 다시 불을 끄고 그녀 옆에 앉았다.

"노라는 좀 어떻지요?"

"자기 말로는 이제 기운을 차렸다니까 괜찮다고 보아야겠지요." 패티는 잠깐 동안 잠자코 있었다. "당신은 여지껏 어디로 사라졌었지요?"

"에드 호치키스의 택시로 콘헤이븐에 다녀 왔소."

"콘헤이븐이라니, 75마일이나 되는 곳까지!" 패티는 벌떡 일어나 앉았다. "엘러리 씨, 뭣하러 갔었지요?"

"노라의 접시에 있던 음식을 가지고 연구소에 갔다왔소. 콘헤이븐에는 좋은 연구소가 있다는 말을 들었기 때문에, 그리고……" 하고 그는 말을 끊었다가 다시 이었다. "당신말대로 75마일이나 되는 곳이더군. 라이트빌에서 그곳까지는."

"그래서 연구소에서는?"

"아무것도 발견하지 못했소."

"그럼, 틀림없이……."

엘러리는 침대에서 내려와 캄캄한 방 안을 왔다갔다하기 시작했다.

"틀림없이라고 말하지만, 여러 가지로 생각할 수 있소. 칵테일, 수프, 오르되브르…… 그저 억측했을 따름이지 정말 이렇게 될 줄은 몰랐소. 어쨌든 노라가 먹는 것, 마시는 것 속에 비소가 들어 있었음에 틀림없소. 모든 증상이 그렇거든요. 노라가 마그네시아 유제를 먹어야 한다는 것을 알아 정말 다행이었소. 비소 중독에 대한 응급 해독제이거든요."

"그리고 오늘은 감사절이에요. 로즈메리에게 보낸 짐의 편지에 11월 28일이라는 것이 있었지요. 바로 오늘이에요. '아내가 병에 걸렸다' 아내가 병에 걸렸잖아요, 엘러리 씨!"

"놀랐는데, 패티. 당신도 꽤 쓸만하단 말이야. 하지만 그것은 우연의 일치였는지도 모르지."

"당신은 그렇게 생각하세요?"

"급성 소화불량이었는지도 모르고. 어쨌든 노라가 몹시 당황하고 있었던 것만은 틀림없소. 그 편지를 읽고 난 다음 독물학 책에 있는 비소의 항목을 보았을 테니까, 모두 심리적인 현상이었는지도 모르지요."

"글쎄요……."

"우리가 지나친 상상을 하고 있는지도 모르오. 어쨌든 아직 시간은 있으니까. 만일 정말 그런 일이 일어나고 있다면, 이번이 첫 징조라고 할 수 있지요."

"글쎄요……."

"패티, 나는 당신에게 약속하겠소. 노라를 절대로 죽게 내버려 두지 않겠다고 말입니다."

"오오, 엘러리 씨." 그녀는 어둠 속을 더듬어 그에게로 다가와 그

의 겉옷에 얼굴을 묻었다. "당신이 계셔서 얼마나 당행인지 모르겠어
요……."

"자아, 이제 그만 내 침실에서 나가 줘요. 당신 아빠가 엽총을 겨
누고 오시기라도 하면 큰일이니까."

엘러리 퀸은 다정하게 말했다.

12 크리스마스──두 번째 징조

첫눈이 내렸다. 산골짜기에서는 내쉬는 숨이 하얗게 보였다. 해미
온은 가난한 농가에 보낼 크리스마스 선물을 마련하기에 바빴다. '언
덕'에서는 스키를 타기 시작했고, 아이들은 호수가 빨리 얼기를 몹시
기다렸다. 그러나 노라……. 노라와 짐의 태도는 이상했다. 노라는
그 감사절 날의 불쾌한 구토증에서는 회복되었으나, 전보다 안색이
나빠졌고 조금 여위었으며 불안해 보였으나 그래도 차분해지려고 애
쓰는 것 같았다. 이따금 겁먹은 듯한 표정을 지었으나, 그녀는 아무
말도 하지 않았다. 아무에게도 털어놓지 않았다. 어머니는 어떻게 해
서든 말을 시켜 보려고 했다.

"노라야, 무슨 일이 있는 게 아니냐? 내게만은 좀 이야기해 보려
무나."

"아무 일도 없어요. 오히려 어머니가 좀 이상해요."

"하지만 짐이 술을 몹시 마신다더구나. 소문이 자자해. 이거 어디
창피해서 견딜 수가 있어야지! 그리고 너는 짐하고 늘 다투고 있
지 않니? 이것만은 사실이 아니냐……."

노라는 조그만 입술을 꼭 다물었다.

"어머니, 내가 하고 싶은 대로 하도록 내버려 두세요."

"하지만 아버지가 걱정하셔서……."

"좋지 않은 줄은 알아요, 어머니. 하지만 내 생활에 간섭하지 말아

주세요."

"다투는 원인은 로즈메리에게 있겠지? 그 여자는 늘 짐을 끌고 다니며 나쁜 짓만 하는 모양이더라. 대체 언제까지 너의 집에 있을 작정이지? 노라야, 나는 네 어미가 아니냐. 어미에게 털어놓지 못할 일이 어디 있겠니?"

그러나 노라는 울며 달아나 버리는 것이었다.

패티는 눈에 띄게 어른스러워졌다.

"엘러리 씨, 그 세 통의 편지 말이에요……. 아직도 노라의 옷장 모자 상자 밑에 있어요. 어제 저녁에 또 보고 왔어요. 도저히 보지 않고는 배길 수가 없었어요."

"그럴 테지."

엘러리가 한숨을 쉬었다.

"당신도 보셨겠지요?"

"그렇소. 그녀도 이따금 읽는 모양이오, 만진 흔적이 있거든요."

"그런데 언니는 어째서 사실을 인정하려 들지 않을까요? 11월 28일에 첫 징조가 나타났다는 것을 잘 알 텐데. 첫째 편지에 씌어 있는 대로였는데도 언니는 의사의 진찰도 받지 않으려고 할 뿐만 아니라 자기를 지키려 하지도 않고 남의 도움을 받으려 하지도 않으니, 무슨 생각을 하고 있는지 도무지 알 수가 없어요."

패티는 한탄했다.

"아마 노라는 세상 사람들의 말을 두려워하고 있을 겁니다." 엘러리가 신중히 말했다. 듣고 있던 패티의 눈이 휘둥그레졌다.

"몇 년 전 결혼식 날에 짐이 노라를 버리고 가자 그녀가 세상 사람들 앞에 통 나타나지 않았다는 이야기는 당신에게 들어서 알고 있소. 당신 언니 노라는 작은 시골 읍에 흔히 있을 수 있는 자존심이 강한 여자지요. 그녀는 사람들의 소문거리가 되는 것을 무엇보다도 싫어하기 때문에 이번 일이 또 세상에 알려지면……. ”

“맞아요. 그 점을 생각하지 못했다니, 나는 참으로 바보였어요. 언니는 어린아이처럼 그것을 무시해 버리려고 애쓰는 거예요. 눈을 감으면 도깨비가 보이지 않는다는 생각과 마찬가지지요. 당신 말씀이 옳아요, 엘러리 씨. 언니가 두려워하는 것은 사람들의 소문이에요 ! ”

크리스마스 전의 월요일 밤, 엘러리 퀸은 숲 어귀 가까운 곳에 있는 나무 그루터기에 앉아서 ‘언덕’ 460번지를 지켜보고 있었다. 달이 없고 조용한 밤이어서 먼 곳에서 나는 소리도 뚜렷이 들려 왔다. 짐과 노라는 또 말다툼을 하고 있었다. 퀸은 차가운 손을 마주 비볐다. 돈에 대한 말다툼인 듯싶었다. 노라가 날카로운 소리로 말하고 있었다. 그는 어디다 돈을 쓰는 것일까 ? 그녀의 루비 브로치는 어떻게 되었을까 ?

“여보, 분명하게 말해 주세요. 언제까지나 이러시면 곤란해요. 나는 용서하지 못하겠어요. ”

짐은 처음에는 입 속으로 두런두런 말하고 있었으나 나중에는 용암이 솟아오르듯이 차츰 목소리가 높아졌다.

“나를 고문하듯 하지 마 ! ”

엘러리 퀸은 앞으로의 좋은 방안을 세우기 위한 단서가 될 만한 새로운 사실을 찾으려고 열심히 귀를 기울였다. 그러나 지금까지 알고 있는 사실 이외의 말은 들리지 않았다. 겨울 밤에 두 젊은 남녀가 서로 고함을 지르고 있는 것을 그는 그 추위 속에서 바보처럼 나무 그루터기에 앉아 엿듣고 있었던 것이다. 그는 일어나 숲 어귀를 돌아 따뜻한 라이트 저택을 향해 걸어갔다. 그러나 그는 갑자기 걸음을 멈추었다. 재앙의 집——지난 며칠 동안은 이 말이 매우 잘 어울리지 않았는가?──의 현관문이 '쾅' 하고 닫혔던 것이다. 엘러리는 큰 집의 그늘을 따라 눈 속을 달려갔다. 짐 하이트가 눈길을 걸어나와 자기 자동차에 뛰어올랐다. 엘러리는 라이트 저택의 차고로 달려갔다. 패티 라이트는 그가 갑자기 자동차를 써야 할 때가 있을지도 모른다는 생각에서 자기 차의 점화전 열쇠를 끼워둔 채로 놓아 두었던 것이다. 짐의 자동차는 위험할 정도의 속력으로 눈 쌓인 언덕길을 달려갔다. 엘러리는 그 뒤를 따랐다. 그는 헤드라이트를 켜지 않았다. 짐의 자동차 불빛으로 앞이 충분히 보였기 때문이었다. 16호 도로, 캐러티의 술집이다.

짐이 비틀거리며 '핫 스포트'에서 나와 다시 자동차를 탄 것은 거의 10시가 다 되었을 때였다. 그 차가 이상스럽게 꾸불텅거리기도 하고 기울어지기도 하는 것으로 미루어 보아 짐이 몹시 취해 있다는 것을 짐작할 수 있었다. 그는 집으로 돌아가는 것일까? 아니다. 거리 쪽으로 휘었다. 거리로 갈 모양이다! 거리 어디로 가는 것일까?

짐은 번화가 한가운데에 있는 어떤 허술한 목조 공동 주택 앞에 급정거했다. 그리고 그는 캄캄한 홀로 비틀거리며 들어갔다. 갓을 씌우지 않은 25와트 전구가 쓸쓸히 홀을 비추고 있었다. 엘러리는 그 희미한 불빛 속에서 짐이 계단을 기다시피 올라가 페인트 칠이 벗겨진 틈투성이의 문을 노크하는 것을 보았다.

"짐?" 로라 라이트의 놀란 듯한 목소리가 들렸고 문이 닫혔다.

엘러리는 계단이 삐걱거리지 않도록 조심하며 살살 올라갔다. 계단을 올라가자 그는 서슴지 않고 로라의 방문으로 가서 판자에 귀를 갖다댔다.

"로라, 그렇게 무정하게 굴지 말아요. 나는 이젠 진절머리가 나서 죽겠어. 자포자기야."

"하지만 지금 말했듯이 나는 돈이 없는걸요, 짐." 로라의 쌀쌀한 목소리가 들렸다. "이리 좀 앉아요. 몹시 취했군요."

"나는 술주정뱅이니까." 짐은 웃었다.

"당신 어째서 자포자기하셨지요?" 로라는 달콤한 목소리로 말했다. "자, 이렇게 하면 편하지요? 짐, 이 로라에게 모두 이야기해 봐요……."

짐은 울기 시작했다. 짓눌린 듯한 울음 소리로 미루어 보아 짐은 로라의 가슴에 얼굴을 묻고 있는 것 같았다. 로라의 어머니 같은 속삭임도 똑똑히 들리지 않았다. 마침내 그녀는 어디가 아픈지 '아얏' 하는 소리가 났다. 엘러리는 '문을 부수고 들어갈까' 하고 생각했다.

"짐! 밀지 말아요!"

"그럼, 어때! 자, 로라, 그것 놓아요. 내가 어떻게 하길래 그래?"

"짐, 이젠 돌아가요."

"돈을 주겠어, 안 주겠어?"

"말했잖아요……."

"아무도 돈을 주지 않는군! 내가 이렇게 다급한데도 아내조차 돈을 주지 않는단 말이야. 내가 무슨 짓을 하려는지 알고 있소? 알고 있느냔 말이야? 나는 기어코……."

"어떻게 하겠다는 거예요, 짐?"

"아무것도 아니야, 아무것도 아니야……."

그의 목소리가 꺼져들어갔다. 그리고 오랜 침묵이 흘렀다. 아마 짐은 쓰러진 모양이었다. 엘러리는 이상하게 생각하며 가만히 기다렸다. 얼마 뒤에 로라의 작은 목소리와 짐이 잠에서 깨어난 듯한 코로 쉬는 숨소리가 들려 왔다.

"누르지 말아!"

"누가 누른다고 그래요. 당신은 잠들어 있었어요."

"내 주머니를 뒤졌군. 무엇을 찾아 내려고 했지?"

"짐, 놓아요…… 아파요."

로라의 목소리는 침착했다.

"더 아프게 해주지, 앙갚음으로……"

엘러리 퀸은 문을 열었다. 로라와 짐은 가난하긴 해도 산뜻한 방 한가운데의 온통 깁고 닳아서 낡아 빠진 융단 위에서 씨름을 하고 있었다. 그는 두 팔로 그녀의 몸을 뒤로 젖히려 하고 있었다. 그녀가 손바닥으로 그의 턱을 들어올리고 있었으므로 그는 머리를 젖힌 채 눈을 부릅뜨고 있었다.

"합중국 해병대의 구원병이 왔습니다."

퀸은 한숨을 쉬며 짐을 로라에게서 떼내어 찌그러진 소파에 앉혔다. 짐은 두 손으로 얼굴을 가렸다.

"로라, 아프지 않소?"

"아니오. 한심한 사람이에요. 아무리 말해도 듣지 않아요" 하고 그녀는 숨을 할딱거리며 브라우스를 고치고 머리를 매만지며 고개를 돌렸다. 그리고 진 술병을 들어 아무 일도 없었다는 듯이 그것을 찬장에 넣었다.

"전부터 한 번 방문하고 싶던 참이어서 잠깐 들려 보았지요. 그런데 짐이 왜 이럽니까?"

"술에 취해서 그래요." 로라는 그를 똑바로 쳐다보고 있었다. 침착했다. "노라가 가엾어요. 이 사람 왜 왔을까요? 이 바보 같은 사람이 나를 어떻게 해보려고 온 걸까요?"

"그 질문의 대답은 당신 자신이 해야겠지요" 하고 엘러리는 웃었다. "자, 하이트 씨, 미인 처형에게 잘 자라는 인사를 하고 나와 함께 돌아갑시다."

짐은 앉은 채 몸을 흔들고 있었다. 그러다가 흔드는 것을 그만두고 머리를 푹 숙였다. 그는 모랫빛 머리카락을 한 커다란 인형처럼 두 겹으로 접히며 잠들어 버렸다.

"로라, 대체 이게 무슨 일입니까?"

엘러리가 빠른 어조로 물었다.

"무슨 말씀이세요?"

그녀의 눈을 들여다보았으나 그 눈빛으로는 아무것도 짐작할 수가 없었다.

이윽고 엘러리는 미소지었다.

"안타도 없고 득점도 없고 에러도 없군요. 어쨌든 나는 이 불친절한 안개 속에서 기어나가야만 하겠습니다. 그럼, 안녕히 주무십시오."

그가 짐을 어깨에 걸머지자 로라는 문을 열어 주었다.

"자동차가 두 대군요."

"그의 차와 패티의 차지요."

"짐의 자동차는 내일 아침 내가 운전해서 가겠어요. 밖에다 그냥 놓아 두세요. 그리고 스미드 씨⋯⋯."

로라가 말했다.

"왜 그러십니까, 라이트 양?"

"또 와 주세요."

"아마 그렇게 되겠지요."

"다만 이 다음에는 노크를 하시고 들어오세요."

로라는 웃었다.

존 F가 뜻밖에도 단호한 어조로 가족들에게 말했다.

"해미, 쓸데없는 일은 그만두구려. 이번 크리스마스에는 다른 사람을 시키도록 해요." 그는 검지손가락으로 그녀를 손가락질하며 말했다.

"존 팔러 라이트 씨, 어쩌면 그런 말씀을……."

"우리 모두 산으로 가서 크리스마스를 축하합시다. 그날 밤은 산장
에서 지내잔 말이오. 그리고 난롯가에서 군밤을 먹으며 즐겁게 지
내지 않겠소?"

"여보, 그럴 수가 있어요! 감사절 때에는 노라에게 빼앗겼으니까
크리스마스는 제가 준비를 해야지요. 저는 찬성할 수 없어요."

그러나 남편의 눈을 보고 해미온은 그의 명령이 일시적인 기분에서
나온 것이 아님을 깨닫고 굳이 반대하지 않았다.

이리하여 에드 호치키스는 크리스마스 선물을 대머리 산의 빌 요크
산장까지 날라다 주게 되었다. 존 F는 빌에게 편지를 써서 식사, 숙
박, 그리고 '특별한 준비'도 부탁해 놓았다. 존은 어린아이처럼 껄껄
웃을 뿐 모든 것을 비밀에 붙이고 가르쳐 주지 않았다.

모두 크리스마스 이브의 저녁 식사가 끝나면 두 대의 자동차로 곧
장 대머리 산으로 올라가게 되어 있었다. 모든 준비가 갖추어졌다.
차의 뒷바퀴에는 미끄럽지 않도록 체인을 달았고, 휴가를 얻은 루디
할멈도 집으로 돌아갔으므로 가족들은 라이트 저택 앞에서 서성거리
며 짐과 노라가 나오기를 기다리고 있었다. 그런데 노라의 집 문이
열리고 로즈메리 하이트만이 나왔다.

해미온이 외쳤다.

"짐과 노라는 왜 안 나오지요? 서두르지 않으면 산장까지 가지 못
해요!"

로즈메리는 어깨를 움츠렸다.

"노라는 못 가겠대요."

"뭐라고요?"

"기분이 언짢다는군요."

가 보았더니 노라는 창백한 얼굴로 기운없이 침대에 누워 있고, 짐은 방 안에 서성거리고 있었다.

"노라, 웬일이냐?"

해미온이 외쳤다.

"또 병이 났니?"

존 F가 말했다.

"대단치 않아요, 위가 조금 이상할 뿐이에요, 모두 어서 산장으로 가세요" 하고 그녀는 말했으나, 그 말도 가까스로 하는 것 같았다.

"그런 법이 어디 있어!" 하고 패티가 발끈했다. "형부, 윌로비 선생님께 전화했어요?"

"노라가 걸지 못하게 해."

짐은 기운없는 목소리로 말했다.

"걸지 못하게 한다고요! 형부는 뭐예요? 남자예요, 여자예요? 언니 하자는 대로 할 것 없어요! 내가 아래층에 가서……."

"패티, 그만둬!"

노라가 떨리는 목소리로 말했다. 패티는 멈칫했다.

"하지만 언니……."

노라가 눈을 떴다. 불타는 듯한 새빨간 눈이었다.

"난 싫어" 하고 잇새로 목소리가 흘러나왔다. "분명히 말해 두지만, 내 일에 참견하지 말아 줘. 나는 아무렇지도 않으니까." 노라는 입술을 깨물고 목소리를 쥐어짜듯이 말했다. "제발 부탁이야. 그만 가 줘. 내일 아침에 기분이 나으면 짐과 둘이서 산장으로 갈게."

"노라야, 나하고 함께 예전처럼 부녀지간의 대화를 좀 나누어야만 할 때가 온 것 같구나……."

존 F는 헛기침을 하며 말했다.

"저를 그냥 내버려 두세요!"

모두들 그렇게 하기로 했다.

크리스마스 날 엘러리와 패티는 대머리 산으로 드라이브하고 산장빌 요크에서 선물을 받아 라이트빌로 가지고 돌아왔다. 선물은 어떤 면으로 보든 명랑하다고 할 수 없는 분위기 속에서 모두에게 나뉘어졌다.

해미온은 하루 종일 자기 방에 틀어박혀 있었다. 그녀는 남은 양고기와 박하 젤리로 크리스마스 디너를 만들었으나, 도무지 방에서 나오려 하지 않았고, 존 F도 두서너 술 뜨고는 배가 고프지 않다며 수저를 놓았다. 그래서 패티와 엘러리만 제대로 식사를 끝마쳤다. 잠시 뒤에 두 사람은 노라의 집으로 병 문안을 갔다. 노라는 잠들고 짐은 외출중이어서, 로즈메리 하이트 혼자 거실에서 루크 잡지와 초콜릿 상자를 옆에 놓고 의자 속에 파묻혀 있었다.

패티가 짐에 대해 묻자 그녀는 어깨를 움츠렸다. 말하자면 그는 또 노라와 다투고 훌쩍 나가 버렸다는 것이었다. 노라는 걱정없다……. 몸이 쇠약해지기는 했어도 별탈은 없다는 것이었다. 이런 시골에서 무슨 재미로 살지요? 라이트빌이라니, 이름은 좋군요! 크리스마스가 다 뭐예요? 이렇게 투덜거리며 로즈메리는 다시 잡지를 보기 시작했다.

그래도 패티는 노라가 마음에 걸리는지 2층으로 뛰어올라갔다. 다시 돌아온 그녀가 뭔가 다급한 몸짓을 하며 눈을 찡긋했으므로 엘러리는 그녀를 밖으로 데리고 나갔다.

"나는 언니에게 말을 걸었지요. 잠들어 있는 것이 아니었거든요. 그래서 나는 그 편지에 대해 알고 있느냐고 말을 꺼냈어요. 그러자 엘러리 씨, 언니가 몹시 화를 냈어요. 나에게 물건을 마구 던졌거든요." 엘러리는 머리를 저었다. "언니는 절대로 말하려 하지 않아요.

또다시 히스테리를 심하게 부릴 뿐이에요, 엘러리 씨.” 그녀는 속삭이는 목소리로 말했다. “일이 계획대로 진행되고 있는 것 같아요, 언니에게 어제 또 독을 먹였나 봐요.”

“패티도 노라만큼 병들어 있는 것 같은데요, 2층에 올라가 조금 쉬도록 해요, 여자란 언제나 때맞추어 병에 걸리게 되어 있으니까.”

“다시 언니한테 가 봐야겠어요, 혼자 있게 내버려 둘 수는 없어요.”

패티가 달려가 버리자 엘러리는 어두운 기분으로 ‘언덕’을 한참 동안 산책했다. 어제 다른 사람들이 2층 노라의 방으로 갔을 때, 그는 몰래 식당에 가 보았던 것이다. 식탁 위에는 아직 저녁 식사를 한 접시가 치워지지 않은 채 그대로 놓여 있었다. 그는 노라가 먹다 남긴 콘 비프 해시를 조금 먹어 보았다. 아주 적은 양이었으나 그 효과는 금방 나타났다. 그는 위가 몹시 아프고 구토증을 느꼈다. 그래서 그는 미리 마련해 두었던 물약을 얼른 마셨다. 그것은 비소 중독의 해독제로, 수산화제2철과 마그네시아를 섞은 것이었다. 이미 의심할 여지가 없다. 누군가가 노라의 콘 비프 해시 속에 비소 화합물을 섞었음에 틀림없었다. 그리고 그것은 노라의 접시에만 들어 있었던 것이다. 그는 다른 두 접시의 음식도 맛보아 확인했다. 드디어 하나의 형태가 나타나기 시작한 것이다. 첫 번째는 감사절, 그 다음은 크리스마스였다. 세 번째는 새해 첫날에 죽음을 당하도록 예정되어 있는 것이다.

엘러리는 패티와의 약속이 생각났다. 그녀 언니의 목숨을 구해 주겠다는 약속이었다.

그는 눈을 밟으며 걸어갔다. 그의 머릿속에서는 잡힐 듯하며 잡히지 않는 어떤 형태가 빙빙 돌았다.

13 새해──최후의 만찬

노라는 크리스마스 이브부터 나흘 동안 자리에 누워 있었다. 그러나 12월 29일에는 완전히 회복되어서 명랑하게 떠들어댔다. 조금 지나치리만큼 밝은 목소리로, 늙은이처럼 자꾸만 앓아서 야단났다며 크리스마스의 즐거움을 망치게 한 벌충으로 새해 전야제는 자기가 차려서 모두 초대하겠다고 말했다. 이 말을 듣고 짐도 갑자기 명랑해지며 멋쩍게 노라에게 키스했다. 두 사람이 끌어안고 있는 것을 보고 패티는 가슴이 뭉클해지며 눈물이 왈칵 쏟아질 것 같아 뒤로 몸을 돌려버렸다. 노라도 짐에게 답례 키스를 함으로써 두 사람은 일주일만에 사랑하는 사람들만이 서로 통하는 정다운 눈길을 주고받았다.

노라가 갑자기 기운을 차리자 해미온과 존 F의 기쁨은 이만저만이 아니었다. 해미온이 말했다.

"그거 참 좋은 생각이로구나, 노라! 이번에는 하나에서 열까지 네 마음대로 해보렴. 나는 손가락 하나 까딱하지 않을 테니까. 하지만 네가 도와 달라고 한다면……."

"아니에요, 엄마, 내가 벌이는 파티니까 내가 안주인 역할을 해야지요……"라고 말하며 노라는 두 팔로 패티를 끌어안았다. "네가 그토록 친절하게 해주었는데 심술을 부려서 미안해. 물건까지 던지고 했으니 말이야. 용서해 줘!"

"언니, 무슨 말을 하는 거야. 지금처럼 얌전하기만 하다면 무엇이든 용서해 줄게!" 패티는 진지한 표정으로 말했다.

이 말을 패티에게 전해 듣고 엘러리는 말했다.

"노라가 그런 기분이 되었다니, 정말 다행이로군. 노라는 누구누구를 초대한다고 하던가요?"

"가족들 모두와 마틴 판사, 월로비 선생님이지요. 그리고 프랭크 로이드도 초대한다고 말하더군요."

"흐음, 카터 플랫포드도 초대하라고 권하면 어떨까요?"

패티의 얼굴빛이 변했다.

"카터를?"

"너무 그렇게 화내지 말아요, 패티, 새해인데……."

"하지만 뭣하러 카터를 초대하지요? 그 사람은 나에게 크리스마스 카드도 보내지 않았단 말이에요!"

"새해 전야제에는 블랫포드도 꼭 참석시켜야겠소. 당신 힘으로 어떻게 해서든 그가 오도록 해야 하오."

패티는 그의 얼굴을 보았다.

"꼭 그래야 하나요?"

"꼭 그래야 하오."

"그렇다면 어떻게 해서든 오도록 해보겠어요."

카터는 전화로 패티에게 될 수 있는 대로 가도록 하겠다고 말했다. 일부러 초대해 주어서 고맙군. 정말 뜻밖의 일인데. 하지만 다른 곳의 '초대'도 받았기 때문에…… 카멜 페티글을 실망시킨다는 것은 가엾은 일이니까. 하지만 글쎄 어떻게 해서든 잠깐 들르도록 해보지. 알았어, 그렇게 하겠어. 꼭 들를게…….

"카터" 하고 패티는 저도 모르게 말했다. "어째서 우리는 사이좋게 지내지 못하지요?" 그러나 카터는 이미 전화를 끊고 있었다.

편집인 겸 발행인 프랭크 로이드는 조금 일찍 왔다. 언뜻 보기에도 퉁명스럽고 무뚝뚝한 표정을 짓고 들어온 그는 사람들에게 별로 말도 걸지 않았고, 어떤 사람에게는 인사조차 하지 않은 채 곧장 부엌 옆 식기실에 임시로 차려놓은 '바'로 들어갔다.

그날 밤의 조리실에 대한 엘러리 퀸의 관심은 대단한 것이었다. 그는 이따금 부엌에 나타나 앨버터와 노라를 바라보았으며, 요리용 난 로며 아이스박스도 들여다보는 것이었다. 그리고 드나드는 사람들이 먹을 것, 마실 것이 있는 쪽으로 가면 무엇을 하는지 살펴보았다. 더 구나 그 태도가 매우 조심스러우면서도 더할 나위 없이 열성적이어서 앨버터가 '번화가'의 친구 집에서 열리는 새해 전야제에 초대받아 가 버리자 노라는 놀랍다는 듯이 말했다.

"엘러리 씨, 당신은 참으로 가정적인 분이시군요. 그럼, 이 올리브 손질이라도 좀 해주시겠어요?"

그래서 퀸은 옆방인 식기실에서 짐이 마실 것을 바쁘게 혼합하고 있는 동안 올리브 손질을 했다. 퀸이 올리브 손질을 하고 있는 곳에 서는 이 집 주인이 잘 보였던 것이다.

노라는 아주 맛있고 보기에도 아름다운 뷔페 식 저녁 식사를 내놓 았다. 맨 먼저 카나페, 그리고 셀러리와 레릿슈를 넣은 빅 인 브랑켓 과 칵테일이 나왔다. 이윽고 엘리 마틴 판사가 불만스러운 표정으로 주위를 둘러보고 있는 더비사 아주머니에게 말했다.

"더비, 한 잔 마시고 마음을 적셔 보지 않겠소? 하늘로 오를 듯한 멋진 기분이 될 테니까. 자, 이게 바로 맨해튼 칵테일이라오. 몸에 좋지요!"

그러나 존 F의 누이동생은 "벌 받을 소리 말아요" 하고 쌀쌀맞게 말하고는 클래리스 마틴을 붙잡고 이 낡고 어리석은 술에 대한 설교 를 한바탕 했다. 레이디 오브 더 레이크(아더 왕 전설에 나오는 여자 마술쟁이 비비안)처럼 비틀거리며 돌아다니던 클래리스는 몽롱한 눈 으로 더비사의 말이 하나에서 열까지 모두 지당하다고 말하며 손에 들고 있던 칵테일을 자꾸 마셨다.

로라는 오지 않았다. 노라는 그녀를 초대했으나, 로라는 전화로 이 렇게 말했다.

"미안하지만, 나 혼자서 축하하기로 했어. 새해 복 많이 받아라!"

로즈메리 하이트는 방 한구석에 궁전을 쌓아올리고는 남자들에게 명령하여 술이며 음식을 가져오게 하거나 가져가게 하고 있었다. 그렇게 하는 것이 재미있어서 그러는 것은 아닌 듯싶었다. 왜냐하면 그녀는 몹시 따분해 보였기 때문이다. 그보다도 오히려 남자들에게 서비스를 계속시킬 필요가 있었기 때문이리라……. 그래서 사람좋은 늙은 월로비 선생이 로즈메리의 술잔에 술을 부어 주기 위해 허둥지둥 가는 것을 보고 패티는 참다못해 말했다.

"남자들이란 저런 여자의 본성을 꿰뚫어보지 못하나 보지요?"

"그럴는지도 모르지요. 고기가 너무 딱딱해 속까지 꿰뚫을 수 없는 거요."

앨러리는 냉정하게 말하고 나서 다시 부엌으로 슬슬 걸어갔다. 그가 짐의 뒤를 따라다니는 것을 패티는 근심스럽게 바라보았다. 벌써 열 번 이상이나 그랬던 것이다.

라이트빌의 착실한 가정에서는 축제 날 밤에 결코 법석을 떨지 않는다. 그런데 이 다른 지방에서 온 로즈메리 하이트의 태도는 그날 밤의 분위기를 아주 좋지 않은 방향으로 이끌고 갔다. 더비사 아주머니가 얼굴을 찌푸리는데도 그녀는 맨해튼을 여러 잔 마심으로써 차츰 들뜨기 시작했다. 특히 남자들은 그녀의 기분에 물들어 말소리가 차츰 커지고 웃음소리가 난잡해지기 시작했으며, 짐은 두 번이나 부엌으로 가서 라이 위스키와 베르뭇으로 다시 칵테일을 만들어야만 했고, 패티는 마라스키노 술에 절인 버찌를 한 병 더 뜯어야만 했다. 그리고 그때마다 짐 옆으로 가서 도와 주었다.

카터 블랫포드는 오지 않았다. 패티는 계속 초인종 소리에 신경을 썼다. 그러다가 누군가가 라디오를 켜자 노라는 짐에게 말했다.

"여보, 우리 신혼여행에서 돌아온 이후 아직 한 번도 춤을 추지 않앉어요. 자아!"

짐은 깜짝 놀라 그녀를 보았으나 활짝 웃으며 그녀를 붙잡고 빙빙 돌며 춤을 추었다. 엘러리는 급히 부엌으로 들어가 자기가 마실 것을 만들었다. 그것이 그날 그가 마시는 첫 잔이었다.

12시 15분 전쯤에 로즈메리가 연극조의 몸짓으로 팔을 흔들며 명령했다.

"오빠, 한 잔 더 줘요!"

짐은 쾌활하게 말했다.

"이제 그만하지, 로즈메리!"

뜻밖에도 짐은 거의 술을 마시지 않고 있었다.

로즈메리는 얼굴을 찌푸렸다.

"갖다 줘요, 불친절하군요!"

짐이 어깨를 움찔하며 부엌으로 가자 뒤에서 판사가 "아무렇게나 마구 섞어 오시오!" 하고 놀려댔다. 그러자 클래리스 마틴이 배꼽이 빠지도록 웃었다.

부엌에서 홀로 나가려면 문이 있었고, 부엌과 식기실 사이는 아치 모양으로 뚫려 있었으며, 식기실에는 식당으로 통하는 문이 있었다. 엘러리 퀸은 홀로 통하는 문 앞에 서서 담뱃불을 붙였다. 문은 절반쯤 열려 있었기 때문에 그는 부엌 내부도 볼 수 있었고 식기실도 꿰뚫어볼 수가 있었다. 식기실에서는 짐이 조용히 휘파람을 불며 열심히 라이 위스키와 베르뭇을 섞고 있었다. 그가 몇 개의 술잔에 맨해튼을 다 붓고는 마라스키노 버찌 병을 집으려 할 때 누군가가 부엌의 뒷문을 노크했다. 엘러리는 움찔하며 짐의 손 끝에서 시선을 돌리고 싶은 충동을 느꼈으나 계속 지켜보았다.

짐이 칵테일을 그대로 놓아 두고 뒷문으로 갔다.

"로라! 노라에게서 들었는데……."

"짐, 할 얘기가 있어요."

로라는 서두르고 있는 것 같았다.

"나에게? 하지만 로라……."

짐은 이상하다는 듯이 말했다.

로라는 목소리를 낮추었다. 엘러리에게는 들리지 않았다. 짐의 몸이 가로막고 있어 로라의 모습도 보이지 않았고 무엇을 했는지 알 수 없으나, 불과 몇 초 뒤에 로라는 곧 가버렸다. 짐은 뒷문을 닫고 부엌을 지나 조금 맥빠진 얼굴로 식기실에 돌아왔다. 그는 술잔에 버찌를 하나씩 넣었다.

짐이 술잔이 가득 얹힌 쟁반을 조심스럽게 들고 홀로 나오자 엘러리는 말했다.

"또 만들었소, 짐?"

짐은 싱긋이 웃었다. 두 사람이 함께 거실로 들어가자 모두 환성을 지르며 맞이했다.

"드디어 자정이 되었습니다. 여러분 신년을 축하할 술을 가지고 왔습니다."

그는 기쁜 듯이 말했다. 그리고 그가 쟁반을 들고 방 안을 돌아다니자 모두들 술잔을 집어들었다.

"노라, 하나 들어요. 한 잔 더 마셔도 괜찮을 거야. 새해의 전야제가 날마다 있는 것도 아니니까!"

"하지만 여보, 그렇게……."

"이것을 들어요."

그는 그녀에게 술잔 하나를 집어 주었다.

"괜찮을까요, 여보……."

노라는 근심스럽게 말하다가 웃으며 술잔을 받아들었다.

"그만하지 노라, 너는 앓고 난 뒤끝이 아니냐. 오오, 나까지 어질 어질하는구나!"

해미온이 근심스럽게 말했다.

"이 술주정뱅이!"

존 F는 정중하게 해미온의 손에 키스했다. 그녀는 장난스럽게 그의 볼을 가볍게 두드렸다.

"어머니, 한 모금쯤 괜찮겠지요?"

노라가 말했다.

"잠깐만!" 하고 마틴 판사가 외쳤다. "여러분, 예나 지금이나 한 결같이 찾아오는 새해가 왔습니다, 브라보!"

그러나 판사의 외침 소리는 라디오에서 흘러나오는 피리 소리며 종 소리의 홍수에 밀려나가고 말았다.

이것은 누구든 아무에게나 키스해도 좋다는 신호였다. 무엇하나 빼 놓지 않고 보려고 필사적으로 애쓰고 있는 엘러리 퀸을 뒤에서 누군 가 따뜻한 두 팔로 안았다.

"새해 복 많이 받으세요" 하고 속이며 패티는 그를 빙그르 돌려 놓고 입술에 키스했다. 촛불의 희미한 빛으로 어두컴컴한 방 안이 한 순간 빙글빙글 돌아가는 듯한 기분이 들었다. 그래서 퀸이 미소지으 며 다시 한 번 키스하려고 몸을 굽혔으나 패티는 이미 월로비 선생의 "나하고는 어때?" 하는 말과 함께 그의 팔에서 떨어져 나갔으므로 엘러리는 바보처럼 허공에다 키스했을 뿐이다.

"한 잔 더! 한 잔 더 줘요, 모두 한껏 취해 봅시다──여러분!" 로즈메리가 새된 소리를 질렀다. 그리고 그녀는 마틴 판사를 향해 자 기의 빈 술잔을 조금 조심스럽게 흔들어 보였다. 판사는 난처한 얼굴 로 흘끗 보았으나, 아내 클래리스의 몸에 팔을 감았다. 프랭크 로이 드는 칵테일을 연거푸 두 잔 마셨다. 짐은 준비해 놓았던 라이 위스키가 다 떨어졌으므로 지하실로 가지러 가겠다고 말했다.

"내 술은 어떻게 됐지요?" 하고 로즈메리는 끈질기게 말했다.

"칠칠치 못한 술집이군요, 이 집은. 새해인데도 술이 없다니!"

그녀는 화를 냈다. "누가 술을 가지고 있지요?" 바로 이때 노라가 라디오 있는 곳으로 가느라고 그 옆을 지나쳤다.

"이봐요, 노라! 술 가지고 있군요……."

"하지만 로즈메리, 이것은 내가 입에 댔던 것인데……."

"난 마시고 싶어요!"

노라가 얼굴을 찌푸리며 자기의 칵테일 잔을 로즈메리에게 주자 그녀는 익숙한 솜씨로 단숨에 마셔 버리고는 비틀거리며 소파로 가서 바보처럼 웃으며 쓰러졌다. 그리고 금방 깊이 잠들어 버렸다.

"코까지 골고 있군." 프랭크 로이드가 정색을 하며 말했다.

"멋진 숙녀가 코를 골다니." 그는 이렇게 말하며 존 F를 도와 얼굴만 남겨 놓고 로즈메리에게 신문지를 덮어 주었다. 그리고 존 F는 '다리를 건너가는 호레이시어스'라는 시를 암송했으나, 유감스럽게도 들어 주는 사람이 하나도 없었다. 마침내 술이 조금 취한 더비사가 바보라고 또 핀잔 주자 존 F는 느닷없이 누이동생을 붙잡고 룸바 리듬이건 무엇이건 상관없이 맹렬한 기세로 온 방 안을 춤추며 돌아갔다. 누구나 조금씩 취했고, 모두들 희망 찬 새해를 축하했다. 다만 엘러리 퀸만은 여전히 부엌문 언저리에서 서성거리며 짐 하이트가 칵테일 만드는 것을 바라보고 있었다.

12시 30분쯤 되었을 때 거실 쪽에서 한 마디 비명 소리가 들리더니 다시 이상스럽게 쥐죽은 듯 조용해졌다. 때마침 짐이 쟁반을 들고 부엌에서 나왔으므로 엘러리는 그에게 말했다.

"지금 막 죽음의 신의 목소리 같은 것이 들려 왔는데, 다들 무엇을 시작했길래 그런 소리가 났을까요?"

그들은 급히 거실로 갔다. 절반쯤 신문지에 뒤덮인 채 아직 소파에 누워 있는 로즈메리 위에 윌로비 박사가 몸을 굽히고 있었다. 퀸의 심장이 푹 쑤시듯 아팠다.

윌로비 선생이 몸을 일으켰다. 얼굴이 창백했다.

"존!"

늙은 의사는 혀로 입술을 축였다. 존 F가 얼빠진 듯 말했다.

"마일로, 왜 그러나? 이 여자는 정신을 잃고 있단 말일세. 아까부터 기분이 언짢았던 것 같아. 술이 몹시 취했을 뿐인데 뭘 그렇게 야단스러운 얼굴을——"

윌로비 박사는 "존, 그녀는 죽었네" 하고 말했다. 죽음의 신 같은 소리를 지른 것은 패티였는데, 갑자기 온 몸의 힘이 빠져나간 듯이 의자에 푹 쓰러졌다. 그리고 심장이 몇 번 뛰는 동안 윌로비 박사가 나직한 쉰 목소리로 '죽었다'고 하던 말의 여운이 방 안을 줄달음질쳐 사람들의 마음속을 뚫고 지나갔으나, 그 뜻을 파악할 수는 없었다.

"죽었다고요? 심장마비입니까……. 선생님?"

엘러리의 목소리가 쉬어 있었다.

"아마 비소인 것 같습니다."

의사는 딱딱하게 말했다.

노라가 비명과 함께 정신을 잃고 쓰러지며 머리를 바닥에 세게 부딪쳤다. 바로 이때 카터 블랫포드가 허겁지겁 뛰어들어왔다.

"좀더 일찍 오려고 했는데, 패티는 어디 있습니까? 여러분, 새해 복 많이 받으십시오. 무슨 일입니까?"

"노라에게 먹였습니까?"

노라의 침실 밖에서 엘러리 퀸이 물었다.

"네, 틀림없이 먹었습니다, 스미드 씨" 하고 윌로비 박사는 쉰 목소리로 말했다. "노라도 독을 마셨어요. 그런데 당신은 어떻게 수산화제2철을 갖고 계셨습니까? 그것은 비소 중독의 해독제로서 일반적으로 널리 알려져 있는 것인데요."

그는 눈을 껌벅거리며 엘러리를 보았다.

"저는 마술쟁이랍니다. 모르겠습니까?"

엘러리는 짤막하게 말하고 아래층으로 내려갔다.

로즈메리의 얼굴에는 이미 신문지가 덮여 있었다. 프랭크 로이드가 그 신문을 들여다보고 읽었다. 카터 블랫포드와 마틴 판사는 소곤소곤 의논하고 있었다. 짐 하이트는 의자에 앉은 채 연방 고개를 젓고 있었다. 자꾸만 흐려지려는 머리를 깨끗이 해보려고 해도 안 되는 모양이었다. 다른 사람들은 모두 2층의 노라에게로 갔다.

"노라는 어떻습니까?"

짐이 물었다.

"기분이 좋지 않답니다."

엘러리는 거실에 발을 들여놓고 멈추어섰다. 블랫포드와 마틴이 말을 하다가 그쳤다. 그러나 프랭크 로이드만은 여전히 시체를 덮고 있는 신문을 읽고 있었다.

"하지만 다행히도 노라는 그 마지막 칵테일을 한두 모금 마셨을 따름입니다. 그녀는 상당히 기분이 좋지 않지만, 곧 나을 것이라고 윌로비 선생님이 말씀하셨소."

엘러리는 말하고 현관에 가까운 의자에 앉아 담뱃불을 붙였다.

"그럼, 원인은 칵테일입니까?" 카터 블랫포드는 믿을 수 없다는 듯이 말했다. "역시 그랬군. 두 여자가 같은 잔의 칵테일을 마셨다. 그리고 두 사람 모두 같은 독에 중독되었단 말이지요." 그는 목소리를 높여서 말했다. "하지만 그 칵테일은 노라의 것이었지요! 노라에게 먹이려고 했던 것입니다."

프랭크 로이드가 뒤돌아보지도 않고 말했다.

"카터, 연설은 그만하게. 듣기 거북하네."

"카터, 너무 성급하게 굴지 말게."

마틴 판사가 노인다운 목소리로 말했다.

그러나 카터는 귀에 거슬리는 목소리로 말했다.

"그 독이 들어 있던 칵테일은 노라를 죽이기 위해 만든 것입니다. 그것을 만든 사람은 누구지요? 누가 그것을 날라왔습니까?"

"울새(코크 로빈)였지. 돌아가게, 셜록 홈즈."

신문 편집인은 말했다.

"내가 만들었네. 내가 만들었단 말일세" 하고 짐은 말하며 사람들이 둘러보았다. "그러니 이상하지 않나?"

"이상하다고!" 젊은 블랫포드는 얼굴이 창백해지며 쏜살같이 다가가서 짐의 옷깃을 움켜잡고 일으켜 세웠다. "이 살인자! 자기 아내를 죽이려다 그만 누이동생을 죽이고 만 이 살인자!"

짐은 입을 벌린 채 그를 쳐다보았다.

"카터" 하고 마틴 판사가 부드럽게 말렸다.

카터가 손을 놓자 짐은 입을 벌린 채 풀썩 의자에 앉았다.

"이 일을 어떻게 한담……."

라이트빌의 젊은 검사는 쥐어짜는 듯한 목소리로 말했다.

그는 엘러리 퀸의 딱딱한 무릎에 걸려 넘어질 뻔하며 현관의 전화 있는 곳으로 가서 경찰서의 디킨 서장을 불러 달라고 말했다.

제3부

14 파티는 끝나고

디킨 서장이 자기의 몹시 낡은 자동차에서 뛰어내려 1941년의 별빛을 받으며 라이트 저택의 젖은 돌길을 뛰어갔을 때 '언덕'의 집집마다 아직 새해를 축하하는 파티가 벌어지고 있었다. 에밀린 듀플레의 집은 캄캄했고, 에모스 블루필드 노인의 집은 더러운 검은 커튼이 드리워져서 마치 상을 당한 집 같았다. 그러나 다른 집들——리빙스턴네, 헨리 미니킨네, 에밀 포펜버거네, 그랜존네 등은 환히 불이 켜있었고 요란한 웃음 소리가 멀리서 들려 왔다.

디킨 서장은 혼자 끄덕거렸다. 이래서야 아무도 갑작스러운 사고가 일어났음을 모를 것이다. 디킨은 마르고 키가 큰 시골 사람으로, 양키다운 코에다 엷은 빛깔의 두 눈으로 사람을 찬찬히 바라보는 버릇이 있었다. 얼핏 보기에는 나이 먹은 거북이 같은 느낌이 드나 자세히 보면 시인 같은 입매를 하고 있었다. 라이트빌에서 이 점을 알아차린 사람은 패트리시아 라이트와 디킨 부인 정도이리라. 부인은 서장의 얼굴을 에이브러햄 링컨과 하느님의 좋은 점만을 따온 얼굴이라고 생각하는 것이었다. 디킨은 그 열띤 바리톤으로 일요일마다 '변화가'의 웨스트 리브지 거리에 있는 제1조합 교회에서 합창대의 리더 역할을 맡고 있었다. 술은 마시지 않고 사랑하는 아내도 있으니, 노래라도 부르지 않으면 할 일이 없다고 서장은 웃으며 말하는 것이었다. 그리고 사실 그는 지금 자기 집에서 새해 전야의 노래를 즐겁게 부르고 있다가 블랫포드 검사의 전화를 받고 달려온 것이었다.

"독약이라고요? 새해를 축하하는 것은 좋지만, 조금 지나쳤군요. 무슨 독약이었습니까, 선생님?"

디킨은 로즈메리 하이트의 시체를 내려다보며 진지한 표정으로 물었다.

"비소였습니다. 비소의 화합물 가운데 하나였겠지요. 아직은 어느 것인지 확실하게 말할 수 없습니다."

윌로비 박사가 말했다.

"쥐약이었을까요? 이렇게 되면 검사 나리께서 입장이 난처해지겠군. 안 그렇소, 카터?"

서장은 천천히 말했다.

"난처하지요. 이 사람들은 모두 나의 친구들이니까. 디킨, 이 사건은 당신이 담당하지 않겠소?"

블랫포드는 몸을 떨며 말했다.

"좋소, 카터"라고 말하고 디킨 서장은 로이드를 보며 엷은 빛깔의 눈을 깜박거렸다. "여어, 로이드 씨!"

"어서 오십시오. 이것은 신문에 실어도 괜찮겠지요?"

로이드가 말했다.

"프랭크, 제발……."

카터가 약이 오른 얼굴로 말하기 시작했다.

"사양해 주었으면 고맙겠소." 디킨은 사과하는 듯한 미소를 지으며 신문 편집인에게 말했다. "그런데 이 짐 하이트의 누이동생이 어째서 쥐약 따위를 마시게 되었을까요?"

카터 블랫포드와 윌로비 박사가 자초지종을 이야기했다. 엘러리 퀸은 방 한구석에 앉아 연극을 구경하는 사람처럼 그들을 바라보며 귀를 기울이고 있었는데, 라이트빌의 디킨 서장이 뉴욕 시의 어느 경찰관과 매우 비슷하다고 생각했다. 그 선천적으로 갖추어진 위엄……. 디킨은 그의 시민들의 흥분한 이야기를 가만히 듣고 있었다. 빛깔이 엷은 눈만이 움직이고 있었다. 그 눈은 '스미드' 씨 쪽으로 세 번 움직였다. 그러나 '스미드' 씨는 꼼짝도 하지 않고 앉아 있었다. 그는 디킨 서장이 이 방으로 들어올 때 의자에 축 늘어져 있는 하이트를 흘끗 한 번 보았을 뿐 완전히 무시하고 있음을 알아차렸다.

"아, 아, 그렇습니까?"

디킨은 끄덕이고는 부엌 쪽으로 어슬렁어슬렁 걸어갔다.

"도저히 믿을 수가 없어" 하고 짐 하이트가 신음했다. "순전한 우연이야. 그 속에 그런 독약이 들어 있으리라고 누가 알았겠나. 아이들의 짓일 테지. 창문을 통해 장난을 쳤을 거야. 이것은 살인이 아니냔 말이야!"

아무도 짐의 말에 대꾸하지 않았다. 짐은 손가락 마디를 똑똑 꺾으며 소파 위에 펼쳐진 신문을 물끄러미 바라보았다. 정면 문으로 불그스름한 얼굴의 블레이디 순경이 멋쩍은 듯 헐떡거리며 들어왔다.

"전화를 받고 왔습니다. 큰일났군요."

그는 누구에게랄 것도 없이 말했다. 그리고는 제복을 조금 잡아당겨 바로잡고서 서장 뒤를 따라 조용히 부엌으로 들어갔다.

이윽고 두 경관이 나왔는데, 블레이디는 부엌의 '바'에서 많은 병과 유리잔을 안고 나왔다. 그는 그것을 들고 밖으로 나갔는데, 들어올 때는 아무것도 들고 있지 않았다. 디킨은 말없이 손가락으로 거실에 있는 빈 술잔이며 칵테일이 절반쯤 남아 있는 술잔을 가리켰다. 블레이드는 그 유리 종류를 하나하나 빨간 손가락으로 모서리를 살짝 집어 마치 갓 낳은 달걀을 다루듯 조심스럽게 자기 모자 속에 넣었다. 서장이 끄덕이자 블레이드는 발 끝으로 걸어나갔다.

"지문을 채취해야겠습니다. 조사해 보지 않고서는 알 수 없으니까요, 화학적 분석도 해야겠구요."

서장은 벽난로를 향하며 말했다.

"뭐라고요?"

엘러리 퀸이 엉겁결에 말했다.

디킨은 X광선 같은 시선을 네 번째로 퀸에게 던졌다. 그리고 웃으며 말했다.

"어떻게 생각하십니까, 스미드 씨. 뭔가 좋지 않은 일이 일어나면 당신을 만나게 되는군요, 이번이 두 번째지요."

"무슨 말씀이십니까?"

스미드 씨는 시치미를 뗐다.

"16호 도로에서였지요" 하고 서장이 한숨을 쉬었다. "여기 이 카터와 함께 드라이브 하다가 만났었지요, 그날은 짐 하이트가 몹시 취해 있었잖습니까?" 짐은 일어섰다가 다시 앉았다. 디킨은 그를 거들떠보지도 않았다. "당신은 작가시라구요, 스미드 씨?"

"그렇습니다."

"온 거리가 다 알고 있습니다. 당신은 '뭐라구요' 하고 물으셨지요?"

엘러리는 미소지었다.

"이거 참, 실례했습니다. 라이트빌에서 지문까지 채취할 줄이야……. 아니, 제가 조금 멍청했습니다."

"화학 실험실이 있다는 것도 모르셨습니까? 하긴 여기는 뉴욕도 아니고 시카고도 아니지만, 군 재판소도 새로 지었고 거기에는 당신이 놀라실 만한 시설도 갖추어져 있답니다. "

"그 놀랄 만한 시설이라는 것이 보고 싶군요, 서장님. "

"어쨌든 진짜로 이렇게 살아 계시는 작가와 알게 되어 매우 영광입니다. 물론 여기 프랭크 로이드가 있긴 하지만, 이 사람은 말하자면 시골의 호레스 그릴리(미국의 저널리스트, 정치가, 공화당의 창시자. 1811~72)이니까요. "

디킨이 말했다.

로이드는 웃으며 술이 마시고 싶은 듯 주위를 둘러보다가 웃음을 그치고 떨떠름한 얼굴이 되었다. 디킨은 로이드의 넓은 어깨를 흘끗 보며 물었다.

"스미드 씨, 당신은 이 사건에 대해 뭔가 알고 계시겠지요? "

"로즈메리 하이트라는 여성이 오늘 밤 여기서 죽었습니다. 제가 제공할 수 있는 사실은 이것뿐입니다. 시체가 눈 앞에 뉘어져 있으니만큼 별로 도움이 되어 드리지도 못할 것 같습니다만" 하면서 엘러리는 어깨를 움츠렸다.

"월로비 선생님은 독살이라고 말씀하셨습니다. 이것이 또 하나의 사실이지요. " 디킨이 정중하게 말했다.

"아아, 그렇군요. " 엘러리는 조금 부끄러운 듯이 말했다.

그리고 월로비 박사의 짙은 눈썹이 그를 향해 '정말 그런가?' 하고 묻듯이 움직이자 그는 몸을 움츠렸다. '조심해야겠다. 노라 하이트가 비소 중독에 걸려 그 목숨이 위기에 처해 있을 때 자신이 재빠르게 해독제가 든 작은 병을 주머니에서 꺼냈던 사실을 월로비 선생은 기억하고 있는 것이다……' 한 여자가 영문을 알 수 없는 죽음을 당했고 또 한 여자가 같은 독약으로 중태에 빠지자, 이 집의 가족도 아닌 한 남자가 때마침 그 독약을 해독하는 수산화제2철을 가지고 있었다는 이상한 사실을 이 선량한 의사는 이 선량한 경찰관에게 말할 것인가? 윌로비 박사는 눈길을 돌렸다. 박사는 내가 라이트 집안의 가족들에 대해 뭔가 알고 있다고 의심하고 있구나 엘러리는 생각했다. 그는 이 가족들과는 오래 전부터 가까운 사이이다. 라이트 집안의 세 딸은 그의 손을 거쳐 이 세상에 태어났다……. 그는 불안을 느끼고 있는 듯싶었다. 자기가 그 해독제를 구입한 것은 패티 라이트에게 그녀의 언니를 절대로 죽게 하지 않겠다고 약속했기 때문이었다고 털어놓는다면 그는 더욱더 불안을 느끼겠지. 엘러리 퀸은 한숨을 쉬었다. 차츰 일이 성가시게 되어 가는 듯했다.

"가족들은 어디 계십니까?"

디킨이 물었다.

"2층입니다. 라이트 부인은 노라를, 아니, 하이트 부인을 꼭 라이트 저택으로 옮겨야겠다고 말씀하십니다."

블랫포드가 말했다.

"그녀를 여기 있게 해서는 안 됩니다, 디킨 씨. 그녀는 아주 중태여서 극진히 치료하지 않으면 큰일납니다."

윌로비 의사가 말했다.

"나로서는 그렇게 하셔도 지장이 없습니다. 검사께서만 좋다면."

디킨이 말했다.

블랫포드는 대뜸 고개를 끄덕이고 입술을 깨물었다.

"당신이 가족들을 심문하지 않으시겠소?"

"글쎄, 지금 당장은……" 하고 서장은 천천히 말했다. "라이트 씨 가족들은 아마 충격이 컸을 겁니다. 이 이상 더 괴롭히지 않는 것이 좋을 듯싶군요, 카터, 당신만 좋다면 오늘 밤은 이만하는 게 어떻겠소?"

카터는 짤막하게 말했다.

"좋습니다."

디킨이 말했다.

"그럼, 내일 아침에 여러분은 이 방으로 모이도록 하십시오. 카터, 당신이 라이트 씨 가족들에게 이 말을 전해 주시오. 비공식적으로 말입니다."

"당신은 여기 계시겠습니까?"

"조금 더 있어야겠소. 누구든 불러서 이 시체를 옮겨야 할 테니까. 덩컨 할아범네 장의사에다 전화라도 해야겠소."

엘러리 퀸이 엉겁결에 말했다.

"시체 수용소는 없습니까?"

"없습니다, 스미드 씨. 로이드 씨, 당신은 아시겠지요? 이 사건을 신문에다 너무 요란스럽게 쓰지 말아 주시오. 사람들이 몹시 법석을 떨 테니까. 없답니다, 스미드 씨, 여느 장의사를 부를 수밖에 없어요. 나는 벌써 20년이나 이곳에서 서장을 지내고 있습니다만, 아무튼 라이트빌에는 여지껏 살인 사건이라는 것이 없었으니까요. 월로비 선생님, 수고 좀 해주시겠습니까? 검시관 셀무손이 새해 휴가로 파이니 우드에 가고 없어서 그럽니다" 하고 말하며 디킨 서장은 한숨을 쉬었다.

"그럼, 내가 검시하도록 하지요." 월로비 박사는 무뚝뚝하게 말하고 인사도 하지 않은 채 나가 버렸다.

엘러리 퀸은 일어섰다. 카터 블랫포드가 방을 가로질러 걸어가다가 멈추어서서 뒤돌아 보았다. 짐 하이트는 아직 의자에 앉아 있었다. 블랫포드가 울컥하여 호통을 쳤다.

"하이트, 뭘 꾸물거리고 있소?"

짐은 천천히 얼굴을 들었다.

"뭐라고?"

"밤새도록 거기 앉아 있을 작정이오? 부인에게 가 봐야 할 게 아니오?"

"가지 못하게 하니까 그렇지요" 하고 말하며 짐은 웃었다. 그리고 손수건을 꺼내어 눈을 닦았다. 그는 갑자기 의자에서 벌떡 일어나 계단을 뛰어올라갔다. '쾅' 하고 문 닫히는 소리가 났다. 자기 서재로 들어간 것이다.

"그럼, 여러분, 내일 아침에 다시 만납시다." 디킨이 말하며 엘러리를 흘끗 쳐다보았다.

사람들은 로즈메리 하이트의 시체 옆에 디킨만을 남겨 놓고 어수선하게 어질러진 방에서 나갔다. 엘러리 퀸은 그대로 남아 있고 싶었으나, 디킨 서장의 눈에서 그것을 원하지 않는 기색을 느꼈던 것이다.

다음날, 새해 첫날 오전 10시에 여전히 어수선한 그 방에 다시 사람들이 모일 때까지 엘러리는 패트리시아 라이트를 만나지 않았다. ……큰집 안채의 늘 쓰던 침대에 누워 있는 노라를 제외하고는 모두 모였다. 노라는 꼭 닫힌 덧문 안에 갇힌 채 하녀 루디의 간호를 받고 있었다. 이미 그날 아침 일찍 윌로비 의사가 와서 노라를 진찰하고, 그녀에게 그 방에서 나가도 안 되며 일어나서 식사를 해도 안 된다고 엄하게 타일렀던 것이다.

"노라, 당신은 지금 몹시 상태가 나빠요. 루디, 명심해야 하오." 그는 주의를 주었다.

"말을 듣지 않으면 힘으로라도 말리겠습니다."

루디는 말했다.

"어머니는 어디 계시지? 그리고 짐은?"

노라는 돌아누우며 우는 소리로 말했다.

패티가 말했다.

"우리는 잠깐 나갔다 와야 해, 언니. 형부는 걱정 말아요."

"형부도 잘못된 모양이구나."

"쓸데없는 걱정은 말라니까."

패티는 심술궂게 말하고 도망쳐 나왔다.

엘러리는 노라의 집 포치에서 그녀를 기다렸다. 그리고 빠른 어조로 말했다.

"안으로 들어가기 전에 한 마디 사과하고 싶소."

"당신 잘못이 아니에요, 엘러리 씨." 패티는 노라만큼이나 얼굴빛이 나빴다. "더욱 심각한 사태가 일어났을지도 모를 일이었어요. 하마터면……. 언니는 정말 위험했어요." 그녀는 떨고 있었다.

엘러리가 말했다.

"로즈메리가 가엾게 됐군."

패티는 맥빠진 얼굴로 그를 보고는 급히 집 안으로 들어갔다. 엘러리는 포치에서 어슬렁거렸다. 잿빛 하늘이었다. 로즈메리 하이트의 얼굴빛 같다. 잿빛의 차가운 날. 시체에 어울리는 날이었다. 꼭 와야할 사람인데, 아직 오지 않은 사람이 있다. 프랭크 로이드였다. 에밀린 듀플레가 뭐라고 말하며 지나가다가 갑자기 걸음을 멈추고 그곳에 주차해 있는 디킨 서장의 자동차를 찬찬히 보며 얼굴을 찌푸렸다. 그리고 천천히 걸어가며 이 두 채의 집을 살피는 것이었다. 자동차가 한 대 달려오더니 멎었다. 프랭크 로이드가 뛰어내렸고 이어서 로라 라이트가 내렸다. 두 사람은 나란히 뛰어왔다.

"노라는 무사해요?"

로라가 숨가쁘게 말했다.

엘러리가 끄덕이자 로라는 집 안으로 뛰어들어갔다.

"내가 도중에서 로라를 태워 주었소. 그녀는 '언덕'의 고갯길을 걸어서 올라오고 있더군요."

로이드가 말했다. 그도 숨을 헐떡거렸다.

"모두 당신을 기다리고 있습니다, 로이드 씨."

"당신은 수상쩍다고 생각하시겠지요?"

신문사 사장은 말했다.

그의 코트 주머니에 갓 나온 라이트빌 레코드 신문이 꽂혀 있었다.

"이렇듯 좋은 아침에 수상쩍은 일은 하나도 없습니다. 로라는 알고 있던가요?"

"아니오, 그저 산책하고 있었다고 하더군요. 아직 아무도 모를 겁니다."

"이제 곧 알게 되겠지요. 당신의 신문이 거리에 퍼지면 말이오."

"당신은 남의 일에 참견을 잘하시는군요. 하지만 나는 당신이 좋소. 내 말이 나쁜 말은 아닐 테니 곧 기차를 타고 돌아가시지요."

로이드가 으르렁거렸다.

"나는 여기 있고 싶은데요. 어째서 그런 말을 하시지요?"

엘러리는 미소지었다.

"여기는 위험한 곳이니까."

"어째서요?"

"이 뉴스가 퍼지는 날엔 알게 될 겁니다. 어젯밤 파티에 있던 사람은 모두 누명을 쓰게 될 테니까요."

"양심에 거리낄 일이 없다면 그것을 벗을 수 있는 수단이 반드시 있을 테지요."

엘러리 퀸은 말했다.

"그런 태평스러운 말이나 하고 있는 당신의 속셈을 모르겠군."

로이드는 우람한 어깨를 흔들었다.

"무슨 말씀이신지? 그런 점에서는 당신도 간단히 속을 털어놓을 사람 같지 않은데요."

"내 평판이야 여러 가지 있지요."

"나는 이미 다 듣고 있소."

"글쎄 어떨는지……" 신문 편집인은 대들 듯이 말했다. "현관에 서서 이런 쓸데없는 말이나 지껄인들 별수 없지!"

그는 발소리도 거칠게 거실로 들어갔다.

"독은 산화제3비소 또는 산화제1비소라는 것이었습니다. 흔히 백비(白砒)라고 하는 것입니다" 하고 월로비 박사가 말했다.

사람들은 강신술 모임에 와서 반신반의하며 바라보는 사람들처럼 둥글게 모여 앉아 있었다. 디킨 서장은 벽난로 앞에 서서 둘둘 만 종이로 틀니를 두드리고 있었다.

"말씀 계속하십시오, 선생님. 또 다른 것은 무엇이 있었습니까? 지금 하신 말씀은 맞습니다. 밤중에 우리도 실험으로 확인했습니다." 디킨이 말했다.

"이것은 일반적으로 체질을 변경시키거나 또는 강장제로서 약에 섞어서 씁니다." 의사는 무표정하게 말을 계속했다. "그러나 우리는 치료용 약제 속에는 10분의 1그레인(1그레인은 0.064그램) 이상을 처방하는 일은 절대로 없습니다. 그 술잔에 남아 있던 칵테일에는 적어도 정확하게 판단할 수는 없으나 독이 효력을 나타낸 속도로 미루어 보아 3그레인 내지 4그레인쯤 들어 있었던 것 같습니다."

블랫포드가 말했다.

"선생님, 당신은 최근에 그런 약을 누구에게 처방하신 적이 있으십니까?"

"아니오."

"우리는 실험실에서 그보다 좀더 자세한 것을 알아냈습니다" 하고 디킨 서장이 주위를 둘러보며 침착하게 말했다. "그것은 흔히 쓰이는 쥐약인 듯합니다. 그리고 하이트 부인과 그녀의 시누이가 마신 그 칵테일 잔 외에는 아무 데도 독약이 묻어 있지 않았습니다. 술을 섞는 유리 대접에도, 라이 위스키에도, 베르뭇에도, 버찌 병에도, 다른 유리 그릇 어디에도 묻어 있지 않았습니다."

여기서 엘러리 퀸이 말참견을 했다.

"디킨 서장님, 그 독이 들어 있던 칵테일 잔에는 누구의 지문이 찍혀 있던가요?"

"하이트 부인의 것과, 로즈메리 하이트의 것과, 짐 하이트의 것이 찍혀 있었습니다."

엘러리는 그 말이 가리키는 것이 무엇인지를 뚜렷이 알았다. 노라의 것과 로즈메리의 것과 짐의 것. 다른 사람의 지문은 하나도 없다. 그는 마음 속으로 탄복했다. 디킨 서장은 간밤에 모두들 돌아간 다음 결코 일을 게을리하고 있지 않았던 것이다. 그는 시체의 지문을 채취했다. 그리고 노라의 방에서 그녀의 소지품으로 여겨지는 것에서 그녀의 지문을 채취했던 것이다. 짐 하이트는 밤새껏 이 집에 있었으나 아마도 경찰은 그에게 손 하나 까딱하지 않았음에 틀림없다. 집 안에는 그의 지문이 얼마든지 있을 테니까. 매우 빈틈없는 솜씨가 아닌가. 그리고 매우 신중하다. 이 디킨 서장의 빈틈없는 솜씨와 신중성을 생각하자 엘러리 퀸은 조금 두려웠다. 그는 패티를 슬쩍 훔쳐보았다. 그녀는 최면술에 걸린 사람처럼 디킨 서장을 뚫어지게 쳐다보고 있었다.

"그런데 선생님, 검시 결과는 어떻습니까?"

디킨이 물었다.

"하이트 양은 산화제3비소 중독으로 사망했습니다."

"좋습니다. 그럼, 여기서 결론을 내려 보기로 합시다. 여러분께서 이의가 없으시다면 말입니다."

디킨이 말했다.

"어서 하십시오, 디킨 씨."

존 F가 안타깝다는 듯이 말했다.

"그러지요, 라이트 씨. 지금으로서는 그 한 잔의 칵테일에 의해 두 부인이 중독된 것으로 판명되었습니다. 그렇다면 그 칵테일을 만든 사람이 누구였을까요?" 아무도 말이 없었다. "그럼, 제가 말하겠습니다. 그것은 하이트 씨, 당신이었습니다. 당신이 술을 섞어서 그 칵테일을 만들었습니다."

짐 하이트는 수염도 깎지 않았고 눈 밑에는 더러운 빛깔의 기미가 끼어 있었다.

"내가요?" 그는 목에 무엇이 걸린 사람처럼 자꾸만 헛기침을 했다. "하긴…… 나는 무척 많이 만들었지요……."

"그리고 부엌에서 술을 쟁반에 얹어 날라와 여러분에게 나누어 준 사람은 누구였습니까?" 하고 디킨은 물었다. "독이 들어 있는 술잔도 그 속에 섞여 있었던 것입니다. 그것을 당신이 돌리지 않았습니까? 내 말이 틀렸나요? 나는 이 사실을 정보로서 받아들였습니다만" 하고 그는 변명하듯 말했다.

"그럼, 서장님 말씀에 의하면……."

해미온이 격렬한 어조로 말하기 시작했다.

"알고 있습니다, 부인." 서장은 말을 가로막았다. "내가 잘못 생각하고 있는지도 모르지요. 하지만 하이트 씨, 칵테일은 분명히 당신이 만들었고 당신이 그것을 모두에게 나누어 주었습니다. 그렇다면 그 칵테일에 쥐약을 넣을 수 있었던 사람은 당신뿐이었을 것 같군요. 그러나 다만 그랬을 것 같다고 추측할 따름입니다. 그때 당신은 혼자 계셨습니까? 어젯밤 당신이 그 쟁반을 이 방으로 날라오기 전에 단 몇 초 동안이라도 그 칵테일 곁에서 떠난 적은 없었습니까?"

"서장님" 하고 짐이 입을 열었다. "저는 지금 정신이 없습니다. 어젯밤 일 때문에 머리가 조금 어떻게 됐는지도 모르겠군요. 하지만 대체 무슨 말씀이십니까? 제가 아내를 독살하려 했다고 의심하시는 겁니까?"

이 말이 방 안의 탁한 공기 속으로 신선한 바람을 불어넣기라도 한 듯이 모두 '후유' 하고 한숨을 쉬었다. 존 F는 눈을 가리고 있던 손을 내렸고, 헤미온은 안색이 되돌아 왔으며, 패티마저 짐의 얼굴을 쳐다볼 정도였다.

"디킨 서장님, 농담은 그만두세요."

헤미온이 쌀쌀하게 말했다.

"하이트 씨, 당신이 독약을 넣었습니까?"

디킨이 물었다.

"그 쟁반을 이 방으로 날라온 것은 물론 저였습니다!" 짐은 일어서서 연설이라도 할 사람처럼 디킨 앞을 왔다갔다하기 시작했다. "제가 맨해튼을 섞고——마지막으로 들고 나간 술이었습니다만——마라스키노 버찌를 넣으려고 할 때 몇 분 동안 식기실에서 떠나야 할 일이 생겼었습니다. 그뿐입니다!"

"그렇다면 여기에 문제가 있군요. 그때 당신이 모르는 사이에 누군가가 거실에서 몰래 들어와 그 칵테일 술잔 가운데 하나에다 독약을 넣었을 것이라는 이야기인가요? 당신이 자리를 잠깐 비운 사이에 말입니다."

신선한 바람은 그치고 사람들은 다시 숨막힐 듯한 독기 속에서 허덕였다. 누군가가 거실에서 몰래 들어와서…….

"저는 그 칵테일 속에 독약을 넣지 않았습니다. 그러니까 누군가가 살짝 들어왔음에 틀림이 없습니다."

짐은 말했다.

디킨은 몸을 돌렸다.

"하이트 씨가 부엌에서 그 마지막 칵테일을 만들고 있을 때 이 거실에서 누가 나갔습니까? 이것은 매우 중요한 일인 만큼 잘 생각해 주시기 바랍니다!"

엘러리는 담배에 불을 붙였다. 짐과 동시에 자기가 거실에서 나갔다는 사실을 아는 사람이 있을 것이다. 그러므로 반드시 누군가가……. 그러나 이때 갑자기 모두 왁자지껄 떠들기 시작했으므로 엘러리는 담배 연기를 길게 내뿜었다.

디킨은 말했다.

"이래서야 어디 무엇을 알아 낼 수 있겠습니까? 모두 술에 취해 있었고, 춤을 추느라고 정신이 없었으며 촛불이 희미했거든요……. 아무튼 그리 대단한 문제는 아닙니다."

패티가 재빠르게 물었다.

"그것은 무슨 뜻인가요?"

"즉 그것은 그리 중요하지 않다는 이야기입니다, 라이트 양. 중요한 점은 그 술을 누가 돌려 주었느냐는 것입니다. 여기에 대해 대답해 주십시오! 왜냐하면 칵테일 잔을 나누어 준 사람이 반드시 칵테일에 독약을 넣었음에 틀림없기 때문입니다."

'저 사람을 시골뜨기라고 함부로 볼 게 아니로군' 하고 퀸은 생각했다. '당신은 이런 시골에서 썩기에 아까우리만큼 머리가 좋소. 당신은 내가 무엇을 알고 있는지 모르면서도 지금 가장 중요한 점을 찔렀소. 당신은 그 재능을 크게 이용하도록 하시오.'

"제임스 하이트 씨, 당신이 칵테일을 여러분에게 나누어 주었지요. 여러 개의 술잔 가운데 하나에다 독약을 넣고서 그 술잔을 누가 집을지에 대해서는 하느님께 맡길 그런 범인은 없겠지요! 그런 일은 절대로 있을 수 없습니다. 그렇다면 완전히 넌센스거든요. 당신 부인이 그 독약이 든 칵테일을 마셨습니다. 그리고 그것은 바로 당신이 갖다 준 것이었습니다. 그렇잖습니까?"

이제야 사람들은 해변의 가까운 물가에 닿은 듯 모두 숨을 거칠게 쉬고 있었다.

짐의 눈은 빨간 물이 괴어 있는 구덩이 같았다.

"그렇소, 제가 아내에게 주었소! 이렇게 말해야 의심 많은 당신의 마음이 후련하겠지요?"

그는 외쳤다.

"네, 후련합니다" 하고 디킨 서장은 침착하게 말했다. "하지만 하이트 씨, 당신이 몰랐던 일이 꼭 한 가지 있었습니다. 당신은 누이동생 로즈메리가 한 잔 더 마시겠다고 외칠 줄은 몰랐고, 또한 당신 부인이 자기 술잔의 술을 죄다 마시리라고 생각했는데 한 모금밖에 안 마셨으며, 그 나머지를 누이동생이 빼앗아서 다 마셔 버리고 말 줄은 상상도 못했겠지요. 그래서 당신은 부인을 죽이지 못하고 누이동생을 죽이는 결과를 초래하게 되었던 것입니다."

"디킨 씨, 설마 당신은 제가 그런 일을 꾸며서 실행했다고 생각하진 않으시겠지요?"

짐은 목이 쉬어서 말했다.

디킨은 어깨를 움츠렸다.

"하이트 씨, 나는 나의 어리석은 머리가 생각하고 있는 것을 그대로 말하고 있을 따름입니다. 당신만이 뭐라고 할까요…… 기회를 가지고 있었다는 것을 사실이 증명하고 있습니다. 당신은 이른바 동기라는 것은 없을지도 모르겠습니다만……. 이 점에 대해서는 나는 잘 모릅니다. 어떻습니까?"

이것은 참으로 상대방의 독기를 쏙 빼 버리는 듯한, 남자 대 남자의 솔직한 질문이었다. 엘러리 퀸은 진심으로 탄복했다. 이것이야말로 멋진 솜씨라고 할 수 있지 않겠는가!

짐은 중얼거리듯 말했다.

"당신은 내가 아직 결혼한 지 넉 달밖에 안 됐는데 어째서 아내를 죽이려 했느냐고 묻고 싶단 말이군요. 사람을 어떻게 보십니까!"

"그것은 대답이 되지 않습니다, 하이트 씨, 협력해 주지 않으시겠습니까? 당신에게는 어떤 이유가 있었던 게 아닐까요?"

존 F는 의자 팔걸이를 붙잡고 헤미온을 흘끗 보았다. 그러나 부인의 얼굴에는 공포의 빛이 있을 뿐 그의 마음을 가라앉게 해주지 못했다.

"내 딸 노라는 짐과 결혼함으로써 10만 달러를——이것은 나의 아버님의 유산입니다만——상속했습니다. 만일 노라가 죽으면……그것은 짐의 것이 됩니다."

짐은 주위를 둘러보며 천천히 의자에 앉았다. 디킨 서장이 블랫포드 검사에게 오라고 손짓하며 방에서 나갔다. 두 사람은 5분 뒤에 돌아왔으나, 카터는 창백한 얼굴로 여러 사람들의 시선을 피하며 곧장 앞을 보고 있었다.

"하이트 씨, 당신은 라이트빌에서 밖으로 나가면 안 됩니다."

디킨 서장은 엄숙하게 말했다.

'블랫포드가 취한 조치로군' 하고 엘러리는 생각했다. 그러나 이것은 동정심에서 나온 것이 아니라 직무상의 조치였으리라. 아직 이것만으로는 법률상의 사건으로 다룰 수가 없다. 그러나 언젠가는 사건으로 다루어질 것이다.

엘러리 퀸은 경찰서장 디킨의 키가 껑충한 시골 사람다운 모습을 바라보며, 이것은 반드시 사건으로 다루어질 것이며, 기적이 일어나지 않는 한 짐 하이트는 라이트빌 거리를 자유로이 걸어다닐 수 없을 것이라고 생각했다.

15 노라의 이야기

라이트빌 사람들은 처음에는 사실에 대한 소문만을 주고받았을 따름이었다. 재미있는 사실이다. 시체, 독살당한 시체, 그것도 라이트네 집에서! 다른 곳도 아닌 라이트네 집에서! 새침하고 거만한 태도로 당신들과는 집안이 다르며 이 거리에서 제일가는 가문이라고 으스대는 바로 그 집에서! 게다가 독살이라니! 생각해 보세요, 누가 그런 일이 일어나리라고 상상이나 했겠어요. 그것도 바로 그 굉장한 결혼식을 올린 지 얼마 안 되어서 말이에요!

여자라고 하잖아요. 어떤 여자냐고요? 짐 하이트의 누이동생이라는군요. 로절리——로즈마리라든가? 아니, 로즈메리래요. 이름 따위야 아무려면 어때요. 그 여자가 죽었대요. 나도 한 번 본 적이 있어요. 옷을 굉장히 야하게 입고 있었지요. 언뜻 보아 그리 인상이 좋은 여자는 아니었어요. 천박해 보였어요. 나는 바로 며칠 전에 우리 집 그이에게 그렇게 말했다우…….

어쨌든 이것은 살인 사건이야. 어디서 왔는지 알 수 없는 로즈메리 하이트라는 여자가 독이 들어 있는 맨해튼 칵테일을 마시고 죽었다는군. 그런데 그것은 노라 하이트에게 먹이려 했던 것이었다네. 이 점은 프랭크 로이드가 신문에 쓴 그대로지……. 프랭크는 현장에 있었으니까. 마음껏 마시고 야단법석을 떨었던 모양이야. 그러다가 풀썩 쓰러져 죽어버린 거지. 입으로 거품을 내뿜으며…… 쉿! 아이들이 들을라……. 프랭크 로이드가 사실 그대로 쓰지는 않았을 거야…… 물론 쓰지 않겠지. 뭐니뭐니해도 레코드 지는 가정 신문이니까!

'언덕'의 460번지. 재앙의 집. 기억하고 있지요? 몇 년 전에 레코드 신문에 실렸던 그 이야기를? 처음엔 짐 하이트가 결혼식 직전에 도망쳐서, 노라 라이트는 바보처럼 버림을 받았었지요. 집은 완성되고 가구며 다른 모든 것들을 다 갖추어 놓았는데 말이에요! 그 다음에 어디서인지 왔다고 하는, 이름이 뭐라든가 하는 사람이 있었지요? 그 사람이 존 F 라이트에게서 그 집을 사려고 했는데, 그 순간 폭 고꾸라져 죽고 말았지요! 그리고 이번에는 살인 사건이 아니에요? 나 같으면 그런 불길한 집에는 존 F의 은행 금고에 있는 돈을 몽땅 준다고 해도 한 발자국도 들여놓지 않겠어요!

베스, 당신도 들었소? 소문에 듣자하니……

이런 식으로 며칠 동안 라이트빌에서는 이 사실 말고는 아무것도 화제에 오르지 않았다.

포위망이 완성됨에 따라 엘러리 '스미드' 씨는 얼떨결에 방어군의 한 병사가 되어 버리고 말았다. 수많은 사람들이 개미떼처럼 줄줄이 '언덕'을 오르내리며 라이트 저택과 하이트네 집 앞에 멈추어서서 뭔가 맛있는 듯한 빵부스러기를 주워 가지고는 의기양양하게 언덕을 내려가는 것이었다. 에밀린 듀플레가 이번만큼 인기를 차지한 적은 없었다. 바로 이웃집에 살잖아요! 에미, 얘기 좀 해봐요, 에미는 하라는 대로 마구 지껄여대었다. 에미네 집 포치는 대중을 위한 응접실로 바뀌어 버렸다. 라이트 저택과 하이트네 집 창문으로 사람 얼굴이 비치기라도 하면 모두 우르르 몰려와서 입을 쩍 벌리는 것이었다. 해미온은 한탄했다.

"대체 우리는 어떻게 하면 좋지? 나는 이젠 전화도 받기 싫구나."

로라는 퉁명스럽게 말했다.

"이건 마치 '공포의 저택' 같군요. 이제 마담 탓소 같은 사람이 나타나 입장료를 받기 시작하겠지요."

새해 초하루 아침부터 로라는 돌아가지 않고 죽 이 집에 있었다. 그녀는 패티의 방에서 함께 지냈다. 밤에는 패티의 욕실에서 몰래 속옷과 스타킹 등을 빨았다. 그리고 그녀는 가족들에게서 아무것도 받으려 하지 않았다. 식사는 옆의 '불행한 집'에서 짐과 함께 들었다. 1

월의 처음 며칠 동안 이 집 식구들은 로라를 빼놓고는 아무도 밖에 나가지 않았다. 1월 2일에 그녀가 에밀린 듀플레에게 뭐라고 말하자 에미는 새파랗게 질려서 늙은 개처럼 자기 집 포치로 달아나 버렸다.

"우리들은 납인형이에요, 잭나이프를 가진 사람이 일곱 명이나 있지요, 무시무시한 시체 도둑을 보러 오시지 않겠어요!"

앨버터 매너스커스는 리투아니아 식으로 부들부들 떨며 어디론지 사라져 버렸으므로 짐의 식사는 로라가 만들어 주었다. 짐은 아무 말도 하지 않았다. 은행에서도 장인과 사위는 서로 말을 하지 않았다. 해미온은 그 작은 코에다 손수건을 댄 채 자기 방에서 서성이고 있을 뿐이었다. 노라는 연방 몸을 뒤척이며 짐을 만나야겠다고 울면서 완전히 앓는 사람이 되어 눈물로 베개를 적시고 있었다. 카터 블랫포드는 군 재판소의 자기 방에 들어앉아 있었다. 몸집이 큰 사복 형사들이 줄곧 드나들었고, 매일 일정한 시간이 되면 디킨 서장과 비밀의 말을 주고받았다. 이러한 상황 속에서 엘러리 퀸은 아무에게도 방해되지 않도록 하며 말없이 움직이고 있었다. 그러다가 마침내 프랭크 로이드가 말했듯이 '저 스미드라는 남자는 대체 누구야?' 하는 소문이 일기 시작했다. 더욱 위험한 소문도 있었다. 그는 그것을 모조리 노트에 기록했다. 그는 '이상한 다른 지방 사람――용의자'로 소문이 나 있었던 것이다. 그는 절대로 노라의 방에서 멀리 떠나는 일이 없었다. 그 범행이 저질러진 지 사흘 만에 그는 패티를 자기 방으로 데리고 들어갔다. 그는 방문을 잠그었다.

"패티, 나는 생각하고 있었소."

"당신은 생각만 하고 있으면 마음이 편안하시겠지요."

패티가 나른한 듯이 말했다.

"오늘 아침 윌로비 선생님이 디킨 서장과 전화로 이야기하는 것을 들었소. 검시관 샐무손이 휴가를 중단하고 급히 돌아온다고 하는군요, 내일 검시 심문을 개최한답니다."

"검시 심문?"

"법률로 그렇게 하도록 되어 있지요."

"그럼, 우리들이 출석해야겠군요?"

"그렇지. 나가서 증언해야 합니다."

"언니는 내보낼 수 없어요."

"나가지 않아도 됩니다. 윌로비 선생님이 그녀는 아파서 내보낼 수 없다고 전화로 디킨 서장에게 거절했어요."

"엘러리 씨……. 검시 심문에서는 무엇을 하나요?"

"사실을 기록하지요, 진상을 알아내기 위해서 말입니다."

"진상이라고요?" 하고 말하며 패티는 겁에 질린 얼굴이 되었다.

"패티, 당신과 나는 이 미로의 십자로에 서 있습니다."

엘러리는 엄숙한 표정으로 말했다.

"무슨 말씀이신지요?" 하고 물었으나 그녀는 그 뜻을 알고 있었다.

"이것은 앞으로 일어날 가능성 있는 범죄가 아니라 이미 일어난 범죄입니다. 한 여성이 죽었습니다. 그녀의 죽음이 우연이라고 해서 그 사실의 중대성을 가볍게 볼 수는 없소, 왜냐하면 하나의 살인이 계획되었고, 또한 그것이 실행되었기 때문이오. 그러므로 당연히 법률의 손이 뻗치게 됩니다. 매우 엄격한 법률의 손이……. 앞으로 그 손길은 모든 진상이 밝혀질 때까지 엿보고 냄새를 맡으며 찾아다닐 것입니다." 엘러리는 침통한 어조로 말했다.

"당신이 지금 그토록 심각하게 말씀하시는 뜻은 결국 우리들만이 알고 있는 사실을 경찰에 알리자는 것이지요?"

"짐 하이트를 전기의자에 앉히는 것은 우리들 손에 달려 있소."

패티는 발딱 일어났다. 엘러리는 그녀의 손을 잡았다.

"그렇게 뚜렷이 말씀하실 수는 없을 거예요. 당신도 그럴 수 있을 만큼 확신하고 계시는 것은 아니잖아요! 나도 그렇게는 생각하고 있지 않아요. 나는 노라 편이니까……."

"우리는 지금 사실과 사실에 의거하여 내리는 결론에 대해 이야기하고 있소" 하고 엘러리는 답답하다는 듯이 말했다. "그러므로 감정을 개입시켜 생각해서는 안 되오. 블랫포드는 어떨는지 몰라도, 디킨은 절대로 감정을 개입시키지 않을 겁니다. 우리가 경찰이 모르는 사실을 네 가지 알고 있다는 것을 당신은 잊었소? 이 네 가지 사실 때문에 짐은 노라를 죽이려 계획했고, 실행하려 했다는 죄목으로 심문을 받게 된단 말이오."

"네 가지? 그토록 많이 있나요?"

패티는 말을 더듬었다. 엘러리는 그녀를 다시 앉혔다.

그녀는 이마에 주름을 잡으며 그를 올려다보았다.

"첫째는 짐이 쓴 세 통의 편지가 지금 노라의 모자 상자 속에 있다는 것, 그 세 통의 편지로서 그녀가 병에 걸리지도 않았는데 죽으리라고 그가 미리 생각하고 있었음이 입증되지요. 이것은 틀림없는 음모였습니다." 패티는 입술을 적셨다. "둘째는 짐은 돈이 무척 궁했다는 것입니다. 그는 노라의 보석을 전당포에 잡혔고, 그녀에게 돈을 달라고 졸라댔지요. 게다가 디킨도 알고 있는 또 하나의 사실이 있습니다. 노라가 죽으면 막대한 재산을 상속하게 되어 있다는 것, 이러한 사실들이 겹쳐서 유력한 동기를 이룩한다는 이야기가 되지요."

"맞아요. 그러니까……."

엘러리는 말했다.

"세 번째는 짐이 갖고 있는 독물학 책에 짐이 즐겨 쓰는 빨간 크레용으로 밑줄이 그어진 대목이 있었지요…… 거기에는 산화제3비소에 대한 것이 씌어 있는데, 바로 그것이 노라의 칵테일 속에 들어 있었고, 그 때문에 그녀가 하마터면 죽을 뻔했던 것입니다. 그리고 네 번째 사실은 다만 나만이 입증할 수 있는 것입니다. 왜냐하면 그 새해 전야제 파티 때 나는 짐의 일거일동을 빠짐없이 지켜보고 있었으니까요. 다시 말해서 그 죽음의 칵테일에 독약을 넣을 수 있는 사람은 짐 말고는 없었다는 사실입니다. 따라서 나는 짐이 그 칵테일에 독약을 넣을 가장 좋은 기회를 가지고 있었을 뿐만 아니라, 그 외의 사람에게는 그럴 기회가 없었다는 사실을 입증할 수 있는 입장에 있다는 거지요."

"뿐만 아니라 우리가 술에 취한 짐을 핫 스포트에서 데리고 돌아올 때 그가 아내를 해치우겠다고 소리지른 것을 디킨이 들었고, 카터도 들었어요……."

엘러리는 조용히 덧붙여 말했다.

"게다가 노라가 비소 중독을 일으킬 뻔했던 추수감사절과 크리스마스의 경우는 두 번 다 공교롭게도 짐의 편지에 씌어 있는 날짜와 일치하고 있소……. 이러한 점 등으로 미루어 보아 매우 뚜렷한 결론을 내릴 수 있지요. 이만한 자료가 갖추어지면 짐이 노라를 죽일 계획을 세웠다고 믿지 않을 사람은 없을 거요, 패티."

패티가 말했다.

"하지만 당신은 믿지 않으시지요?"

"나는 그렇다고 말하진 않았소. 문제는 지금 우리가 결정을 지어야 한다는 것입니다. 내일 열릴 검시 심문에서 말을 해야 하느냐 하지 말아야 하느냐를……."

그는 어깨를 움츠렸다.

패티는 손톱을 깨물었다.

"하지만 만일 짐에게 죄가 없다면 어떡하지요? 나는 당신도 그러실 테지만, 나 자신이 판사나 배심원이 되었다 해서 누구에게 벌을 줄 수 있겠어요? 더욱이 내가 알고 있는 사람에게 말이에요. 엘러리 씨, 나는 도저히 그럴 수 없어요." 패티는 고민에 싸인 젊은 여자답게 얼굴을 찡그렸다. "그리고 그는 아마 다시는 그러지 않을 거예요. 자기 누이동생까지 죽이고 말았는데, 이제 다시 그럴 수 있을까요? 모든 일이 드러나고 경찰이——물론 그가 틀림없이 그렇게 했다는 전제 아래의 이야기지만요."

엘러리는 손바닥이 가려운 사람처럼 손을 비비기도 하고 얼굴을 찌푸리기도 하며 그녀의 앞을 왔다갔다했다.

"앞으로 어떻게 하면 좋을지 말해야겠소" 하고 그는 이윽고 말했다. "이 일은 노라에게 맡깁시다." 패티의 눈이 휘둥그레졌다. "그녀는 피해자이며 짐은 그녀의 남편이니까 노라 자신이 결정짓도록 합시다. 어떻게 생각하시오?"

패티는 잠시 꼼짝하지 않고 앉아 있었다. 그녀는 마침내 일어나 문을 향해 걸어갔다.

"엄마는 주무시고, 아빠는 은행에 계시고, 루디는 아래층 부엌에 있고, 로라 언니는 옆집에 갔으니…….."

"그렇다면 노라는 지금 혼자 있겠군요?"

"엘러리 씨, 당신은 지금까지 용케 입을 다물고 계셨어요. 이런 일에 말려들어 당신 자신이 위험한 처지에 놓였는데도."

엘러리는 자기 방 문을 열쇠로 열었다. 그는 그녀의 등을 조금 밀며 계단쪽으로 갔다.

노라는 파란 깃털 이불 속에 몸을 오므려뜨린 채 천장을 바라보고 있었다. '겁에 질려 있군' 하고 엘러리는 생각했다.

"언니, 이제 좀 이야기할 수 있을 만큼 기운이 나우?"

패티는 침대 곁으로 가서 햇볕에 그을린 두 손으로 노라의 야윈 손을 잡았다.

노라의 눈길이 동생으로부터 엘러리에게 옮겨지더니 겁에 질린 작은 새처럼 둥우리 햇볕으로 다시 들어갔다.

"무슨 일이 있었니? 짐이 경찰에 잡혀 갔니?"

그녀의 목소리는 애처로웠다.

"아무 일도 없습니다, 노라."

엘러리가 말했다.

"다만 엘러리 씨가——나도 그렇게 생각하지만——우리 셋은 이제 그만 서로 털어놓아야 하지 않겠느냐고 하셔서 왔어." 패티가 큰 소리로 말했다. "언니, 제발 부탁이야! 그렇게 자기 혼자만 간직하고 있으면 안 돼! 우리의 말도 조금은 들어 줘!"

노라는 마음을 가라앉히고 몸을 일으켜 침대 위에 앉았다. 패티는 노라 위에 덮치듯이 하며 노라의 잠옷 자락을 잡아당겨 옷매무새를 고쳐 주었는데, 그 모습이 한순간 해미온과 매우 비슷했다. 노라는 두 사람을 뚫어지게 보았다.

"놀라지 마십시오" 하고 엘러리가 말했다. 패티는 노라의 어깨 뒤에 베개를 대어 주고 침대 끝에 앉아 다시 노라의 손을 잡았다. 그리고 엘러리는 조용한 말투로 패티와 자기가 알게 되었던 사실을 처음부터 끝까지 들려 주었다. 노라의 눈이 차츰 커졌다.

"나는 언니에게 말하려고 했지만, 언니는 들으려 하지 않았어. 왜 그랬지?"

패티가 말했다.

노라는 속삭이듯 말했다.

"왜냐하면 그것은 정말이 아니기 때문이야. 처음에는 나도 그렇게 생각했어……. 하지만 그렇지 않아. 짐이 그런 일을 할 리가 없어. 너나 엘러리 씨는 짐을 몰라. 짐은 사람들이 두려운 거야. 그래서 이상한 짓을 하는 거야. 하지만 그 사람의 마음은 어린아이와 같아. 그

이와 단둘이 있게 되면 나는 그것을 알 수 있어. 그이는 마음이 약해. 마음이 너무 약해서 그런 짓은 도저히 할 수 없는 사람이야. 제발 그이를 의심하지 말아 줘!" 노라는 두 손으로 얼굴을 가리고 울기 시작했다. 그리고 울면서 말했다. "나는 그이를 사랑해, 언제까지나 그이를 사랑해. 그이가 나를 죽이다니, 절대로 있을 수 없는 일이야. 결코 믿어지지 않는 일이야!"

"하지만 사실이 증명하고 있지 않습니까, 노라."

엘러리가 우울하게 말했다.

"무엇이 사실이에요!" 그녀는 얼굴에서 손을 뗐는데, 눈물에 젖어 눈이 빛나고 있었다. "사실 따위야 아무러면 어때요! 나는 알아요. 무언가가 잘못되어 있는 거예요. 누가 나에게 세 번이나 독약을 마시게 하려고 했는지 모르겠지만, 그이가 그러지 않았다는 것만은 똑똑히 알 수 있어요!"

"그럼, 세 통의 편지는 무엇입니까? 짐의 필적으로 씌어진 그 편지에는 당신이 병에 걸려 죽는다고 예고하고 있지 않습니까?"

"그 편지는 그이가 쓴 게 아니에요."

"하지만 언니, 형부의 필적으로⋯⋯."

패티가 말했다.

"가짜야. 누군가가 그이의 필적을 흉내내어 쓴 편지야."

노라는 숨을 헐떡이며 말했다.

"그럼, 아까 내가 말했듯이 그가 술에 취했을 때 당신을 해치우겠다고 하던 말은 무엇입니까?"

엘러리가 물었다.

"그이는 진심으로 그런 말을 하진 않았을 거예요."

이미 눈물은 흐르고 있지 않았다. 그녀는 싸울 태세를 취하고 있었다. 엘러리가 이 어처구니없는 사건을 처음부터 죄다 들려 주었는데도 그녀는 반격해 오는 것이었다. 돌처럼 단단한 강한 신념이었다. 그리하여 마지막에는 여자 둘을 상대로 입씨름하는 처지에 빠지고 말았다. 그에게는 자기 편이 없었다.

"당신들은 이치에 맞지 않는 말을 하는군요." 그는 두 손을 들고 외치고는 껄껄 웃었다. "그럼, 나더러 어떻게 하란 말입니까? 나는 머리가 나쁘지만, 시키는 대로 따르겠습니다."

"이 일들을 경찰에 알리지 말아 주세요."

"좋소, 알리지 않겠습니다."

노라는 눈을 감고 자리에 누워 버렸다. 패티는 그녀에게 키스하고 엘러리에게 눈짓했다. 그러나 엘러리는 고개를 저었다.

"노라, 당신이 굉장히 지쳐 있다는 것은 잘 압니다" 하고 그는 다정하게 말했다. "그러나 내가 당신 편인 만큼 당신은 무슨 일이든 모두 나에게 털어놓지 않으면 곤란하오."

"모두 말씀드릴께요."

노라는 지친 목소리로 말했다.

"짐은 어째서 3년 전에 달아났었지요? 당신과 결혼하기 전, 짐은 어째서 라이트빌에서 모습을 감추었습니까?"

패티는 근심스러운 듯 언니를 보았다.

"그것은 아무 일도 아니었어요. 아무런 관계도······."

노라는 뜻밖이라는 듯이 말했다.

"그래도 나는 알아야겠습니다."

"그 젊은 짐을 좀더 알지 않고서는 이해하지 못해요. 우리가 처음 알게 되고 서로 사랑에 빠져 있던 무렵에 짐이 얼마나 독립심이 강한 사람이었는지 당신은 모르실 거예요. 짐이 자기 힘으로 해나갈 수 있게 될 때까지 제 아버지의 도움을 받는 것이 어째서 나쁜지 나는 도저히 이해할 수가 없었어요. 그래서 우리는 그 일로 여러 번 다투었지요. 짐은 나에게 자기 월급만으로 생활해야 한다고 끝내 고집을 피웠답니다."

"그 때문에 다투는 것을 나도 봤어요. 하지만 설마 그것이 그토록……" 하고 패티가 중얼거렸다.

"나도 그토록 중요한 문제였으리라고는 꿈에도 몰랐어요. 아버지가 저택 옆에 작은 집을 지어서 가구들을 모두 갖추어 결혼 선물로 주신다는 사실을 어머니에게 들었을 때 나는 비밀에 붙여 두었다가 짐을 깜짝 놀라게 하려고 했지요. 그래서 결혼식 전날까지 그이에게 아무 말도 하지 않았어요. 그런데 그이가 몹시 화를 내었던 거예요."

"그랬었군요."

"그이는 거리 한 어귀에 월세 50달러짜리 조그만 집을 빌려 놓았다고 했어요. 그의 수입으로는 그만한 집세밖에 물 수 없으며, 우리는 그 정도의 수입으로 살아 가는 방법을 익혀야 한다고 말하더군요." 노라는 한숨을 쉬었다. "마침내 나도 발끈했고, 우리는 몹시 다투었지요. 아주 지독하게 다투었어요. 그리고 난 다음 짐은 온데간데 없이 사라지고 말았어요. 그뿐이에요. 정말 이것이 모두예요. 나는 여지껏 아버지 어머니에게도, 그 누구에게도 이 이야기를 하지 않았어요. 그런 일 때문에 짐에게 버림받았다고……"

"짐은 한 번도 편지를 보내지 않았었소?"

"네, 한 번도 없었어요. 나는 죽어야겠다는 생각도 했지요. 온 거리의 사람들이 쑥덕거렸거든요. 그러던 참이었는데, 짐이 불쑥 돌아왔어요. 둘이서 이야기를 주고받으며 우리는 서로가 얼마나 어리석었는지 깨달았지요. 그리고 오늘에 이른 거예요."

'처음부터 이 집이 문제였구나' 하고 엘러리는 생각했다. 참으로 이상한 일이다! 이 사건에서는 어느 쪽으로 돌아서건 반드시 이 집이 문제가 되어 튀어나오는 것이었다. 재앙의 집인가. 엘러리는 이 말을 만들어 낸 신문기자는 천리안을 가진 녀석이라고 생각했다.

"그럼, 당신들은 결혼하고 나서 늘 다투었는데, 무엇 때문이었습니까?"

노라는 몸을 움츠렸다.

"돈 때문이었어요. 그는 돈을 달라고 조르기 시작했어요. 그리고 내 보석이니 뭐니 가지고 나가…… 하지만 그것은 잠깐 동안이었어요" 하고 그녀는 급히 덧붙여 말했다. "그이는 16호 도로의 술집에서 도박을 하기 시작했지요. 남자란 대개 한 번은 그렇게 되나 봐요."

"노라, 로즈메리 하이트에 대해 무언가 아는 것은 없습니까?"

"아무것도 몰라요. 그 여자는 죽었다지요. 이런 말을 하면 나쁘지만 나는 그 여자가 싫었어요. 아주 싫었어요."

"아멘" 하고 패티가 정색을 하고 말했다.

"그랬겠지요. 하지만 내가 묻는 것은, 당신이 그녀에 대해 무언가 그 편지며 짐의 행동이며 다른 모든 일과 연결되는 어떤 사실을 알고 있지 않느냐 하는 것입니다." 엘러리가 말했다.

노라는 어색하게 말했다.

"짐은 그 여자에 대한 이야기를 나에게 해주지 않았어요. 하지만 나는 느낄 수 있었어요. 엘러리 씨, 그 여자는 나쁜 사람이었답니다. 그런 여자가 어떻게 짐의 누이동생인지 모르겠어요."

"그 여자는 틀림없는 짐의 누이동생이었군요?" 엘러리가 불쑥 물었다. "당신은 피곤하시겠지요, 노라. 아무튼 고마웠소. 당신 말대로 나는 역시 쓸데없는 참견을 하는 게 아니었는데……."

그리고 노라가 엘러리의 손을 잡자 언니의 머리를 식혀 주기 위해 타월을 물에 적시려고 욕실로 들어간 패티를 남겨 놓고 그는 방에서 나왔다. 아무것도 알아내지 못했다. 그런데 내일은 검시 심문에 출석해야 하는 것이다!

16 고문하는 알람 인

검시관 샐무손은 매우 소심한 사람이었다. 청중이 세 사람 이상 있으면 그의 목소리는 기어들어가고 만다. 그가 시청 회의실에서 호흡할 때——그는 천식 환자였다——외에 입을 연 적은 꼭 한 번밖에 없었다는 사실을 모르는 사람이 없다. 그것은 어느 해였던가. JC 페티글이 검시관 사무실을 투표로서 폐지하자는 제안을 제출했을 때였다. 즉 티크 샐무손은 9년 동안의 임기중 그가 받는 월급에 어울릴 만한 시체라는 것을 한 번도 다루어 본 적이 없다는 이유 때문이었다. 이때 그는 더듬거리며 "하지만 만일!" 하고 말했을 뿐이었다. 그런데 지금 마침내 시체가 하나 나타난 것이다.

그러나 시체가 나타났다는 것은 다시 말해서 검시 심문이 열린다는 이야기이다. 이렇게 되면 검시관은 마틴 판사의 법정——검시 심문을 하기 위해 군 재판소를 빌리는 것이었다——에 앉아 의장 일을 맡아 보아야 한다. 그는 꼼짝없이 라이트빌 시민들의 번쩍번쩍 빛나는 몇백 개의 눈——디킨 서장, 블랫포드 검사, 군 보안관 길팬드 및 그 밖의 사람들의 눈도 물론 포함된다——앞에서 말을 해야 한다. 그것도 많은 말을 해야 하는 것이다. 더욱 난처한 것은 존 F 라이트가 관계되어 있다는 사실이었다. 그 숭고한 이름이 꺼림칙한 살인 사건과 관계되어 있다는 사실을 생각하면 검시관의 무릎은 덜덜 떨렸다. 존 F는 그의 집안에서는 수호신과도 같은 존재였다.

따라서 검시관 샐무손은 초조하고 떨리고 화가 나서 사람들이 꽉 차 있는 법정에서 방망이를 약하게 두드리며 조용히 하라고 했다. 그리고 검시 배심원을 선출해야 할 단계에 이르자 그는 더욱더 초조하고 떨리며 화가 났는데, 마침내 그의 그 화난 기분이 초조하고 떨리는 기분을 눌렀다. 그리하여 이 시련을 빨리 겪고, 라이트 집안의 명예를——지킬 수만 있다면——지킬 수 있는 좋은 방법이 머리에 떠올랐다.

이 나이 든 검시관이 고의적으로 증언 요구를 게을리했다고 말하면, 라이트 군에서 첫째가는 이 말굽 던지기의 명수에게 실례가 될 것이다. 그는 결코 게을리한 것은 아니다. 오히려 그는 처음부터 라이트라는 이름이 붙은 사람, 또는 라이트라는 이름과 관계가 있는 사람은 조금이라도 양심에 가책되는 일은 할 리가 없다고 믿고 있었다고 해야 옳을 것이다. 그래서 이번 일은 틀림없이 과실이거나 또는 이 가엾은 부인이 자살했을 것이라는 결론——그것이 비록 가정에 지나지 않는다 해도 그러한 결론으로 끌고 가려했다……. 그 결과 여러 날에 걸친 열띤 토론과 웅변이 오가다가 의장의 방망이마저 부러지자 난처해진 검시 배심원들은 '누군지 알 수 없는 한 사람 또는 두 사람 이상의 손에 의한 죽음'이라는 무난한 평결을 내렸다. 이에 대해 디킨 서장은 분하게 생각했고, 라이트 집안 사람들은 '후유' 하고 안도의 숨을 쉬었으며, 엘러리 퀸은 어쩐지 서글픈 흥미를 느꼈다. 그러나 무엇보다도 실망한 것은 라이트빌 사람들이었다.

디킨 서장과 블랫포드 검사는 부리나케 블랫포드의 사무실로 가서 의논하기 시작했고, 라이트네 사람들은 기쁜 듯이 집으로 돌아갔으며, 검시관 샐무손은 정거장 부근에 있는 조상으로부터 물려받은 방이 12개나 되는 커다란 저택으로 돌아가 떨리는 손으로 문을 닫고 자물쇠를 잠갔다. 그리고 1934년에 고아인 그의 조카딸 에디가 심프슨 노인의 아들 재컬리아와 결혼식을 올릴 때 쓰다 남은 딸기 술을 마시고 취해 버렸다.

조용히, 조용히, 저 땅 속에 깔끔하게 파놓은 6피트 구멍으로, 그 여자의 이름이 로절리라고 했던가? 로즈메리였다고? 글래머였다지? 지금 파묻히고 있는 것이 바로 그 여자야. 짐 하이트가 실수로 독약을 마시게 했다지. 자기 누이동생인데 말이야. 누가, 짐 하이트가 그랬다고 했어? 어제의 레코드 신문에 실려 있었잖아! 저런, 읽지 못했구나. 프랭크 로이드가 터놓고 쓰지 않았을 따름이지, 찬찬히 읽어 보면 그런 뜻임을 짐작할 수 있어. 그야 그렇지. 프랭크로서는 기분이 좋지 않겠지. 노라 라이트에게 그토록 열을 올리고 있었는데, 짐 하이트에게 밀려났으니 말이야. 그러니 하이트가 미워서 죽을 지경이겠지! 상당히 악착스러운 사람이니까 넌지시 썼을지도 몰라. 정말 그가 한 것일까? 그렇다면 어째서 그를 체포하지 않지? 대체 그 점이 이상하단 말이야.

　흙에서 나온 것은 흙으로 돌아간다……. 뒷전에서 어떤 잔재주를 부린 것이 아닐까? 뭐 그리 놀랄 일은 아니야! 카터 블랫포드와 패트리시아 라이트는 벌써 몇 년 전부터 가깝게 지내고 있으니까. 즉 하이트의 처제이기 때문이겠지. 맞아, 부자는 살인을 해도 용케 처벌을 받지 않고 빠져나간단 말이야. 이 라이트빌에서 살인이 있었는데 그대로 내버려 두어서는 안 되지! 안 그러면 우리가 심판을 해야겠어.

　조용히, 조용히…… 로즈메리 하이트가 쌍둥이산 동쪽에 묻혔다. 그곳은 200년 전부터 라이트네 가족들이 묻혀 온 서쪽 쌍둥이산은 아니다. 사람들의 소문은 참으로 빠르다. 이것은 사위 짐 하이트 대신 존 팔러 라이트가 쌍둥이산 묘지 회사의 피터 캘린더와 의논하여 60달러에 사들인 것이다. 존 F는 장례식이 끝나고 돌아오는 자동차 안에서 그 묘지 권리증을 말없이 짐에게 건네 주었다.

　그 다음날 아침 무슨 일 때문에 일찍 일어난 엘러리 퀸은 재앙의 집 앞길에서 학교에서 쓰는 빨간 분필로 '아내를 죽이는 놈'이라고 씌어 있는 것을 발견하고 그것을 지웠다.

"안녕하십니까?"

번화가의 약국 주인 마일론 가백이 말했다.

"안녕하십니까?" 하고 퀸이 얼굴을 찌푸리며 말했다. "야단났군요, 내가 빌리고 있는 집 뜰에 작은 온실이 있는데 거기에 야채를 심었지요, 1월인데도 말입니다!"

"그래서요?"

마일론은 무표정하게 물었다.

"나는 가정 채마밭에서 자란 토마토를 무척 좋아하는데, 다행히도 그 온실에는 토마토 두 그루가 자라고 있지요, 그런데 그 토마토 나무에 작고 둥근 벌레가 잔뜩 끼어 있어서 야단났습니다."

"노르스름한 벌레던가요?"

"맞아요, 날개에 검은 줄무늬가 있더군요, 그렇지, 검다고 해야겠지요,"

퀸은 난처한 얼굴을 지었다.

"잎을 파먹고 있습니까?"

"네, 잘 아시는군요, 가백 씨!"

마일론은 여유있게 웃었다.

"그것은 도리폴라 테셈리네아타라고 합니다. 실례했습니다. 어설프게 라틴 말까지 써서요, 감자 투구벌레라는 것입니다. 흔히 감자벌레라고 하지요,"

"역시 그랬군요, 감자벌레라고요! 도리 뭐라고 하셨지요?"

엘러리 퀸은 실망한 듯 말했다.

마일론은 손을 저었다.

"염려 마십시오. 그것들을 꼼짝 못하게 만들 약이 필요하신 거지요?"

"깡그리 없애고 싶군요."

퀸은 무서운 표정으로 말했다.

마일론은 총총히 안으로 사라졌다가 작은 양철 깡통을 들고 돌아와 그것을 빨간 줄무늬의 약국 포장지로 꾸리기 시작했다.

"아마 잘 들을 겁니다!"

"그것들을 꼼짝 못하게 하는 어떤 약이 들어 있습니까?"

퀸이 물었다.

"비소지요. 백비 말입니다. 50퍼센트 쯤 들어 있습니다. 전문적으로 말하면……" 마일론은 잠깐 말을 끊었다가 다시 이었다. "즉 엄밀히 말하면 이 약품의 이름은 카파세트 아세나이트라고 하는데, 벌레를 죽이는 작용은 그 비소가 하지요." 그가 꾸러미를 끈으로 묶자 퀸은 5달러 지폐를 내놓았다. 마일론은 계산기 앞에 섰다. "이것은 조심해서 다루어야 합니다. 독약이니까요."

"네, 알았습니다" 하고 엘러리 퀸은 말했다.

"…… 거스름 돈 5센트" 하고 마일론은 돈을 건네 주었다. "고맙습니다. 또 오십시오."

"비소, 비소라……" 하고 퀸은 중얼거렸다. "그것은 레코드 신문에 실렸던 약의 이름이 아닙니까? 그 살인사건 말입니다. 어떤 여자가 새해 전야제에 칵테일을 마시고 죽었다지요?"

"그렇습니다."

약국 주인은 말했다. 그는 엘러리를 날카로운 눈초리로 보고는 홱 돌아서서 흰 머리카락이 섞인 목덜미와 살찐 등을 손님 쪽으로 돌렸다.

"그런 독약을 어디서 구했을까요?" 퀸은 다시 카운터에 팔꿈치를 괴며 큰 소리로 말했다. "그것을 사려면 의사의 처방전이 있어야 할 텐데요."

"꼭 있어야 하는 것은 아니지요." 어쩐지 약제사 가백의 목소리가 퉁명스럽게 들렸다. "당신도 지금 그것 없이 사셨잖습니까? 여기에는 비소가 들어 있는 약이 얼마든지 있습니다." 그는 선반 위에서 면도 크림을 매만지고 있었다.

"하지만 약국에서 처방전이 없는 손님에게 비소를 팔았다면……."

마일론 가백이 돌아섰다.

"나의 경력에 수상쩍은 점은 하나도 없습니다! 디킨 씨에게도 그렇게 말했습니다. 하이트 씨가 그것을 가지고 계셨다면 아마 그가 산……."

"네?"

엘러리는 숨가쁘게 물었다.

마일론은 입술을 깨물었다.

"실례입니다만, 거기에 대해서는 말씀드릴 수 없습니다" 하고 그는 말했으나 갑자기 무언가 짚이는 점이 있는 듯이 소리쳤다. "잠깐만요! 혹시 당신은?"

"아니, 아무것도 아닙니다. 그럼, 안녕히 계십시오." 엘러리는 다급하게 말하며 부리나케 나왔다. 그렇다면 역시 가백의 약국이었군. 무언가 있다. 단서가 있을 것이다. 디킨은 그것을 파악한 것 같다. 경찰에서는 짐 하이트를 비밀리에 조사하고 있음에 틀림없다. 비밀리에……

엘러리는 광장의 미끈거리는 포석을 가로질러 홀리스 호텔에 가까운 버스 정거장을 향해 걸어갔다. 차가운 바람이 세차게 불어 그는 코트 깃을 세우고 반쯤 얼굴을 돌려 바람을 피했다. 얼굴을 돌린 순간 광장 저쪽 편의 주차 구역에 자동차가 한 대 와서 멎더니 짐 하이트의 키 큰 모습이 차에서 내려 내셔널 은행 쪽으로 성큼성큼 걸어가기 시작했다. 끈으로 묶은 책을 어깨에 걸친 남자아이들이 다섯 명쯤 짐을 보자 뒤따라갔다. 엘러리는 언뜻 걸음을 멈추었다. 아이들은 짐을 놀리고 있는 듯싶었다. 왜냐하면 그가 멈추어 서서 뒤돌아보고 화난 듯한 손짓을 하며 무어라고 했기 때문이었다. 아이들이 뒷걸음질 치자 짐은 다시 돌아서서 가려고 했다.

엘러리가 외쳤다. 아이 하나가 돌을 주워들었기 때문이다. 그가 힘껏 돌을 던지자 짐은 앞으로 고꾸라졌다.

엘러리는 광장을 가로질러 달리기 시작했다. 그러나 다른 사람들도 이 광경을 보고 있었으므로 엘러리가 광장 저쪽에 다다랐을 때에는 이미 짐의 둘레에 사람들이 모여 있었다. 아이들이 달아나고 없었다.

"저리 비켜 주십시오, 제발!"

짐은 눈이 보이지 않았다. 모자는 떨어졌고 모랫빛 머리카락을 적시며 검붉은 피가 배어나왔다.

"독살자!" 뚱뚱한 여자가 말했다.

"저 남자야, 저놈이 독살했어!"

"자기 아내를 죽이려고 했어!"

"경찰은 어째서 저놈을 체포하지 않지?"

"저놈의 목을 매달아야 해!"

키 작은 흑인 남자가 모자를 걷어찼다. 볼이 늘어진 여자가 새된 소리를 지르며 짐에게 달려들었다.

"그만두시오!" 엘러리가 외쳤다. 그는 키 작은 남자의 목덜미를 잡아 옆으로 끌어 낸 다음 그 여자와 짐 사이로 비집고 들어갔다.

"짐, 빨리 갑시다, 어서!"

"어째서 매를 맞았을까? 머리가 아프군." 짐이 말했다. 그의 눈동자가 흐려져 있었다.

"저놈을 때려눕히자!"

"또 한 녀석은 누구야?"

"저놈도 때려라!"

엘러리는 여느 사람들과 같은 옷을 입고 있는 피에 굶주린 야만인들을 상대로 죽을 힘을 다하여 마구 허우적거렸다. 그는 그들과 싸우며 생각했다. 쓸데없는 참견을 하기 때문에 이런 일을 당하는 거야. 어서 빨리 이 거리에서 떠나자. 변변치 않은 일뿐이다. 팔꿈치와 발과 손과 그리고 이따금 주먹을 쓰며 그는 와자지껄 떠들어대는 군중들과 함께 차츰 은행 쪽으로 가까이 가고 있었다.

"짐, 당신도 맞서 싸우시오! 자신을 지켜야 하오!"

엘러리는 소리질렀다.

그러나 짐의 두 팔은 축 늘어진 채였다. 코트의 한쪽 소매는 피가 흐르고 있었다. 그런데도 그는 짓눌리고 찔리고 매맞고 긁히고 채이는 대로 가만히 있었다. 이때 오직 여자 한 사람으로 편성된 기계화 부대가 저쪽에서 군중을 향해 공격해 오고 있었다. 엘러리는 부어오른 입술을 찡그리며 웃었다. 모자도 쓰지 않고 머리카락을 흩트리며 하얀 손으로 미친 듯이 달려오고 있었다.

"그만두지 못해, 짐승 같은 것들! 그 손 놓지 못해!"

패티는 외쳤다.

"아얏!"

"당연하지, 호지 맬로이! 이봐요, 랜즈먼 부인! 부끄럽지도 않아요? 저기 저 술주정뱅이 할멈, 그래요, 당신 말이에요, 젤리 아스토리오! 그만둬, 그만두라니까!"

"여어, 장하군, 패티!" 군중 속에 끼어 있던 한 남자가 말했다.

"모두 그만두시오, 자, 자, 그러면 안 돼요!"

패티는 사람들을 밀어젖히며 허우적거리고 있는 두 남자 곁으로 갔다. 바로 이때 은행의 '특파원' 버즈 콩그레스가 달려나와 군중을 향해 돌진했다. 버즈는 113킬로그램의 체중이니만큼 그가 주는 타격은 무시무시한 것이었다. 사람들은 비명을 지르며 흩어졌고, 그 틈을 타서 엘러리와 패티는 짐을 은행 안으로 집어넣었다. 존 F 노인이 그들 옆을 쏜살같이 달려나가 흰 머리카락을 나부끼며 군중 앞에 우뚝 섰다.

"돌아가, 이 미친 녀석들! 안 그러면 내가 상대해 주겠다!"

존 F는 부르짖었다.

누군가는 웃었고, 누군가는 신음했으며, 그리고 부끄러운 썰물처럼 군중들은 흩어졌다. 패티와 둘이서 짐을 돌보고 있던 엘러리는 문의 유리 너머로 말없이 길가에 혼자 서 있는 프랭크 로이드의 모습을 보았다. 신문사 사장의 입 언저리가 분하다는 듯 일그러져 있었다. 엘러리가 보고 있음을 눈치챈 그는 무표정하게 웃었다. 그것은 '이 거리가 어떤 거리인지 내가 말한 것을 기억하고 있겠지?' 하는 듯했다. 그리고 그는 광장을 가로질러 무거운 발걸음을 옮겼다.

패티와 엘러리는 짐을 자동차에 태워 '언덕'의 작은 집으로 돌아왔다. 윌로비 박사가 기다리고 있었다. 존 F가 은행에서 전화를 걸어 놓았던 것이다.

"긁힌 상처 몇 군데와 타박상이 여러 군데, 그리고 머리에 조금 깊은 상처를 입었습니다만, 크게 염려할 것은 없습니다."

의사는 말했다.

"마일로 아저씨, 스미드 씨는 어때요? 마치 고기 저미는 기계에서 빠져나온 사람 같잖아요?"

패티가 근심스러운 듯 물었다.

"별소릴 다 하는군. 나는 아무렇지도 않소."

엘러리는 고집을 피웠다.

그러나 윌로비 선생은 엘러리도 치료해 주었다.

의사가 돌아가자 엘러리는 짐의 옷을 벗기고 패티의 도움을 받아 그를 침대에 눕혔다. 그는 옆으로 누워 기운없는 손으로 붕대 감은 머리를 받히며 눈을 감았다. 두 사람은 잠시 그를 지켜보다가 발 끝으로 걸어서 방을 나왔다.

패티는 슬픈 듯이 말했다.

"형부는 한 마디도 하지 않는군요. 단 한 마디도 말이에요. 그 봉변을 당하면서도 말이 없었어요, ……. 마치 성경에 나오는 그 사람처럼요."

"욥기에 나오든가, 그 말없이 고민하는 알람 인……. 당신 집의 알람 인도 앞으로 얼마 동안은 거리에 나가지 않는 편이 좋을 겁니다." 엘러리는 우울하게 말했다.

그날부터 짐은 은행에 다니는 것을 그만두었다.

17 아메리카, 라이트빌을 발견

1월에서 2월에 걸쳐 엘러리 퀸은 열심히 활동을 계속했으나, 그 자리를 빙빙 돌고 있는 데 지나지 않았다. 왜냐하면 아무리 목표를 정하고 일직선으로 달려도 늘 다시 본디 자리로 돌아오기 때문이었다. 그리고 언제나 디킨 서장과 블랫포드 검사가 앞질러 가 있었다. 그들은 조용히, 소리없이 활동하고 있었다. 경찰의 비밀 수사망이 어떻게 둘러쳐져 있는지 엘러리는 패티에게 말하지 않고 있었다. 오늘까지도 꽤 우울한 기분에 빠져 있는 그녀를 더 이상 실망시킬 수 없었던 것이다.

게다가 신문이라는 것이 있었다. 아무래도 프랭크 로이드가 쓴 황산같이 신랄한 논설이 시카고까지 그 물방울이 튕기어 간 듯, 로즈메리 하이트의 장례식이 끝난 지 며칠 안 되어 은발이 섞인 가슴둘레

38인치 가량에 피곤한 눈매의 멋진 옷을 입은 부인 하나가 오후의 급행열차에서 내리더니 에드 호치키스의 택시로 곧장 '언덕'의 460번지를 향해 달려갔다. 그리고 그 다음날 미국의 유명한 259개 신문의 독자들은 유명한 통신원 로버타가 다시 열렬한 사랑의 투쟁을 시작했음을 알았다.

로버타 로버츠가 담당하는 로버타 난에는 다음과 같은 기사가 첫머리에 실려 있었다.

지금 라이트빌이라는 아메리카의 조그만 도시에서는 한 남성과 한 여성을 가련한 주인공으로 하고, 온 거리가 악역을 맡은 기상천외의 로맨틱한 비극이 벌어지고 있다.

이것만으로도 다른 보도 관계자에게는 지나치리만큼 충분한 자극이었다. 로버타가 무언가 찾아 낸 모양이다! 각 신문의 편집자들은 앞을 다투어 라이트빌 레코드 지의 묵은 기사를 뒤적이기 시작했다. 그리고 1월의 끝무렵에는 십여 명의 일류 기자들이 이 거리로 몰려와 로버타 로버츠가 찾아 낸 특종감을 취재하기 시작했다. 프랭크 로이드도 그들에게 대단히 협조적이었기 때문에 전신으로 보내진 첫 기사가 실림으로써 아메리카의 모든 신문 제1면에는 짐 하이트의 이름이 큼직하게 나왔다.

이렇게 되자 다른 곳에서 온 남녀 보도 관계자들이 거리에 우글거리게 되었고, 인터뷰를 한다 원고를 쓴다 하며 야단법석을 떨었거니와, 캐러티의 핫 스포트며 거스 올센의 선술집에서 그들이 버번 위스키를 스트레이트로 마구 마시는 바람에 홀리스 호텔 옆의 던크 맥글린은 주류 도매상에다 다급한 전화를 걸지 않을 수 없게 되었다. 보도진들은 온종일 군 재판소 안에서 서성거리며 수위 해너베리가 깨끗이 닦아 놓은 로비의 타일 바닥에 침을 뱉었고, 디킨 서장과 블랫포드 검사의 뒤를 쫓아다니며 기삿거리를 찾아 내려고 애썼다. 여느 시민들의 의견 따위는 전혀 거들떠보려고도 하지 않았다. 그러면서도 그들은 사람들의 의견을 그대로 본사 편집장에게 전송하고 있었다. 그들은 대부분 홀리스 호텔에 묵었는데, 방이 없으면 침대를 내다놓고 잠을 잤다. 호텔 지배인 브룩스는 그들 때문에 호텔의 로비가 '싸구려 식당'으로 바뀌어 버렸다고 한탄했다.

그 뒤 재판이 벌어지는 기간 동안 그들은 16호 도로의 술집에서 번화가에 있는 비듀 극장으로 몰려왔다. 그리고 극장의 젊은 지배인 루이 커언의 방으로 여럿이 몰려가기도 하고 극장 안의 아무 데나 인디언 콩 껍질을 어질러 놓기도 했으며 남자 주인공과 여자 주인공이 러브 신을 벌일 때마다 천박스러운 소리를 지르며 놀려댔다. 추첨이 있던 날 밤에는 식기 한 세트──이것은 월부 판매 가구점의 AA 길본이 기부한 것이었다──가 당첨된 기자는 누구나 모두 분개했지만 '일부러 실수한 것처럼' 60개들이 한 세트를 모조리 무대 위에 내동댕이쳤고, 다른 기자들은 휘파람을 불며 고함을 지르고 발을 굴렀다. 루이는 몹시 화를 냈으나 별도리가 없었다.

컨트리 클럽의 특별 이사회 석상에서 라이트빌 개인 금융회사──우리 회사는 당신이 지불하지 못하는 금전 문제를 해결해 드립니다!──의 사장 도널드 맥켄지와 번화가 애팜블록 132번지의 치과의사 에밀 보펜버거 박사가 '그 망나니 신문기자들'과 '독선적인 특권 계급'에 대해 몹시 헐뜯는 연설을 했다. 그러나 그들의 심술궂은 들뜬 기분에 물들어 라이트빌에는 차츰 축제의 분위기가 감돌았으므로 엘러리 퀸은 한심하게 생각했다. 가게의 쇼윈도에는 새로이 화려한 물건들이 진열되었고, 식료품과 집세는 뛰어올랐으며, 여느 날 밤에는 거의 거리에 나오지 않던 농부들이 몸을 움츠리며 두리번거리는 가족들을 데리고 광장이며 번화가 아랫거리를 어슬렁거리는 것이었다. 그리고 광장에서 반지름 6블록 안에는 주차시킬 자리를 찾기가 힘들게 되었다. 디킨 서장이 교통 정리를 위해 새로이 다섯 명의 순경을 채용하지 않을 수 없을 정도였다. 뜻하지 않게 이와 같은 번영을 거리로 끌어들이는 원인이 된 장본인은 '언덕' 460번지에 틀어박힌 채 라이트네 식구와 엘러리와 나중에 만난 로버타 로버츠 외에는 아무도 만나려 하지 않았다. 다른 보도 관계자들에 대해 짐은 돌처럼 완고했다. 그는 전화로 디킨에게 고함질렀다.

"나는 지금도 납세자의 한 사람이오! 나도 프라이버시를 가질 권리가 있소! 우리 집 앞에 경관을 세워 주시오!"

"알았습니다, 하이트 씨."

디킨은 정중하게 대답했다. 그날 오후부터 지금까지는 남의 눈에 띄지 않도록 사복을 입고 감시하고 있던 딕 고빈 순경이 명령에 의해 제복을 입고 서 있어 사람들의 눈에 띄게 되었다. 그래서 짐은 다시 술병 앞으로 돌아갔다.

패티가 말했다.

"더욱 더 나빠질 뿐이에요. 형부는 바보처럼 계속 마시기만 해요. 로라 언니가 뭐라고 해도 소용없어요. 엘러리 씨, 형부는 두려워서 저러는 걸까요?"

"그는 두려워서 그러는 게 아니오. 이것은 두려움보다 더욱 심각한 문제지요. 패티, 그는 아직 노라와 만나지 않았소?"

"부끄러워서 언니 곁에 가지 못하고 있어요. 언니는 일어나서 자기가 만나러 가겠다고 하지만 윌로비 선생님이 그런 짓 하면 병원에 입원시키겠다고 하셨어요. 나는 어젯밤에 언니 방에서 함께 잤는데, 밤새도록 울었답니다."

엘러리는 존 F가 거의 쓰지 않는 바에서 슬쩍해 온 스카치 잔을 시무룩한 얼굴로 바라보고 있었다.

"노라는 지금도 그를 죄없는 어린아이로 생각합니까?"

"그럼요, 언니는 그가 좀더 굳세게 반격해야 한다고 생각하고 있어요. 만일 형부가 언니를 만나러 온다면 용기를 내어 그들에게 대항하도록 권하겠다고 말하고 있어요. 그 밉살스러운 신문기자들이 형부에 대해 뭐라고 쓰고 있는지 아세요?"

"알고 있습니다."

엘러리는 한숨을 쉬며 술잔을 비웠다.

"이게 모두 프랭크 로이드 탓이에요! 심술쟁이! 친구를 배신하다니! 아빠는 다시는 프랭크와 만나지 않겠다고 몹시 화를 내고 계셔요."

엘러리는 얼굴을 찌푸리며 말했다.

"로이드는 건드리지 않는 것이 좋소. 그는 커다란 짐승이나 마찬가지니까. 신경이 몹시 곤두서 있어요. 히스테리 부리는 타이프라이터를 가지고 있는 성난 들짐승이지요. 아버님에게는 내가 잘 말씀드려야겠군."

"괜찮아요, 아빠는……. 아무하고도 이야기하고 싶지 않으신가 봐요" 하고 패티는 작은 목소리로 말했다. 그리고 갑자기 큰 소리로 고함을 지르는 것이었다. "이 세상엔 어째서 이다지도 불량배들만 들끓고 있을까? 엄마 친구들은 누구 하나 전화 한 통 걸어 주지 않으며, 뒤에서 험담만 하고 있답니다. 엄마도 엄마가 소속하고 있는 두 가지 모임에서 비난을 받고 있어요. 클래리스 마틴 아주머니마저도 전화를 해주지 않으셔요."

"판사 부인 말이군요" 하고 엘러리는 중얼거렸다. "그렇다면 조금 재미있는 문제가 머리에 떠오르는데……. 아무렴 어떻소, 당신은 요즈음 카터 블랫포드를 만납니까?"

"아니오."

패티는 힘없이 대답했다.

"패티, 그 로버타 로버츠라는 여자가 어떤 사람인지 아시오?"

"이 거리에 와 있는 신문기자 가운데 오직 하나 온전한 사람이지 요!"

"그녀가 같은 사실에서 전혀 다른 결론을 내리고 있다는 것은 참으로 이상한 일이오, 이 기사 읽었소?"

엘러리는 패티에게 시카고 신문의 로버타 난을 펼쳐 보였다. 어느 한 구절에 표시가 되어 있어 패티는 급히 읽었다.

나는 이 사건을 조사하면서, 짐 하이트는 오해를 받아 몰리고 있는 사람이며 어느 면으로 보든지 그는 단순한 상황적인 사건의 순교자이고 라이트빌 시민의 군중 심리의 희생자라고밖에 여겨지지 않는다. 그가 독살하려 했다고 라이트빌에서 소문이 나돌고 있는 그 여성은 단연 자기 남편인 그를 편들고 있으며, 의심이나 후회 따위는 조금도 하지 않고 있다. 노라 라이트 하이트 부인! 부디 힘을 내세요! 만일 믿음과 사랑이라는 것이 이 비참한 세상에서 아직 어떤 힘을 지니고 있다면, 당신 남편의 더럽혀진 이름은 깨끗이 씻어질 것이며, 당신은 이 대중을 이겨 낼 것입니다.

"이것은 멋진 선물이군요!"

패티는 외쳤다.

"사람의 눈으로 사물을 보아 유명한 사람인 줄은 알고 있었지만, 이 기사는 좀 감상적인 것 같군. 나는 이 여자의 큐피드를 조사해 봐야겠소" 하고 엘러리는 매몰차게 말했다.

조사해 본 결과, 그의 의견이 옳았음이 증명되었다. 로버타 로버츠

는 짐이 주장하는 말을 들어 주려고 온 힘을 기울이고 있었다. 노라
와 단 한 번 만남으로써 그녀들은 같은 정의를 위해 싸우는 전우가
되었다.

"당신이 짐에게 말해서 한 번만이라도 좋으니 이리로 오도록 해주
지 않으시겠어요? 꼭 좀 해주세요, 미스 로버타" 하고 노라는 졸라
댔다.

"당신 말씀이라면 형부는 들어 주실 거예요. 형부는 오늘 아침에
이렇게 말하셨어요" 하고 패티도 거들었는데——그러나 그가 그 말
을 할 때 내세운 단 하나의 조건은 말하지 않았다. "이 세상에서 당
신만이 자기 편이라고요."

"짐이란 사람은 이상하리만큼 귀여운 데가 있더군요" 하고 로버타
는 생각에 잠기며 말했다. "나는 그와 두 번밖에 만나지 않았지만,
나를 신용하는 것 같았어요. 어디 한번 해보지요."

그러나 짐은 집에서 나오려 하지 않았다.

"왜 그러시지요, 하이트 씨" 하고 여기자는 참을성있게 다시 물었
다. 그 자리에는 엘러리도 있었고 로라 라이트도 있었다. 로라는 요
즈음 말수가 적어졌다.

"내버려 둬 주시오."

짐은 수염도 깎지 않았고 살갗은 잿빛으로 변해 있었다. 요즈음 줄
곧 위스키만 마시고 있는 것이다.

"당신이 이렇게 겁많은 개처럼 하루 종일 집 안에서 뒹굴며 세상
사람들에게 욕이나 먹고 있어서야 되겠습니까! 부인을 만나세요.
그녀를 만나면 힘이 솟아날 거예요, 하이트 씨. 그녀는 앓고 있어
요. 모르세요? 걱정도 되지 않으세요?"

짐은 괴로운 듯 바람벽 쪽을 향해 돌아누웠다.

"노라는 돌보아 주는 사람이 많습니다. 부모와 동생이 간호해 주니

까 걱정없어요. 나는 지금까지 그녀에게 나쁜 짓만 해 왔습니다. 나를 내버려 두시오."

"하지만 그녀는 당신을 믿고 있어요."

"이 사건이 해결될 때까지 나는 노라와 만나고 싶지 않습니다. 내가 이 거리에서 더러운 하이에나가 아닌 짐 하이트로 돌아가기 전에는 말입니다."

그는 중얼거렸다. 그리고 그는 몸을 절반쯤 일으켜 손으로 더듬어 위스키 잔을 움켜쥐더니 단숨에 술을 다 마셔 버리고 다시 누웠다. 그리고 로버타가 아무리 권하고 흔들어대도 그는 일어나지 않았다.

로버타는 돌아갔다. 짐이 잠들어 버리자 엘러리는 로라 라이트에게 말했다.

"당신은 어떻게 생각하십니까, 스핑크스 양?"

"별다른 의견은 없어요. 그저 누군가가 짐을 돌봐 주어야겠지요. 나는 그에게 먹을 것을 주고 자리에 눕히고 이따금 진통제로 술을 사다 줄 뿐이에요"라고 말하며 로라는 웃었다.

"이 집에 당신들 둘만이 있다는 것은 좀 색다른 일이군요."

엘러리 퀸도 웃었다.

"로라는 늘 색다르니까요."

"당신은 아직 한 번도 의견을 발표하지 않았소, 로라."

"여지껏 발표된 의견이 너무 많아서요" 하고 그녀는 받아넘겼다.

"하지만 정 그렇게 알고 싶으시다면 말하지요. 나는 싸움에 진 개를 직업적으로 후원하는 사람이에요. 중국 사람, 체코 사람, 폴란드 사람, 유대 사람, 니그로 등을 생각하면 가슴이 아파요. 심장에서 피가 흘러요. 내가 편들고 있는 개가 걷어채일 때마다 피가 줄줄 흐르지요. 나는 이 가엾은 바보 같은 사람이 괴로워하는 것을 보기만 해도 가슴이 아파요."

"로버타 로버츠도 가슴 아파하겠지요" 하고 엘러리는 중얼거렸다.

"그 미스 애정 만능 말인가요?"라고 말하며 로라는 어깨를 움츠렸다. "내가 보기에는 그 여자가 짐의 편을 들고 있는 것은, 다른 기자들이 들어갈 수 없는 곳에 들어갈 수 있기 때문이라고 생각해요."

18 성 밸런타인데이——애정은 만능이 아니다

노라가 비소 중독으로 자리에 누워 있는 일이며, 존 F의 오랜 친구들이 그를 멀리하여 핼럼 라크의 퍼블릭 트러스트 회사로 거래를 옮긴 일이며, 해미온이 부인들의 얄궂은 눈길을 받게 된 일이며, 패티가 노라 곁에 줄곧 붙어 있게 되고 로라마저 혼자 사는 생활을 계속할 수 없게 된 일 등을 종합해 볼 때, 라이트 집안 사람들이 자기네들끼리나마 무언가 특별한 일 따위는 일어나지 않았다는 듯한 태도로 용감하게 버티고 있는 것은 참으로 놀라운 일이었다. 노라의 용태에 대하여는 그저 '병에 걸렸다'고만 하는 것이었다. 후두염이라든가 또는 영문을 알 수 없는 '여성의 병'에 걸려 있다고만 하는 것이었다. 존 F는 종전대로 매우 무감동하게 책상 앞에 앉아 일을 처리하고 있었다. 회의에는 그전처럼 자주 출석하지 않았는데, '일이 바쁘기 때문'이라는 것이었다. 겉으로 보기에 정말 바쁜 것 같았다. 그리고 매주 애팜 하우스에서 열리는 상공회의소 주최의 오찬회에도 그다지 출석하지 않았는데, 여기에 대하여는 소화불량을 구실로 내세웠다. 그리고 짐에 대한 말을 입 밖에 내는 사람은 없었다.

그러나 해미온은 이 감전의 첫 폭풍우가 지나가자 여기저기 고치고 찢어진 돛을 꿰맸다. 아무도 그녀를 이 거리에서 내쫓으려는 것은 아니었다. 그래서 그녀는 신경이 곤두서 있긴 해도 다시 전화를 걸기 시작했다. 부인 클럽에서 비난이 일기 시작할 무렵, 이 회장은 그녀가 가지고 있는 옷 가운데 가장 고급인 겨울 투피스를 입고 클럽에 나타나 아무 일 없었다는 듯이 행동하여 사람들을 깜짝 놀라게 했다. 그런데도 그녀는 역시 비난을 받았다. 그러나 해미온이 멸시하는 듯한 눈초리로 흘기자 몇몇 부인들은 귓불까지 붉혔고, 몇몇 부인들은 당황해 하는 것으로서 끝이 났다. 집에서는 종전대로 집안일을 다스렸다. 퉁명스럽게 말대꾸라도 할 것 같던 하녀 루디도 이젠 마음을 가라앉혔는지 순순히 일했다. 그리고 2월 첫무렵에는 모든 일이 본디의 상태로 돌아갔으므로 로라는 '번화가'에 있는 자기 아파트로 돌아갔다. 노라도 많이 회복되었으며, 패티는 짐의 식사와 노라의 집을 돌보아 주었다.

2월 13일 목요일에 월로비 박사는 노라에게 자리에서 일어나도 좋다고 했다. 온 집안이 기뻐했다. 루디는 노라가 무척 좋아하는 레몬 멜렝게 파이를 터무니없이 크게 구워 냈다. 존 F는 아메리칸 뷰티 장미 꽃다발을 두 개나 안고 여느 때보다 일찍 은행에서 돌아왔다. 아직 2월인데 라이트빌 어디서 그런 꽃을 살 수 있었는지 끝내 말하지 않았다! 패티는 종아리에 쥐라도 난 듯이 몸을 발딱 젖히고 기지개를 켜더니 머리를 감고 "어머나, 이게 뭐람!" 하고 중얼거리며 손톱 손질을 했다. 해미온은 여러 주일만에 라디오를 켜고 전쟁 뉴스를 들었다. 그것은 마치 선잠에 시달리다 겨우 똑똑히 눈을 뜨게 된 사람의 기분과도 같았다. 노라는 당장에 짐을 만나러 가겠다고 했으나, 해미온은 끝내 그녀를 집 밖에 내보내지 않았다. "오늘이 자리에서 일어난 첫날인데, 너 정신이 조금 어떻게 된 모양이로구나!" 그래서 노라는 바로 옆에 있는 자기 집에다 전화를 걸었다. 그러나 아무도 받지 않으므로 그녀는 하는 수 없이 수화기를 놓았다.

"산책 나가셨을 거야, 언니."

패티가 말했다.

"틀림없이 그럴 거다, 애야."

해미온은 노라의 머리를 어루만지며 말했다.

그때 짐은 집에 있었으나 해미온은 일부러 잠자코 있었다. 짐의 창백한 얼굴이 그의 침실 창문에 비치는 것을 그녀는 보았던 것이다.

"그런가 봐요."

노라는 기운을 내어 말하고는 벤 댄티그네 가게에 전화를 걸었다.

"댄티그 씨, 가장 크고 가장 비싼 밸런타인데이 카드를 지금 곧 갖다 주시겠어요?"

"알았습니다."

그리고 나서 반시간도 채 못되는 사이에 노라 하이트의 병이 다 나았다는 소문이 온 거리에 퍼졌다.

밸런타인데이 카드를 주문했다는군. 어쩌면 다른 남자가 생겼는지도 모르지!

그 카드에는 핑크빛 공단 옷을 입은 포동포동한 큐피드가 여럿 그려져 있고, 진짜 레이스 천으로 선이 둘러졌으며, 성 밸런타인데이다운 달콤한 말이 잔뜩 씌어 있었다. 벤 댄티그네 가게에서 가장 호화로운 99 A호 카드였다. 노라는 봉투에 직접 주소 성명을 쓰고 우표에 침을 발라 붙인 다음 엘러리에게 우편함에 넣어 달라고 부탁했다. 그녀는 들뜨고 화사한 기분에 젖어 있었다. 헤르메스와 에로스의 역할을 맡게 된 퀸은 그 밸런타인 카드를 '언덕'의 비탈길 기슭에 있는 우편함에 넣었는데, 실컷 얻어맞은 권투선수가 네 번째의 녹다운에서 비틀거리며 일어나는 모습을 보는 듯한 불안한 기분이었다.

금요일 아침 배달된 우편물 속에 노라에게 온 밸런타인 축제 카드는 없었다.

그녀는 딱 잘라 말했다.

"나는 가 보겠어요. 이럴 수가 없어요. 짐은 마음이 상해 있나 봐요. 온 세상을 모두 자기의 적으로 생각하고 있는 거지요. 나는 가겠어요."

루디가 겁먹은 얼굴로 들어왔다.

"마님, 디킨 서장님과 블랫포드 씨가 오셨습니다."

"디킨 씨가?" 해미온의 소녀 같은 볼에서 핏기가 가셨다. "나를 찾아왔어 루디?"

"노라 아가씨를 만나시겠답니다."

"나를?"

노라의 목소리가 떨렸다.

존 F가 아침 식탁에서 일어섰다.

"내게 맡겨라."

모두 거실로 나갔다.

엘러리 퀸은 먹다 만 달걀을 그대로 놓아 둔 채 2층으로 달려올라가 패티의 방문을 노크하자 그녀는 하품을 했다.

"누구세요?"

"아래층으로 빨리 내려와요……."

"왜 그러세요?" 다시금 하품 소리가 났다. "들어오세요, 괜찮아요, 들어오세요."

엘러리는 문을 열어 놓기만 하고 들어가지는 않았다. 패티는 이불 속에 꾸깃꾸깃 파묻혀 있었는데, 자못 건강하고 싱싱해 보였다.

"디킨과 블랫포드가 왔는데 아마 노라를 만나러 온 모양이오."

"어머나!" 패티는 당황했으나 그것도 잠시뿐이었다. "그 가운 이리 좀 던져 주세요, 몹시 춥군요." 엘러리는 그녀에게 가운을 던져 주고 금방 내려가려고 했다. "엘러리 씨, 홀에서 기다려 주세요, 나함께 내려가고 싶어서 그래요."

패티는 3분 뒤에 그에게로 왔다. 그리고 그의 팔에 매달리다시피 하며 계단을 내려갔다. 거실로 들어서자 디킨이 말했다.

"하이트 부인, 물론 양해하실 줄 압니다만, 나는 하나도 남김없이 샅샅이 조사해야 합니다. 그래서 윌로비 박사님에게 당신이 일어나실 수 있게 되면 알려 주십사고……."

"수고하시는군요" 하고 노라가 말했다. 그녀는 어찌 할 바를 몰라 겁을 먹고 있었다. 곁에서 보아도 곧 알 수 있었다. 온 몸이 나무토막처럼 뻣뻣하여 움직이지 않았고, 눈에 보이지 않는 실로 다루어지고 있는 인형처럼 목만 움직이며 디킨과 블랫포드를 번갈아 보았다.

패티가 퉁명스럽게 말했다.

"안녕하세요, 디킨 씨, 이런 이른 시간에 오신 걸 보니 여느 방문은 아닌 것 같군요."

디킨은 어깨를 움츠렸다. 블랫포드는 한심스러움과 노여움이 뒤섞인 눈길로 그녀를 보았다. 그는 전보다 날씬했다. 여원 모양이다.

"패티, 얌전히 있거라." 헤미온이 작은 목소리로 말했다.

"노라가 어떤 말을 할는지 나는 모르겠군. 패트리시아, 앉거라!"

존 F가 쌀쌀하게 말했다.

"패트리시아?" 하고 말하며 패티는 앉았다. '패트리시아'라고 부르는 것은 나쁜 징조이다. 존 F가 이렇게 격식 차린 어조로 그녀를 부른 것은 벌써 여러 해 전에 그가 그녀의 엉덩이를 가죽 끈으로 때리는 구식 벌을 주었을 때 이후 처음이었다. 패티는 간신히 노라의 손을 쥐었다. 그녀는 블랫포드의 얼굴은 한 번도 보지 않았다. 그리고 블랫포드도 맨 처음 기쁘지 않은 눈길을 한 번 주었을 뿐, 그녀를 보려고 하지 않았다.

디킨이 쾌활한 태도로 엘러리에게 고개를 끄덕였다.

"스미드 씨, 안녕하십니까? 자, 그럼, 여러분이 모두 모이셨군요. 카터, 무언가 할 말이 있을 텐데?"

"있습니다!" 하고 그는 큰 소리로 대답했다. "나는 지금 난처한 입장에 놓여 있습니다. 내가 하고자 하는 말은——" 이렇게 말하다가 도무지 난처해서 견딜 재간이 없다는 듯이 그는 창 밖의 눈 덮인 잔디밭을 내다보았다.

"그럼, 하이트 부인" 하고 디킨은 노라를 보며 눈을 깜빡거렸다.

"그 새해의 전날 밤에 있었던 일을 당신은 어떻게 보고 계시는지, 지장이 없으시다면 말씀해 주시지 않겠습니까? 나는 다른 사람의 말은 모두 들었지만……"

"지장요? 지장이 있을 리가 없지요." 쉰 목소리가 나왔으므로 노라는 헛기침을 했다. 그리고 뜻없이 손을 움직이며 날카롭게 빠른 어조로 이야기하기 시작했다. "하지만 나는 아무것도 이야기할 것이 없는 거나 다름없어요. 왜냐하면 내가 본 것은 모두……"

"부인의 남편께서 칵테일 잔이 놓인 쟁반을 들고 여러분이 있는 곳으로 왔을 때 당신에게 어떤 특정한 술잔을 들게 하려고 하지 않았습니까? 다시 말해서 당신이 어떤 술잔을 집으려 할 때 그가 다른 술잔을 주려고 하지 않던가요?"

"그런 것을 어떻게 기억하지요?" 노라는 화난 어조로 말했다.

"그 말씀 속에는 어떤 짓궂은 저의가 있는 것 같군요!"

"하이트 부인" 서장의 목소리가 갑자기 쌀쌀해졌다. "당신 남편께서는 그날 밤 이전에도 당신에게 독약을 먹이려 한 적이 있습니까?"

노라는 패티의 손을 뿌리치고 벌떡 일어섰다.

"없어요!"

"언니! 흥분하면 안 돼요."

패티가 말했다.

"틀림없습니까, 하이트 부인?"

디킨은 끈질기게 물었다.

"물론 틀림없습니다."

"당신과 하이트 씨는 자주 다투었다는데, 그 점에 대하여 할 말이 없으십니까?"

"다투다니요!" 노라는 창백해지며 말했다. "아마 그 듀플레라는 여자가——아니면——" 그 '아니면'이라는 말투가 하도 기묘하게 들렸으므로 카터 블랫포드마저 창문에서 이쪽으로 몸을 돌렸다. 노라는 그 말을 자못 괘씸하다는 듯한 어조로 말하며 엘러리를 정면으로 노려 보았던 것이다. 디킨과 블랫포드가 그를 흘끗 쳐다보았기 때문에 패티는 몸이 오싹했다. 라이트 부부는 어떻게 해야 좋을지 모르겠다는 태도였다.

"아니면 무엇입니까, 하이트 부인?"

디킨이 물었다.

"아무것도 아니에요, 아무것도 아니라니까요! 당신은 어째서 짐을 가만히 내버려 두지 않지요? 당신들은 모두!"

노라는 히스테리컬한 울음 소리를 냈다.

윌로비 박사가 몸집이 큰 셈치고는 매우 가벼운 걸음걸이로 들어왔다. 그의 등 뒤에서 루디의 근심스러운 창백한 얼굴이 잠깐 보이더니 곧 사라졌다.

의사는 말했다.

"노라, 또 울고 있군. 디킨 씨, 내가 그토록 당신에게 주의를 주었는데."

"어쩔 수 없습니다, 선생님. 나는 나의 직무를 이행해야만 합니다. 하이트 부인, 만일 당신이 남편에게 도움을 줄 만한 말을 하나도 하실 수 없다면……."

서장은 엄하게 말했다.

"그는 아무 짓도 하지 않았어요, 정말이에요!"

"노라!"

윌로비 박사가 거듭 달랬다.

"우리는 실행해야만 하겠습니다, 하이트 부인."

"대체 무엇을 하시는 거지요?"

"댁의 남편을 체포하겠습니다."

"체포? 짐을?" 노라는 머리카락을 쥐어뜯으며 웃기 시작했다. 윌로비 박사가 그녀의 손을 잡으려 했으나 그녀는 밀어젖혔다. 안경 너머로 보이는 그녀의 동공이 열려 있었다. "짐을 체포하면 안 돼요! 그이는 아무 짓도 하지 않았어요! 무슨 증거로!"

"증거는 많이 있습니다."

디킨 서장이 말했다.

"안됐지만 노라, 그것은 사실이랍니다."

카터 블랫포드가 중얼거렸다.

"많이 있다고요?" 노라는 속삭이듯 말했으나 다음 순간 패티에게 외쳤다. "그 사실을 알고 있는 사람이 너무 많아! 그것은 남을 이 집안에 들여놓았기 때문이야!"

"언니! 언니는⋯⋯."

패티는 어이없다는 듯이 말했다.

"듣기 싫어! 너는 그 세 통의 편지를 가지고 형부를 나쁜 사람으로 모는구나! 네가 그 편지에 대해 아무 말도 하지 않았다면 경찰이 짐을 체포할 리가 없어!" 노라는 새된 소리를 질렀다. 그녀를 보는 엘러리의 눈길 속의 무언가가 그녀의 히스테리를 불러 일으킨 모양이었다. 노라는 크게 숨을 쉬고 갑자기 입을 다물며 윌로비 박사 쪽으로 쓰러졌다. 그녀의 눈에 크나큰 새로운 두려움이 괴었다. 그녀는 재빠르게 디킨을 보고 다시 블랫포드에게로 눈길을 옮겼는데, 그가 놀라며 기뻐하는 것을 깨달았다. 그녀는 박사의 넓은 가슴에 몸을 기댄 채 엄청난 사실을 눈치챈 두려움 때문에 손으로 입을 누르고 꼼짝도 하지 못했다.

"편지란 무엇입니까?"

디킨이 물었다.

"노라, 무슨 편지지요?"

블랫포드가 외쳤다.

"아니에요! 나는 아무 말도……."

카터는 달려가서 그녀의 손을 붙잡았다.

"노라, 편지란 무엇입니까?"

그는 험악한 말투로 물었다.

"아니에요!"

노라는 신음했다.

"말해 봐요! 만일 편지가 있다면 당신은 증거를 감춘 셈이 됩니다."

"스미드 씨, 당신은 여기에 대하여 무엇인가 알고 계십니까?"

디킨 서장이 물었다.

"편지라고요?"

엘러리는 깜짝 놀란 듯한 얼굴로 머리를 저었다.

패티가 일어서서 블랫포드를 밀었다. 그는 뒤로 비틀거렸다.

"언니를 그냥 가만 두어요, 당신은 유다 같은 배신자야!"

패티가 심한 말투로 마구 나무랐다.

그녀의 격렬한 말투는 역시 격렬한 대답을 불러왔다.

"나의 우정을 걸고 덤비지 마! 디킨 서장님, 이 집을 수색하시오, 옆집도 역시!"

"벌써 했어야 옳았네, 카터" 하고 그는 조용히 말했다. "당신이 너무 강력히 반대했기 때문에──" 하고 말하며 그는 나갔다.

"카터, 자네 두 번 다시 여기 올 생각은 말게, 알겠나!"

존 F가 낮은 목소리로 말했다.

블랫포드는 울상이 되었다. 그리고 노라는 병 걸린 고양이처럼 앓는 소리를 지르며 윌로비 박사의 가슴속으로 쓰러졌다.

블랫포드의 쌀쌀한 허가를 얻어 노라는 윌로비 박사의 부축을 받으며 2층 침실로 올라갔고, 패티와 해미온은 그저 어쩔 줄 몰라 당황하며 그 뒤를 따라갔다.

"스미드 씨."

블랫포드는 뒤돌아보지도 않고 말했다.

"말하지 않아도 압니다."

퀸은 온화하게 말했다.

"헛수고일는지도 모르지만 당신에게 한 마디 경고해 두겠소. 만일 당신이 증거를 감춘다면……."

"증거라니요?"

퀸은 그런 말은 처음 듣는다는 듯이 되물었다.

"그 편지 말이오!"

"당신들이 자꾸만 입에 올리는 그 편지란 대체 무엇입니까?"

카터는 입을 찡그리며 몸을 홱 돌렸다.

"당신은 이 거리에 와서 방해만 놓고 있소. 당신은 이 집으로 비집고 들어와 패티를 내 손에서 앗아 가려고 했소."

그는 목이 쉬어 말했다.

"여보시오, 말조심하시오."

엘러리는 부드럽게 말했다.

카터는 두 주먹을 불끈 쥔 채 입을 다물었다. 엘러리는 창가로 갔다. 디킨 서장은 하이트네 집 포치에서 키 작은 순경 딕 고빈과 무슨 이야기인지 열심히 하고 있었다. 이윽고 그 두 경찰관은 집 안으로 들어갔다. 그리고 15분 뒤에도 엘러리 퀸과 블랫포드 두 사람은 여전히 같은 자세로 버티고 서 있었다. 패티가 발소리도 요란하게 뛰어들어왔다. 그녀의 얼굴을 본 두 사람은 움찔했다. 그녀는 곧바로 엘러리 옆으로 갔다.

"큰일났어요!"

그녀는 울음을 터뜨렸다.

"패티, 왜 그러지요?"

"언니가, 언니가……."

패티의 목소리가 흐려지며 떨렸다.

윌로비 박사가 문에서 불렀다.

"블랫포드 씨!"

"무슨 일이 생겼습니까?"

블랫포드가 긴장하여 물었다.

이때 디킨 서장이 가면 같은 표정으로 소리없이 들어왔다. 그는 노라의 모자 상자와 에치컴의 '독물학'이라는 예쁜 금박 글씨가 씌어 있는 표지가 두터운 다갈색 책을 들고 있었다. 디킨이 멈추어섰다.

"무슨 일이 생겼다고요? 이번엔 또 뭡니까?"

그는 다급하게 물었다.

윌로비 박사가 말했다.

"노라 하이트는 다섯 달 뒤에 아기를 낳게 되었습니다."

엘러리의 가슴에 얼굴을 묻고 지친 듯이 울고 있는 패티의 울음소리 말고는 아무 소리도 들리지 않았다.

"맙소사, 그것은 너무하군!" 블랫포드는 괴로움에 짓눌린 목소리로 말했다. 그리고 디킨 서장에게 실례하겠다는 듯한 손짓을 하고는 비틀거리며 방에서 나갔다. 잠시 뒤에 현관문이 '꽝' 하고 닫히는 소리가 들려 왔다.

"하이트 부인의 생명에 대해 나는 책임질 수 없소, 앞으로 다시 또 아까와 같은 다툼을 벌인다면 말입니다. 지금 내가 한 말을 확인하고 싶으시면 라이트빌의 다른 의사들의 진찰을 받게 하시오, 그녀는 임신했기 때문에 신경이 날카로워졌으며 본디 몸이 약한 사람이니만큼……."

"하지만 선생님, 이것은 내가 나쁜 것이 아니라……."

디킨이 말했다.

"모르겠소, 당신 마음대로 하시오."

윌로비 박사는 말하고 요란하게 계단을 올라갔다.

디킨은 한 손에 노라의 모자 상자를 또 한 손에 짐의 독물학 책을 든 채 방 한가운데에 꼼짝하지 않고 서 있었다. 그리고 한숨을 쉬며 말했다.

"하지만 내가 나쁜 것은 아니오, 그리고 지금 막 하이트 부인의 모자 상자에서 세 통의 편지와 비소 난에 밑줄 쳐 있는 의학 서적을 찾아 낸 이상……."

"알았습니다, 디킨 씨."

엘러리는 이렇게 말하고, 패티를 안은 팔에 힘을 주었다.

"이 세 통의 편지는 사실상 형사 사건이 될 수 있습니다. 더구나 이것이 하이트 부인의 옷장에 있었다는 것은 나로서 납득이 가지 않습니다. 어째서 이것이……."

디킨은 여전히 끈질기게 말했다.

패티가 외쳤다.

"그래도 당신은 모르시겠어요? 만일 언니가 정말 형부에게 독살 당하리라 생각했다면 그런 편지를 거기에 두었겠어요? 당신들은 어째서 모두 그런 어이없는 일을……."

"그렇다면 당신은 역시 이 편지에 대해 알고 있었군요" 하고 디킨은 적이 놀랐다는 듯이 말했다. "그랬었군요, 스미드 씨, 당신도 이 사실을 알고 계셨지요? 나는 당신을 나무라는 것이 아닙니다. 나에게도 가족이 있으며, 친구의 일을 염려하는 것은 좋은 일이라고 생각합니다. 내가 짐 하이트나 당신이나 라이트 댁 사람들에게 감정이 있을 리 없지요. 하지만 나는 사실을 파악해야 합니다. 짐 하이트에게 죄가 없다면 그는 금방 석방될 것이니 걱정하지 마십시오."

"이제 그만 돌아가십시오."

엘러리가 말했다.

디킨은 어깨를 움찔하고는 증거품을 들고 나갔다. 그는 괘씸하다는 듯한 성난 얼굴을 짓고 있었다.

그 2월 14일, 성 밸런타인데이 오전 11시에 라이트빌의 모든 사람들이 우스꽝스러운 카드를 보며 웃고 하트 모양의 상자에 들어 있는 캔디를 씹으며 즐기고 있을 때, 경찰서장 디킨은 찰스 블레이디 순경을 데리고 '언덕' 460번지에 다시 나타나 딕 고빈 순경에게 눈짓을 했다. 그리하여 딕 고빈 순경은 현관문을 노크했다. 아무 대답이 없자 그들은 집 안으로 들어갔다. 거실 소파에서 짐 하이트가 담배 꽁초며 더럽혀진 술잔이며 반쯤 비어 있는 위스키 병 등이 어수선하게 널려 있는 가운데 코를 골며 자고 있었다.

디킨이 짐을 조용히 흔들어 깨우자 마지막에 짐은 크게 코를 울렸다. 그리고 흐릿하고 빨갛게 충혈된 눈을 떴다.

"으음?"

"제임스 하이트, 노라 라이트 하이트 살인 미수 및 로즈메리 하이트의 살인 용의자로 당신을 체포하겠소."

디킨은 뒷면이 파란 종이를 내밀며 말했다.

짐은 잘 보이지 않는지 눈을 크게 떴다. 그리고 얼굴이 빨개지며 고함질렀다.

"싫소!"

"너무 성가시게 굴지 말고 순순히 따라오시오"라고 디킨은 말하고, 마음을 놓은 듯한 빠른 걸음으로 나갔다.

훨씬 뒤에 찰스 블레이드는 재판소에서 신문기자들에게 말했다.

"하이트는 마치 몸이 오그라든 것 같았소. 그런 모습은 여지껏 본 적이 없어요. 마치 조립 장난감이 오무라들 듯 작게 접히는 그런 모습이었소. 그래서 나는 딕 고빈에게 말했지요. '딕, 그쪽에서 부축하게. 안 그러면 이 자가 짜부라질 테니까'라고 말이지요. 그런 데 짐 하이트가 딕을 밀어젖히는 듯한 손짓을 하며 느닷없이 웃어대는 겁니다. 몸이 두 겹으로 접히면서 말입니다. 정말 놀랐어요! 그런데 그가 뭐라고 했는지 아시오? 웃으며 말했기 때문에 잘 알아들을 수는 없었지만——더구나 지독한 술 냄새가 코를 찔렀는데——이렇게 말했답니다——'아내에게는 말하지 마시오!'라고. 그리고는 뜻밖에도 얌전히 따라나서더군요. 살인죄로 체포당하면서 그런 말을 한다는 것은 우습지 않소? '아내에게는 말하지 마시오'라니! 살인죄를 입게 된 마당에서 아내에게 걱정을 끼치지 않으려 하다니 말입니다! 그녀에게 알려질 것은 뻔하지 않습니까? 아내에게 말하지 말라니! 그는 확실히 조금 돈 것 같아요."

고빈 순경은 간단하게 한 마디 말했을 뿐이었다.

"G—o—b—b—i—n 이오. 맞소. 우리 집 아이들이 틀림없이 좋아하겠군!"

제4부

.

19 두 세계의 싸움

일리노이 주 시카고

신문 협회 빌딩

뉴스 특별 기자 공급 연맹

보리스 코넬 씨

당신이 보내주신 갖가지 전보 통신에 대하여 감사하는 뜻에서 많은 양의 하제(下劑)를 보내 드립니다. 그러나 당신의 그 유명한 뉴스의 냄새를 맡고 알아내는 날카로운 코도 나의 동료 '저널리스트'들이 라이트빌에서 던져 주는 수많은 쓰레기 때문에 무디어진 것이나 아닌지요.

나는 짐 하이트는 죄가 없다고 믿습니다. 그리고 나는 내가 담당하는 기사란이 존속하는 한 이 주장을 끝까지 밀고 나갈 작정입니다. 사람은 누구나 유죄로 결정지어지기 전까지는 무죄라고 나는 소박하게 믿습니다. 온 아메리카의 야비한 구경꾼들에게로만 홀리

데이(다른 사람의 괴로움을 보며 즐기는 오락)를 공급하기 위해 편집장의 명령을 받고 파견된 현명한 젊은 남성과 여성에 의해 짐 하이트는 사형을 선고받았습니다. 하지만 누구에게나 자기의 주장이라는 것이 있는 법입니다. 그래서 나도 나의 주장을 내세우겠습니다. 나의 지지자는 나 하나뿐입니다. 그리고 라이트빌은 지금 좋지 못한 분위기 속에 있습니다. 이곳 사람들은 다른 이야기는 하나도 하지 않습니다. 그들이 하는 말은 모두 '파시즘'입니다. 그들이 '편견 없는' 배심원을 선출할 것인지 어떤지는 매우 흥미 있는 구경거리입니다.

지금 이곳에서 일어나고 있는 상황을 충분히 이해하려면, 불과 두 달 전에는 존 F 및 해미온 라이트가 이 거리 시민들의 수호신이나 다름이 없었다는 점을 우선 알아두어야만 합니다. 그런데 지금 그 부부와 멋진 세 딸들은 최하급 천민이 되고 말았습니다. 모두 앞을 다투어서 그들에게 돌을 던지려고 합니다. 지난날에는 라이트 집안의 '찬미자'였고 그들 '편'이었던 많은 사람들이 지금은 나이프로 찌를 만한 약점을 찾아내고는 폭폭 찌른답니다! 인간의 비열성, 악의, 비뚤어진 근성의 거의 온갖 종류를 보고 듣고 해 온 나마저 구토증을 느낄 정도입니다.

이것은 두 세계의 전쟁입니다. 한쪽의 작고 훌륭한 세계는 그 용기와 사기를 제쳐놓으면 무기도 인원수도 그 밖의 모든 점에 있어서도 가망이 없을 만큼 약합니다. 라이트 집안 편을 끝까지 들고 있는 사람 수는 매우 적습니다. 엘리 마틴 변호사, 마일로 월로비 의사, 엘러리 스미드라는 이름의 라이트 저택에 묵고 있는 작가――이런 이름을 들은 적 있으십니까? 나는 없습니다. 그들은 서로 마음을 모아 선전하는 일에 힘쓰고 있습니다. 라이트네 사람들은 훌륭합니다――어떤 수법의 공격을 당해도 가족을 버리고 따로 나가 살고 있는 딸인 로라 라이트마저 집으로 돌아왔습니다. 적어도 현재는 가족들과 함께 지내고 있습니다. 그들 모두가 노라의 남편을 위해 싸우고 있을 뿐만 아니라 아직 태어나지 않은 그녀의 아기를 위하여 싸우고 있습니다. 나는 지금도 근본적으로 고상하고 의젓한 태도를 취하는 것이 훌륭한 일이라고 믿고 있는 사람 가운데 한 사람입니다. 그리고 이 작은 한 집안을 위해 강력한 대변자가 되려고 합니다.

여기서 한 가지 알려 드리겠습니다. 나는 오늘 군 재판소 소속의 독방으로 짐을 찾아갔습니다. 나는 그에게 말했지요, "하이트 씨, 당신 부인이 아기를 가진 것을 알고 계십니까?" 그러자 그는 독방 침대에 풀썩 주저앉아 소리내어 우는 것이었습니다. 그것은 마치 내가 여자로서 때려서는 안 될 곳을 심하게 때려 주기라도 한 것 같았습니다.

나는 아직 노라를 만나지 못했습니다만 2, 3일 안으로 월로비 박사의 허가를 얻어 만날 수 있으리라고 생각합니다. 짐이 체포당하기 전에는 만났습니다만. 노라는 이성을 잃고 있으므로 가족 이외에는 만나지 못합니다. 당신이 그녀 입장이라면 어쩌리라고 생각하십니까? 그리고 그러한 그녀가 짐을 지지하고 있다면——그녀를 죽이려했던 사람을 말입니다——여기에는 반드시 투쟁할 가치가 있는 그 무엇이 있음에 틀림없습니다.

보리스 씨, 당신의 피는 9할이 버번 위스키이고 나머지 1할이 소다수로 되어 있을 터이므로 이런 말을 쓴다 해도 시간과 용지의 낭비임에 틀림없다는 것을 알고 있습니다. 따라서 나는 설명은 그만하겠습니다. 앞으로 만일 당신이 하이트 살해 사건에 관하여 라이트빌에서 무슨 일이 일어났는지 알고 싶으시면 나의 기사를 읽으십시오. 그리고 만일 당신이 악의를 품고 나와의 계약을 기한도 차기 전에 깨뜨리는 일이 있다면 나는 '뉴스 특별기사 공급 연맹'을 상대로 소송을 제기하여 당신의 붉은 입술 속에 있는 값비싼 틀니만을 남겨 놓고 모조리 뽑아 버리리라는 것을 잊지 마십시오.

1941년 2월 17일
로버타 로버츠

그러나 로버타 로버츠는 사실을 충분히 알고 있다고 할 수 없었다. 짐이 체포된 지 이틀 뒤에 해미온 라이트는 참모 회의를 소집했다. 그녀는 2층 응접실 문을 엄숙하게 닫았다. 그날은 마침 일요일이었고 가족들은 모두 교회에서 방금 돌아온 참이었다. 해미온은 한 사람도 빠짐없이 교회에 가서 기도드리고 와야 한다고 강력히 주장했던 것이다. 이 시련을 겪은 그들은 모두 지친 듯이 보였다. 그녀는 말을 꺼냈다.

"문제는 어떻게 하면 좋으냐 하는 것입니다."

패티가 피곤한 목소리로 말했다.

"우리에게 무슨 수가 있겠어요, 엄마?"

"마일로 씨" 하고 해미온은 월로비 박사의 두툼한 손을 잡으며 말했다. "사실을 말씀해 주세요, 노라는 어떻지요?"

"그녀는 용태가 좋지 않습니다. 해미. 아주 중태입니다."

"그 말씀만으로는 알 수가 없어요, 마일로 씨! 어디가 어떻게 아픈지 말씀해 주세요."

월로비 박사는 시선을 돌렸다.

"설명하기가 어렵습니다만, 그녀는 거의 위험하리만큼 흥분하여 신경이 곤두서 있고, 자제력을 잃고 있습니다. 임신이 그러한 증상을 더 나쁘게 하고 있다는 것은 어쩔 수 없는 일이지요. 짐은 체포당했고 또한 재판을 받아야 한다는 걱정이 머리에서 떠나지 않는 겁니다. 그녀를 안정시켜야 합니다. 약만 가지고는 안 됩니다. 하지만 그녀의 곤두서 있는 신경을 정상적으로 다시 돌려놓으려면…….”

해미온은 그의 커다란 손을 덧없이 두드리고 있었다.

“그렇다면 우리가 해야 할 일은 뻔하지 않습니까?”

“노라가 얼마나 지쳐 있는지 보았을 때…….” 존 F가 절망적인 목소리로 말하다가 “그러나 그 애의 안색이 다시 좋아지기 시작했소, 우리는 이제부터 어떻게 해서든지……” 하고 덧붙였다.

“방법은 하나밖에 없어요, 여보, 우리 모두가 힘을 모아 짐의 편이 되어 싸워 주는 것 외에 달리 무슨 방법이 있겠어요!”

해미온은 똑똑히 말했다.

“그가 노라의 일생을 망쳐 놓았는데도 말인가? 그는 이 거리로 올 때 노라에게 불행의 씨앗을 가져다 주었단 말이오!”

존 F가 외쳤다.

“여보!” 해미온의 목소리는 강철같이 단단했다. “노라는 그것을 원하고 있어요, 무엇보다도 중요한 것은 그애의 건강이니만치 그렇게 해줍시다.”

“알았소.”

존 F는 거의 고함을 질렀다.

“여보! 다른 일이지만, 또 한 가지 노라에게 알리면 안 될 일이 있어요.”

“무엇을 알리면 안 된다는 거예요, 엄마?”

패티가 물었다.

“우리가 진정으로 그의 편을 들고 있지 않다는 것 말이다. 아아, 그런 사람이 어디 또 있을 수 있을까! 노라만 아니었다면…….”

해미온의 눈이 빨개졌다.

"그렇다면 헤미, 당신은 그에게 죄가 있다고 생각하십니까?"

윌로비 박사가 말했다.

"생각하다마다요! 그 끔찍한 세 통의 편지며 그 의학 책에 대해서 몰랐다면 또 모르지만 지금은 틀림없이 그가 범인이라고 믿고 있어요."

"그 짐승만도 못한 자식. 그런 녀석은 개처럼 쏘아 죽였으면 좋겠소"

존 F는 중얼거렸다.

"아직은 알 수 없어요."

패티는 우는 소리로 말했다.

로라는 담배를 피우고 있었는데, 그것을 벽난로 속에 내동댕이치듯 버렸다. 그녀는 불쑥 말했다.

"이렇게 말하면 나를 좀 이상하게 보실는지 모르겠지만, 나는 사람이 가엾다는 생각이 들어요. 다른 경우 같으면 살인범을 동정할 리 없는데 말이에요."

"엘리 당신은 어떻게 생각하세요?"

헤미온이 물었다.

마틴 판사의 졸린 듯한 얼굴이 침울한 표정으로 바뀌었다.

"그 젊은 블랫포드가 어떤 증거를 가지고 있는지 모르겠지만, 이것은 완전히 상황 증거만으로 이룩된 사건입니다. 그러나 다른 한편으로 생각해 보면 그 상황에는 미심쩍은 데가 하나도 없으니 짐은 상당히 난처한 입장에 놓일 것 같군요."

"라이트 집안의 명성을 쌓아올리는 데 여러 세대가 걸렸소. 그런데 그것이 하루 아침에 무너졌단 말이오!"

존 F는 중얼거렸다.

"지금까지도 상당히 심한 충격을 받았는데, 가족에게마저 배신을 당했으니……"

패티는 한숨을 쉬었다.

"그게 무슨 소리니?"

로라가 물었다.

"더비사 고모님 말이야, 언니. 언니는 아직도 모르고 있어? 고모는 집을 잠가 놓고 사촌동생 소피아를 '방문'한다며 로스앤젤레스로 가 버렸다우."

"그 얼빠진 고모가 아직도 이 부근에 얼쩡거리고 있었단 말이니?"

"더비사에 대해서는 생각만 해도 속이 언짢아진다."

해미온이 말했다.

"그녀의 대해 너무 심한 말을 하면 못 써요, 해미. 그 애는 누가 자기 험담을 하면 아주 질색하거든."

존 F는 힘없이 말했다.

"나 같으면 달아나지 않겠어요, 여보. 꽁무니 빼는 것을 절대로 남에게 보일 수는 없으니까요."

"나도 클래리스에게 일러두었지요, 해미. 클래리스도 오려고 했는데……"

마틴 판사는 웃었다. 그리고 까실까실하게 마른 뺨을 손으로 문질렀다.

"알고 있어요. 우리편을 들어 주셔서 정말 고마워요, 엘리 씨. 그리고 마일로 씨도, 스미드 씨도. 특히 당신에게 감사 드리겠어요, 스미드 씨. 마틴 판사와 윌로비 선생님은 평생 친구이시지만, 당신은 다른 고장에서 오신 분이시니까요. 그런데 패티에게 듣자니 당신이 우리들 생각을 얼마나 해주시는지……"

해미온이 조용히 말했다.

"나도 감사의 말을 드리려고 하던 참이었소. 하지만 당신은 무척 난처한…….”

존 F가 거북스럽게 말했다.

엘러리는 조금 당황하며 말했다.

“원, 별말씀을요. 제 걱정은 마십시오. 저는 최선을 다해 도와 드리겠습니다.”

“감사합니다……. 이렇듯 모든 일이 드러난 지금에 이르러서는 비록 당신이 가시겠다고 해도 우리는 결코……”

해미온은 나직한 목소리로 말했다.

“가고 싶어도 저는 갈 수 없을 겁니다. 판사님에게 물으시면 아시겠지만, 저는 사실 이번 범죄의 종범자(從犯者)로 되어 있으니까요”

엘러리는 미소지었다.

“증거를 감추었으니까요, 스미드 씨. 당신이 만일 달아나기라도 한다면 디킨은 반드시 당신을 몰아 댈 것입니다” 하고 말하며 엘리 판사는 싱긋이 웃었다.

“아셨지요? 저는 꼼짝도 못합니다. 이 이야기는 그만 하십시다.”

패티의 손이 엘러리의 손을 살짝 잡더니 꼭 쥐었다.

“그럼, 여러분의 마음이 하나로 뭉쳐졌으니 이제부터는 이 주(州)에서 가장 좋은 변호사에게 짐의 변호를 부탁합시다. 라이트빌 사람들을 상대로 공동 전선을 폅시다.”

해미온은 단호하게 말했다.

“그러다가 짐이 유죄 판결을 받으면 어떡하지요, 엄마?”

패티가 조용히 말했다.

“우리는 최선을 다한 셈이 되겠지. 긴 안목으로 볼 때, 그런 판결은 매우 괴로운 일임에 틀림없겠지만, 우리들이 알고 있었던 문제에 대한 가장 좋은 해결이라고 생각해…….”

"너무 심한 말씀을 하시는군요, 엄마. 그것은 옳지도 않거니와 공정하지도 못해요. 엄마는 짐에게 죄가 있다고 생각하시니까 그런 말씀을 하셔요. 그렇다면 이 거리의 사람들과 조금도 다름없이 너무하지 않아요. 가장 좋은 해결이라니!"

로라가 심하게 나무랐다.

"로라, 만일 하느님이 은총을 내리지 않으셨다면 지금쯤 너의 동생은 시체로 변해 있으리라는 것을 너는 모르겠니?"

해미온이 외쳤다.

"말다툼은 그만하세요."

패티는 참을 수 없다는 듯이 말했다.

로라는 성난 얼굴로 다시 담뱃불을 붙였다.

"그리고 만일 짐이 석방되더라도 노라를 그에게서 떼어놓겠다."

해미온이 선언했다.

"엄마!" 이번에는 패티가 깜짝 놀랐다. "배심원이 형부에게 무죄라는 판결을 내려도 엄마는 형부에게 죄가 있다고 생각하시겠어요?"

"해미, 그런 생각은 옳지 않소."

마틴 판사가 말했다.

"나는 그가 우리 노라에게 어울리는 남편이 아니라는 점을 말하고 있어요. 그는 노라에게 슬픔 이외에 무엇을 주었지요? 내 생각과 같다면 노라도 그와 이혼할 거예요!"

"그렇게는 안 될 겁니다."

윌로비 선생이 딱 잘라 말했다.

로라가 느닷없이 어머니 볼에 키스했다. 패티가 놀라며 숨을 몰아쉬었고, 엘러리도 이것은 '역사적인 희한한 일이로군' 하고 생각했다.

"엄마는 성미가 급하세요" 라며 로라는 웃었으나 금방 진지한 표정으로 덧붙였다. "그렇다면 어째서 저와 클로드의 이혼도 그런 식으로 생각해 주시지 않았지요?"

"그것은, 그때는 사정이 달랐잖니?"

해미온은 조금 난처한 표정을 지었다.

이때 엘러리 퀸은 잠깐 동안 어떤 뚜렷한 빛을 보았다. 해미온 라이트와 딸 로라 사이에는 오래 전부터 성격적으로 서로 걸맞지 않는 깊은 틈이 있었던 것이다. 패티는 아직 어린아이였으므로 그 옥신각신에 끼어들지 않았지만 노라는──노라는 처음부터 어머니 마음에 들었고 늘 해미온과 로라와의 감정적 대립에 끼어 죄 없는 심리적 줄다리기의 줄 역할을 하고 있었던 것이다.

해미온은 마틴 판사에게 말했다.

"짐을 위해 뛰어나게 유능한 변호사를 대 주세요, 엘리. 적당한 분이 없을까요?"

마틴 판사가 물었다.

"나는 어떻겠소?"

존 F가 깜짝 놀라며 말했다.

"엘리, 자네가?"

"하지만 엘리 아저씨, 이 사건은 당신의 법정에서 당신이 재판하시잖아요."

패티가 말했다.

"우선 첫째로, 나는 이 사건을 재판할 수 없어요." 나이 먹은 법률가는 시원스러운 어조로 말했다.. "나는 이 사건 자체와 직접 관계하고 있으니까요. 범죄 현장에 있었던 사람일 뿐만 아니라 내가 라이트 집안과 깊은 유대가 있다는 것은 누구나 다 아는 사실이 아닙니까. 법적으로도 도덕적으로도 나는 이 사건을 담당할 수 없소." 그는 머리를 저었다. "짐의 심리(審理)는 뉴볼드 판사에게 부탁합시다. 뉴볼드 판사는 완전한 제삼자니까요.”

“하지만 자네는 벌써 15년 동안이나 변호한 일이 없지 않나, 엘리?”

존 F가 미덥지 않다는 듯이 말했다.

“그야 물론 자네가 근심스럽다면 억지로 변호하진 않겠네” 하고 그는 그 말에 대하여 웃음으로 대꾸했다. “아직 말하지 않았네만, 사실 나는 이번에 퇴임하려고 생각하고 있다네. 그러므로…….”

“모르시겠소, 존? 엘리는 이번 사건을 변호하기 위해 재판관 자리에서 물러나려고 한다는 것을!”

월로비 박사가 말했다.

“잠깐만 엘리, 그렇게까지 해주면 난처하네”

존 F가 말했다.

“무슨 소릴 하나, 그렇게 감상적으로 생각할 필요는 없네. 어차피 물러나려던 참이었으니까. 이젠 나이 먹은 과거의 사람 마틴일세. 죽을 때까지 법관 차림으로 졸고 있는 것보다는 한바탕 더 일을 해보고 싶어서 좀이 쑤신다네. 만일 이 늙은 몸이라도 써주겠다면 이야기는 결정되었다고 할 수 있네.”

헤미온은 울음을 터뜨리며 방에서 뛰어나갔다.

20 자존심을 버리고

다음날 아침 패티가 엘러리의 방문을 노크했다. 그녀는 외출복을 입고 있었다.

“노라 언니가 당신을 만나 보고 싶어해요.”

그녀는 방 안을 훑어보았다. 루디가 깨끗이 청소했을 텐데 벌써 방 안이 몹시 어지러운 것을 보니 엘러리는 오래 전부터 바쁘게 일을 한 모양이다.

"곧 가겠소."

엘러리는 피곤해 보였다. 그는 책상 위에 어질러져 있는 연필로 갈 겨쓴 종이를 간추리고 타이프라이터에 끼워 놓은 종이를 뺐다. 그리고 그 포터블 타이프라이터에 커버를 씌우고 종이 종류를 책상 서랍에 넣은 뒤 쇠를 잠갔다. 열쇠를 아무렇게나 주머니에 집어넣고는 겉옷을 들었다.

"일은 잘돼 가세요?"

패티가 물었다.

"그럭저럭 잘된다고 할 수 있지요. 자, 갑시다, 라이트 양."

퀸은 그녀를 밀듯하며 방에서 나가 문에 자물쇠를 잠갔다.

"소설이지요?"

"그렇다고 할 수 있지요."

두 사람은 2층으로 내려갔다.

"그렇다고 할 수 있다는 것은 어떤 뜻이지요?"

"'예스'이기도 하고 '노'이기도 하다는 뜻이지요. 나는 지금…… 조사하고 있는 중이거든요." 엘러리는 그녀의 옷을 찬찬히 보며 말했다. "외출하려나 보군요, 예쁜데……"

"오늘 아침에는 예쁘게 보이지 않으면 안 될 이유가 하나 있어요. 껴안고 싶을 만큼 예쁘게 보일 필요가 있어서요."

"정말 그렇게 보이는걸. 대체 어디 갑니까?"

"엘러리 씨, 여자라고 비밀을 가져서 안 될 것은 없겠지요?" 패티는 노라의 방 앞에서 그를 세워 놓고 그의 눈을 들여다보았다. "엘러리 씨, 당신은 이 사건에 대한 조사를 하고 계시는 게 아니세요?"

"맞습니다."

"뭐 좀 알아내셨어요?"

그녀는 힘차게 물었다.

"아니오."

"시시하군요!"

"도무지 잘 되지 않습니다." 엘러리는 그녀의 몸에 팔을 감으며 중 얼거렸다. "몇 주일 전부터 무언가 마음에 걸리는 일이 있어서 견 딜 수가 없습니다. 머릿속에서 빙빙 돌고 있는데 그것을 알아낼 수 가 없어요. 아무래도 어떤 하나의 사실을 아주 사소한 일 때문에 내가 못 보고 놓친 것 같소. 나는……나는 당신 가족들을 모델로 소설을 쓰고 있어요. 사실이라든가 사건이라든가 그것들의 상호 관 계 등을 자료로 하고 있기 때문에 그동안 일어난 사건은 모두 나의 노트에 메모해 두었지요. 그런데도 나는 그것이 무엇인지 알아낼 수가 없습니다."

그는 고개를 저었다.

"그것은 아마도 당신이 모르는 사실이기 때문이 아닐까요?"

패티는 눈살을 찌푸렸다. 엘러리는 그녀 몸에 감았던 팔을 풀며 천 천히 말했다.

"아무래도 그런 것 같군요. 당신은 그것이 무엇인지 모르겠소?"

"내가 알고 있다면 당신에게 말했겠지요, 엘러리 씨."

"그랬을까요?" 그는 어깨를 움찔하더니 "그럼 안으로 들어가 노 라를 만나 봅시다" 하고 말했다.

노라는 침대 위에 앉아 라이트빌 레코드 신문을 읽고 있었다. 그녀 가 피부가 비칠 듯이 희어서 엘러리는 놀라지 않을 수 없었다.

"나는 늘 말하지만 여성의 매력을 테스트하려면 겨울날 아침 침대 에 있을 때의 그녀가 어떻게 보이느냐에 달려 있다고 생각합니다."

퀸은 싱글거렸다.

노라는 쓸쓸히 미소지으며 침대를 손바닥으로 가볍게 두드렸다.

"나는 어때요?"

"최우수급입니다"라고 말하며 엘러리는 그녀 옆에 앉았다.

노라는 기쁜 얼굴로 말했다.

"분과 입술연지와 그리고 볼연지도 발랐거든요. 머리도 리본을 매어 예쁜 속임수를 썼기 때문이에요. 패티, 너도 앉으려무나."

"나는 외출해야 돼, 언니. 두 분이 얘기하세요."

"하지만 패티, 당신도 함께 있었으면 좋겠소."

패티는 엘러리를 흘끗 보았다. 그가 눈짓하자 그녀는 침대 반대쪽 의자에 앉았다. 그녀가 초조해 하는 듯하여 엘러리는 노라의 말을 들으며 패티를 지켜보고 있었다.

"우선 먼저 저는 당신에게 사과 드려야겠어요."

노라가 말했다.

엘러리는 놀라며 물었다.

"나에게 말입니까? 무엇 때문에요?"

"그 편지와 독물학 책에 대한 이야기를 당신이 경찰에 했다고 나무랐던 일 때문이에요. 지난 주 디킨 서장이 짐을 체포하겠다고 해서 제가 히스테리를 일으켰을 때의 일이지요."

"하지만 나는 보시다시피 이렇게 깨끗이 잊고 있으니까 당신도 잊어버리십시오."

노라는 그의 손을 잡았다.

"제가 너무 심술궂게 생각했었어요. 하지만 그때에는 당신 외의 다른 사람이 경찰에 알렸으리라는 생각은 도무지 할 수가 없었거든요. 저는 아마 경찰이……."

"언니가 나쁜 것은 아니야. 엘러리 씨는 잘 알고 계시니까 걱정 마, 언니."

"하지만 그뿐이 아니야. 심술궂은 생각을 한 것은 사과하면 되지만, 내가 짐에게 몹쓸 짓을 한 것은 돌이킬 수가 없잖니." 노라는 아랫입술을 떨며 말했다. "내가 그런 말만 안했더라면 경찰은 그 편지에 대해 알 리가 없었을 테니까!"

패티는 위압적으로 말했다.

"언니, 울지 마. 그렇게 자꾸 울면 내가 마일로 아저씨에게 부탁해서 아무하고도 면회하지 못하게 할 테야."

노라는 손수건을 꺼내어 코를 풀었다.

"나는 어째서 그 편지를 불태워 버리지 않았는지 모르겠어, 바보같이 그것을 옷장의 모자 상자 속에 감추어 두다니! 하지만 나는 정말은 누가 그것을 썼는지 알아낼 수 있으리라고 생각했기 때문이었어. 짐이 쓰지 않았다는 것은 확실하니까."

엘러리가 말했다.

"노라, 잊어버리십시오."

"하지만 결국은 내가 짐을 경찰에 넘겨 준 거나 다름이 없잖아요!"

"그렇지 않습니다. 지난주에 디킨은 짐을 체포하기 위해 왔었다는 것을 잊지 마세요. 그전에 심문한 것은 그저 형식적인 것에 지나지 않습니다."

노라는 열심히 물었다.

"그렇다면 당신은 그 편지와 책은 있건 없건 마찬가지라고 생각하세요?"

엘러리는 침대에서 일어나 창 너머로 겨울 하늘을 올려다보았다.

"아마…… 그다지 차이는 없을 겁니다."

"거짓말 마세요!"

"하이트 부인, 오늘은 그만해. 엘러리 씨, 우리 그만 나가요."

패티가 야무지게 말했다.

엘러리는 뒤돌아보았다.

"패티, 당신 언니는 자기가 알고 있는 사실보다 뭔가 의심을 해야 하는 것 때문에 괴로워하고 있나 봅니다. 노라, 실제로 상황이 어떻게 돌아가고 있는지 내가 정확히 말해 드리지요." 노라는 두 손으로 깃털 이불을 움켜쥐었다. "디킨이 그 편지와 독물학 책에 대해 알기 전에 짐을 체포할 차비를 갖추고 있었다는 것은 그와 카터 블랫포드가 이것이 자기들에게 유리한 사건이 된다고 생각했기 때문일 겁니다."

노라가 조그맣게 소리를 질렀다. 엘러리는 계속해서 말했다.

"따라서 그 편지와 책이 나왔으니 그들은 더더욱 유리하다고 느꼈겠지요. 이것은 사실입니다. 그러므로 당신은 이 사실을 정면으로 인정해야 합니다. 당신은 자기 자신을 너무 책망하지 말고 분별있게 빨리 회복해서 짐의 편이 되어 그에게 용기를 돋우어 주어야만 합니다."

그는 허리를 굽혀 그녀의 손을 잡았다.

"노라, 짐은 당신의 힘이 필요합니다. 당신에게는 그에게 없는 힘이 있어요. 그는 당신과 얼굴을 마주 대할 낯이 없지만, 당신이 그의 뒤에 서서 동요하지 않고 그를 믿어 준다는 것을 알게 되면……."

"알겠어요" 하고 노라는 눈을 반짝이며 말했다. "믿겠어요. 짐에게 내가 그를 믿고 있다고 전해 주세요."

패티는 침대를 돌아가서 노라의 볼에 키스했다.

"나의 길을 가련다, 라고 해도 되겠지요?"

밖으로 나오자 엘러리가 물었다.

"거기가 어딘데요?"

"재판소지요. 나는 짐을 만나 봐야겠소."

"어머나, 그렇다면 내 차로 데려다 드릴게요."

"당신에게 길을 돌아가게 하고 싶지 않은데."

"나도 재판소에 가는걸요."

"짐을 만나러 갑니까?"

"자꾸 캐묻지 마세요!"

패티는 조금 히스테리컬하게 외쳤다.

두 사람은 말없이 '언덕'을 내려갔다. 길이 얼어붙어서 자동차 체인 소리가 상쾌하게 들렸다. 라이트빌은 기분 좋은 겨울 경치를 보여 주고 있었다. 온통 하양과 빨강과 검정색뿐으로, 그늘은 전혀 없었다. 그랜트 우드(아메리카의 화가, 1892~1942)의 그림처럼 풍성하고 단순하며 시골다운 깨끗한 풍경이었다. 그러나 거리로 들어가면 사람들이 북적거리고, 한길은 눈과 진창으로 엉켜 있고, 공기는 매서웠다. 가게들은 모두 빈약하고 더러웠으며, 사람들은 추워서 움츠리고 종종걸음으로 오가고 있었는데, 웃는 얼굴이라곤 하나도 볼 수가 없었다. 광장은 붐비는 자동차 때문에 나아갈 틈이 없었다. 여점원 하나가 패티를 발견하고 함께 가던 가죽 코트의 여드름 청년에게 에나멜을 칠한 손톱으로 그녀를 가리켰다. 패티가 액셀을 밟아 자동차가 앞으로 나아가자 그 두 사람은 흥분한 얼굴로 무어라 속삭였다. 재판소의 돌층계 앞에서 엘러리가 말했다.

"그쪽은 안 되겠소, 패티" 하며 옆문으로 돌아가라고 가리켰다.

"왜 그러세요?"

패티가 물었다.

"신문기자들이 로비에 잔뜩 있소. 쓸데없는 질문에는 대답하지 않는 것이 좋으니까."

퀸은 말했다.

두 사람은 옆쪽의 엘리베이터를 사용했다.

"전에 여기 오신 적이 있으신가요?"

패티가 물었다.

"그럼요."

"나도 형부를 만나 볼까……"

군 형무소는 재판소 건물의 맨 위층과 그 아래층을 차지하고 있었다. 엘리베이터에서 내려 대합실로 들어가자 리졸 액과 증기 냄새가 코를 찔러 패티는 크게 숨을 들이마셨다. 그러나 그녀는 그곳을 지키고 서 있는 간수 윌리 플라네키를 보고는 애써 미소지어 보였다.

"아니, 패티 양 아니십니까?"

간수는 어색하게 말했다.

"안녕하세요, 윌리. 그 낡은 배지는 여전하겠지요?"

"그럼요, 패티 양."

"내가 초등학교에 다닐 때 이따금 윌리의 배지에 입김을 내뿜어 닦아주고는 했답니다" 하고 패티가 설명했다. "윌리, 어째서 그렇게 명청이 서 있지요? 내가 뭣 때문에 왔는지 알고 있겠지요?"

"짐작은 합니다."

윌리 플라네키는 중얼거렸다.

"짐의 감방은 어디지요?"

"마틴 판사께서 지금 와 계십니다, 패티 양. 규칙상 면회는 한 번에 한 사람으로 되어 있어서……."

"규칙 따위는 아무럼 어때요. 형부의 감방으로 안내해 주세요, 윌리!"

"이분은 신문기자십니까? 하이트 씨는 미스 로버타 외의 신문기자와는 만나지 않으십니다."

"아니에요. 이분은 나와 형부의 친구예요."

"그러십니까?" 하고 플라네키는 다시금 중얼거렸다. 그리고 그들의 길다란 행진은 시작되었다. 가는 도중 군데군데에서 철문의 자물쇠를 열었다가 다시 잠그고, 콘크리트 바닥을 밟고 걸어가 다시 철문의 자물쇠를 열고 잠그고 하며 사람이 들어 있는 커다란 새장이 줄지어 있는 복도를 지나갔다. 그리고 한 걸음 앞으로 나아감에 따라 증기와 리졸 냄새는 더욱 심해져서 패티의 얼굴은 차츰 창백해졌고 마침내 그녀는 엘러리의 팔에 꼭 매달렸다. 그래도 패티는 기운을 내며 계속 버티었다.

"여기로군" 하고 엘러리가 속삭이자 그녀는 연거푸 침을 삼켰다.

짐은 그들의 모습을 보자 벌떡 일어났는데, 여윈 볼에 붉은 기가 감돌았다. 그러나 그는 다시 앉았다. 볼에서 핏기가 가시고 쉰 목소리로 말했다.

"여어, 어서와요. 당신들이 올 줄은 몰랐군."

"형부, 안녕하셨어요."

패티가 명랑하게 말했다. 짐은 감방 안을 한 바퀴 둘러보고는 조금 웃으며 대답했다.

"보다시피 잘 있지."

"어쨌든 깨끗하긴 하니까" 하고 마틴 판사가 불쑥 말했다. "낡은 형무소치고는 꽤 괜찮은 편이지요. 그럼 짐, 나는 돌아갔다가 내일 다시 오겠소."

"고맙습니다, 판사님."

짐은 판사에게도 역시 조금 웃어 보였다.

"언니는 잘 있어요" 하고 패티는 짐이 묻기라도 한 듯이 진지한 어조로 말했다.

"다행이로군, 잘 있다니……" 짐이 말했다.

"그래요."

패티가 새된 소리로 말했다.

"다행이로군" 하고 짐은 되풀이했다.

엘러리가 옆에서 말했다.

"패티, 당신은 다른 곳에도 볼일이 있다고 했지요? 나는 짐하고 할 이야기가 있소."

"이야기해도 소용없을 겁니다." 마틴 판사는 화가 난 듯이 말했다. 늙은 법률가는 말이 잘 먹혀들어가지 않아서 화가 난 모양이었다.

"이 사람은 본디 가지고 있던 센스를 잃어버린 모양이오! 그럼, 가지, 패트리시아."

패티는 창백한 얼굴로 엘러리를 보며 입 속으로 뭐라고 중얼거리고는 짐에게 가냘프게 웃어 보인 다음 판사와 함께 달아나듯 나왔다.

간수 플라네키가 그 뒤에서 연신 고개를 저으며 자물쇠를 잠갔다.

엘러리는 짐을 내려다보았다. 짐은 감방 마룻바닥을 물끄러미 보고 있었다.

"그는 나더러 털어놓으라는 거요."

짐이 느닷없이 입 속으로 중얼거렸다.

"털어놓으면 될 게 아니오, 짐?"

"내가 무슨 말을 할 수 있겠소?"

엘러리는 그에게 담배를 권했다. 짐은 그것을 받아들었으나 엘러리가 성냥을 그어주자 그는 머리를 젓고는 천천히 담배를 찢었다.

"당신은 그 세 통의 편지도 쓰지 않았고 비소 난에 밑줄은 치지 않았다고 말할 수 있을 텐데요."

엘러리는 담배를 빽빽 빨아들이며 말했다.

짐의 손가락이 한순간 담배 찢는 것을 그쳤다가 다시 그 동작을 계속했다. 얼굴을 찡그리며 핏기없는 입술을 일그러뜨렸는데, 그것은 마치 금방이라도 소리를 지를 것 같은 모습이었다.

"짐, 당신은 정말 노라를 독살하려고 계획했었소?"

짐은 그를 흘끗 쳐다보더니 곧 눈길을 돌렸다. 짐은 그 질문에 대한 반응을 조금도 나타내지 않았다.

"짐, 당신도 알고 있겠지만 어떤 죄를 저지른 사람이란 입을 꼭 다물고 있는 것보다 변호사든 친구든 누구에게든지 사실을 모두 이야기하는 편이 훨씬 가벼워지는 법이오. 그리고 정말 죄가 없는데도 침묵을 지킨다면 죄를 저지른 것과 다를 바가 없지요. 그것은 자기 자신에 대한 범죄예요."

짐은 그래도 말이 없었다.

"당신이 자기 자신을 도우려 하지 않는다면 가족이며 친구들이 어떻게 당신을 도울 수 있겠소?"

짐의 입술이 움직였다.

"지금 뭐라고 했지요, 짐?"

"아무 말도 하지 않았소."

"이 사건에서는 두말할 나위도 없이 당신이 입을 열지 않아 생기는 결과는 당신 부인이며, 앞으로 태어날 아이에게까지도 피해를 미치게 됩니다. 그들마저 당신과 함께 끌어들이려 한다면 어리석다고 할지, 미련하다고 할지, 말도 안 되는 이야기지요."

"그만! 그만하고 어서 나가 주시오! 당신더러 누가 와 달라고 했소? 마틴 판사에게 변호해 달라고 한 적도 없고, 나는 아무것도 부탁한 적이 없소! 그저 가만히 놓아두어 주기를 바랄 뿐이오!"

"그럼, 노라에게 그렇게 전하란 말이오?"

침대의 끝에 앉아 있는 짐의 눈이 너무나도 비참하여 엘러리는 문으로 가서 플라네키를 불렀다. 모든 징후가 나타나고 있다. 두려움, 욕됨, 자기연민…… 그러나 그 밖에도 고집이 있었다. 아무것도 말하지 않으려는 고집. 마치 자기를 표현하는 행동 자체에 위험성을 품고 있는 듯했다.

엘러리가 간수 뒤를 따라 수많은 눈이 지켜보고 있는 복도를 걸어
갈 때 그의 뇌세포 하나가 터무니없는 빛을 뿜으며 한순간 폭발했다.
그가 실제로 걸음을 멈추었으므로 플라네키 노인이 놀라며 뒤돌아볼
정도였다. 그러나 그는 곧 고개를 젓고 다시 걷기 시작했다. 그는 그
때 그것을 거의 파악할 뻔했던 것이다. 그러나 그것은 단순한 예감일
뿐이었다. 아마도 이 다음에는……

군 재판소 건물 2층의 젖빛 유리문 앞에 서서 패티는 심호흡을 한
번 한 다음 유리에 비친 자기 모습을 애써 들여다보며 밍크 모자를
고치고 억지로 미소지은 다음 안으로 들어갔다. 빌콕스 양은 유령이
라도 본 듯이 눈이 휘둥그레졌다.

"검사님 계세요, 빌리 양?"

패티가 물었다.

"곧 가서 보고 오겠습니다, 라이트 양"

빌콕스 양은 달아나듯 안으로 들어갔다.

카터 블랫포드가 급히 나왔다.

"들어와, 패티." 그는 피곤해 보였고 또한 뜻밖인 모양이었다. 옆
으로 비켜서서 그녀를 먼저 안으로 들어가게 했는데, 그때 그녀는 그
의 숨결이 고르지 못함을 알았다. 그녀는 잘됐다고 생각했다. 아마
도, 아마도 때는 늦지 않은 모양이었다.

"바빠요?"

그의 책상 위에 서류가 잔뜩 쌓여 있었다.

"응, 패티."

그는 책상을 돌아서 저쪽에 가 섰다. 한 묶음의 서류가 펼쳐져 있
었다. 그는 그것을 덮고 그녀에게 가죽의자를 권하며 서류 위에 가만
히 손을 얹었다. 패티는 앉아서 다리를 꼬았다.

"어머나" 하고 그녀는 방안을 둘러보며 말했다. "이 낡은 사무실

은――다시 말해서 당신의 새로운 사무실은――조금도 달라지지 않았군요."

"달라지지 않은 것이 사무실뿐일까?"

"그 서류에 그다지 신경 쓸 필요 없어요" 하고 패티는 미소지으며 말했다. "내 눈이 X광선은 아니니까."

그는 얼굴을 붉히며 손을 뗐다.

"내 화장한 얼굴이 마타하리같이 보이지 않아요?"

"내가 뭘……" 하고 카터는 성난 듯이 말하다가 늘 하던 버릇대로 손가락으로 머리를 긁적였다. "만나기만 하면 싸움이로군. 패티, 오늘은 아주 예쁜데."

패티는 한숨을 쉬었다.

"그 말을 들으니 기뻐요. 이제야 나를 겨우 어른으로 봐 주는 모양이군요."

"어른이라고? 패티는 너무……." 카터는 침을 꿀꺽 삼키고는 다시 성난 듯한 어조로 말했다. "무척 보고 싶었어."

"나도 보고 싶었어요." 패티는 조금 딱딱하게 말했다. 아니, 이게 뭐람! 이런 말을 할 생각은 없었는데. 하지만 오래간만에 한방에 단둘이 마주앉게 되자 흥분된 감정을 억누르기가 힘들었다.

"자꾸 패티 꿈만 꾸어, 바보같이!"

카터는 말하며 멋쩍은 듯이 웃었다.

"그저 빈말로 그러는 것이겠지요, 카터. 사람은 사람의 꿈은 꾸지 않으니까. 꿈을 꾸었다면 코가 길다란 동물의 꿈이나 꾸었겠지요."

"아마 잠들자마자 꾸었나 봐. 꿈에서 본 것은 어쨌든 패티의 얼굴이었는데, 왜 그런지는 알 수 없지만 그런 멋진 얼굴은 아니었어. 코의 생김새도 다르고 입도 낙타 입보다 더욱 컸지. 앵무새처럼 묘한 곁눈질을 하며 나를 보는 것이었어."

어느덧 그녀는 그의 팔에 안겨 있었다. 마치 스파이 영화 같았다. 그러나 그녀가 이런 대본을 써 가지고 온 것은 아니었다. 이런 장면은 훨씬 나중에 일어나게 되어 있었다. 카터가 다정하고 친절하며 자기 희생을 할 줄 아는 젊은이라는 사실을 알게 되었을 때 비로소 이런 일이 벌어지게 되어 있는 것이다. 그녀가 당당한 스타처럼 행동한다는 것은 꿈도 꿀 수 없는 일이었다. 이토록 가슴이 마구 뛰다니, 이럴 작정이 아니었는데…… 그녀의 머리에서 6층이나 위로 올라간 곳에는 짐이 감금되어 있고, 이 거리의 반대쪽에는 노라가 누구에게 의지해 보려고 몸부림치며 누워 있지 않는가. 그의 입술이 그녀의 입술 위에 겹쳐지며 눌렀다.

"카터, 이러면 안 돼요. 안 된다니까. 나, 당신에게 부탁이 있어."

그녀는 그를 밀었다.

"나더러 당신이라고 하는군. 나를 놀리지 마, 패티. 그 스미드라는 남자와 내 눈앞에서 정답게 굴면서 뻔뻔스럽게도 지난 몇 달 동안 어떻게 나와 교제할 수 있었지 ?"

"카터, 내 얘기 좀 들어 봐요. 무엇보다도 먼저……."

그녀는 호소하듯 말했다.

"얘기 따위는 듣기 싫어, 패티 ! 나는 네가 보고 싶어서, 너무 보고 싶어서……." 그는 그녀의 입에, 그리고 코 끝에 키스했다.

"짐에 대한 이야기 좀 들어 줘요, 카터 !"

패티는 필사적으로 외쳤다.

그는 이 한 마디로 갑자기 냉정해졌다. 그녀를 밀어내고 안뜰이 보이는 창으로 가서 자동차며 사람들이며 가로수 등 잿빛의 라이트빛 거리 풍경을 물끄러미 바라보았다.

"짐이 어쨌다는 거지 ?"

그는 쌀쌀한 목소리로 물었다.

"카터, 내 쪽으로 돌아서 줘요!"

패티는 부탁했다.

"그럴 수는 없어!"

그는 몸을 홱 돌리며 말했다.

"내 쪽으로 돌아설 수 없다고요? 지금 돌아서 있잖아요!"

"이 사건에서 손을 뗄 수는 없단 말이야. 패티가 오늘 여기 온 것도 그 때문이지? 나에게 그것을 부탁하려고 왔지?"

패티는 다시 앉아 핸드백에서 입술연지를 꺼냈다. 그녀의 입술은 키스 때문에 지저분해져 있었다. 그러나 손이 떨렸으므로 다시 핸드백을 닫았다.

그녀는 천천히 말했다.

"그래요, 뿐만 아니라 검사직에서 물러나 짐의 변호를 해 달라고 부탁하기 위해 온 거예요, 엘리 마틴 판사처럼"

카터가 언제까지나 말이 없으므로 패티는 그를 올려다보았다. 그는 몹시 난처한 얼굴로 그녀를 내려다보고 있다가 이윽고 말하기 시작했는데, 그 목소리는 매우 침착했다.

"진정으로 그런 말을 하는 것은 아니겠지. 판사는 늙은이고 네 아버지의 친구일 뿐만 아니라, 어차피 그는 이 사건은 담당하지 못하게 되어 있어. 하지만 나는 불과 얼마 전에 이 직무를 맡게끔 선출되었어. 선서한 끝에 취임한 이 직무는 소중한 것이야. 나는 표를 얻는 일에만 정신이 쏠려 있는 정치가 같은 행동은 하고 싶지 않아."

"하지만 그렇게 하고 있잖아요!"

패티가 성난 목소리로 말했다.

"만일 짐이 무죄라면 석방되겠지. 만일 유죄라면 패티는 그에게 죄가 있는데도 석방되기를 원하는 것은 아니겠지, 안 그래?"

"그 사람에게는 죄가 없어요!"

"그것은 배심원들이 결정지을 일이야."

"이미 스스로 결정짓고 있잖아요! 당신은 마음속으로 이미 그에게 사형 선고를 내리고 있어요!"

"디킨과 나는 많은 사실을 수집하지 않을 수가 없었어, 패티. 그렇게 하지 않으면 안 된다는 것은 패티도 알잖아? 우리는 개인 감정을 개입시켜서는 안 돼. 우리 두 사람이 하고 싶어서 이런 일을 하고 있는 줄 알아?"

패티는 눈물짓고 있었다. 그리고 그런 눈물을 보인 자기 자신에 대해 화가 났다.

"노라 언니의 인생의 행·불행이 당신이 말하는 이런 일에 걸려 있다는 것을 모르겠어요? 아기가 태어난다는 것을 알잖아요? 재판을 받지 않을 수 없다는 것은 나도 알고 있어요. 하지만 난 카터가 우리 편이 되어 주기를 바라고 있어. 카터가 우리에게 상처를 입히지 말고 도와 달라는 거예요!" 카터는 이를 악물었다. "당신은 나를 사랑한다고 했지요? 나를 사랑한다고 하면서……." 그녀는 자기의 목소리가 쉬면서 저도 모르게 울음을 터뜨린 것을 알고 스스로 놀랐다. "온 거리의 사람들이 우리의 적이 되어 버렸어. 모두들 짐에게 돌을 던지고, 우리에게는 진흙을 던지는 거예요. 라이트빌이 말이에요, 카터! 라이트가 창설한 이 거리, 우리 모두가 태어난 이 고장이 말이에요. 우리들뿐만 아니라 아빠도 엄마도 더비사 고모님도 블루필드 집안 사람들도…… 나는 이미 토요일 밤에 라이트빌 역 뒤의 숲 속에서 당신의 낡은 포드 자동차 속에 앉아 키스나 당하는 소녀는 아니에요! 온 세계가 엉망이 되어 가고 있어. 카터, 나는 그것을 보며 어른이 되었어. 나는 이미 자존심 따위는 버렸어. 벌거숭이야. 나를 도와 주겠다고 말해 줘요! 나는 무서워요!"

그녀는 이 감정의 싸움에서 손을 들고 얼굴을 가렸다. 모든 것이 무의미하다. 그녀가 지금 한 말도, 생각하고 있던 것도, 모든 게 눈물 속에 잠기었고 허덕이며 몸부림쳤다.

"패티, 그럴 수는 없어. 나는 그럴 수 없단 말이야."

커터는 비참한 기분으로 말했다.

그것은 결정적인 일격이었다. 그녀는 이미 물에 빠져 거의 죽어 가고 있었다. 그러나 아직 어떤 끈질긴 하나의 목숨이 남아 있었던 까닭에 그녀는 의자에서 벌떡 일어나 그를 향해 외쳤다.

"당신이란 사람은 이기적이고 뱃속이 시커먼 정치가였군요! 자기의 출세를 위해 짐을 죽게 내버려두고 아빠와 엄마, 노라 언니와 나, 모든 사람을 괴롭힐 작정이었군요! 맞아요, 이것은 중요한 일이겠지요. 뉴욕이며 시카고며 보스턴의 많은 신문기자들이 당신의 말 한 마디 한 마디에 매달려 있을 테니까! 당신의 사진이며 이름이 나오겠지. 젊은 검사 블랫포드, 총명하여——이렇게 말했다. 나의 직무다. 예스, 노 이것은 극비에 속한다 등등. 당신이 미워요, 얄팍한 매명가(買名家)예요!"

"그런 것은 나도 대강 생각해 본 일들이야, 패티." 커터는 이상하게 조금도 화를 내지 않고 대답했다. "너에게 나의 방식대로 생각해 보라고 하는 것은 무리겠지만……."

"상처를 주기 위해 모욕하는군요!"

패티는 웃으며 말했다.

"만일 내가 이 일을 맡지 않는다면 즉 내가 사직하든지 포기하든지 하면 다른 사람이 이 일을 맡게 될 거야. 짐을 나만큼 공평하게 다루지 않을 사람이 말이지. 패티, 만일 내가 검사로서 짐을 고소한다면 나는 절대적으로 짐에게 공평한 재판을 받게 하겠어."

그녀는 뛰어나갔다.

검사실 문 앞의 복도에서 엘러리 퀸이 기다리고 있었다.

"오오, 엘러리 씨!"

엘러리는 조용히 말했다.

"돌아갑시다."

21 사람들의 목소리

3월 15일의 기고란 첫머리에 로버타 로버츠는 '시저여, 안녕'이라고 썼다.

목숨에 관계되는 재판을 받으려고 하는 사람은 운명의 신에게도 저버림을 받은 모양이다. 짐 하이트의 공판은 3월 15일(줄리어스 시저가 암살당한다고 예언된 날) 미국 라이트 군 재판소 제2부에서 라이샌더 뉴볼드 재판장 주재 아래 개정되었다. 그가 운 좋게도 무죄가 되느냐 아니면 미묘하게 되느냐. 남의 말하기 좋아하는 사람들은 갖가지 억측을 늘어놓았으나, 이성적인 사람들은 이 로즈메리 하이트 살해 및 노라 하이트 살해 미수 건으로 여기서 재판을 받게 된 이 젊은이는 요컨대 남의 불행을 보고 기뻐하는 사람들에게 좋은 화젯 거리를 제공하는 결과가 되었다고 느끼고 있었다.

그런데 실제에 있어 그렇게 된 모양이다. 처음에 퍼진 소문의 밑바닥에는 냉혹한 쑤군거림이 흐르고 있었다. 경찰서장 디킨이 신문기자들의 끈질긴 질문에 못이겨 입 밖에 내놓은 말에 의하면 군 형무소와 재판소가 같은 건물 속에 있었기 때문에 죄수를 굳이 자동차에 태워서 라이트빌 거리를 지나 법정으로 데리고 가지 않아도 되어 '매우 마음을 놓았다'는 것이었다. 이 죄수에 대한 일반 사람들의 노여움이 너무나도 심하여 그 노여움은 라이트네 사람들에 대한 그들의 깊은 동정에서 우러나온 것이 아닌가 하는 느낌이 들었다. 그러나 그것도 언뜻 납득이 가지 않았다. 왜냐하면 그들은 라이트 집안 사람들도 미워하고 있었기 때문이다. 따라서 디킨 서장은 재판소를 드나드는 라이트 집안 사람들을 위해 사복의 호위 경관을 두 사람씩이나 따르게 했을 정도였다. 그래도 아이들은 떠들썩하며 돌을 던졌고, 자동차 타이어가 어느새 찢기었고, 차체는 헐뜯는 낙서로 더럽혀졌으며, 우편배달부 베일리는 하루에 일곱 통 이상의 무명 협박장을 주춤거리며 배달해야만 했다. 존 F 라이트는 그 편지를 아무 말도 하지 않고 디킨 서장에게 보냈다. 그리고 어느 날 대낮에 '거리의 주정뱅이'로 통하는 앤더슨 할아범이 라이트 저택의 정원 잔디밭에 비틀거리며 서서 쥐죽은 듯 고용한 집 안을 향해 '줄리어스 시저' 제3막 제1장 마크 앤토니의 대사를 조금 틀려 가며 외치고 있는 것을 블레이디 순경이 붙잡았다. 찰스 블레이디는 그 자리에서 앤더슨 할아범을 유치장에 집어넣었는데 앤더슨 영감은 끌려가면서도 내내 "오오, 피에 물든 땅이여! 나를 용서해다오, 나의 이 살인자들에 대한 관대함을!" 하고 외쳤다.

해미온과 존 F는 눈에 띄게 여위기 시작했다. 법정에서 라이트네 사람들은 창백했으나 고대 그리스의 밀집군처럼 굳세게 뭉쳐 있었다. 다만 이따금 해미온이 짐 하이트에게 일그러진 미소를 보냈으나, 금방 사람들이 가득차 있는 법정을 비웃는 얼굴로 둘러보며 '우리들은 단결해 있소, 당신들은 참으로 한심스러운 구경꾼들이구려!'하듯 고개를 꼿꼿이 쳐드는 것이었다.

카터 블랫포드가 이 사건에서 검사 역을 맡게 된 데 대해서는 여러 가지로 말이 많았다. 프랭크 로이드는 레코드 신문의 사설에서 분명하게 '반대한다'고 썼다. 그 새해의 전야제에 블랫포드가 엘리 마틴 판사와는 달리 확실히 노라와 로즈메리가 독약을 마신 시각보다 늦게

도착한 것은 사실이다. 따라서 그는 그 자리에 있던 사람이나 목격자는 아니다. 그러나 로이드는 다음과 같이 신랄하게 썼다.

우리의 젊고 또한 유능하긴 하나 자칫하면 감정에 흐르기 쉬운 검사는 꽤 오래 전부터 라이트네 사람들, 특히 그 가족 가운데 한 사람과 특별히 친밀한 관계를 맺고 있던 인물이다. 그들의 우호 관계는 이 범죄가 저질러진 날 밤부터 끊긴 것으로 알고 있으나, 그렇다 해도 블랫포드 씨에게 과연 편견 없이 이 사건을 다룰 만한 능력이 있을는지 우리는 크게 의심하는 바이다. 여기에 대하여 어떤 조치가 취해져야 한다고 생각한다.

공판이 열리기 전에 이 점에 대한 기자 회견이 있었는데, 그 자리에서 블랫포드는 딱 잘라 말했다.

"여기는 시카고나 뉴욕 같은 큰 도시가 아닙니다. 이 고장은 서로 밀접한 관계를 맺고 있는 사람들끼리 이룩한 작은 사회이므로 우리는 서로 모르는 사람이 없습니다. 레코드 신문의 중상적인 암시에 대해서는 공판정에서의 나의 행동으로 대답하겠습니다. 짐 하이트는 라이트 군의 군민으로부터 증거에 입각한 올바르고 공평한 고발을 당하고 있다고 생각해 주기 바랍니다. 이상입니다."

라이샌더 뉴볼드 판사는 초로의 독신자로, 법률 및 송어 낚시의 명수로서 이 고장에서는 대단히 존경받는 인물이었다. 그는 키는 작으나 떡 벌어진 체격의 남자로, 재판정에 앉으면 검은 머리카락으로 테를 두른 벗겨진 머리를 어깨 사이에 깊이 묻듯이 버티고 앉아 있기 때문에 마치 머리가 가슴에서 돋아난 것처럼 보였다. 그는 거드름 피우지 않는 메마른 목소리의 소유자였다. 재판장 자리에 앉아 있을 때의 그는 방망이를 낚싯대처럼 무심히 만지작거리는 버릇이 있었다. 그리고 그는 웃는 법이 없었다.

뉴볼드 판사에게는 친구도 아는 사람도 없었으며, 신과 군 재판장 석과 송어 낚시 철 외에는 그 누구하고도 관계를 맺지 않았다. 사람들은 신앙에 가까운 안도감을 느끼며 말했다. "뉴볼드 판사야말로 이 사건에 꼭 맞는 재판관이다" 라고. 그래도 어떤 사람들은 그 역시 마음을 놓을 수 없다고 말하는 것이었다. 그러나 그런 사람들은 걸핏하면 소문을 퍼뜨리고 다니는 족속들이었다. 로버타 로버츠는 그러한 불평가들을 '짐하이트를 잡아먹으려는 족속들'이라고 불렀다.

배심원을 선출하는데 며칠이 걸렸다. 그리고 그동안 엘러리 퀸은 법정에서 오직 두 사람만을 주의 깊게 보고 있었다. 피고측 변호사인 엘리 마틴 판사와 검사 블랫포드였다. 그리하여 마침내 이 젊은이의 용기와 늙은이의 경험의 싸움이라는 것이 뚜렷하게 되었다. 블랫포드는 기운차게 직무 수행을 위해 돌진했다. 그는 몸 전체가 주물(鑄物)이라도 된 듯 온 몸을 꼿꼿이 굳히며 대들었다. 그는 사람들의 시선을 반항으로도 부끄럼으로도 보이는 눈길로 되받았다. 엘러리는 금방 그가 적임자임을 느꼈다. 그러면 이 거리의 사람들이 어떤 종류의 패들인지 잘 알고 있으리라. 그러나 그의 목소리는 지나치게 나직했고 이따금 끊겼다.

마틴은 훌륭했다. 그는 젊은 블랫포드를 감싸는 듯한 태도는 조금도 취하지 않았다. 그런 짓을 하면 일반 시민은 모두 검사편을 들 것이다. 그 대신 그는 블랫포드가 펴는 의견을 충분히 존중했다. 한 번은 두 사람이 뉴볼드 재판장 앞으로 나아가 작은 소리로 타합을 짓고 있을 때 그저 잠깐 동안이긴 했으나 늙은 마틴이 카터의 어깨에 손을 살짝 얹은 적이 있었다. 이 제스처는 이렇게 말하고 있었다. "자네는 아주 좋은 젊은이일세, 우리는 서로 호의를 느끼고 있으며 똑같은 점

을 첫째 관심사로 삼고 있지. 즉 정의일세. 우리 한 번 서로 좋은 상
대가 되어 봄세."

이것은 슬픈 일이었으나 해야만 했다. 사람들은 아주 적절한 인물
에게 맡겼다고 생각했다. 그리고 만족했다. 개중에는 "이래야만 해"
하고 속삭이는 사람조차 있었다. 그리고 어떤 사람은 이렇게 말했다.
"요컨대 엘리 마틴은 하이트를 변호하기 위해 재판관 자리를 내동댕
이치지 않았느냔 말이야. 이것은 틀림없는 사실이거든. 그러니 그는
하이트가 무죄라는 확신이 꽤 있는 모양이야." 그러자 또 한 사람이
대답했다. "그런 소리 말게. 저 마틴은 존 F의 친구가 아닌가. 그러
니 어떤지 누가 아나." 어쨌든 모든 것이 위엄과 심사숙고하는 분위
기를 자아내도록 계산되고 기획되어 있었으므로 군중의 어설픈 감정
따위는 그저 할딱거리며 숨을 쉬다가 차츰 사라지게 되었던 것이다.

엘러리 퀸은 이래야만 한다고 생각했다. 선출된 12명의 배심원들
의 얼굴을 본 그는 더더욱 잘됐다고 생각했다. 마틴은 블랫포드가 참
견할 여지도 없을 만큼 빈틈없이 사람을 선출했던 것이다. 그리고 엘
러리가 보건대 매우 건전하고 착실한 인품의 남성들뿐이었다. 오직
한 사람 땀을 많이 흘리는 뚱뚱한 남자가 있을 뿐 편견에 귀를 기울
일 듯한 인물은 섞여 있는 것 같지 않았다. 거의가 보통 이상의 지식
정도를 지닌 매우 사려 깊은 사람들 같았다. 그들은 모두 착실한 사
회인으로, 인간이란 죄를 저지를 수 없을 만큼 약한 존재라고 믿고
있는 사람들뿐인 것 같았다.

공판의 자세한 내용을 알고자 하는 사람은 라이트 군청에 있는 군
민 대 짐 하이트의 공판 기록을 보면 된다. 심문, 대답, 이의, 뉴볼
드 재판장의 재정(裁定)하는 모습 등이 상세하게 기록되어 있다. 이
런 점에 있어서는 신문도 공판정 속기사의 노트에 뒤지지 않을 나뭇
잎만 보고 나무 자체는 보지 못하고 말 우려가 있다. 따라서 우리는

한 걸음 뒤로 물러서서 나뭇잎보다도 나무 전체의 모양을 보아야 할 것이다. 구조가 아니라 윤곽을 보도록 하자.

카터 블랫포드는 배심원들에게 첫인사를 하고 나서 다음과 같이 말했다.

"배심원 여러분은 끊임없이 어떤 하나의 중요한 점을 염두에 두어야 합니다. 다시 말해서 피고인의 누이동생 로즈메리 하이트는 독살당하긴 했으나, 그녀를 죽이는 것이 피고인의 진정한 목적은 아니었다는 점입니다. 피고인의 진정한 목적은 피고의 젊은 아내 노라 하이트의 목숨을 앗는 일이었습니다. 이 목적이 아슬아슬하게도 달성될 뻔했다는 것은 그의 아내가 그 새해 전날 밤의 파티 이후 독약 중독 환자로서 6주일이나 지난 오늘날까지도 아직 자리에서 일어나지 못하는 사실을 보아도 알 수 있습니다.

그리고 검찰 측으로서는 이 짐 하이트 사건은 상황 증거에 의한 것임을 솔직히 인정하지만, 상황 증거에 의한 살인죄의 유죄 판결은 법정의 통례이며 이것도 예외는 아닙니다. 살인 사건에서의 유일한 직접 증거는 살인이 이루어진 그 순간에 그것을 목격한 목격자에 의한 증언뿐입니다. 사살의 경우는 피고가 방아쇠를 당기는 것을 실제로 목격하고 그리고 피해자가 그 총알을 맞고 쓰러지는 것을 목격한 사람이라야 합니다. 독살의 경우 목격자란 피고가 피해자에게 그 독이 들어 있는 음식물을 건네 주는 것을 목격한 자라야만 합니다. 그러한 범행 현장을 '운 좋게도 우연히' 목격한 인물이 있는 경우는 매우 드뭅니다. 왜냐하면 살인자는 남이 보는 앞에서 살인을 기도하지는 않기 때문입니다. 따라서 거의 모든 살인 사건의 고발은 직접 증거보다도 상황 증거에 의하여 이루어지는 것이 통례이며, 법률도 이와 같은 상황 증거를 인정하도록 규정되어 있습니다. 그렇지 않다면 대부분의 살인범은 벌을 받지 않은 채 풀려

나고 말 것입니다.

　그러나 특히 이번 사건에 있어서는 배심원 여러분은 결코 의심을 품거나 주저할 필요는 없습니다. 이 경우는 상황 증거가 매우 명백하고 강력하여 의론의 여지가 없는 것이므로 배심원 여러분은 아무 의심 없이 고발당한 대로 짐 하이트를 유죄로 인정하리라 생각합니다. ”

이어서 블랫포드는 나직하면서도 야무진 목소리로 말했다.

“시민을 대표하는 검찰 측은 짐 하이트가 적어도 5주일 전부터 그의 아내를 살해할 계획을 세워 그것을 실행하려 했다고 봅니다. 또한 그 계획이란 여러 차례에 걸쳐 차츰 독의 강도를 더함으로써 아내가 심한 병에 걸리도록 하여 마침내는 가장 강한 독약을 먹여 아내를 죽이려고 했다는 사실을 증명하겠습니다. 더구나 검찰 측은, 이러한 예비적 독약의 사용이 짐 하이트의 자필에 의한 계획서에 적힌 날짜대로 실행되었고, 또한 노라 하이트 살해 미수와 로즈메리 하이트의 우연한 살해는 그 계획서에 적힌 그 날짜에 일어났음을 입증하겠습니다.

　또한 검찰 측이 조사해 본 결과 그 독약이 든 칵테일 및 다른 칵테일을 만든 사람이 짐 하이트이며 짐 하이트 이외의 인물은 아니었다는 사실, 더구나 그 칵테일이 얹힌 쟁반을 들고 다니며 손님들에게 돌린 사람이 짐 하이트이며 짐 하이트 이외의 다른 사람이 아니었다는 사실, 그리고 그 쟁반 위의 칵테일 가운데 독약이 들어 있는 칵테일을 그 아내에게 주어 마시게끔 하려고 한 사람 역시 짐 하이트이며 짐 하이트 이외의 인물이 아니었음을 입증하겠습니다. 그리고 그녀가 그 칵테일을 얼마쯤 실제로 마시고 그 때문에 비소 중독을 일으켜 중태에 빠졌으나, 그녀가 간신히 목숨을 건질 수 있었던 것은 그 독이 든 칵테일을 한 모금 마셨을 뿐 시누이가 조르는 바람에 나머지 칵테일을 그녀에게 주었던 까닭이며, 이와 같은 일이 생기리라고는 짐 하이트가 짐작하지 못했다는 것을 입증할 수 있습니다.

검찰 측이 또한 입증할 수 있는 것은 짐 하이트가 돈이 궁하여 몹시 곤란한 처지에 놓여 있었다는 사실, 그가 술의 힘을 빌어 그 아내에게 많은 액수의 돈을 요구하자 그녀가 그것을 거절했다는 사실, 짐 하이트가 도박에 짐으로써 큰돈을 잃었다는 사실, 그가 법에 어긋나는 수단으로 돈을 손에 넣었다는 사실, 그리고 해미온 하이트가 죽으면 그녀가 조부에게서 물려받은 거액의 재산이 합법적으로 그녀의 남편이자 법정 상속인인 피고의 소유로 돌아간다는 것 등입니다.

따라서 검찰 측은, 짐 하이트는 한 개인의 목숨을 앗을 계획을 세워 그 계획을 수행하려다 죄 없는 또 다른 개인의 목숨을 앗았음을 의심할 여지가 없다고 확신합니다. 따라서 검찰 측은 짐 하이트는 그가 앗은 하나의 목숨과 아슬아슬하게 살해당할 뻔한 또 하나의 목숨에 대하여 그 자신의 목숨으로써 보상할 것을 요구하는 바입니다. "

블랫포드는 알아듣기 힘들만큼 낮은 목소리로 논고를 마쳤다.

그리고 잇달아 일어나는 우레 같은 박수 소리와 그러한 방청인들을 진정시키려는 뉴볼드 판사의 여러 차례의 경고 속에 카터 블랫포드는 천천히 자리에 앉았다.

오직 짐 하이트 한 사람만이 범행의 기회를 가지고 있었음을 입증하기 위해 대단히 길고도 지루한 증인에 의한 증언이 계속되었는데, 그 속에서 오직 하나 두드러진 색채를 띤 점이 있었다. 그것은 엘러 마틴 변호사가 펼친 반대 신문이었다. 이 늙은 법률가의 계획을 엘러

리는 처음부터 뚜렷이 알 수 있었다. 즉 사람들에게 의혹을 일으키게
하는 일이었다. 의혹, 의혹. 과격한 어조는 절대로 쓰지 않고 냉철한
유머를 섞어 이성적으로 밀고 나가는 것이었다. 암시, 함축성, 온갖
수단을 다하여 뚫고 나가야만 한다. 반대로 신문의 규칙 따위에 구애
받을 수는 없다. '마틴 변호사는 필사적으로 하고 있군' 엘러리는 생
각했다.

"하지만 당신은 확실하다고 할 수 없지 않습니까?"

"그렇다고 할 수는 없겠지요."

"당신은 한순간도 놓치지 않고 피고를 관찰했다고 할 수는 없겠지
요?"

"물론 그럴 수는 없지요."

"피고는 어느 한순간 칵테일 쟁반을 내려놓았을지도 모르지요?"

"아닙니다."

"당신은 확신을 가지고 아니라고 할 수 있습니까?"

카터 블랫포드는 점잖게 이의를 주장했다. 그 질문은 이미 증인에
의해 대답되었다는 것이었다. 이의는 인정되었다. 뉴볼드 판사는 참
을성 있게 손을 흔들었다.

"당신은 피고가 칵테일을 만드는 것을 보았습니까?"

"아니오."

"당신은 죽 거실에 있었습니까?"

"있었다는 것은 당신도 알고 계시잖습니까." 이것은 프랭크 로이
드였다. 그리고 그는 화를 내고 있었다. 그리고 마틴은 특별히 프랭
크 로이드를 주목하고 있었다. 이 노신사는 솜씨 좋게도 신문사 사장
과 라이트네 사람들과의 관계──그와 피고인 아내와의 특수한 관계
──를 털어놓도록 만들었다. 그가 그녀를 사랑하고 있었다는 사실,
그녀가 그를 물리치고 짐 하이트를 받아들였을 때 그가 원통해했다는

사실, 그가 짐 하이트에게 폭력을 가하겠다고 협박한 사실 등의 이의
가 있다. 그러나 이러한 질문과 대답을 되풀이하는 동안에 배심원의
마음에 프랭크 로이드와 노라 라이트 사이에 있었던 사연이 차츰 되
살아났다. 요컨대 그 사연은 낡은 이야기이며, 라이트빌 사람들이라
면 누구나가 자세히 아는 일이었다.

그러므로 프랭크 로이드는 검찰 측으로서는 그다지 유력한 증인이
라고 할 수 없게 되었고 의혹을 불러일으키게 되었다. 의심스럽다.
다른 남자 때문에 버림받은 사나이가 복수심에 불타고 있는 것이 아
닐까? 아무래도 수상쩍은데. 어쩌면……

그날 밤에 있었던 실제적인 사건을 증언하기 위해 증인석에 세워진
라이트 집안 사람들에 대하여 마틴 변호사는 개인적인 친근감 따위는
조금도 나타내지 않고 더욱 의혹을 불러일으키게 하는 질문을 했다.
그것은 '사실'에 대한 의혹이었다. 짐 하이트가 칵테일에 비소를 넣은
장면을 실제로 본 사람은 하나도 없다. 무엇 하나 확실하다고 말할
수 있는 사람은 아무도 없다는 것이었다.

그러나 검찰 측의 의론은 착착 진행되어 마틴 변호사의 교묘한 이
의 신청에도, 블랫포드는 다음의 사항을 입증하고 말았다. 즉, 오직
짐 혼자만이 칵테일을 만들었다는 것. 그날 밤 파티에 참석한 신사
숙녀 한 사람 한 사람에게 칵테일을 나누어 준 사람은 짐이었으므로
희생시키려고 노렸던 노라에게 독약이 들어 있는 칵테일을 건네 줄
수 있는 사람도 짐 말고는 없다는 것. 또 짐은 마시고 싶지 않다는
노라에게 마시라고 억지로 권했다는 것 등이었다.

다음은 존 F의 아버지의 변호사였던 웬트워스 노인의 증언이 있었
다. 웬트워스는 그 고인의 유언장을 작성한 사람이었다. 웬트워스는,
노라는 결혼함과 동시에 그 '행복'한 일이 이룩되는 날까지 보관되어
있던 조부의 유산 10만 달러를 상속받았다고 증언했다.

다섯 명의 필적 감정 전문가들은 마틴의 열렬한 반대 신문에도 로즈메리 하이트 앞으로 되어 있는 세 통의 편지――저마다 감사절, 크리스마스, 새해 첫날의 날짜로 되어 있는데, 노라 하이트가 병에 걸리는 날짜와 죽는 날짜까지 미리 적혀 있다――필적 문제는 자세히 조사한 끝에 법정에다 커다란 도표를 걸어 놓고 전문적인 필적 감정가들을 상대로 세세한 점까지 꼬치꼬치 캐물으며 논의를 거듭하는 등 재판을 여러 날 동안 끌었으나 결국 마틴의 노력은 성공을 거두지 못하고 말았다.

다음에 증인석에 불리어 나온 사람은 앨버터 매너스커스였는데, 그녀는 매우 고집스럽게 시민 편을 들었다. 더구나 놀랍도록 말을 잘했다. 그리고 그녀의 증언을 들으며 깨달은 일이지만, 늘 멍청한 듯한 그 눈은 참으로 우주선보다도 날카로웠고, 그저 크고 빨갛게만 보이는 그 귀는 광전관(光電管)보다도 민감하다는 것을 알았다. 이 앨버터의 증언 덕분에 카터 블랫포드는 노라가 첫째 편지의 예언대로, 감사절 날에 병에 걸렸고, 크리스마스 날에는 더욱 심한 '병'에 걸렸었다는 것을 입증할 수 있었던 것이다. 앨버터는 그 '병'의 자잘한 증상까지 설명했다.

이때 마틴 변호사는 기회를 잡아 일어섰다.

물음――병에 걸렸다니, 하이트 부인이 감사절과 크리스마스에 걸린 병은 어떤 종류의 것이었지요?

대답――그야 배가 아프다든가 하는 그런 것이나 다름없는 병이지요. (웃음 소리.)

물음――당신은 지금까지 배가 아픈 병에 걸린 적이 있습니까, 앨버터 양?

대답――있고말고요! 당신도, 나도, 누구나 걸리지요. (뉴볼드

재판장은 방망이를 두드리며 조용히 하라고 명령했다.)

물음——노라 씨처럼 말입니까?

대답——그럼요!

물음——(조용히) 하지만 당신은 아직 비소에 중독된 적은 없었지요, 앨버터 양?

블랫포드가 일어서자 마틴은 웃으며 앉았다. 퀸은 그의 이마에 땀이 배어 있는 것을 알았다.

마일로 윌로비 박사의 증언은 검시관 샐무손의 증언과 군 소속 화학기사 LD 매길의 증언에 의해 입증되었고, 노라 하이트에게는 병의 원인이 되었고 로즈메리 하이트를 죽게 한 독약은 아비산(亞砒酸), 또는 산화제3비소 또는 '백비'라고 일컫는 산화제1비소임이 확인되었다. 이것들은 모두가 맹렬한 독소를 지닌 독약이었다. 그래서 그 다음부터 검찰 측은 이것을 간단히 '비소'라고 부르기로 했다.

매길 박사는 이 용액을 '무색, 무미, 무취의 독성이 강한 약제'라고 설명했다.

물음(블랫포드 검사) ——이것은 분말이지요, 매길 박사님?

대답——그렇습니다.

물음——그것은 칵테일에 녹습니까? 그런 상태로 만들었을 경우 독성을 잃습니까?

대답——산화제3비소는 알코올에는 잘 녹지 않습니다만, 칵테일은 수분이 많으므로 쉽게 녹습니다. 물에는 잘 녹습니다. 알코올 속에 섞여도 독성을 잃지 않습니다.

물음——고맙습니다, 매길 박사님. 그럼, 마틴 씨, 어서 말씀하시지요,

마틴은 변호인으로서의 반대 신문의 권리를 포기했다.

블랫포드 검사는 라이트빌 번화가 약국 주인 마일론 가백을 증인석으로 불러냈다. 가백 씨는 감기에 걸려서 코가 빨갛게 부어 있었다. 그는 증인석에 앉아 자꾸만 몸을 움직거리며 재채기만 했다. 방청석에서 안색이 나쁜 아일랜드 인인 가백 부인이 근심스러운 듯이 남편을 바라보고 있었다. 마일론 가백은 선서를 마친 다음 1940년 10월——이것은 작년 10월을 말한다——'어느 날' 짐 하이트가 약국에 와서 '퀵코가 들어 있는 작은 깡통'을 달라고 했다고 증언했다.

물음——퀵코란 무엇입니까, 가백 씨?

대답——쥐나 해충을 죽이는 약입니다.

물음——퀵코에 함유되어 있는 유독 성분은 무엇입니까?

대답——산화제3비소입니다. (재채기. 폭소. 방망이 소리. 가백 부인은 얼굴이 빨개지며 밉살스럽다는 듯이 주위를 둘러보았다.)

물음——짙게 농축시킨 상태로 들어 있단 말입니까?

대답——그렇습니다.

물음——가백 씨, 당신은 그 독약을 피고에게 팔았습니까?

대답——네, 이것은 매약이므로 처방전이 필요 없습니다.

물음——피고는 그 뒤 그 퀵코를 다시 또 사러 왔었습니까?

대답——네, 그리고 2주일쯤 뒤였습니다. 그 약이 들어 있는 깡통을 어디다 두었는지 잊었으니 새것을 하나 더 달라고 했습니다. 그래서 나는 또 하나 팔았습니다.

물음——그래서 피고는…… 다시 한 번 묻겠습니다만, 피고가 처음 사러 왔을 때 피고는 당신에게 뭐라고 말했습니까? 그리고 당신은 피고에게 뭐라고 말했습니까?

대답——하이트 씨는 집에 쥐가 들끓어서 야단이므로 그것을 없애야겠다고 말했습니다. 그래서 나는 '그거 참, 놀랍군요. '언덕'의 저택에 쥐가 들끓다니, 처음 듣는 일입니다'라고 말했지요. 하이트 씨는 그 말에는 대답하지 않았습니다.

마틴 변호사의 반대 신문——가백 씨, 작년 10월에 당신이 판매한 퀵코는 대강 몇 통이나 됩니까?

대답——그것은 조금 대답하기 힘들군요. 많이 팔았습니다. 그것은 가장 잘 팔리는 쥐약인데, 번화가에는 쥐가 많거든요.

물음——스물 다섯 통입니까? 쉰 통입니까?

대답——아마 그 정도는 될 겁니다.

물음——손님이 그 독약을 사는 건 이상한 일이 아니군요, 쥐를 잡기 위해서니까요.

대답——그렇습니다. 조금도 이상한 일은 아니지요.

물음——그렇다면 당신이 하이트 씨가 그 약을 몇 통 샀는지 기억하고 있는 것은 무슨 까닭입니까? 다섯 달이나 전의 일인데 말입니다.

대답——그저 기억하고 있을 따름입니다. 아마 두 통이나 계속 사셨고, 아는 분이었기 때문이겠지요.

물음——두 주일 간격으로 두 통이었다는 것은 확실합니까?

대답——확실합니다. 확실하지 않다면 이런 말을 할 수 있겠습니까.

물음——의견은 말하지 마시오, 질문에만 대답해 주십시오, 가백 씨. 짐 하이트가 퀵코를 사 갔다고 했는데, 당신은 그것을 기록해 두십니까?

대답——아니오, 하지만…….

물음——그렇다면 피고가 당신에게서 퀵코를 사 갔다는 것은 5개월 전 있었던 일에 대한 당신의 기억에 의한 말로서 받아들이는 수밖에 없겠군요.

블랫포드 검사——재판장님, 증인은 선서했습니다. 그런데 그는 변호인의 질문에 한 번뿐이 아니라 여러 번 대답하고 있습니다. 이의를 제기합니다.

뉴볼드 재판장——증인은 이미 대답했다고 여겨지므로 이의를 인정합니다.

물음——이것으로 끝입니다, 고맙습니다, 가백 씨.

앨버터 매너스커스가 증인석에 불려나왔다. 블랫포드 검사로부터 질문을 받은 그녀는 "노라 아씨 댁에서 쥐는 한 번도 본 적이 없습니다" 하고 증언했을 뿐만 아니라 '쥐약도 본 적이 없다'고 증언했다.

마틴 변호사의 앨버터 매너스커스에 대한 반대 신문——하이트 댁 지하실에 있는 도구 가운데 커다란 쥐덫이 있다고 하는데, 그것은 거짓말이오?

대답——있다고 하던가요?

물음——나는 그것을 당신에게 묻고 있는 거요, 앨버터 양.

대답——그렇다면 있겠지요.

물음——앨버터 양, 만일 쥐가 없다면 하이트 댁에 뭣 때문에 쥐덫이 있을까요?

블랫포드 검사——이의 있습니다. 저 질문은 의견을 말하는 뜻이 됩니다.

뉴볼드 재판장——이의를 인정합니다. 변호인, 반대 신문에서는 주로……

마틴 변호사(순순히)——알았습니다, 재판장님.

에밀린 듀플레는 선서한 다음 자기는 라이트빌 '언덕' 468번지, '노라 라이트네 옆집'에 살고 있는 연기와 댄스를 가르치는 교사라고 증언했다.

이 증인은 작년 11월과 12월 사이에 노라와 짐 하이트가 여러 차례에 걸쳐 말다툼하는 것을 '때마침 주워들었다'고 증언했다. 이 말다툼의 불씨는 하이트 씨가 술을 많이 마신다는 것과 여러 번 돈을 달라고 강요하는 데 있었다는 것이었다. 12월에는 특히 심하게 다투었으며 노라 하이트가 남편에게 '더 이상 돈을 줄 수 없다'고 말하는 소리를 들었다는 것이었다.

물음──듀플레 양은 피고가 어째서 그토록 돈이 필요한지 설명하는 말은 '때마침 주워듣지' 못했습니까?

대답──제가 놀라지 않을 수 없었던 것도 바로 그 점이에요, 블랫포드 씨.

물음──법정에서 당신의 감정적 반응을 알고자 하는 것은 아닙니다. 질문에만 대답하십시오.

대답──짐 하이트는 '핫 스포트'에서 많은 돈을 잃었다고 말했습니다.

물음──하이트 씨나 하이트 부인의 입에서 피고의 도박과 관련된 사람의 이름이 나오는 것을 들었습니까?

대답──짐 하이트는 '핫 스포트'에서 많은 돈을 잃었다고 말했습니다. 그것은 16호 도로에 있는 악명 높은 술집으로…….

마틴 변호사──재판장님, 나는 이 증인의 감정 섞인 증언은 삭제해 주시기 바랍니다. 나는 이 공판정에 협조하는 것을 반대하는 사람은 아닙니다. 블랫포드 씨는 나에게 매우 너그러웠고, 이 사건은 대단히 막연한 정상만이……

블랫포드 검사——변호인의 발언은 이의만으로 그쳐야 하며, 사건의 성질에 언급하여 배심원의 평결에 영향을 미치지 않도록 해주시기 바랍니다.

뉴볼드 재판장——변호인, 검사의 발언은 정당합니다. 이 증인의 증언에 대한 당신의 이의는 무엇입니까?

마틴 변호사——증인이 피고와 그 아내가 주고받는 말을 주워들었다는 그 대화가 언제 어떠한 상황 밑에서 이루어졌는지 검찰 측은 확인해 보려고 애쓰지 않았습니다. 증인이 그 방에 함께 있었던 것도 아니고, 같은 집 안에 있었던 것도 아님은 의심할 여지가 없습니다. 그렇다면 그녀는 어떤 방식으로 그것을 '주워들었을'까요? 그 두 사람이 피고와 그의 아내였다는 것을 그녀는 어떻게 확인할 수 있었을까요? 그녀는 그들을 보았습니까, 보지 못했습니까? 나는…….

에밀린 듀플레——하지만 나는 이 귀로 분명히 들은걸요!

뉴볼드 재판장——에밀린 듀플레 양! 뭡니까, 블랫포드 씨?

블랫포드 검사——검찰 측이 에밀린 듀플레 양을 증인석에 부른 것은, 피고의 아내가 남편과 말다툼한 사실을 증언함으로써 겪는 정신적 고통을 맛보지 않게 하기 위해…….

마틴 변호사——내가 문제삼고 있는 것은 그런 점이 아닙니다.

뉴볼드 재판장——그 점은 알고 있습니다, 변호인. 그럼, 반대 신문할 때 듣고 싶은 말을 물어 보도록 하십시오. 이의는 기각하겠습니다. 블랫포드 씨, 계속하십시오.

블랫포드는 이어서 짐과 노라의 말다툼에 대한 여러 가지 증언을 끌어냈다. 마틴 변호사는 반대 신문에서 에밀틴 듀플레가 분해서 눈물을 흘릴 만큼 몹시 닦아세웠다. 그는 그들의 대화를 듣기 위해 그녀가 어떤 자세를 취하고 있었는지 털어놓게 하고 말았다.

그녀의 집과 하이트네 집 사이의 드라이브 길 너머로 희미하게 들려오는 말소리를 듣기 위해 그녀는 등불을 끈 캄캄한 침실의 창 옆에 웅크리고 있었다는 것이었다. 그리고 그 대화를 주워들은 날짜에 대하여 캐물음으로써 그녀를 혼란시켜 마침내 그녀는 앞뒤가 맞지 않는 말을 여러 번 하고 말았다. 방청인들은 재미있어했다.

라이트빌 광장의 심프슨 전당포 주인 JP 심프슨이 선서한 다음 작년 11월과 12월 사이에 짐 하이트가 여러 점의 보석류를 심프슨 전당포에 잡혔다고 증언했다.

물음——그것은 어떤 종류의 보석이었습니까, 심프슨 씨?

대답——맨 처음에는 남자용 금시계였습니다. 그는 그것을 시곗줄에서 떼내어 잡혔지요. 좋은 물건이었습니다. 값도 상당히 나가는 것으로……

물음——이것이 그 시계입니까?

대답——네, 그렇습니다. 값도 상당히 나가는 것으로……

물음——증거물로서 제출합니다.

서기——검찰 측 증거물 제31호.

물음——심프슨 씨, 그 시계에 새겨진 글을 읽어 주시겠습니까?

대답——뭐라고요? 아아, 네. '짐에게——노라 드림'이라고 쓰어 있습니다.

물음——피고는 그 밖에 무엇을 전당잡혔습니까, 심프슨 씨?

대답——금반지와 백금반지와 카메오 브로치 등이었습니다.

물음——지금 내가 당신에게 보이고 있는 이 보석들을 당신은 확인할 수 있습니까?

대답——하고말고요. 이것은 모두 그가 우리 가게에 전당잡힌 물건들입니다. 매우 비싼 값으로 맡았는데…….

물음——값은 말하지 않아도 좋습니다. 이 물품들은 모두 여자용 보석들이지요?

대답——그렇습니다.

물음——씌어 있는 글씨를 읽어 주십시오, 큰 소리로…….

대답——안경을 껴야 하니 기다리시오. 'N W'——'N W'——'N W H'——'N W'.

(노라의 보석들이 증거물로 제출되었다.)

물음——마지막으로 또 하나 묻겠습니다, 심프슨 씨. 피고는 당신 가게에 전당잡힌 물건 가운데 하나라도 다시 찾아간 것이 있습니까?

대답——아니오, 그는 한 번에 한 가지씩 새 물건을 가지고 왔으며, 나는 그것들을 모두 비싼 값에 맡아 주었습니다.

마틴 변호사는 반대 신문을 포기했다.

라이트빌 개인금융회사 사장 도널드 맥켄지가 선서하고는, 지난해 끝 무렵 두 달 동안에 짐 하이트가 그의 금융회사에서 대단히 많은 액수의 돈을 꾸어 갔다고 증언했다.

물음——무엇을 담보로 꾸어 갔습니까, 맥켄지 씨?

대답——담보는 없습니다.

물음——맥켄지 씨, 그렇다면 당신의 회사로서는 특별 케이스가 아닙니까? 담보 없이 돈을 빌려 준다는 것은 말입니다.

대답——우리 개인금융회사는 매우 융통성있는 대부 방침을 취하고 있지요. 하지만 보통의 경우는 담보를 요구합니다. 뭐니뭐니해도 장사니까요. 그러나 하이트 씨는 라이트빌 내셔널 은행 부총재이며 존 F 라이트 씨의 사위이니만큼 우리 회사로서는 예외로 다루어 서명만으로 빌려 드렸던 것입니다.

물음——맥켄지 씨, 피고는 그 대부 받은 돈의 일부나마 갚았습니까?

대답——아니오, 조금도!

물음——당신 회사에서는 그 돈을 회수하기 위해 노력하셨습니까?

대답——네, 했습니다. 우리로서는 그다지 염려할 일은 아니었습니다만 아무튼 금액이 5천 달러나 되었으므로 하이트 씨에게 약속대로 돌려 달라고 말씀드렸습니다만 결말이 나지 않았으므로 마침내 제가 은행으로 라이트 씨를 찾아가——하이트 씨의 장인이지요——사정을 말씀드렸더니, 라이트 씨는 사위의 빚에 대하여는 아무것도 몰랐다고 하시며 아무튼 그것을 갚아 주겠다고 말씀하셨습니다. 그렇게 되면 저로서는 아무 지장이 없으므로 이 사실은 비밀에 붙이기로 약속했습니다. 저는 끝내 비밀을 지키려고 했습니다만, 이런 재판이 벌어지게 되니…….

마틴 변호사——이의 있습니다. 그런 말까지 할 자격은 없습니다. 어긋나는 일입니다.

물음——상관없습니다, 맥켄지 씨. 존 F 라이트 씨는 당신 회사에 대부금을 전액 지불했습니까?

대답——원금과 이자 모두 지불하셨습니다.

물음——피고는 금년 1월 1일 이후에 조금이라도 돈을 갚았습니까?

대답——아니오.

물음——당신은 금년 1월 1일 이후 피고와 이야기를 나눈 적이 있습니까?

대답——네, 1월 중순쯤이었습니다. 하이트 씨가 우리 회사로 찾아오셔서 어째서 돈을 갚지 못했는지 변명하시더군요. 무엇엔가 투자했는데 실패했다는 그런 이야기였지요. 그러므로 조금만 더 기다려 달라는 것이었습니다. 그래서 저는 장인께서 이미 갚으셨다고 말했습니다.

물음——피고는 그 말을 듣고 뭐라고 하던가요?

대답——아무 말도 하지 않고 그대로 돌아가시더군요.

마틴 변호사의 반대 신문——맥켄지 씨, 라이트빌 내셔널 은행같이 훌륭한 은행의 부총재이며 그 은행 총재의 사위가 당신 회사에 돈을 꾸러 왔을 때 좀 이상하게 생각지 않았습니까?

대답——저도 그렇게 생각했습니다. 다만 어떤 사정이 있으려니 하고…….

물음——사정이 있다 한들 이유도 묻지 않고 담보도 없이 그저 서명만으로 5천 달러나 되는 돈을 융통해 주었단 말입니까?

대답——하지만 만일의 경우에는 존 F씨가 갚아 주시리라고 생각했으므로…….

블랫포드 검사——재판장님!

마틴 변호사——아아, 이제 됐습니다, 맥켄지 씨.

이로써 짐 하이트에게 불리한 증거가 모조리 법정에 제출된 것은 아니었다. 어떤 증거는 캐러티 주점에서, 어떤 것은 홀리스 호텔 이발소에서, 어떤 것은 애팜 블록에 있는 에밀 포펜버거 박사의 치과병원에서, 어떤 것은 거스 올센의 선술집에서 나왔다. 뉴욕의 어떤 신문기자는 술주정뱅이 앤더슨 씨로부터 적어도 하나의 흥미있는 사실을 알아냈다. 그가 기자 회견을 한 곳은 번화가에 있는 전몰자 기념비의 받침돌 옆이었는데, 그는 거기에 마침 느긋하게 누워 있었던 것이다.

에밀린 듀플레는 루이지 마리아노의 얘기를 테시 루핀에게서 들었다. 에밀린 듀플레는 테시가 근무하고 있는 '아랫거리 미장원'에서 파마를 하고 있었는데, 이때 테시는 루이지 마리아노 이발소에 근무하고 있는 남편 조와 막 점심을 마치고 온 참이었다. 조지가 테시에게 말했고, 테시는 에밀린 듀플레에게 이야기했으며, 에밀린 듀플레는 …….

이리하여 거리 사람들은 그 밖의 여러 가지 이야기를 주워듣고 거무칙칙한 흙탕물을 휘저어 옛일을 다시 끄집어냈다. 그리고 그것을 연결시켜 보고서 라이트빌 사람들은 말하는 것이었다. 아무래도 이상한 일이 벌어지고 있는 모양이야. 프랭크 로이드가 카터 블랫포드는 라이트네와 친밀한 관계를 맺고 있다고 신문에 썼는데, 역시 그 말이 옳은 것 같아. 거스 올센도, 다른 사람들도 그랬으니까. 뭐니뭐니해도 짐 하이트가 노라를 죽이려 한 것만은 틀림없나봐! 짐은 거리 여기저기서 그녀를 위협하는 말을 했다니까!

어느 날 오후 디킨 서장은 법정이 개정되기 전에 급히 수염을 깎으려고 이발소에 달려갔는데, 거기서 루이지 마리아노에게 붙들렸다. 옆 의자에서는 조 루핀이 털북숭이 두 귀를 쫑긋 세우고 듣고 있었다.

"서장님, 나는 서장님이 오시기를 목이 빠지도록 기다리고 있었습니다! 굉장한 일이 생각나서 말입니다!"

루이지는 수선스럽게 말했다.

"지난 일이라면 그렇게 법석 떨 것 없잖나, 루이지."

"작년 11월이었어요. 어느 날 짐 하이트 씨가 이발하러 오셨지요. 그래서 나는 '하이트 씨, 지금 나는 몹시 기쁘답니다. 왜냐고요? 실은 곧 장가들게 됐거든요!' 하고 말했지요. 그러자 하이트 씨가 '그것 참 좋으시겠구려. 그 행복한 아가씨가 누굽니까?' 하시길래 나는 '프란체스카 보틸리아노라는 처녀예요. 프란체스카와는 고향인 이탈리아에 있을 때부터 알고 지내던 사이인데, 지금은 세인트 루이스에서 일하고 있습니다. 내가 프란체스카에게 편지로 결혼 신청을 했더니 라이트빌에 와서 마리아노 부인이 되겠다고 답장을 보내왔거든요. 그래서 나는 기차표와 용돈을 보내 주었지요. 어떻습니까, 부러우시지요?' 하고 말했습니다. 내가 결혼한 것은 서장님도 아시지요?"

"알고말고…… 이봐, 루이지, 조심해서 깎게나."

"그랬더니 하이트 씨가 뭐라고 말했는지 아십니까? '루이지, 가난한 아가씨와는 결혼하는 게 아니야! 이득이 하나도 없으니까!'라고 말했답니다. 그러니 그 사람이 노라 라이트와 결혼한 것은 그녀가 부자였기 때문이지요! 블랫포드 씨에게 나를 증인석으로 불러내라고 서장님께서 말씀해 주세요. 그러면 내가 그 이야기를 할 테니까요!"

디킨 서장은 웃었다. 그러나 라이트빌 사람들은 웃지 않았다. 그들에게는 루이지의 이야기가 법정에 증언으로 내놓을 만한 가치있는 것으로 여겨졌기 때문이다. 그렇게 하면 그가 돈 때문에 노라 라이트와 결혼했다는 것이 뚜렷해지기 때문이다. 여자의 돈을 목적으로 결혼하는 그런 남자라면 돈 때문에 독약을 타는 것쯤은 문제없겠지. 라이트빌의 부인들 가운데에는 가족 가운데 법률가가 있어서 '용인(容認)할 수 있는' 증언이라는 것이 있음을 귀담아들은 사람도 있었던 것이다.

포펜버거 박사는 법정이 개정되기 전에 블랫포드를 찾아가 증언할 말이 있다고 나섰다.

"내 말 좀 들어 보시오, 카터 씨. 하이트는 작년 12월에 사랑니가 아프다고 하며 우리 치과에 온 적이 있습니다. 그래서 나는 그를 마취시켰는데, 마취된 그는 계속 이렇게 말하더군요. '그 돈이 꼭 필요해. 필요하단 말이야!'라고요. 이 말은 그가 그녀를 죽일 계획을 세웠고, 또 어째서 그래야만 했는지를 입증하는 말이 아니겠습니까?"

"그건 안 됩니다. 무의식 상태에서 입 밖에 낸 말은 증언으로 받아들일 수 없거든요. 그러니 포펜버거 씨, 돌아가십시오, 나는 바쁘니까요"

블랫포드는 견디어 낼 재간이 없다는 듯이 말했다.

포펜버거 박사는 화를 냈다. 그리고 그 이야기를 듣고 싶어하는 환자라면 누구에게나 들려주었다. 다시 말해서 모든 환자에게 들려 주었던 것이다.

거스 올센의 이야기는 무전 순찰대(단 자동차는 한 대뿐이다)의 클리스 도프맨 순경을 통해 검사의 귀에 들어갔다. 클리스 도프맨 순경이 때마침 거스 올센네 선술집으로 '코카콜라'──라고 그는 말하지만──를 마시러 들어갔더니 거스가 매우 흥분하며 언젠가 짐 하이트가 '술취한 김'에 거스에게 했다는 말을 도프맨에게 지껄인 것이었다. 그래서 클리스 도프맨 순경 역시 흥분하고 말았다. 왜냐하면 벌써 여러 주일 전부터 어떻게 해서든 공판정으로 뚫고 들어가 증인석에 서서 무언가 증언하여 자기 이름이 신문에 크게 났으면 하는 생각이 간절했기 때문이었다.

"그래서 하이트가 대체 무어라고 말했다던가, 클리스?"

블랫포드 검사가 물었다.

"거스의 말에 의하면 말입니다, 짐 하이트는 두 번쯤 술에 잔뜩 취해 차를 타고 선술집으로 와서 술을 달라고 했답니다. 거스는 그때마다 거절했다는군요. 한 번은 그가 하이트 부인에게 전화를 걸어 남편을 빨리 데리고 가라고 했다는데, 그때 그는 곤드레만드레가 되어 크게 소동을 벌였답니다. 하지만 블랫포드 씨, 거스가 기억하고 있는 일 가운데 반드시 당신이 법정에 내놓아야 할 것은, 그날 밤 하이트가 그 술집에서 취한 끝에 아내며 결혼 생활에 대해 몹시 헐뜯는 말을 한 다음 '그 여자를 해치우지 않으면 큰일나겠어, 거스, 나는 되도록 빨리 그 여자를 해치우지 않으면 내가 미치고 말 것 같아. 그 여자 때문에 내가 미치광이가 된단 말이야!'라고 말했다는군요."

"술에 취해서 그랬단 말이지" 하고 카터 블랫포드는 신음했다.

"그것은 매우 위태로운 일일세. 금방 뒤집혀질 잘못을 저질러 이 사건에서 지거나 하면 큰일이니까. 알았네, 자네는 순찰차로 돌아가 있게."

앤더슨 씨의 이야기는 더할 나위 없이 단순했다. 그는 의기양양하게 신문기자에게 말했던 것이다.

"여보게, 자네는 하이트 씨와 내가 얼마나 여러 번 붉은 포도주를 서로 번갈아 가며 병째로 마셨는지 모를 걸세. 우리는 광장에서 만나기만 하면 서로 끌어안았지. 지금도 생각이 나네, 그 12월 어느 날 밤의 일이 말일세. 우리는 이 추운 곳에서 떨며 여러 가지 이야기를 주고 받았다네! 마치 신베린(셰익스피어의 낭만극) 같았지. 그 희곡은 그다지 상연되지 않지만, 걸작일세……."

"그때 어떻게 하셨는데요?"

신문기자는 물었다.

"하이트 씨는 나를 두 팔로 끌어안고 이렇게 말했다네. '앤디, 나는 그 여자를 죽여야겠소. 두고 보시오, 내가 그 여자를 죽일 테니까!' 하고 말일세."

"저런!" 하고 말하고서 신문기자가 노인을 남겨 둔 채 쏜살같이 가 버리자 앤더슨 씨는 다시 전몰자 기념비 받침 위에 드러누웠다.

그러나 블랫포드는 이토록 맛있어 보이는 먹이도 거절했다. 그래서 라이트빌에는 온통 아무래도 '수상쩍다'는 쑤군거림이 여기저기로 번져 갔다.

그 소문은 마침내 라이샌더 뉴볼드의 귀에도 들어갔다. 그래서 그 다음부터 매일 법정이 개정될 때마다 그는 꼭 엄숙한 얼굴로 배심원들에게 이 일에 대하여 누구와도 논의를 주고받아서는 안 되며, 배심원끼리도 그런 일은 삼가도록 하라고 타일렀다.

이런 소문을 뉴볼드 재판장의 귀에 들어가게 한 것이 '엘리 마틴은 아니겠지' 하고 사람들은 생각했다. 왜냐하면 마틴은 요즈음 근심스러워 보였기 때문이다. 특히 아내와 함께 아침 식사를 끝마친 다음은 더욱 그러했다. 아침 식사를 차리는 아내 클래리스의 모습에는 그녀의 독특한 버릇이 있었기 때문에 마틴은 그녀의 태도를 보고 있으면 라이트빌 거리의 상황을 청우계처럼 환히 알 수 있었다. 그래서 그 마음의 동요를 법정까지 이끌고 감으로써 노 변호사와 카터 블랫포드 사이에는 차츰 심한 말이 오가게 되었고, 신문기자들은 서로 눈을 마주보고 쿡쿡 찌르며 '저 늙은이가 이제 곧 손을 드는 것이 아닐까' 하고 수근거렸다.

라이트빌 내셔널 은행의 출납계장 토머스 윈숩이 증인석에 나아가 짐 하이트가 은행일을 할 때 늘 엷은 빨간 색 크레용을 사용했다고 증언한 뒤 은행의 서류철 속에서 하이트가 빨간 크레용으로 서명한 서류를 잔뜩 꺼내어 제출했다.

블랫포드가 마지막으로 제출한 증거물은——이것은 참으로 교묘하게도 타이밍을 잘 맞춘 것이었다——에치컴의 독물학 책이었는데, 거기에는 까닭이 있는 듯한 부분에 빨간 크레용으로 표시가 되어 있었다. 그것은 비소에 관한 부분이었다. 이 증거물을 배심원들은 차례차례로 돌려 가며 보았는데, 그동안 마틴 변호사는 '자신있는 듯이' 침착하게 앉아 있었고, 이 노 변호사 옆 피고석 책상 앞에 앉아 있는 짐 하이트는 새파랗게 질린 채 달아날 구멍이라도 찾는 듯이 당황하며 주위를 두리번거렸다. 그러나 이러한 긴장의 순간이 지나자 그 다음부터 그는 본디의 태도로 돌아가 지루한 듯한 잿빛 얼굴로 힘없이 의자에 조용히 앉아 있었다.

3월 28일 금요일 폐정 시간이 되자 블랫포드 검사는, 이것으로 심의는 끝마쳐도 좋으나 다음 주 월요일에 공판정이 개정되면 어떻게 할 것인지 결정지었으면 좋겠다고 말했다. 검찰 측으로서는 월요일에 휴정했으면 하는 것이 그의 의향인 듯싶었다. 그래서 재판장석 앞에서 한참 동안 타합을 거듭한 끝에 뉴볼드 재판장은 3월 31일 월요일 오전까지 휴정한다고 선언했다.

피고는 재판소 건물 맨 위층 독방에 수감되었고, 법정에는 사람 그림자 하나 없었으며, 라이트네 사람들도 집으로 돌아갔다. 남은 일은 그저 월요일까지 기다리며 노라에게 힘을 북돋워 주는 일뿐 아무것도 할 일이 없었다. 노라는 아름다운 침실의 긴 의자에 누워서 사라사 커튼의 장미꽃 무늬를 매만지고 있었다. 해미온이 반대하여 그녀를 공판정에 데리고 가지 않았던 것이다. 그리고 이틀 동안이나 계속 울었으므로 그녀는 지쳐서 다툴 기운도 없었다. 그녀는 그저 하염없이 커튼의 장미꽃만 매만지고 있었다.

그러나 3월 28일 금요일에는 또 하나의 다른 일이 일어났다. 로버타 로버츠가 해직당했던 것이다. 이 여기자는 공판이 계속되는 동안 줄곧 그녀의 담당란을 통해 짐 하이트를 굳세게 변호해 왔다. 어느 기자가 저널리스트답게 '신처럼 침묵을 지키는 자'라는 거드름스러운 별명을 붙인 사나이에게 아직 사형 선고를 내리지 않고 있는 보도 관계자는 그녀뿐이었다. 금요일에 로버타는 시카고의 보리스 코넬에게서 전보로 그 난을 폐지시키겠다는 통고를 받았다. 로버타는 시카고의 변호사에게 전보를 쳐서 '뉴스 특별 기사 공급 연맹'을 고소하는 수속을 밟게 했다. 그러나 토요일 아침 신문에 그녀의 담당란은 없었다.

"이제부터 당신은 어떻게 하시겠습니까?"

엘러리 퀸은 물었다.

"이대로 라이트빌에서 버티겠습니다. 저는 약하긴 해도 쉽사리 단념하지 못하는 성미라서요. 앞으로도 짐 하이트를 위해 힘써 볼 작정이에요."

그녀는 토요일 오전 내내 짐의 독방에 들어앉아 그에게 털어놓으라고, 반격하라고, 자신을 지키기 위해 뒤엎으라고 부추겼다. 마틴도 입을 다문 채 그 옆에 앉아 있었고 엘러리도 있었다. 두 사람은 로버타가 끈질기게 설득하고 있는 말을 잠자코 듣고 있었다. 그러나 짐은 고개를 저을 뿐 그 말을 받아들이려는 기미는 조금도 보이지 않았다. 다만 고개를 수그리고 4분의 3은 죽은 듯이, 자기가 만든 이상한 방부제 속에 잠겨 있는 절임 음식 같은 모습으로 앉아 있었다.

22 작전회의

월요일까지는 주말 휴식을 충분히 취할 수 있었다. 그래서 노라는 토요일 밤에 로버타 로버츠와 엘리 마틴을 저녁 식사에 초대하여 가족과 함께 '여러 가지 일을 상의하기로' 했다. 해미온은 노라에게 아직 몸이 성치 못하니 자리에 그대로 누워 있으라고 타일렀다. 노라는 "하지만 어머니, 일어나서 걸어다니며 조금은 움직이는 편이 몸에도 좋아요" 하고 말했다. 그래서 해미온은 너무 강요하지 않는 것이 좋을 것 같아 억지로 권하지는 않았다.

노라는 허리께가 눈에 띄게 불어나고 있었다. 볼이 묘하게 부으며 갑자기 건강이 나빠진 듯 보이기 시작했고, 다리에 납덩어리라도 매단 듯 나른하게 걸었다. 헤미온이 근심스러워서 윌로비 선생님에게 물어 보자 그는 "노라의 몸은 순조로우니 마음놓아요, 헤미" 하고 말했다. 헤미온은 그 이상 번거롭게 묻지 않았다. 그러나 그녀는 거의 노라 곁에서 떠나지 않았고, 노라가 장편의 전기물 같은 책이라도 집을라치면 금방 파랗게 질리는 것이었다.

마음도 가라앉지 않고 식욕도 별로 없는 저녁 식사를 마치자, 모두 함께 거실로 갔다. 루디가 커튼을 빈틈없이 치고 벽난로에 불을 지폈다. 그들은 무엇인가 해야만 한다는 생각은 있었지만 무엇을 해야 할지 모르는 사람들처럼 어색하게 벽난로를 둘러싸고 앉아 있었다. 따뜻한 불을 보아도 조금도 마음이 가라앉지 않았다. 노라의 일을 생각하면 마음을 가라앉힌다는 것은 어림도 없는 일이었다.

로버타 로버츠가 참다못해 말했다.

"스미드 씨, 오늘밤에는 말이 통 없으시군요. 말하고 싶어도 할 말이 없으시겠지요."

노라가 호소하듯 그를 쳐다보았으나 그는 얼굴을 돌렸다.

"이 문제는 지식이나 감정으로 해결되는 것이 아닙니다. 법률로 해결할 문제라고 생각해요. 신념만으로는 짐을 석방시킬 수 없습니다. 그의 마음을 지탱시킬 수는 있겠지만요. 그를 구할 수 있는 것은 사실뿐입니다."

"그런데 그 사실이라는 것이 없잖아요!"

헤미온은 우는 목소리로 말했다.

"노라야, 그러지 말아라. 윌로비 선생님께서 흥분하는 것이 가장 나쁘다고 하셨잖니."

"알고 있어요, 어머니" 하고 말하며 노라는 길다란 손가락으로 코 끝을 누르며 벽난로의 불을 바라보고 있는 엘리 마틴을 흘긋 쳐다보았다. "엘리 아저씨, 이 일이 어떻게 될까요?"

법률가는 고개를 저으며 말했다.

"노라, 나는 거짓말은 하고 싶지 않소. 이 이상 더 악화될 수 없으리만큼 사정이 나쁘다오."

"그럼, 짐은 구출될 가망이 없나요?"

그녀는 울먹이며 말했다.

"하이트 부인, 가망은 있어요"

로버타 로버츠가 말했다.

"그건 그렇소. 배심원들의 생각이 어떨는지 알 수 없으니까"

마틴은 말했다.

"무슨 수가 없을까요" 하고 해미온이 기운없이 말했다.

존 F는 옷깃 속으로 목을 더욱더 깊숙이 묻었다.

"왜들 이러세요" 하고 로라 라이트가 소리 질렀다. "모두 우는 소리만 하고 있잖아요! 그저 이렇게 멍청히 앉아서 우는 소리만 하는 것은 이제 질렸어요."

로라는 진절머리가 난다는 듯이 불길 속으로 담배를 던졌다.

"나도 그래. 정말 진절머리가 난다니까."

패티가 쥐어짜내는 소리로 말했다.

"페트리시아, 너는 말참견하는 게 아니야."

해미온이 나무랐다.

"엄마는 늘 그래요. 패티는 지금도 다리만 껑충하게 길다란 어린아이이며 우유 마시기를 싫어하고 에밀린 듀플레네 벚나무에나 오르고 싶어하는 줄 아시지요!" 라고 말하며 로라는 얼굴을 찌푸렸다.

패티는 어깨를 움츠렸다. 엘러리 퀸은 무언가 의심스러운 듯한 눈길로 그녀를 지켜보고 있었다. 지난 목요일부터 패트리시아 라이트의 거동이 아무래도 이상했다. 지나치게 얌전한 것이다. 원기 있고 외향적인 성품의 처녀치고는 조금 지나치게 생각에 잠겨 있는 듯싶었다.

저 귀여운 머릿속에서 무엇이 발효하고 있는 모양이다. 그는 그녀에게 무슨 말인가 하려다 그만두고 담배에 불을 붙였다. 1849년에 비롯된 금광열은 더러운 흙탕물 속에 낡은 냄비를 담그는 일로부터 시작되었던 것이다. 사실이라는 것이 어디서 발견될는지 어떻게 알 수 있으랴.

"엘러리 씨, 당신은 어떻게 생각하세요?"

노라가 호소하듯 물었다.

"엘러리 씨는 이 사건 어딘가에 빠져나갈 길이 있다고 생각하고 계세요."

패티가 마틴에게 설명했다.

판사의 눈썹이 치켜 올라가는 것을 보고 엘러리는 황급히 설명했다.

"법률적으로 있다는 것은 아닙니다. 하지만 저는 오랫동안 소설에서 범죄를 다루어 왔으므로…… 말하자면 실제 생활에서도 어느 정도 기술적으로 다룰 수 있는 셈이지요."

노 법률가는 퉁명스럽게 말했다.

"만일 당신이 이런 문제를 마음대로 다룰 수 있다면 당신은 마술사요."

"무슨 방법이 없을까요?"

노라가 소리질렀다.

"노라, 각오를 단단히 해야 합니다" 하고 엘러리는 엄격한 표정을 지었다. "짐은 지금 절망적인 입장에 빠져 있어요. 당신도 그 점을 알고 계셔야 합니다…… 나는 이 사건을 처음부터 끝까지 다시 생각해 보았습니다. 눈에 띄는 흔적을 빠짐없이 조사했지요. 알고 있는 사실 하나하나가 지니고 있는 뜻의 무게를 달아보고, 그동안 일어났던 일을 낱낱이 여러 번 되풀이하여 조사했습니다. 그래도 빠져나갈 길은 하나도 없더군요. 이토록 피고에게 일방적으로 불리한 사건도 드물 겁니다. 카터 블랫포드와 디킨 서장은 거대한 소송 사실을 작성해 놓았는데, 이것을 부수어 버릴 수 있는 건 기적밖에 없습니다. "

"나는 골리앗 같은 장사는 아니오. "

엘리 마틴이 불쑥 말했다.

"나는 각오하고 있어요. "

노라는 슬픈 듯이 미소지었다. 그리고 의자에 앉은 채 몸을 뒤로 돌려 두 손으로 얼굴을 가리고 말았다.

"그렇게 몸을 급하게 움직이다니 ! 노라야, 조심해야 해 ! "

헤미온이 놀라며 말했다.

노라는 얼굴을 가린 채 끄덕였다. 방안은 쥐 죽은 듯 고요했고 이제라도 폭발할 것 같은 분위기였다.

"로버타, 한 가지 물어 볼 말이 있는데요. "

엘러리가 이윽고 말했다. 그는 벽난로를 등지고 앉아 있어 검은 그림자로 보였다.

"무엇이지요, 스미드 씨 ? "

여기자는 천천히 말했다.

"당신은 세상 사람들의 의견을 무시해 가면서까지 짐 하이트를 위해 싸우다가 특별 기고란을 빼앗기셨지요. "

"하지만 고맙게도 여기는 자유국가가 아닙니까. "

그녀는 꼼짝하지 않고 말했다.

"당신은 이 사건에 대해 어째서 그토록 관심이 크십니까 ? 자기의 일마저 희생시킬 만큼 ? "

"짐 하이트가 무죄라고 믿기 때문이지요. "

"그에게 불리한 증거가 이토록 갖추어져 있는데도 말입니까 ? "

그녀는 미소지었다.

“나는 여자이며, 신령과 통하는 사람이거든요. 이유는 이 두 가지 뿐이에요.”

“그렇지 않을 텐데요.”

엘러리가 말했다.

로버타는 일어섰다. 그리고 또렷이 말했다.

“무례하시군요. 당신은 무슨 말씀을 하시려는 거지요?”

다른 사람들은 눈살을 찌푸렸다. 그 방에 있는 그 어떤 것이 벽난로에서 타고 있는 장작보다 더 큰 소리를 내며 탁탁 튀고 있는 듯이 여겨졌다.

“당신은 행동이 지나치게 훌륭하군요” 하고 퀸은 냉정하게 말했다. “안 그렇습니까? 노련한 여기자가 자기의 삶이 걸려 있는 일을 내동댕이치면서까지 전혀 모르는 타인——더구나 온갖 사실과 온 세상 사람들이 카인(구약성서 창세기. 동생 아벨을 죽인 사람)처럼 죄를 저질렀다고 말하는 그런 사람을 감싸고 있으니 말이오. 노라에게는 그만한 이유가 있습니다. 그를 사랑하고 있으니까요. 라이트 댁 여러분에게도 이유가 있습니다. 그분들은 소중한 따님과 손자를 위해 사위의 누명이 벗겨지기를 바라고 계시지요. 하지만 당신의 이유는 무엇입니까?”

“그 이유는 이미 말했을 텐데요.”

“그 말씀이 정말입니까?”

“믿지 않으시군요. 그럼, 나더러 어떻게 하란 말씀이지요?”

“로버타, 당신은 무엇을 숨기고 계시지요?”

엘러리는 목청을 돋구어 말했다.

“그런 고문 비슷한 말투는 삼가해 주세요.”

“미안합니다. 하지만 당신이 무언가 알고 계시는 것만은 확실합니다. 당신은 라이트빌에 오기 전부터 틀림없이 무언가 알고 계셨을 거요. 그 때문에 당신은 싫어도 짐을 변호하기 위해 이곳으로 오지 않을 수 없었지요. 그것이 무엇입니까?"

여기자는 장갑과 검은 털에 흰 털이 박힌 여우 모피 코트와 핸드백을 챙겼다.

"스미드 씨, 난 당신이 몹시 미워질 때가 있습니다. 라이트 부인, 그냥 앉아 계세요."

그녀는 빠른 걸음으로 나갔다.

퀸은 지금까지 그녀가 앉아 있던 자리를 물끄러미 보았다. 그리고 변명하듯 말했다.

"그녀를 화나게 했군요. 무언가 털어놓게 할 작정이었는데……"

"그녀와 차분히 이야기해 볼 필요가 있는 것 같군요."

마틴은 생각에 잠기며 말했다. 엘러리는 어깨를 움츠렸다.

"로라 양."

"저 말인가요? 제가 어쨌단 말이세요, 스미드 씨?"

로라는 깜짝 놀라는 것 같았다.

"당신도 무언가 숨기고 있소."

로라의 눈이 휘둥그레졌다. 그리고 웃으며 담배에 불을 붙였다.

"당신이 오늘밤에는 마치 경시청 사람 같군요."

"이젠 슬슬 새해 첫날 자정이 되기 조금 전에 노라의 집 뒤 곁으로 몰래 들어왔던 일을 마틴 씨에게 털어놓을 때가 아닐까요?"

퀸은 싱글거리며 말했다.

"어머나, 로라야, 네가 왔었니?"

해미온은 입을 크게 벌렸다.

"아무것도 아니에요. 그것은 이 사건과는 아무 관련이 없는 일이에요. 하지만 말씀드릴게요. 아니, 차라리 이 위대하신 스미드 씨께서 말씀하시는 것이 어떨까요?"

로라는 짜증스럽게 말했다.

"무엇을 말하라는 겁니까?"

'위대하신 스미드 씨'가 물었다.

"당신은 교활해요, 당신이야말로 아직 아무에게도 말하지 않은 사실을 잔뜩 알고 계시는 거예요!"

"로라, 그만해. 입씨름은 이제 그만 해."

노라가 난처한 얼굴을 지었다.

"엘러리 씨는 할 수 있는 일이라면 무엇이든지 해주실 거야."

패티가 외쳤다.

"그럴까? 이분은 속을 알 수 없는 분이야."

로라는 의심스럽다는 듯이 눈을 가늘게 뜨고 담배 연기 너머로 그를 바라보았다.

마틴이 말했다.

"잠깐만! 스미드 씨, 당신만이 알고 계시는 일이 있다면 증인석으로 나가 주시지요!"

엘러리가 말했다.

"제가 증인석에 나감으로써 이쪽이 유리해진다면, 저는 기꺼이 나가겠습니다. 하지만 그렇지 않아요, 반대로 불리하게 됩니다. 해를 끼치게 되오."

"짐에게 해를 끼치게 됩니까?"

"그의 유죄를 결정적인 것으로 만들 뿐이지요."

존 F가 비로소 말을 했다.

"그럼, 당신은 짐에게 죄가 있다는 것을 알고 계시단 말이오?"

"나는 알고 있다고 말하진 않았습니다. 하지만 내가 증언하면 그 때문에 모든 일이 그에게 대단히 불리하게 되어 즉 그 칵테일에 독약을 넣을 수 있는 사람은 짐 외에 없다는 사실이 뚜렷하게 되어 비록 최고재판소까지 상소한다 해도 구출해 낼 가망이 없어집니다. 그러므로 나는 절대로 증인석에 나갈 수가 없습니다."

"스미드 씨" 디킨 서장이 혼자 나타났다. "여러분, 갑자기 뛰어들어서 죄송합니다. 당신에 대한 소환장을 가지고 오지 않을 수 없게 되었습니다." 서장은 거칠게 말했다.

"소환장? 나에게?"

엘러리는 물었다.

"네, 스미드 씨. 당신은 월요일 오전에 시민 대 짐 하이트 사건을 위해 검찰 측 증인으로서 재판소에 출두해 주셔야 합니다."

제5부

23 로라와 수표

"저도 받았어요."

월요일 아침 법정에서 로라가 엘러리 퀸에게 말했다.

"받다니요, 무엇을 말입니까?"

"오늘 사랑하는 시민을 위해 증언하라는 소환장을요."

"이상하군."

퀸은 중얼거렸다.

"풋내기 검사가 무슨 일에 생각이 미친 모양이군. 그런데 JC는 무엇하러 법정에 왔을까요?"

마틴이 말했다.

"누구 말입니까?"

엘러리는 두리번거렸다.

"JC 페티글, 부동산 소개업자 말입니다. 블랫포드가 그와 수군거리고 있소. 이 사건에 대해 JC는 아는 것이 없을 텐데……"

로라가 괴로운 듯한 목소리로 "야단났군" 하고 말했으므로 모두 그녀를 보았다. 그녀는 새파랗게 질려 있었다.

"언니, 왜 그래?"

패티가 물었다.

"아무것도 아니야. 설마하고 생각했었는데……."

"재판장이 나오는군. 로라, 잊지 말아요. 카터의 질문에만 대답하고 쓸데없이 자기 의견을 말해서는 절대로 안 돼" 하고 마틴이 말했다. 그리고 정리(廷吏)가 모두에게 일어나라고 명령했으므로 그는 소리를 낮추었다. "내가 반대 신문할 때 약간의 책략을 쓸지도 모르니까!"

증인석에 앉은 JC 페티글은 몸을 덜덜 떨며 라이트빌 부근의 농가에서 흔히들 쓰는 파란색 물방울 무늬 손수건으로 얼굴의 땀을 자꾸 닦았다.

"네, 이름은 JC 페티글이며, 라이트빌에서 부동산 소개업을 하고 있습니다. 라이트 댁과는 여러 해 전부터 친분이 있으며, 제 딸 카멜은 패트리시아 라이트 양의 친구입니다."

패트리시아 라이트는 입술을 단단히 죄었다. 그 친구는 1월 1일 이후 전화 한 통 걸어 주지 않는 것이다.

이날 아침의 카터 블랫포드는 의기양양하고 싱싱한 얼굴이었다. 이마에 땀이 배어 나와 그와 JC 두 사람의 손수건이 이중주를 하고 있었다.

물음――패티글 씨, 이 수표를 보십시오. 본 적이 있습니까?

대답――네.

물음――무어라고 씌어 있는지 읽어 보십시오.

대답――날짜, 1940년 12월 31일. 그리고 100달러를 현금으로 지불한다는 것. 서명은 JC 패티글입니다.

물음——패티글 씨, 이 수표는 당신이 작성한 것입니까?

대답——제가 했습니다.

물음——그것은 여기 적혀 있는 날짜, 즉 지난해 마지막 날, 섣달 그믐날이었습니까?

대답——네, 그렇습니다.

물음——패티글 씨, 당신은 이 수표를 누구에게 주었습니까?

대답——로라 라이트 양에게 주었습니다.

물음——이 100달러짜리 수표를 로라 라이트 양에게 주게 된 내막을 설명하십시오.

대답——저도 매우 이상하다고는 생각했습니다만…… 별수 없이 …… 지난해 섣달 그믐날, 제가 가게를 막 닫으려는데 로라 양이 찾아왔습니다. 그리고 말하기를, 아주 난처한 일이 생겼다. 그러니 오랜 친분을 생각해서 100달러만 융통해 달라는 것이었습니다. 제가 보기에도 매우 다급한 사정인 듯하여…….

물음——그녀가 한 말과 당신이 한 말만 이야기하십시오.

대답——아마 그뿐이었다고 생각합니다. 아, 그리고 그녀는 현금으로 주었으면 좋겠다고 말했습니다. 그래서 저는 현금은 가진 것이 없고 은행도 문을 닫았으니 수표로 주겠다고 했지요. 그러자 그녀는 '별수 없군요' 하고 말했습니다. 그래서 제가 수표를 끊어 주자 그녀는 고맙다고 했습니다. 그뿐입니다. 이젠 돌아가도 좋습니까?

물음——라이트 양은 무엇 때문에 돈이 필요한지 말했습니까?

대답——아니오, 말하지 않았습니다. 저도 물어 보지 않았구요.

그 수표는 증거물로 제출되었고 JC가 쓸데없이 지껄인 말을 삭제해 달라고 요구하려던 마틴 변호사는 그 수표를 뒤집어 거기에 씌어진 글씨를 얼핏 보고는 안색이 달라지며 입을 다물었다. 그리고 손을 크게 저으며 반대 신문을 하지 않겠다고 말했다. JC는 한시라도 빨리 증인석에서 내려가려다 하마터면 넘어질 뻔했다. 그는 괴로운 듯한 미소를 해미온에게 보내며, 온 얼굴에서 김이 나도록 땀을 흘렸으므로 그것을 연방 닦았다.

로라 라이트는 근심스러운 얼굴로 선서했으나 눈만은 반항적으로 부릅떠 카터 블랫포드는 얼굴을 붉혔다. 그는 증거물인 수표를 그녀에게 보였다.

"라이트 양, 당신은 작년 12월 31일에 JC 페티글로부터 이것을 받아 어떻게 했습니까? "

"핸드백에 넣었지요. "

그녀는 말했다.

방청객에서 웃는 소리가 들려 왔다. 마틴 판사가 이맛살을 찌푸렸으므로, 로라는 몸을 꼿꼿이 고쳐 앉았다.

"그것은 알고 있습니다. 내 말은 당신이 그것을 누구에게 주었느냐는 겁니다"

카터가 말했다.

"생각나지 않아요. "

'바보 같은 여자로군' 하고 엘러리는 생각했다. 완전히 덜미를 잡혔는데 꼴사납게 바르작거리면 오히려 나쁘다. 블랫포드는 그 수표를 그녀의 눈앞에 갖다댔다.

"라이트 양, 이것을 보시면 생각나시겠지요. 그 뒷면에 씌어 있는 것을 읽으십시오. "

로라는 침을 삼켰다. 그리고 나직하게 읽었다.

"짐 하이트. "

이때 피고석에 있던 짐 하이트가 조금 미소지었다. 그것은 우울하기 짝이 없는 미소였다. 그리고 다시 본디의 무표정으로 돌아갔다.

"당신이 JC 페티글에게서 빌린 수표에 어째서 짐 하이트의 이서가 되어 있는지 설명할 수 있습니까?"

"내가 그에게 주었으니까요."

"언제였습니까?"

"그날 밤이었습니다."

"어디서?"

"동생 노라의 집에서였어요."

"동생 노라 씨 집에서였단 말이지요? 그 새해 전야제 파티 때 당신은 노라 씨의 집에 가지 않았다는 증언이 이 법정에서 있었는데, 당신은 그 말을 듣지 못했습니까?"

"들었습니다."

"그럼, 갔단 말입니까, 안 갔단 말입니까?"

블랫포드의 목소리가 어쩐지 잔혹하게 들렸으므로 페티는 난간 앞 좌석에 앉아 몸을 뒤틀었다. 그 입술은 거의 소리내어 "카터, 너무해요!"라고 말하고 있었다.

"나는 겨우 몇 분 동안 들렀을 뿐 파티에는 참석하지 않았어요."

"그렇습니까, 당신은 파티에 초대받았었습니까?"

"네."

"그런데 가지 않았단 말입니까?"

"가지 않았습니다."

"어째서지요?"

마틴이 이의를 신청하자 재판장이 인정했다. 블랫포드는 쓴웃음을 지었다.

"여기 있는 피고인 당신 동생의 남편 외에 당신을 본 사람이 있습니까?"

"아니오, 나는 부엌 뒷문으로 돌아갔었으니까요."

"그럼, 당신은 짐 하이트가 부엌에 있는 것을 알고 있었단 말이로군요?"

카터 블랫포드가 다그쳐 물었다.

로라는 얼굴을 붉혔다.

"네, 나는 잠시 동안 뒤뜰에서 짐이 부엌으로 오는 것을 창 너머로 보고 있었어요. 그가 식기실에 들어가기에 누구와 함께 있는 줄 알았지요. 하지만 몇 분 지난 다음 그가 혼자 있음을 알고 노크했어요. 짐이 식기실에서 나와 부엌으로 왔으므로 거기서 이야기했습니다."

"무슨 이야기를 했습니까? 라이트 양?"

로라는 난처한 듯 마틴을 흘끗 쳐다보았다. 그는 일어서다가 다시 앉았다.

"나는 짐에게 수표를 주었습니다."

엘러리는 몸을 앞으로 내어밀었다. 로라의 용건은 바로 그것이었군! 그날 밤 노라네 집 부엌문에서 짐과 로라 사이에 무슨 일이 있었는지 그는 볼 수도 들을 수도 없었던 것이다.

"당신은 그에게 수표를 건네 주었습니까, 라이트 양? 피고가 당신에게 돈을 달라고 했습니까?"

블랫포드는 정중하게 물었다.

"아니오!"

엘러리는 싱긋 웃었다. 거짓말쟁이, 새빨간 거짓말이다.

"하지만 당신은 피고에게 주기 위해서 페티글 씨로부터 그 100달러를 빌리지 않았습니까?"

"그렇습니다. 하지만 그것은 내가 그에게 빌린 돈을 갚기 위해서였어요. 나는 누구에게서나 돈을 잘 빌리지요, 상습자랍니다. 그때도 얼마 전에 짐에게 꾼 돈을 갚았을 따름입니다"

로라는 쌀쌀하게 말했다.

엘러리는 짐을 미행하여 '번화가'의 로라네 아파트로 갔던 날 밤 일이 생각났다. 그때 짐은 술에 취하여 로라에게 돈을 달라고 졸랐고, 그녀는 돈이 없다고 했었다. 섣달 그믐날에 로라가 '빌렸던 돈'을 갚았다고 하는 것은 사실이 아니다. 로라는 노라의 행복을 위해 기부했던 것이다.

"당신은 하이트에게 빌린 돈을 갚기 위해 페티글 씨로부터 돈을 빌렸습니까?"

카터는 눈썹을 치켜올리며 물었다. 웃음소리가 일었다.

"증인은 그 말에 이미 대답했습니다"

엘리 마틴이 말했다.

블랫포드는 알고 있다는 듯이 손을 흔들었다.

"라이트 양, 하이트가 당신이 꾸었다는 그 돈을 갚아 달라고 하던가요?"

로라는 지나치리만큼 서둘러 대답했다.

"아니오, 그런 말은 하지 않았어요."

"그렇다면 당신은 섣달 그믐날에야 갑자기 돈을 갚아야겠다고 마음 먹었단 말이로군요. 그가 아무런 독촉도 하지 않았는데 말입니다."

이의──의론──그리고 다시 시작되었다.

"라이트 양, 당신은 수입이 아주 적으시지요?"

이의──의론──이번에는 상당히 격심한 것이었다. 뉴볼드 재판장은 배심원의 퇴장을 허용했다. 블랫포드 검사는 뉴볼드 재판장에게 엄숙하게 말했다.

"재판장님, 검찰 측은 이 증인이 자기 자신 매우 궁박한 상태에 있으면서도 피고의 꾐을 받아 그에게 돈을 조달해 주었다는 것을 입증하여 피고의 근본적인 성격과 그가 얼마나 필사적으로 돈을 구했는가를 드러냄으로써 이 독살의 동기는 경제적 이익이 목적이었다는 사실을 밝힐 작정입니다. "

여기서 배심원들이 다시 입정했다. 블랫포드는 야만스러우리만큼 끈질기게 로라를 공격했다. 날개가 떨어져 나갈 만큼 심한 닭싸움 같은 격론이 벌어졌는데, 그것이 가라앉을 무렵 배심원들은 블랫포드가 의도하는 점을 깡그리 믿게 되었다. 배심원들이란 재판장이 잊으라고 한 말은 이상하리만큼 잊지 않는 법이기 때문이었다.

그러나 마틴도 지지 않았다. 반대 신문 차례가 되자 그는 거의 기쁜 듯이 용솟음치며 덤벼들었다.

"라이트 양" 하고 노 변호사는 묻기 시작했다. "당신은 직접 심문에서 섣달 그믐날 밤에 동생네 집 뒷문으로 들어갔다고 증언했는데, 그 시간을 기억하고 계십니까?"

"네, 나는 시계를 보았습니다. 왜냐하면 나는 다른 파티에 나가기로 되어 있었기 때문이지요. 그때가 바로 자정 조금 전이었습니다. 새해의 종이 울리기 15분 전이었지요."

"그리고 당신은 동생의 남편이 식기실로 들어가는 것을 보고 조금 있다가 노크를 하고 그가 나왔으므로 이야기를 나누었다고 증언했지요. 정확히 말해서, 그 대화는 어디서 나누었습니까?"

"부엌 뒷문에서였습니다."

"당신은 짐에게 뭐라고 말했습니까?"

"나는 그에게 무엇을 하고 있느냐고 물었습니다. 그러자 그는 여러 사람 몫의 맨해튼 칵테일을 만들고 있다고 말했습니다. 내가 노크했을 때는 마침 마라스키노 버찌를 넣으려던 참이었다고 하더군요. 그 다음에 나는 수표에 대해 말했지요."

"당신은 그가 말하던 그 칵테일을 보았습니까?"

법정 안은 동물원의 큰 새장처럼 술렁이기 시작했고, 카터 블랫포드는 얼굴을 찡그리면서 몸을 앞으로 내밀었다. 바로 여기가 중요한 대목이다. 독약을 넣은 것은 바로 이때이다. 그 술렁임이 그치자 법정은 다시 조용해졌다.

"아니오, 짐은 식기실 쪽에서 부엌문으로 왔기 때문에 나는 그가 거기서 칵테일을 만들고 있었다고 생각했습니다. 내가 서 있던 뒷문에서는 식기실이 보이지 않습니다. 그러므로 물론 칵테일도 보이지 않았지요"

로라가 말했다.

"그렇다면 라이트 양, 당신과 하이트 씨가 이야기하고 있는 동안 홀이나 식당 쪽에서 누군가가 살짝 들어왔다면 당신은 그 사람을 볼 수 있었을까요?"

"아니오, 식당문을 통해서는 곧바로 부엌으로 들어갈 수 없고, 식기실로 먼저 들어가야만 합니다. 그리고 홀의 문은 부엌 쪽으로 뚫려 있으므로 부엌 뒷문에서 보이지만, 짐이 내 앞에 서 있었기 때문에 나에게는 홀 쪽 문이 보이지 않았습니다."

"다시 말해서 라이트 양, 당신과 하이트 씨가 이야기하고 있을 때, 하이트 씨가 부엌 내부 쪽으로 등을 돌리고 있었기 때문에 그의 몸이 당신 눈앞을 가려 부엌 내부가 거의 보이지 않았단 말이지요. 누군가가 홀 쪽 문을 통해 부엌으로 들어와 식기실로 가서 당신과 하이트 씨가 모르는 사이에 무슨 짓을 하고 돌아갈 수도 있었을까요?"

"그럴 수도 있었겠지요."

"아니면 누군가가 식당에서 직접 식기실로 들어갔는데, 당신이나 하이트 씨가 모르고 있었는지도 알 수 없다고 생각하십니까?"

"물론 그랬다 하더라도 우리는 보지 못했겠지요. 아까 말씀드린 대로 식기실은 보이지 않았으니까요."

"그 뒷문에서는 얼마 동안이나 이야기했습니까?"

"5분 남짓 이야기했을 겁니다."

"이것으로 끝입니다. 고맙습니다"

마틴은 만족스럽게 말했다.

카터 블랫포드가 다시 직접 심문에 나섰다. 방청석에서 수군거리는 소리가 일었고, 배심원들은 생각에 잠겼으며, 카터의 머리카락이 흥분한 듯 곤두섰다. 그러나 그의 태도와 말투는 침착했다.

"라이트 양, 이것은 당신으로서는 대답하기 힘들는지 모르겠습니다만, 지금 하신 이야기를 아주 분명하게 해두어야겠습니다. 당신이 뒷문에서 짐 하이트와 이야기하고 있는 동안에 누군가가 식당이나 또는 부엌을 통해 식기실로 들어간 사람은 없었습니까?"

"모르겠어요. 나는 누군가가 들어가려고 했다면 들어갈 수 있었을 것이라고 했을 뿐, 실제로 어땠는지는 우리도 알 수 없었어요."

"그렇다면 당신은 누군가가 들어갔다고는 실제로 말할 수 없는 셈이로군요?"

"나는 누군가가 들어갔다고는 말하지 않았습니다. 하지만 같은 이유로 아무도 들어가지 않았다고 단언할 수도 없어요. 물론 그런 일은 쉽사리 할 수 있었겠지만요."

"그러나 당신은 누군가가 식기실로 들어가는 것을 보지 않았지만 짐 하이트가 식기실에서 나오는 것은 보았지요?"

"그렇습니다, 하지만……."

"그리고 당신은 짐 하이트가 식기실로 돌아가는 것을 보았겠지요?"

"그렇지 않아요. 나는 짐 하이트를 문간에 남겨 둔 채 뒤돌아서 나왔으니까요."

"이젠 됐습니다" 하고 카터는 조용히 말했다. 그는 로라가 증인석에서 내려올 때 손을 잡아 주려고 했으나 로라는 몸을 꼿꼿이 세우고 쌀쌀하게 자기 자리로 돌아갔다. 카터는 말했다.

"그럼, 나는 전에 증인으로 나왔던 사람을 다시 한 번 부르겠습니다. 프랭크 로이드 씨"

정리가 "프랭크 로이드 씨 증인석으로" 하고 부르자 엘러리 퀸은 혼잣말을 중얼거렸다.

"뭔가 일을 벌일 작정이로군."

로이드의 볼은 누런 빛을 띠고 있었다. 그의 피 속에서 무언가 썩어 가고 있는 모양이다. 그는 머리카락도 옷매무새도 흐트러진 채 입을 꼭 다물고 증인석으로 성큼성큼 걸어갔다. 그는 3미터쯤 떨어져 있는 곳에 앉은 짐 하이트를 한 번 흘끗 보았다. 그리고 곧 눈길을 돌렸으나, 그 초록빛 눈에는 뚜렷이 악의가 나타나 있었다. 그는 겨우 몇 분 동안 증인석에 앉아 있었다. 그의 증언 내용은 블랫포드의 외과의적인 수완으로, 그가 전날 증인석에 섰을 때 잊었던 중대한 사실을 상기시키게 했다. 즉 짐 하이트가 섣달 그믐날 자정 조금 전에 그 마지막 칵테일을 만들었을 때 거실 밖으로 나간 사람은 짐 하이트만이 아니었다는 사실이었다.

물음——그럼 그것은 누구였습니까, 로이드 씨?
대답——라이트 댁에 묵고 있는 사람입니다. 엘러리 스미드 씨에요.

이 빈틈없는 짐승 같으니, 하고 엘러리는 마음 속으로 탄복했다. 이번에는 나 자신이 짐승이 되어 버렸군. 덫에 걸린 짐승. 그러니 어떡하면 좋은가?

물음——스미드 씨는 피고가 거실에서 나가자 곧 뒤따라 나갔습니까?

대답——그렇습니다. 그는 하이트가 칵테일 쟁반을 들고 돌아와 모두에게 칵테일을 돌릴 때까지 돌아오지 않았습니다.

'당했군' 하고 퀸은 생각했다. 카터 블랫포드는 몸을 돌려 엘러리의 눈을 뚫어지게 들여다보았다. 그리고 또렷하게 말했다.

"엘러리 스미드 씨, 증인석으로 나오십시오."

24 엘러리 스미드, 증인석으로

엘러리 퀸은 자기 자리에서 일어나 법정 앞으로 나아가 증인석에 앉으면서도 이제부터 블랫포드 검사가 무엇을 질문할는지, 또한 자기가 무엇을 대답할 작정인지 생각조차 하지 않았다. 검사가 물을 만한 것은 대강 알고 있었고, 또한 자기가 어떤 대답을 할는지도 알고 있었다. 프랭크 로이드가 지금에 와서야 생각이 났다는 사실로부터 블랫포드는 그 비참한 일이 일어났던 날 밤에 이 수수께끼의 인물 '스미드 씨'가 어떤 역할을 했는지 대강 알고 있거나 상상하고 있을 것이다. 그러므로 하나의 질문은 또 하나의 질문을 끌어내어 의심스러웠던 일이 확실한 사실로 바뀌며, 마침내는 모든 사실이 드러나고 말 것이다. 엘러리는 시치미를 떼고 거짓말을 하려는 따위의 생각은 꿈에도 하지 않았다. 그것은 그가 성인이거나 도덕가이거나 또는 거짓말을 했기 때문에 생기는 결과를 두려워해서가 아니었다. 이유라면 그가 지금까지 쌓아 온 훈련은 진실을 탐구하는 일이었고, 또한 살인은 반드시 발각된다고는 할 수 없어도 진실은 반드시 나타나게끔 되어 있음을 알고 있기 때문이었다. 따라서 거짓말을 하느니보다 진실을 말하는 편이 훨씬 실제적이다. 더구나 사람들은 흔히 법정에서는 거짓말을 하는 법이라고 생각하기 쉬우므로 오히려 여기에 이점이 있어서 그 이점을 잘 이용하면 되는 것이다.

그러나 퀸의 머릿속은 그런 것과는 전혀 다른 문제로 가득차 있었다. 그것은 이토록 짐 하이트에게 절대적으로 불리한 진실을 어떻게 하면 짐 하이트의 이익으로 바꾸어 놓을 수 있느냐 하는 것이었다. 만일 그렇게만 할 수 있다면 검찰 측은 호된 타격을 입게 될 것이다. 더구나 여기에는 예고 없이 공격한다는 이점도 있다. 왜냐하면 이렇게 증인석에 앉아 있는 엘러리 자신조차도 상상할 수 없는 일을 젊은 검사 블랫포드가 미리 짐작하고 있을 리 만무하기 때문이다.

그러므로 퀸은 심문이 시작되기를 기다리며 앉아 있는 동안 근심으로 마음 조이는 것보다 오히려 머릿속의 가장 깊숙한 골짜기까지 더듬으며 그가 알아낸 모든 일을 자세히 검토하여 힌트와 단서와 앞으로 취해야 할 길을 찾아내려고 애썼다.

이름, 직업, 라이트 집안과의 관계 등 형식적인 질문에 대답하며 그는 새로운 확신이 솟아남을 느꼈다. 그것은 카터 블랫포드를 보고 있는 동안에 생긴 것이었다. 블랫포드는 되도록 개인적인 감정을 섞지 않으려고 조심스럽게 말하고 있었으나, 그의 어조며 내뱉는 단어에는 보이지 않는 가시가 돋혀 있었다. 카터는 이 깡마르고 온화한 눈매의 사나이가 지금 그가 마음대로 할 수 있는 입장에 있긴 해도, 어떤 뜻에서는 소설을 쓰는 작가일 뿐만 아니라 블랫포드 자신의 로맨틱한 고민거리를 만들어 낸 장본인이기도 하다는 것을 너무나도 뼈저리게 느꼈던 것이다. 이 두 사람 사이에는 패티라는 인물이 어른거리며 움직이고 있었다. 퀸은 그 점을 알아차리고 매우 만족했다. 이것 역시 그가 질문자보다 우세한 입장에 서 있는 하나의 이점인 것이다. 왜냐하면 패티 때문에 이 젊은 블랫포드는 눈이 멀었고 총명한 그의 지성이 무디어졌기 때문이다. 퀸은 그 이점을 마음속 깊숙한 곳에 감추어 두고 겉으로는 귀에 들어오는 질문에 일단 주의를 기울이는 척하며 본심은 아까부터 하고 있던 생각에 집중시켰다.

그러다가 갑자기 그의 머리에 그 진실을 짐 하이트에게 유리하게 만드는 방법이 떠올랐다! 그는 하마터면 웃음이 나올 뻔한 것을 참으며 천천히 몸을 뒤로 기대고 눈 앞에 서 있는 남자에게 온 신경을 모았다. 첫 질문을 듣고 그는 마음을 놓았다. 블랫포드는 혀를 축 늘어뜨리고 헐떡거리며 뒤쫓아오고 있는 것이다.

"스미드 씨, 우리가 피고의 필적으로 된 세 통의 편지를 찾아 낼 수 있었던 것은 하이트 부인이 당신이 그 편지에 대한 이야기를 우리에게 했으리라고 생각하고 히스테리를 일으켰기 때문이었음을 기억하고 계십니까?"

"네."

"그리고 그날 나는 당신에게 두 번이나 편지에 대해 물었는데도 당신은 대답하지 않았지요, 기억하고 계십니까?"

"네, 기억하고 있습니다."

블랫포드는 조용히 말했다.

"스미드 씨, 오늘 당신은 진실을 말하겠다고 선서하고 이 증인석에 앉았습니다. 그러므로 묻겠는데, 당신은 디킨 서장이 피고의 집에서 세 통의 편지를 찾아내기 전부터 그 편지가 있다는 것을 알고 있었습니까?"

"네, 알고 있었습니다"

엘러리는 말했다.

블랫포드는 놀랐다. 그리고 설마 그럴 수가 있느냐는 듯이 물었다.

"그 편지가 있다는 것을 언제부터 알았습니까?"

엘러리는 그때의 경위를 설명하자 블랫포드의 놀라움은 만족으로 바뀌었다.

"어째서 그런 일을 했습니까?"

그는 비웃으며 나무라듯 물었다.

그러나 엘러리는 다소곳이 그 말에 대답했다.

"그럼, 당신은 하이트 부인이 남편에게 살해당할 우려가 있다는 것을 알고 있었던 셈이로군요."

"그렇지는 않습니다. 그런 암시를 나타내는 내용의 편지가 세 통 있다는 것만 알고 있었을 뿐입니다."

"그럼, 당신은 그 편지를 피고가 썼다고 생각합니까, 그렇지 않다고 생각합니까?"

마틴 변호사가 이의를 제기하려고 하자 퀸은 판사에게 고개를 저어 보였다.

"그 점은 모르겠습니다."

"하지만 지금 당신은 패트리시아 라이트 양이 그것을 형부의 필적으로 인정했다고 증언하지 않았습니까?"

4미터쯤 떨어진 곳에 앉아 있던 패트리시아 라이트 양은 이 두 사람을 찌를 듯한 눈초리로 바라보고 있었다.

"그녀는 인정했습니다. 하지만 그렇다고 해서 그렇게 단정할 수는 없겠지요."

"당신은 직접 확인해 보았습니까?"

"네, 하지만 나는 필적 감정 전문가는 아닙니다."

"그러나 당신 나름대로의 어떤 결론을 내리셨겠지요, 스미드 씨?"

"이의가 있습니다. 그에게 결론을 물어볼 필요는 없습니다."

마틴 변호사가 견디다 못해 외쳤다.

"지금의 질문은 취소하시오."

뉴볼드 재판장이 지시했다.

블랫포드는 싱긋이 웃었다.

"당신은 피고의 책을 조사해 보았겠지요? 에치컴의 독물학 책 71쪽과 72쪽에 씌어 있는 비소에 관한 항목에서 특히 빨간 크레용으로 밑줄이 그어져 있는 곳을 말입니다."

"조사해 보았습니다."

"그 책의 빨간 크레용으로 밑줄이 그어져 있는 곳을 보아서도, 만일 범죄가 이루어진다면 비소 중독에 의한 독살일 것으로 짐작했겠지요?"

"필연성과 확률의 구별에 대해 크게 의론을 벌일 여지가 있습니다만, 여기서 지금 그럴 수는 없고……. 어쨌든 나는 짐작했다고 해두지요. 네, 짐작하고 있었습니다."

퀸은 한심스럽다는 듯이 말했다.

"재판장님, 이것은 아무래도 전혀 온당치 못한 질문과 응답이라고 생각합니다."

마틴 변호사는 답답하다는 듯이 말했다.

"어째서 그렇게 생각하십니까?"

뉴볼드 재판장이 물었다.

"스미드 씨의 생각과 결론에 필연성이며 확률이며 의문이며 그 밖에 무엇이 있건, 지금 문제가 되어 있는 사실과는 아무런 관계도 없기 때문입니다."

블랫포드는 다시금 싱긋이 웃었다. 그리고 뉴볼드 재판장이 그에게 질문은 실제로 있었던 사건과 대화에 한정하도록 하라고 주의를 주자, 그는 그런 것은 아무래도 좋다는 듯이 고개를 끄덕였다.

"스미드 씨, 그 세 통의 편지 속에 하이트 부인의 '죽음'이 섣달 그믐날 자정에 이루어질 것처럼 씌어 있는 것을 당신은 알고 있었습니까?"

"네."

"지금 문제가 되고 있는 그날 파티 때 당신은 도중에 피고의 뒤를 따라 거실 밖으로 나갔습니까?"

"나갔습니다."

"당신은 그날 밤 내내 그를 지켜보았습니까?"

"그렇습니다."

"그가 식기실에서 칵테일을 만들고 있는 것을 보았습니까?"

"그렇습니다."

"그렇다면 자칭 조금 전에 피고가 마지막 칵테일을 만들었다는데, 당신은 그때의 상황을 기억하고 계십니까?"

"똑똑히 기억하고 있습니다."

"그는 어디서 그것을 만들었습니까?"

"부엌 옆 식기실에서 만들었습니다."

"당신은 거실에서 그의 뒤를 따라 그리로 갔습니까?"

"그렇습니다. 홀을 지나 그리로 갔습니다. 홀은 현관에서 집 안쪽으로 통하게 되어 있습니다. 그는 부엌을 지나 식기실로 들어갔습니다. 나는 그의 바로 뒤를 따라가다가 홀에서 부엌으로 들어가는 문 옆에 멈추어 섰습니다."

"그는 당신을 보았습니까?"

"그것은 알 수 없지요."

"그러나 당신은 그가 보지 못하도록 조심했겠지요?"

퀸은 미소지었다.

"나는 조심하지도 않았고, 그렇다고 일부러 드러내 보이지도 않았습니다. 홀에서 부엌으로 들어가는 문이 절반쯤 열려 있는 곁에 서 있었을 따름입니다."

"피고는 고개를 돌려 당신을 보았습니까?"

블랫포드는 끈질기게 물었다.

"아니오."

"그러나 당신은 그를 볼 수 있었겠지요?"

"똑똑히 보였습니다."

"피고는 무엇을 하고 있었습니까?"

"그는 믹스 글라스로 맨해튼 칵테일을 만들었습니다. 그것을 쟁반 위에 있는 몇 개의 예쁜 술잔에 차례차례로 따랐습니다. 그리고 나서 그가 식기실 탁자 위에 있던 마라스키노 버찌 병을 집으려는데 뒷문에서 노크 소리가 났습니다. 그는 칵테일을 그대로 둔 채 누가 노크하는지 보기 위해 부엌으로 갔습니다."

"조금 전에 증언이 있었듯이, 그때 로라 라이트 양과 피고가 이야기를 나누었단 말이군요?"

"그렇습니다."

"피고가 부엌문에서 로라 라이트 양과 이야기하고 있는 동안 식기실에 놓여 있던 칵테일 쟁반을 당신은 내내 지켜보았습니까?"

"네, 보았습니다."

카터 블랫포드는 조금 망설이다가 결심한 듯 말했다.

"피고가 식기실에서 나갔다가 돌아올 때까지 누군가가 그 칵테일로 다가가는 것을 당신은 보았습니까?"

퀸은 대답했다.

"나는 아무도 보지 못했습니다. 왜냐하면 거기에는 아무도 없었으니까요."

"그렇다면 그 식기실은 그동안 완전히 비어 있었단 말입니까?"

"생물은 없었습니다."

블랫포드는 기쁨을 감출 수가 없었다. 애써 아무렇지도 않은 체하려고 했으나 헛수고였다. 난간 안의 벤치에 앉아 있던 라이트네 사람들의 표정이 굳어졌다.

"그럼, 스미드 씨. 당신은 로라 라이트가 돌아간 다음 피고가 식기실로 다시 들어오는 것을 보았습니까?"

"보았습니다."

"그는 무엇을 했습니까?"

"그는 조그만 상아 꼬챙이로 마라스키노 버찌를 칵테일 속에 하나씩 떨어뜨렸습니다. 그리고 그는 두 손으로 쟁반을 들고 조심스럽게 내가 서 있는 문을 향해 부엌을 지나 걸어나왔습니다. 나는 시치미를 떼고 그와 함께 거실로 들어갔고, 그는 가족과 손님들에게 칵테일 잔을 나누어주기 시작했습니다."

"그가 쟁반을 들고 식기실에서 거실까지 걸어가는 도중 당신 이외에 그의 곁으로 다가간 사람은 없었습니까?"

"아무도 없었습니다."

엘러리는 침착하게 다음 질문을 기다렸다. 블랫포드의 눈이 의기양양하게 빛났다.

"스미드 씨, 그 식기실 안에서 어떤 다른 일이 벌어지는 것은 보지 못했습니까?"

"아니오."

"다른 일은 아무것도 일어나지 않았습니까?"

"아무것도 일어나지 않았습니다."

"당신은 당신이 본 것을 모두 이야기했습니까?"

"모두 이야기했습니다."

"당신은 피고가 그 칵테일 잔 하나에 하얀 가루를 털어 넣는 것을 보지 못했습니까?"

"아니오, 그런 일은 절대로 없었습니다"

퀸은 말했다.

"그럼, 식기실에서 거실까지 걸어가는 도중에서도 그런 일은 없었습니까?"

"하이트 씨의 두 손은 쟁반을 떠받치고 있었습니다. 그가 칵테일을 만드는 동안에도, 쟁반을 거실로 들고 가는 동안에도, 어느 칵테일 잔에도 이상한 물질을 넣지 않았습니다."

법정 안에 조용한 술렁임이 일었다. 라이트네 사람들은 마음을 놓은 듯 서로 얼굴을 마주 보았으며, 마틴 변호사는 얼굴의 땀을 닦았고, 카터 블랫포드는 비웃음에 가까운 말투로 말했다.

"당신은 2초쯤이라도 눈길을 뗀 적은 없었습니까?"

"나의 눈은 줄곧 칵테일 잔을 지켜보고 있었습니다."

"1초도 눈길을 돌리지 않았단 말이지요?"

"1초도 돌리지 않았습니다."

퀸은 블랫포드에게 미안하다는 듯이 말했다.

블랫포드는 배심원을 보며 싱긋이 웃었다. 한 사람 한 사람에게 웃음을 보냈던 것이다. 그리고 적어도 다섯 명의 배심원은 그 웃음에 대답했다. 맞아요, 그 말을 어떻게 믿습니까. 그는 라이트네와 한패가 아닙니까. 더구나 카터 블랫포드가 패티 라이트와 교제를 끊은 것은 온 거리가 다 아는 사실이지요. 이 스미드라는 사나이가 패티 라이트와 가깝게 지내고 있기 때문이지요. 그러니……

"그럼, 당신은 짐 하이트가 그 칵테일 잔 하나에다 비소를 넣는 것을 보지 못했단 말이지요?"

블랫포드가 이번에는 여유있게 웃으며 말했다.

"같은 말만 되풀이해서 죄송합니다만, 나는 보지 못했습니다."

퀸은 정중하게 대답했다. 그러나 배심원들은 그의 말을 믿지 않을 것이라고 그는 생각했다. 라이트네 사람들은 그것을 모르지만, 엘러리는 알았고 마틴 변호사도 알고 있었다. 이 노신사는 다시 땀을 흘리기 시작했다. 그러나 짐 하이트만은 아무런 동요도 나타내지 않고 장막에 싸인 사람처럼 조금도 변함없이 앉아 있었다.

"스미드 씨, 이 질문에 대답해 주십시오. 그 칵테일 잔 하나에다 독약을 넣을 수 있는 기회를 가진 사람이 또 있었습니까?"

퀸은 자세를 똑바로 했다. 그러나 그가 미처 대답하기 전에 카터 블랫포드가 덧붙여 물었다.

"즉 피고 이외의 어떤 다른 사람이 그 칵테일 잔 가운데 하나에다 독약을 넣는 것을 당신은 보았느냐는 말입니다. 다른 사람이 말입니다."

"다른 사람은 아무도 없었습니다. 하지만……"

"다시 말해서 스미드 씨, 피고 짐 하이트는 칵테일 속에 독약을 넣기에는 가장 편리한 자리에 있었을 뿐만 아니라 오직 그만이 그런 상황에 놓여 있었던 것이 아닙니까?"

블랫포드는 외치듯 말했다.

"아닙니다." 스미드 씨는 대답하고 나서 싱긋이 웃었다. 그쪽에서 그렇게 나온다면 이쪽에서도 따끔하게 한 대 먹일 수 있다. 그러나 난처한 것은 어처구니없게도 자기 자신을 한 대 먹이는 결과가 되는 것이다. 그의 아버지 퀸 총경은 아마도 뉴욕 신문에서 이 사건의 기사를 읽고 '엘러리 스미드란 대체 누구일까?' 하고 생각하고 있겠지만, 이 '스미드 씨'의 정체를 알고 난 다음 이 어린애같이 무모한 거드름을 읽으면 무어라고 말씀하실까 생각하니 한숨이 나왔다.

카터 블랫포드는 어이없다는 표정으로 외쳤다.

"스미드 씨, 이것이 거짓 증언임을 모르시오? 당신은 지금 막 식기실에는 아무도 들어가지 않았다고 증언했소! 피고가 칵테일을 거실로 날라가는 도중 아무도 그에게 다가간 사람이 없다고 말했소! 그렇다면 두 가지만 다시 질문하겠는데, 피고가 쟁반을 들고 거실까지 가는 동안 그에게 다가간 사람이 있었습니까?"

"없었습니다."

퀸은 끈기있게 대답했다.

"피고가 뒷문에서 로라 라이트 양과 이야기하고 있는 동안에 어떤 다른 사람이 식기실로 들어갔습니까?"

"아니오."

블랫포드는 거의 할 말이 없었다.

"그러나 당신은 지금 막…… 스미드 씨, 당신 자신의 증언에 따른 다면 그 칵테일 가운데 하나에다 독약을 넣을 수 있는 사람이 짐 하이트 이외에 누구 또 있었단 말입니까?"

마틴 변호사가 일어섰다. 그러나 그가 '이의 있다'는 말을 하기 전에 엘러리는 침착하게 말했다.

"나라면 할 수 있었지요."

그의 눈앞에 있던 모든 사람이 입을 쩍 벌렸다. 그리고 물을 끼얹은 듯이 고요해졌다. 그는 이어서 말했다.

"아시겠습니까, 내가 뒷문에 서 있는 짐도 로라도 모르는 사이에 홀 문을 거쳐 부엌을 가로질러 살짝 식기실로 들어가서 칵테일 가운데 하나에다 비소를 떨어뜨리고 역시 살짝 본디 자리로 돌아온다 해도 겨우 10초면 할 수 있습니다……"

법정 안이 술렁거렸다. 그리고 퀸은 그 큰 키의 꼭대기에서 조용한 미소를 지으며 와자지껄하는 사람들을 내려다보고 있었다.

사람들의 부르짖음, 뉴볼드 재판장의 방망이 소리, 후다닥 달려오는 신문기자들의 발소리를 누르듯 카터 블랫포드의 의기양양한 외침 소리가 울려 왔다.

"그럼, 당신이 그 칵테일에 독약을 넣었단 말입니까, 스미드 씨?"

몇 초 동안 물을 끼얹은 듯 조용했다. 그 사이에 마틴 변호사의 '이의가 있다'는 약한 목소리가 들렸으나 퀸은 사이를 두지 않고 말했다.

"헌법상의 이유로……."

사태는 마침내 지옥과 같은 소란으로 번져 뉴볼드 재판장은 방망이를 부러뜨리며 정리에게 방청객을 퇴장시키라고 외쳤고, 다음날 아침까지 휴정한다고 소리지르며 판사실로 달아났다. 아마도 그는 거기에서 식초로 머리 찜질을 했을 것이다.

25 패트리시아 라이트의 기묘한 부탁

그 다음날 아침까지 여러 가지 색다른 일들이 있었다. 라이트빌 사람들의 눈길이 잠시동안 짐 하이트로부터 엘러리 스미드로 옮겨갔다. 프랭크 로이드의 신문은 스미드 씨가 증언한 놀라운 사실을 큼직하게 다루어 사설에다 다음과 같이 썼다.

어제 스미드 씨가 한 폭탄적인 증언은 아무래도 불발탄으로 그칠 것 같다. 이 사람이 문책 당하리라고는 생각되지 않는다. 스미드 씨에게는 동기가 없다. 그는 작년 8월 라이트빌에 오기 전까지 노라 또는 짐 하이트, 그리고 라이트네 사람들 가운데 그 누구와도 안면이 없었다. 그는 하이트 부인과는 사실상 아무런 관련도 없으며 더구나 로즈메리 하이트와는 전혀 모르는 사이였다. 어제 그가 어떤 변덕스러운 마음으로 그런 어릿광대 같은 증언을 했는지 알수 없으나──그리고 증인을 잘못 다루어 증인에게 끌려가는 결과를 빚어낸 블랫포드 검사야말로 문책을 받아야 하겠으나──그 증언은 전혀 터무니없는 말이다. 섣달 그믐날 파티에서 그 운명적인 칵테일에 독약을 넣을 수 있었던 사람은 짐 하이트를 제쳐놓고는 그 스미드 씨 뿐이라 하더라도 그 독약이 든 한 잔의 칵테일이 반드시 노라 하이트의 손에 넘어간다고 확신할 수는 없었을 것이다. 그러나 짐 하이트는 확신할 수 있었고, 사실은 그대로 이루어졌다. 그리고 스미드 씨로서는 그 세 통의 편지를 쓸 수 없었을 것이다. 그 편지는 틀림없는 짐 하이트의 필적이기 때문이다. 요컨대 어제의 일은 스미드 씨의 우정에서 나온 필사적인 제스처이거나 아니면 한 작자가 라이트빌을 실험 재료로 삼아 신문지상을 떠들썩하게 하려는 짓궂은 시도임을 라이트빌 시민과 배심원들은 모두 인정할 것이다.

다음날 증인석에 앉은 엘러리에게 블랫포드는 맨 먼저 이렇게 말했다.

"이것은 당신이 어제 한 증언의 정식 사본입니다. 읽어보시오."

엘러리는 이상하다는 듯 눈썹을 치켜올렸으나 사본을 집어들고 읽었다.

"물음——당신의 이름은? 대답——엘러리 스미드입니다……."

"잠깐만 기다리시오! 그것이 당신의 증언이었지요. 당신의 이름은 엘러리 스미드지요?"

"그렇습니다."

엘러리는 대답했으나 오한을 느꼈다.

"스미드란 진짜 이름입니까?"

'드디어 왔구나' 하고 엘러리는 생각했다. 상대는 만만치 않은걸!

"아니오."

"그럼 가명입니까?"

"조용히!" 하고 정리가 소리쳤다.

"그렇습니다."

"당신의 진짜 이름은?"

마틴 변호사가 재빠르게 말했다.

"그런 질문은 필요 없습니다, 재판장님. 엘러리 스미드 씨는 공판을 받고 있는 것이 아닙니다."

"블랫포드 씨의 의견은?"

뉴볼드 재판장은 의아한 표정을 짓고 말했다.

"어제의 스미드 씨의 증언에 의해 검찰 측으로서는 칵테일에 독약을 넣을 수 있는 기회를 가진 사람이 오직 피고 한 사람이라는 견해에 일종의 의문을 품게 되었습니다. 스미드 씨 자신이 칵테일에 독약을 넣을 수 있는 입장에 있었다고 증언했기 때문입니다. 따라서 오늘 나의 질문은 필연적으로 스미드 씨의 성격에 대해서고……"

블랫포드는 엷은 웃음을 띠며 말했다.

"그럼, 당신은 그의 진짜 이름을 폭로하면 스미드 씨의 성격을 알 수가 있다는 것입니까?"

뉴볼드 재판장은 눈살을 찌푸리며 말했다.

"그렇습니다."

"그렇다면 변호인, 증언에 앞서 이 말을 허용하겠습니다."

"나의 질문에 대답하시오" 하며 블랫포드는 엘러리에게 "당신의 진짜 이름은?" 하고 물었다.

엘러리는 '라이트네 사람들이 당황하는구나' 하고 생각했다. 다만 패티만은 곤혹과 노여움이 뒤섞인 얼굴로 입술을 깨물고 있었다. 그러나 블랫포드가 지난밤에 여러 가지를 조사했다는 것을 엘러리는 알 수 있었다. '퀸'이라는 이름이 살인죄를 면할 수 있는 이유는 물론 안 되지만, 실제 문제에 있어 이 이름이 밝혀지면 배심원들이 그러한 유명한 이름의 인사가 범죄를 저지를 리 없다고 생각할 것이다. 이젠 별수 없다. 엘러리 퀸은 한숨을 쉬며 말했다.

"나의 이름은 엘러리 퀸입니다."

이런 상태에 이르렀을 때 마틴 변호사는 아주 잘 해냈다. 블랫포드가 타이밍을 잘 잡은 것만은 사실이었다. 블랫포드는 엘러리를 증인석에 불러냄으로써 피고 측에 하나의 중요한 목적을 이룩할 수 있는 발판을 만들어 주기도 했지만, 그 엘러리의 정체를 폭로함으로써 피고 측의 목적을 부수고 말았던 것이다. 마틴 변호사는 끈기 있게 한 곳을 찔렀다.

"퀸 씨, 당신은 숙달된 눈으로 범죄현상을 관찰할 수 있었던 사람으로서 이 사건에 얼마만큼의 흥미를 느끼고 계십니까?"

"굉장한 흥미를 느끼고 있습니다."

"그래서 섣달 그믐날 밤의 파티에서 짐 하이트를 끊임없이 관찰했습니까?"

"그것과 또 하나의 라이트 씨네 가족에 대해 개인적으로 염려되는 점이 있었기 때문입니다."

"당신은 하이트가 독살을 시도할는지도 모른다는 생각에서 감시했습니까?"

"그렇습니다."

엘러리는 똑똑히 대답했다.

"당신은 하이트가 그런 일을 꾸미는 것을 보았습니까?"

"보지 못했습니다."

"당신은 짐 하이트가 하나의 칵테일 잔에다 비소를 몰래 넣으려는 기색이나 행동을 보았습니까?"

"그런 기색이나 행동을 보지 못했습니다."

"그런데도 당신은 그런 기색이나 행동이 일어날까봐 감시했습니까, 퀸 씨?"

"그렇습니다."

"질문을 끝내겠습니다."

마틴 변호사는 의기양양하게 말했다.

새 미스터리 소설의 자료를 얻기 위해 라이트빌에 온 엘러리 퀸 씨는 다시없이 좋은 기회를 만났으니 그 끔찍한 편지의 진상을 해명하여 온 나라에 알려 줄 것이다. 모든 신문이 하나같이 이렇게 썼다.

블랫포드는 씁쓰레한 얼굴로 검찰 측의 질문을 보류했다.

때마침 주말로 접어들어 사건 관계자들은 모두 자기 집이나 호텔로 돌아갔고, 다른 지방에서 온 보도 관계자는 홀리스 호텔 로비의 임시 침대로 돌아갔다. 그리고 거리의 사람들은 짐 하이트의 장래가 어두울 것으로 내다보았다. 당연하지, 그가 했으니까. 주말의 바와 선술집은 손님이 들끓어 크게 법석을 떨었다. 그러나 짐 하이트를 옹호하는 사람들은 금요일 밤에 또다시 라이트 저택 거실에 모였다. 그러나 분위기는 어둡고 절망적이었다. 노라는 엘러리, 마틴, 로버타 로버츠에게 각각 물었다.

"당신은 어떻게 생각하세요 ? "

희망이 없는 애처로운 목소리였으나, 누구나가 고개를 저을 뿐이었다.

"퀸 씨의 증언 때문에 매우 유리하게 되었지만, 배심원들이 짐에게 죄가 있다고 믿고 있기 때문에 어떻게도 할 수가 없소, 노라. 사태가 매우 험악해서 일시적인 위안의 말도 해줄 수가 없군요" 하고 엘리 마틴이 유감스럽다는 듯이 말하자 노라는 멍하니 난롯불을 바라보고 있었다.

"당신이 엘러리 퀸 씨라는 말을 들었을 때 그전 같으면 나는 무척 스릴을 느꼈을 거예요. 하지만 요즈음은 그럴 기운도 없어요. "

해미온이 한숨을 쉬었다.

"엄마, 여느 때의 엄마의 그 투지는 다 어디로 갔어요 ? "

로라가 작은 소리로 말했다.

해미온은 미소지었으나 쉬고 싶다고 말하며 다리를 끌다시피 하여

2층으로 올라갔다.

잠시 뒤에 존 F도 "퀸 씨, 고맙소" 하고는 해미온이 가 버린 것이 불안한지 아내의 뒤를 따라갔다.

그들은 한참 동안 아무 말도 없이 그대로 앉아 있었으나 마침내 노라가 말했다.

"엘러리 씨, 적어도 당신이 보셨다는 것으로서 짐에게 죄가 없다는 점이 확인됐다고 생각해요. 그것만으로도 큰 수확이에요. 이것은 중요한 뜻을 지니고 있으니만큼 뭐니뭐니해도 당신의 증언을 믿어 주지 않으면 곤란하지요" 하고 그녀는 외치는 것이었다.

"믿어 준다면 오죽이나 좋겠습니까."

"마틴 씨, 월요일은 당신이 말씀하실 차례지요. 무슨 말씀을 하시겠습니까?"

로버타 로버츠가 급히 말했다.

"당신이 좀 가르쳐 주십시오."

마틴이 말했다.

그녀는 눈을 아래로 내리뜨며 "도움이 될 만한 것이 생각나지 않는군요" 하고 작은 소리로 말했다.

"역시 내가 생각했던 대로군" 하고 엘러리가 중얼거렸다. "남이 좋은 생각을 해줄 것을 기대해선 안 되지요."

무언가가 '쨍그렁' 하고 깨졌다. 패티가 일어나는 순간 그녀가 마시던 셰리 주 잔이 벽난로 속으로 떨어지며 산산이 부서져 둘레에 파란 불길이 일어났다.

"왜 그러니, 너? 정말 어이가 없구나!"

로라가 심하게 꾸짖었다.

"왜 그러는지 가르쳐 줄까? 나는 이런 식으로──엘리아 히프(디킨즈의 《데이비드 커퍼필드》에 나오는 겸손한 척하는 비겁한 사람)처럼 앉아 있는 것은 이젠 질색이야. 나는 이제부터 혼자서라도 무언가 해보겠어!"

패티가 숨을 할딱거리며 말했다.

"패티!"

노라는 갑자기 패티가 여자 하이드 씨로 변하기라도 한 듯이 깜짝 놀라며 동생의 얼굴을 보았다.

"뭘 그렇게 투덜거리고 있니, 패티?"

로라가 중얼거렸다.

"좋은 생각이 떠올랐어!"

"아기에게 좋은 생각이 떠올랐대요" 하고 로라가 이죽거렸다. "나도 옛날에 좋은 생각이 떠올랐었지. 그리고 언뜻 정신이 들고 보니 비겁한 남자와 이혼했더군. 앉아라, 이 신경질쟁이야."

"잠깐만, 좋은 생각이 있을지도 모르겠군요. 좋은 생각이라니 뭡니까, 패티?"

엘러리가 말했다.

"모두 시시한 생각들이나 하고 계세요. 하지만 나에게는 생각이 있어요. 나 혼자서 해치우겠어요."

패티가 몹시 성을 내며 말했다.

마틴이 말했다.

"어떤 생각이지? 누구의 생각이라도 좋으니 듣고 싶군. 어서 말해 봐요, 패트리샤."

"들어 주시겠어요? 하지만 말하지 않겠어요. 언젠가는 알게 될 테니까요, 엘리 아저씨! 꼭 한 가지 부탁이 있어요."

패티가 쌀쌀맞게 말했다.

"부탁이라니?"

"저를 피고 측의 마지막 증인으로 불러 주세요!"

판사는 망설였다.

"하지만 왜?"

엘러리가 급히 말했다.

"무슨 생각을 하고 있는지 먼저 어른들과 의논하는 것이 좋지 않을 까요?"

"이미 의논은 지나치도록 많이 했잖아요, 할아버지!"

"하지만 무얼 하려고 그러지요?"

"세 가지가 필요해요" 하고 패티는 진지한 표정으로 말했다. "첫째는 시간, 둘째는 최후의 증인, 셋째는 노라 언니의 새 오우더리스크 향수예요…… 퀸 씨는 무엇을 하려고 그러느냐고 물으셨지요? 나는 형부를 구해 내려고 그래요!" 노라는 뜨고 있던 뜨개질감으로 눈물을 닦으며 방에서 달려나갔다. "나는 해 보이겠어요" 하고 패티는 화난 목소리로 말하고는 여자 갱 같은 어조로 나직이 덧붙였다.

"그 카터 블랫포드를 혼내 주어야겠어요!"

26 배심원 7호

월요일 아침, 뉴볼드 재판장이 판사실에서 나오는 것을 기다리고 있는 동안 엘리 마틴 노인은 퀸에게 말했다.

"이렇게 되면 하느님에게 맡기는 수밖에 없구려."

"그것은 무슨 뜻입니까?"

"하느님의 도움이 없으면 내 오랜 친구의 사위는 전기의자 감이라는 뜻이지요. 내가 하는 일이 그를 변호해 줄 수 있도록 하느님의 도움을 비는 수밖에 없단 말이오!" 하고 변호인은 한숨을 쉬었다.

"법률적으로는, 내가 하는 말은 엉터리일 겁니다. 하지만 당신에게는 일종의 논점이 있으시겠지요?"

"어느 정도는 그렇지요" 하고 노신사는 옆에서 고개를 숙이고 있는 짐 하이트를 씁쓰레하게 곁눈질해 보며 "나는 이런 사건은 처음이오!" 하고 큰 소리로 말했다. "모두들 나에게 아무 말도 해주지 않으니 말입니다. 피고도, 로버타도, 가족들도…… 장난꾸러기 패트리시아 마저 나에게 털어놓으려 하지 않는군요!"

"패티도 그렇단 말씀이지요……."

엘러리는 말하며 생각에 잠겼다.

"패티는 자기를 증인석으로 불러 달라고 하지만, 무엇 때문에 그애를 불러내야 하는지 알 수 있어야지요! 이것은 법률이 아니라 미친 짓이오."

"그녀는 토요일 밤에 이상한 기색으로 외출하더군요. 그리고 어젯밤에도요. 두 번 모두 무척 늦게 돌아왔습니다."

엘러리가 중얼거렸다.

"로마가 불타고 있는데도 말이지요!"

"마티니까지 마신 것 같더군요."

"나는 당신이 탐정이라는 것을 잊고 있었지만, 퀸 씨, 어떻게 그것을 아셨습니까?"

"그녀에게 키스를 했지요."

마틴은 깜짝 놀랐다.

"그녀에게 키스했다고요? 당신이?"

"저에게는 독특한 방법이 있거든요" 하고 퀸 씨는 조금 어색하게 말했다. 그리고 싱글벙글 웃었다. "하지만 이번에는 그 방법에도 실패했습니다. 그녀는 무슨 짓을 하려는지 통 말을 하지 않아요."

"오우더리스크 향수라고?" 노신사는 '흥'하고 코방귀를 뀌었다.

"만일 패트리시아 라이트가 좋은 냄새로 그 젊은 블랫포드의 마음을 사로잡을 생각이라면…… 아니지, 오늘 아침에 그는 즐거운 표정이 아니었소. 그렇지요?"

"의지가 꿋꿋한 젊은이라고나 할까요."

퀸 씨는 전적으로 찬성했다.

마틴은 한숨을 쉬고 난간 속의 의자에 앉아 있는 사람들을 흘긋 보았다. 조금 창백한 안색의 노라가 조그만 턱을 쳐들고 부모들 사이에 앉아 있었다. 그녀의 눈은 꼼짝도 하지 않는 남편의 옆얼굴을 호소하듯 보고 있었다. 그러나 짐은 그녀가 와 있다는 것을 알고 있다 해도 아는 척하지 않았을 것이다. 그들 뒤의 방청석은 빈틈없이 차 있었고 수군거리는 소리가 들려 왔다.

퀸은 패트리시아 라이트를 슬쩍 보았다. 오늘 아침의 패트리시아 라이트는 오펜하임의 미스터리소설에 나오는 사람 같았다. 눈을 가늘게 뜨고 입가에는 어떤 수수께끼 같은 표정이 깃들어 있었다. 저 입술은 어젯밤에 퀸이 과학적인 목적을 위해 키스하고도 헛수고로 끝나 버린 입술이다.

그는 앨리 마틴에게 옆구리를 찔리어 언뜻 정신이 들었다.

"어서 일어나시오, 법정의 예의를 잊었소! 뉴볼드 재판장이 나오잖소."

"그런가요."

엘러리는 맥빠진 듯이 말했다.

마틴이 짐 하이트를 변호하기 위한 증인으로서 맨 처음 증인석으로 불러 낸 사람은 해미온 라이트였다. 해미온은 재판장석 앞을 지나 증인석의 계단에 발을 올려놓았는데, 옥좌에 오르는 여왕 같지는 않다 하더라도 단두대에 오르는 여왕 같은 품격으로 증인석에 올라갔다. 선서할 때에는 또렷한 비극적인 목소리로 "선서합니다" 하고 말했다. '멋들어지게 하는군' 하고 엘러리는 생각했다. 해미온을 증인석에 끌어내다니! 노라의 어머니인 해미온을. 해미온이야말로 노라를 제쳐놓으면 온 세상에서 가장 짐 하이트를 미워하는 사람일 것이다.

그 해미온이 그녀의 딸을 죽이려던 남자를 위해 증언하려고 나온 것이다! 방청객들도 배심원들도, 그 모든 사람들의 시선을 이겨내는 해미온의 위엄 있는 태도에 감탄했다. 저런, 그녀는 투사였군! 그리고 엘러리는 그녀의 세 딸의 얼굴에서 자랑스러움을, 짐의 얼굴에서 불가사의한 부끄러움을, 그리고 카터 블랫포드의 얼굴에서 희미한 찬양을 보았다.

마틴 변호사는 해미온을 교묘하게 유도하여 그 범행이 이루어진 날 밤의 상황을 차례차례로 이야기하게 만들었다. 마틴은 주로 그날 밤의 화려한 분위기를 강조시킴으로써 모두 얼마나 즐거웠는지, 노라와 짐이 얼마나 어린애처럼 즐겁게 춤을 추었는지, 그리고 내친 김에 이 사건의 검사 측 증인 프랭크 로이드가 얼마나 술에 취해 있었는지 등을 확인시킨 다음, 그는 해미온의 미덥지 못한 듯한 앞뒤가 뒤섞인 답변을 통해 그날 밤 그 자리에 있던 프랭크 로이드는 물론이거니와 모든 사람들은 1941년을 축하하는 그 운명에 건배를 하기 전까지 단 한 잔밖에 마시지 않았던 엘러리 퀸이 없었다면, 그 칵테일 잔에 대한 확실한 말을 할 수 있는 사람은 하나도 없다는 인상을 배심원들에게 심어 주려고 했다.

다음에 마틴은 해미온에게 여러 가지 질문을 던짐으로써 짐과 노라가 신혼여행에서 돌아온 직후에 그녀가 짐과 주고받은 대화에 대하여 말하게끔 했다. 노라가 임신한 듯하다고 그가 장모에게 귀띔해 주며 노라는 확실해질 때까지 비밀에 붙여 두고자 했으나 짐은 너무 기뻐 도저히 숨겨 둘 수가 없어서 장모에게 털어놓지 않을 수 없었다는 것, 그리고 그가 털어놓았다는 것을 노라에게는 비밀로 해 달라고 부탁했다는 사실 등. 그리고 해미온은 짐이 노라의 아기 아버지가 되는 것을 얼마나 기뻐했는지, 그 때문에 그의 생애가 어떻게 달라질지, 노라와 아이를 위해 출세하고자 하는 새로운 투지가 얼마나 솟아났는지, 그리고 그가 노라를 얼마나 사랑하고 있는지, 날이 갈수록 그 사랑이 얼마나 더해지는지 그가 한 모든 말을 해미온으로 하여금 증언하게 만들었다.

카터 블랫포드는 눈에 띌 만큼 호의를 표시하며 반대 신문을 포기했다. 그리고 해미온이 증인석에서 내려올 때 다시금 칭찬의 속삭임이 있었다.

마틴은 피고의 성격을 증명하는 증인을 차례차례로 불렀는데, 그것은 뉴볼드 재판장의 얼굴만큼이나 길었다. 라이트빌 내셔널 은행의 톨리 플레스톤과 곤잘레스 씨, 버스 운전사 블릭 밀러, 애팜 하우스의 마담, 짐의 독신 시절 친구이며 비듀 극장의 젊은 지배인 루이 커언, 카네기 도서관의 에이킨 양——이 이름이 불려지자 모두 깜짝 놀랐다. 왜냐하면 에이킨 양은 그 누구도 좋게 말하는 법이 없는 여자이기 때문인데, 그래도 그녀는 성격을 증언하는 규정의 범위를 넘으면서까지 짐 하이트를 위해 말했다. 엘러리가 상상하건대 그것은 아마도 짐이 전에 늘 도서관에 다녔고, 더구나 에이킨 양이 규정지어 놓은 많은 규칙을 하나도 어기지 않았기 때문이리라. 피고의 성격을 증언하는 증인이 너무 많았고 또한 여러 방면의 사람들이어서 방청인들도 놀란 모양이었다. 짐 하이트가 이 라이트빌에 이토록 아는 사람이 많은 줄은 아무도 몰랐다. 그러나 이 점이야말로 마틴이 법정에 있는 모든 사람들에게 깊은 인상을 주려고 노리던 점이었다. 그리고 존 F가 증인석에 올라가 담담한 어조로 증언하자 사람들은 존 F가 부쩍 늙었다고 말했다. "존 F도 지난 두 달 동안에 아주 늙어 버렸어." 라이트 집안에 대한 동정의 물결이 온 법정 안에 넘쳐흘러 짐 하이트의 발끝까지 찰랑찰랑 물결쳤다.

이 성격을 증언하는 며칠 동안 카터 블랫포드는 라이트네 사람들에 대해 끝까지 경의를 표시했다. 그들의 기분을 존중하는 사려 깊은 태도를 보이면서도 "당신들을 유별나게 괴롭힐 생각은 없지만, 친밀한 관계에 있다고 해서 그 때문에 이 법정에서의 나의 행동을 조금이라도 허술하게 할 생각은 절대로 없소"라고나 하는 듯이 조금 냉정한 태도를 취하고 있었다.

다음에 마틴은 로렌쪼 글렌빌을 증인석으로 불러냈다. 로렌쪼 글렌빌은 눈이 개개풀어지고 두 뺨이 모래 시계처럼 움푹 들어간 작은 남자인데, 사이즈 16의 높은 칼라를 달았고, 그 칼라에서 시든 뿌리 같은 목이 돋아나와 있었다. 그는 자기는 필적 감정가라고 말했다.

글레빌은 이 공판 첫날부터 계속 출석했고, 또한 검찰 측의 증인인 필적감정가들이 피고가 썼다고 말하는 세 통의 편지가 피고의 필적임에 틀림없다고 증언하는 것을 들었다고 말하며, 그 자신도 그 편지를 조사해 보았고 또한 피고가 쓴 것임에 틀림없는 필적도 조사해 보았으나 전문가로서의 그의 의견은 지금 증거물로서 제출된 세 통의 편지는 짐 하이트가 쓴 것이라고 단언할 수 없다고 증언했다.

"필적 감정계에서 권위있는 분으로 인정받고 있는 당신이 이 세 통의 편지는 짐 하이트가 쓴 것으로 믿을 수 없다는 말씀입니까?"

"네, 나는 믿을 수가 없습니다."

"당신은 어째서 그렇게 생각하십니까, 글렌빌 씨?"

마틴은 물었다.

글렌빌은 매우 자상하게 설명하기 시작했다. 검찰 측 필적 감정가들이 그 편지는 짐 하이트가 쓴 것이라고 증언하는 것을 들은 배심원들은, 바로 그와 똑같은 자료에서 글렌빌 씨가 전혀 반대의 결론을 내세우는 것을 듣고 몇몇 배심원들이 의혹을 품기 시작한 것만은 사실이다. 따라서 마틴은 어느 정도 만족했다.

"글렌빌 씨, 이 편지들이 피고에 의해 씌어진 것이 아니라고 믿을 만한 이유가 달리 또 있습니까?"

이 말에 대하여 글렌빌은 많은 이유를 들었는데, 요약해 보건대 그것은 구문(構文)의 문제였다.

"말투가 너무 과장되고 부자연스러우며 피고가 여느 때 쓰던 편지의 문체와는 전혀 다릅니다"라고 말하며, 글렌빌은 증거로서 제출된 짐 하이트의 편지 속에서 한 부분을 예로 읽어 내려갔다.

"그렇다면 글렌빌 씨, 이 편지 세 통의 필자에 대한 당신의 의견은?"

"나로서는 이 편지를 위필이라고 여기고 싶습니다."

퀸은 이 말을 듣고 마음을 놓아야만 했으나 우연히도 그는 전에 어떤 다른 사건에서 피고가 실제로 사인한 한 장의 수표를 이 로렌쪼 글렌빌 씨가 지금처럼 엄숙하게 위필이라고 증언하는 것을 들은 적이 있었던 것이다. 엘러리의 견해로서는 그 편지는 짐 하이트가 썼다는 점에 있어 조금도 의심할 수가 없었다. 이 편지는 짐 하이트가 쓴 것이며 문제삼을 여지가 없었다. 그는 마틴이 이런 신용할 수 없는 글렌빌 씨를 내세워 어쩌자는 것일까, 하고 이상하게 여기지 않을 수가 없었다.

그러나 그는 마침내 그 이유를 알았다. 엘리 마틴은 됐다는 듯이 만족스러운 어조로 말했다.

"그럼, 글렌빌 씨, 당신의 전문적인 의견을 묻겠습니다. 하이트 씨의 필적은 쉽사리 흉내낼 수 있습니까, 아니면 어렵습니까?"

"매우 쉽습니다."

글렌빌 씨는 말했다.

"당신은 하이트 씨의 필적을 흉내낼 수 있겠습니까?"

"있고말고요"

"당신은 지금 여기서 하이트 씨의 필적을 흉내내어 쓰실 수 있습니까?"

"글쎄요" 하고 글렌빌 씨는 머뭇거리더니 말했다. "잠깐 동안 그 필적을 연구해야겠지요, 한 2분쯤은 말입니다!"

블랫포드가 큰 소리를 지르며 일어섰다. 그리고 뉴볼드 재판장 앞에서 한참동안 낮은 목소리로 의론이 계속되었다. 이어서 법정은 그 것을 공개 실험할 것을 허용하여, 증인에게 펜과 잉크와 틀림없이 짐 하이트가 쓴 글씨의 사본이 주어졌다. 그 견본은 짐 하이트가 라이트 빌 내셔낼 은행의 편지지에 쓴 노라에게 보내는 편지였는데, 4년 전의 날짜로 되어 있는 것이었다. 법정의 모든 사람은 한결같이 의자 끝에 앉아서 지켜보았다. 로렌쪼 글렌빌은 그 사본을 정확하게 2분 동안 눈을 가늘게 뜨고 들여다보았다. 그 다음에 펜을 들어 잉크를 묻혀서 흰 종이 위에 거침없이 써 내려갔다.

"내 펜으로 쓰면 좀더 잘 쓸 수 있을 테지만……"

그는 마틴에게 말했다.

마틴은 증인이 쓴 것을 열심히 들여다보더니 이윽고 싱긋 웃으며 그 종이를 짐의 자필 사본과 함께 배심원석으로 돌렸다. 그 사본과 글렌빌의 위필을 비교하고 있는 배심원들의 난처한 표정을 보고 엘러리는 이 타격은 효과를 거두었다고 생각했다.

반대 신문에서 카터 블랫포드는 증인에게 단 한 가지만 질문했다.

"글렌빌 씨, 당신은 위필을 쓰는 기술을 익히는 데 몇 년 걸렸습니까?"

글렌빌은 그것을 위해 일생을 바친 모양이었다.

빅터 캐러티가 증인석에 불려나왔다. 그렇습니다. 나는 16호 도로에 있는 '핫 스포트'라는 술집을 경영하고 있습니다. 그것은 어떤 술집입니까? 나이트 클럽입니다.

물음——캐러티 씨, 당신은 피고 짐 하이트를 알고 있습니까?

대답——자주 보았습니다.

물음——그는 당신의 나이트 클럽에 간 적이 있습니까?

대답——네.

물음——술을 마시러 갔던가요?

대답——네, 이따금 한두 잔 마셨지요. 그것은 위반이 아닙니다.

물음——그런데 캐러티 씨. 짐 하이트가 자기 부인에게 당신네 술집에서 '도박을 하다가 돈을 잃었다'고 말했다는 증언이 있었는데, 여기에 대하여 당신은 무언가 아는 것이 없습니까?

대답——그것은 당치도 않은 거짓말입니다.

물음——그럼, 짐 하이트는 당신의 나이트 클럽에서 도박한 적이 없단 말입니까?

대답——없고말고요. 아무하고도 도박 같은 것은…….

물음——피고는 당신에게서 돈을 빌린 적이 있습니까?

대답——하이트 씨뿐만 아니라 아무에게도 돈을 빌려 준 적은 없습니다.

물음——피고는 당신으로부터 단 1달러도 빌린 적이 없습니까?

대답——없습니다.

물음——당신이 아는 한 피고가 당신네 가게에서 돈을 잃은 적이 없습니까? 도박이라든가 어떤 다른 이유로?

대답——기분 좋을 때 어떤 여자에게 돈을 주었는지 어떤지는 모르겠지만, 우리 가게에서는 술값 외에 쓴 돈은 한푼도 없습니다.

물음——블랫포드 씨, 반대 신문하시오.

블랫포드는 "그럼, 어디 해볼까" 하고 중얼거렸으나 그 소리는 엘리 마틴에게만 들렸다. 엘리 마틴은 어깨를 조금 움찔하고 자리에 앉었다.

블랫포드 검사의 반대 신문——캐러티 씨, 도박장을 벌이는 것은 법률 위반입니까?

대답——제가 도박장을 벌였다고 누가 말했습니까? 누굽니까?

물음——아무도 그러지 않았소, 캐러티 씨. 내 질문에만 대답하시오.

대답——그것은 짓궂게 꾸며 낸 말이오. 증거가 있습니까? 있다면 보여 주시오. 이런 곳에 끌려나와 배신당하다니……

뉴볼드 재판장——증인은 쓸데없는 말을 삼가시오. 그렇지 않으면 모욕죄에 걸립니다. 질문에만 대답하시오.

대답——무슨 질문입니까, 재판장님?

블랫포드 검사——아무튼 좋습니다. 당신은 당신의 '나이트 클럽'이라는 술집의 구석방에서 룰렛, 트럼프, 주사위, 그 밖의 도박을 벌였습니까, 안 벌였습니까?

대답——어째서 그런 괘씸한 물음에 내가 대답해야 합니까? 이것이야말로 모욕이지요, 재판장님, 아직 풋내기인 주제에 으스대며 나를 이런 자리에 앉혀 놓고……

뉴볼드 재판장——다시 한 번 그런 말을 하면……

마틴 변호사——재판장님, 이 반대 신문은 적당치 않은 것 같습니다. 이 증인이 도박장을 벌이고 있는지 아닌지 직접 신문에서는 묻지 않았습니다.

뉴볼드 재판장——기각합니다!

마틴 변호사——이의 있습니다!

블랫포드 검사——캐러티 씨, 만일 짐 하이트가 당신네 술집의 도박장에서 도박에 지고 당신에게서 돈을 빌렸다 해도 당신은 그렇지 않았다고 할 수밖에 없겠지요. 그렇지 않으면 도박장을 벌인 죄로 고

소당할 테니까요.

　마틴 변호사──지금의 질문은 취소하십시오!

　대답──대체 왜들 이러시오? 모두 으스대기만 하고! 내가 무슨 장사를 하고 있다고들 생각하는 거요. 나의 섹스 어필로 장사하고 있다고 생각하시오? 이런 시골뜨기 재판관 따위가 무서워서 이 빅터 캐러티가 물러설 줄 아시오? 나에게는 동료가 얼마든지 있소. 저런 늙은 판사며 검사 녀석에게 이 위대한 캐러티가 놀림을 당했다면 우리 친구들이 가만있지 않을 거요!

　뉴볼드 재판장──블랫포드 검사, 증인의 신문을 계속하겠습니까?

　블랫포드 검사──지금까지의 증언으로 충분하다고 생각합니다.

　뉴볼드 재판장──서기, 이 마지막 질문과 대답은 취소하시오. 배심원들도 이것은 없는 것으로 해 두시기 바랍니다. 방청인들도 조용히 하십시오. 그렇지 않으면 퇴장시키겠습니다. 이 증인은 법정 모욕죄로 구속하겠습니다. 정리는 얼른 데리고 나가시오.

　정리가 다가오는 것을 보고 캐러티는 주먹을 휘두르며 고함질렀다.
　"내 변호사는 어디 있지? 여기는 나치스 독일이 아니란 말이야!"
　노라가 선서하고 증인석에 앉아 가느다란 목소리로 증언하기 시작하자, 법정은 교회처럼 엄숙해졌다. 그녀는 여자 사제이며, 사람들은 자기들의 죄를 깨우치기 위해 모여든 죄 많은 청중같이 불안한 표정으로 조용히 귀를 기울이고 있었다. 짐 하이트에게 독살 당할 뻔한 여자라면 그에게 반감을 품고 있을 것이 아닌가? 그러나 노라는 짐을 미워하지 않았다. 온몸의 세포 하나하나가 온 힘을 다해 그의 편을 들고 있는 것 같았다. 그녀의 정숙과 지조가 법정을 따뜻한 공기로 가득 채웠다. 그녀는 온갖 비난으로부터 남편을 변호하는 훌륭한 증인이었다. 그녀는 그에 대한 애정과 그의 무죄를 믿는 마음을 되풀이 진술했다. 그것은 몇 번이나 되풀이되었다. 그리고 그녀가 진술하면서 이따금 몇 미터 앞에 앉아 있는 남편을 바라보면, 짐은 부끄러운지 무표정한 붉은 얼굴을 숙이고 더러운 구두 끝만 물끄러미 보는 것이었다.

"저 바보 같은 사람, 조금 더 상냥한 표정을 지어도 좋을 텐데!"

퀸은 울컥했다.

노라는 검사 측 주장을 물리칠 수 있는 현실적인 증언은 하지 못했다. 노라가 지니고 있는 심리적 가치를 노려 그녀를 증인석으로 불러낸 마틴은 섣달 그믐날 이전에 있었던 두 번에 걸친 독살 미수에 대하여는 일부러 언급하지 않았다. 그리고 카터 블랫포드는 순전한 동정심에서 반대 신문을 포기함으로써 그 두 번에 걸친 미수 사건에 대해 그녀에게 물어 볼 기회를 물리쳤다. 아마도 블랫포드는 노라를 괴롭히느니보다 가만히 내버려두는 편이 배심원들의 그에 대한 인상을 나쁘게 하지 않을 수 있다고 생각한 듯싶었다.

의심 많은 것으로 유명한 퀸은 조금 수상쩍게 생각했다.

노라가 마틴 변호사의 마지막 증인이었으므로 그는 조금 더 증언을 계속시킬까말까 하고 생각하며 피고석 테이블 위의 서류를 만지작거리고 있었는데, 난간 안에 앉아 있던 패티가 자꾸만 손을 흔들며 신호했다. 그래서 이 노신사는 무언가 가책을 받는 듯하여 내키지 않는 얼굴로 끄덕였다. 그리고 "패트리시아 라이트 양, 증인석으로 나오시오" 하고 말했다. 퀸은 스스로도 알 수 없을 만큼 몹시 긴장하며 몸을 앞으로 내밀었다.

마틴은 무엇을 물어 봐야 할지 알 수 없어 실마리를 잡기 위해 무난한 것부터 묻기 시작했다. 그러나 패티가 자진해서 말을 꺼냈다. 그녀가 참을 수 없을 만큼 무언가 말하고 싶어하는 것은 엘러리도 잘 알고 있었지만, 그 이유가 무엇일까? 그녀는 대체 무슨 말을 하려는 것일까?

패티는 피고 측 증인인데도 느닷없이 검사 측의 손아귀에 빠지고 말았다. 그녀는 말을 하면 할수록 짐을 불리하게 만들었다. 그녀는 이 형부를 불량배에다 거짓말쟁이로 몰아 넣었다. 그가 노라에게 창피를 주었고, 그녀의 보석을 훔쳤고, 그녀의 재산을 낭비했고, 그녀를 버렸고, 그녀에게 정신적 고통을 주었고, 끊임없이 그녀와 말다툼을 했다는 둥 닥치는 대로 늘어놓았다. 이윽고 패티가 이야기를 미처 절반도 하기 전에 방청석에서 와글거리기 시작했으므로 마틴은 토목 공사 인부처럼 땀을 흘리며 그녀를 말리려고 애썼고, 노라는 이 동생을 처음 보는 사람처럼 어이없는 얼굴로 바라보았으며, 해미온과 존 F는 납인형이 녹아나듯이 의자에 오그리고 앉아 있었다.

패티가 짐을 비난하며 그에 대한 증오심을 털어놓고 있는 동안, 뉴볼드 재판장이 잠깐 중단시켰다.

"라이트 양, 당신은 피고 측 증인으로 나와 있다는 것을 알고 있겠지요?"

패티는 내뱉듯이 말했다.

"미안합니다, 재판장님. 하지만 짐에게 죄가 있다는 것은 누구나 다 알고 있는데 그것을 모두 뭉개려 하고 있기 때문에 그대로 보고 있을 수가 없어요."

"이의를 제기합니다." 마틴이 노여움으로 몸을 떨며 말했다.

"패트리시아 라이트 양."

뉴볼드 재판장도 화가 나서 말했다.

그러나 패티는 빠른 어조로 말을 계속했다.

"그래서 나는 바로 어젯밤에 빌 케첨에게 말했습니다."

"무엇이라고!"

이 폭발적인 단어는 뉴볼드 재판장, 엘리 마틴, 그리고 카터 블랫포드 세 사람의 입에서 동시에 튀어나왔다. 그리고 온 법정이 놀라움의 도가니 속으로 빠져들어 가더니 주위의 벽이 무너져 나가듯이 정신 병원 같은 큰 혼란이 벌어졌다. 뉴볼드 재판장은 세 번째의 방망이를 두드렸고, 정리는 사람들을 안정시키려고 뛰어다녔으며, 신문기자석에서는 어떤 기자 한 사람이 무슨 일이 생각나서인지 큰 소리로 웃기 시작하자 그 웃음이 뒤로 뒤로 번져 나갔다. 이 큰 소동 속에서 마틴이 소리질렀다.

"재판장님, 지금 우리 쪽 증인이 한 진술은 나에게는 뜻하지 않았던 충격이었습니다. 이 사실을 기록해 두십시오. 나는 설마 이 증인이……."

"잠깐만 기다리십시오, 잠깐만, 변호인" 하고 뉴볼드 재판장은 기묘한 목소리로 말했다. "라이트 양!"

"네, 왜 그러시지요?"

패티는 왜 이렇게들 떠드는지 모르겠다는 듯이 물었다.

"당신이 하는 말이 잘 안 들렸습니다만, 어젯밤 빌 케첨에게 무언가 말을 했다고 했지요?"

"네, 그렇습니다, 재판장님. 그리고 빌도 제 말에 찬성했지요."

패티는 얌전하게 말했다.

"이의가 있습니다! 그녀는 나를 걸고넘어지려고 합니다! 무슨 꿍꿍이속이 있는 겁니다"

카터 블랫포드가 외쳤다.

라이트 양은 맑은 눈으로 블랫포드를 뚫어지게 바라보았다.

"잠깐만, 블랫포드 검사!" 뉴볼드 재판장이 자리에서 몸을 내밀었다. 그리고 패티에게 "빌 케첨이 당신에게 찬성했다고요? 그가 무엇을 찬성했단 말입니까? 어젯밤에 그 밖에 또 무슨 일이 있었습니까?"

"빌은 짐이 틀림없이 유죄라고 말했습니다. 그리고 만일 내가 약속한다면……." 여기서 패티는 얼굴을 조금 붉혔다. "만일 내가 어떤 일을 약속한다면, 그는 짐이 당연히 받아야 할 벌을 받지 않을 수 있게 해주겠다고 말했지요. 빌은 다른 배심원들에게도 잘 말해주겠다, 자기는 보험회사 세일즈맨이기 때문에 무엇이든지 억지로 떠맡기는 일을 잘한다고 말했어요. 그리고 나는 그가 꿈에 그리던 연인이니만큼 나를 위해서라면 어떤 험한 산도 올라가……."

"조용히들 하시오!" 뉴볼드 재판장이 고함질렀다. 법정 안이 조용해지자 뉴볼드 재판장은 엄숙하게 말했다. "라이트 양, 당신은 어젯밤에 이 공판정의 배심원 7호인 윌리엄 케첨과 이야기했단 말이지요?"

"그렇습니다, 재판장님. 그러면 안 되나요? 만일 안 된다는 것을 내가 알았더라면……."

패티는 눈을 동그랗게 뜨고 말했다. 그러나 그녀의 말 끝머리는 왁자지껄하는 소리로 들리지 않았다.

"정리, 방청인들을 조용히 하게 하시오!"

뉴볼드 재판장이 외쳤다.

"그럼, 그 다음을 계속해서 말해 주실까요."

뉴볼드 재판장의 말투가 너무 쌀쌀했기 때문에 패티는 카페오레 같은 얼굴빛이 되어 눈물을 글썽거렸다.

"지난 주 토요일 밤 우리는 함께 지냈습니다. 저와 빌 말입니다. 빌은 그런 것은 법률 위반이니 누가 보면 곤란하다고 하며 슬로컴까지 자동차를 타고 가서 빌이 아는 술집으로 들어갔습니다. 그 다음부터 우리는 매일 밤 거기에 갔지요. 내가 짐에게 죄가 있다고 말하자, 빌도 확실히 그렇다고 말하며……."

"재판장님, 제의합니다"

마틴이 무서운 목소리로 말했다.

"그렇습니까?" 하고 뉴볼드 재판장은 말했다. "엘리 마틴 씨, 당신같이 훌륭한 분이……" 하고 말하다가 재판장은 소리질렀다. "윌리엄 캐첨 씨! 배심원 7호! 일어서시오!"

뚱뚱한 보험회사 세일즈맨 윌리엄 케첨은 반쯤 일어섰다가 털썩 엉덩방아를 찧고는 다시 겨우 일어섰다. 그는 배심원석 뒷줄에 서서 통나무배에 타기라도 한 듯 몸을 흔들거렸다.

"윌리엄 케첨, 당신은 지난 주 토요일 이후, 밤마다 이 젊은 아가씨와 함께 있었습니까? 당신은 그녀에게 다른 배심원들에게도 잘 말해 주겠다고 약속했습니까? 정리! 디킨 서장! 이 사람을 끌어 내시오!"

뉴볼드 재판장은 노한 목소리로 말했다.

케첨은 동료 배심원 두 사람을 쓰러뜨리며 닭 무리에 뛰어든 살찐 수코양이처럼 방청석을 이리저리 뛰어다닌 끝에 한가운데의 통로에서 붙잡혔다.

그는 뉴볼드 재판장 앞에 끌려나가서 장황하게 늘어놓았다.

"나는 아무 나쁜 짓도 하지 않았습니다, 재판장님. 악의가 있었던 것은 아닙니다. 맹세합니다, 재판장님. 그가 유죄라는 것은 누구나 알고 있지 않습니까?"

"이 사람을 유치시키시오" 하고 뉴볼드 재판장은 작은 소리로 말했다. "정리, 문간을 지키도록 배치하시오, 5분 동안 휴정합니다. 배심원은 그대로 자리에 앉아 계십시오. 지금 이 법정에 있는 사람은 아무도 밖에 나가면 안 됩니다."

그리고 뉴볼드 재판장은 손으로 더듬다시피하며 판사실로 물러갔다.

"배심원들이 다른 사람들과 접촉하지 못하도록 조치하지 않았기 때문에 이런 일이 생겼지요" 하고 퀸은 기다리는 동안에 말했다. 그리고 패트리시아 라이트에게 이렇게 덧붙여 말했다. "그리고 머리가 산만한 어린아이가 어른들 일에 참견했기 때문에 일이 이렇게 됐소!"

"애야, 너 어쩌려고 그랬니" 하고 해미온은 울었다. "저런 케첨 같은 남자와 어울리다니! 그 남자를 우쭐하게 만들면 무슨 짓을 할지 모른다고 그토록 말했는데도 말이야. 여보, 당신도 그가 패티에게 끈질기게 데이트 신청을 한 것을 아시지요?"

"나는 그 낡은 머릿솔을 넣어 둔 장소를 기억하고 있소(아이들을 꾸짖을 때 머릿솔로 엉덩이를 때려 벌을 준다!)"

존 F는 화난 어조로 말했다.

"형부가 저렇게 심한 입장에 몰리고 있잖아요" 하고 패티가 작은 목소리로 말했다. "그래서 뚱뚱보 빌을 꾀어서 마티니를 많이 마시게 한 다음 나에게 애원하도록 만들었어요…… 자세히 보세요, 내가 방종한 여자같이 보여요?" 하며 그녀는 울기 시작했다. "어쨌든 나는 여러분 가운데 아무도 할 수 없는 일을 해냈단 말이에요. 이제 곧 모든 걸 알게 될 거예요."

엘러리가 급히 말했다.

"지금 같아서는 그저 유죄 판결을 기다리는 수밖에 없을 것 같군요"

엘러리가 급히 말했다.

"만일에……" 하고 노라가 창백한 얼굴을 밝은 희망으로 반짝이며 말했다. "어쩌면 패티, 왜 그런 짓을 했니! 하지만 나는 네가 좋아!"

패티는 말했다.

"카터도 얼굴이 붉어졌어요, 자기가 영리하다고 생각하나봐······"

퀸이 말했다.

"그렇군. 하지만 마틴 씨의 얼굴 좀 보시오"

엘리 마틴 노인은 패티에게 다가와 말했다.

"패트리시아, 나는 오늘같이 난처한 입장에 몰린 적이 없어. 모두 패티 때문이지. 그런 것은 아무래도 상관없고 너의 도덕적 행위를 이러쿵 저러쿵 말할 생각도 없지만, 덕분에 짐이 살아날 가망이 매우 희박해졌어. 뉴볼드 재판장이 뭐라고 하든, 또 어떻게 하든——사실 그로서도 어쩔 수 없지만——네가 일부러 일을 이렇게 만들었다는 것을 모르는 사람이 없게 되었거든. 그리고 그 결과로서 짐 하이트는 아마 호되게 당하게 될 거야."

말을 마치자 마틴은 총총히 가 버렸다. 로라가 말했다.

"애, 패티야, 저 늙은 변호사 나리께서는 지나치게 고지식해서 화를 내는 거야. 그러니 걱정하지 말아. 그리고 이젠 그만 울음을 그쳐! 너는 아마 조금쯤은 짐의 사형 집행을 연기시키게 만들었을 거야. 그 소같이 무뚝뚝한 사람에게는 그것도 과분해!"

"내가 한 마디 하겠는데, 나는 오랫동안 재판관 생활을 해 왔지만 당신만큼 어처구니없이 뻔뻔스럽고 무책임한 시민은 본 적이 없소, 윌리엄 케첨!" 하고 뉴볼드 재판장은 쌀쌀하게 말했다. "당신이 어떤 재물이나 또는 평가받을 수 있을 만한 물건을 받았다는 증거가 없는 한 유감스럽게도 당신을 법률에 정해진 죄명으로 고발할 수는 없지만, 나는 배심장에게 명령하여 당신의 이름을 배심원 명부에서 삭제시키겠소. 그리고 당신이 이 주에서 거주하는 한 배심원으로서의 권리 행사를 허용하지 않겠소"라고 말하며 금방이라도 쓰러질 것 같은 배심원 7호의 얼굴을 노려보았다.

윌리엄 케첨의 표정은 지금 당장 이 법정에서 나가게만 해준다면 그 밖의 어떤 유리한 권리도 기꺼이 내던지겠다고 말하고 있었다.

"블랫포드 검사" ——카터는 입술을 꼭 다문 채 노여움으로 새파랗게 질려 있었다——"당신은 패트리시아 라이트 양이 고의적으로 배심원 7호에게 어떤 행동을 취하게끔 했는지 자세히 조사해 주시오. 만일 그런 의도가 있었다고 인정될 경우에는 거기에 해당되는 죄명으로 패트리시아 라이트에 대한 기소장을 제출하시오."

"재판장님, 제가 기소한다면 배심원을 매수했다는 죄명으로밖에 할 수가 없습니다. 그리고 매수한 사실을 입증하려면 대가를 제시해야겠지요. 그러나 이 사건에서는 대가라는 것이 하나도 없으므로……" 하고 블랫포드는 낮은 목소리로 말했다.

"그녀는 몸을 제공했습니다!"

뉴볼드 재판장은 딱 잘라 말했다.

"아닙니다! 그 사람은 요구했습니다만, 나는 거절했습니다."

패티는 다급하게 말했다.

"하지만 재판장님, 그러한 것이 법률상의 대가가 될 수 있을지 의심스럽습니다."

블랫포드는 얼굴을 붉히며 말했다.

"번거로운 의론은 그만둡시다. 그녀가 배심원을 부당하게 움직이도록 하려고 했다면 대가를 제공했던 안했건 배심원을 포섭한 죄를 범한 것만은 사실이니까요."

뉴볼드 재판장은 냉정하게 말했다.

"포섭한 죄? 그게 뭐지?"

패티가 중얼거렸다. 그 말은 엘러리에게만 들렸다. 그는 마음속으로 웃었다.

"그리고 앞으로 이 재판소에서 공판이 열릴 때에는, 이와 같은 창피스러운 사고가 다시 일어나지 않도록 배심원의 외부와의 접촉을 단

절시키겠습니다." 뉴볼드 재판장은 쌓아 올린 서류 위에 책 한 권을 털썩 놓았다. 그리고 그는 빌리 케첨과 패티를 흘겨보고 그 다음에 배심석을 보았다. "사실은 명백합니다. 한 배심원이 공평한 재판을 받아야 할 피고인의 권리를 침해하도록 외부에서 영향을 받았습니다. 여기에 대해선 검찰 측이나 피고 측이 모두 관계하고 있다는 사실을 저마다 인정하고 있습니다. 만일 내가 이 공판을 계속시킨다면 결국 고등재판소에 상고하게 될 것이고 또한 새로운 공판을 열어야 할 겁니다. 따라서 이 이상 필요 없는 비용을 절약하기 위해 나는 하나의 방법을 취하는 수밖에 없습니다. 나는 다른 배심원 여러분에게 끼쳐 드린 불편과 시간의 낭비에 대하여 유감의 뜻을 표하는 동시에 라이트빌이 이미 많은 공판 비용을 소비한 것을 유감스럽게 생각합니다. 그러나 무엇보다도 유감스러운 사실은, 이 시민 대 짐 하이트 사건은 미결정 심리라고 선언하지 않을 수 없다는 사실입니다. 따라서 나는 여기에서 선언합니다. 배심원 여러분은 이 법정의 감사의 말을 받아들이고 해산해 주십시오. 그리고 피고인은 새 공판 날짜가 결정될 때까지 보안관에 의해 구금하겠습니다. 이것으로 휴정합니다."

27 부활절——노라의 선물

거리에 침입해 왔던 보도진은 새로운 공판 때 다시 습격할 것을 다짐하며 물러갔다. 그러나 라이트빌 사람들은 그대로 남아 있었다. 그리고 라이트빌 전체가 지껄이고 화를 내고 떠들어대고 쑥덕거렸으므로 그 북적거림은 패티의 화장대 위에 놓은 조그만 탁상시계의 귀에까지 들려 왔다.

윌리엄 케첨은 기묘한 반대 현상으로 거리의 영웅이 되었다. 그의 한패거리들은 길모퉁이에서 그의 어깨를 툭 쳤고, 그는 이미 틀렸다고 체념하고 있던 보험 계약을 다섯 개나 성립시켰다. 그리고 차츰 자신을 되찾은 그는 패트리시아 라이트빌과 함께 보낸 그 문제의 밤에 있었던 '자세한 이야기'를 마구 늘어놓았다. 그런데 이 말이 카멜 페티글——그녀는 다시 '친구'에게 이따금 전화를 걸었다——의 입을 통해 패티의 귀에 들어가자, 라이트 양은 번화가 블루필드 블록에 있는 케첨의 보험 취급소로 가서 왼손으로 그의 목덜미를 꼭 움켜쥐고 오른손으로 뺨을 세차게 다섯 번 때림으로써 그 땀에 젖은 하얀 살결에 같은 숫자만큼의 자국을 남겨 놓았다.

"어째서 꼭 다섯 번 때렸지요?"

라이트빌이 원정갈 때 뒤따라가서 그녀가 자기의 오명을 씻는 광경을 탄복하며 지켜보고 있던 퀸이 물었다.

라이트 양은 얼굴이 빨개지며 화를 냈다.

"그런 것은 아무럼 어때요. 그것은 정확한 보복이에요! 거짓말쟁이, 허풍선이——!"

"조심하지 않으면 카터 블랫포드가 또 당신의 기소장을 쓸걸요. 이번에는 폭행 구타죄로 말이오."

퀸은 중얼거렸다.

"나는 기소 당하기를 기다리고 있어요. 하지만 그는 하지 않을 거예요. 그런 시시한 짓은 말이지요."

과연 카터는 그런 시시한 짓은 하기 싫었던 모양이다. 이 소동에 대해서는 카터로부터 아무런 시비도 없었다.

라이트빌은 부활절 준비를 하기 시작했다. 본턴 백화점에서는 드레스, 스프링코트, 구두, 내의, 핸드백 등을 뉴욕의 상점처럼 장식했고, 솔 가우디 양복점은 고용인을 두 사람이나 더 채용했으며, '번화가'의 쇼핑 센터는 공장 관계 손님으로 붐볐다.

엘러리 퀸은 라이트 저택의 맨 위층 자기 방에 틀어박혀 식사 때

말고는 아무와도 만나지 않았다. 만일 누가 그를 엿보았다면 무척 이상하게 생각했을 것이다. 아무것도 모르는 사람이 볼 때 그는 전혀 아무것도 하고 있지 않았다. 하고 있는 일이라면 수없이 담배를 피우는 것뿐이었다. 그는 창가의 의자에 꼼짝하지 않고 앉아서 봄 하늘을 쳐다보거나 고개를 수그린 채 방안을 왔다갔다하며 기관차처럼 연기만 뿜어대고 있을 뿐이었다. 그러나 자세히 보니 책상 위에는 노트며 종이가 잔뜩 쌓여 있었다. 쓰다 만 원고지가 가을의 마른 잎처럼 잔뜩 흩어져 있다. 그것들은 실은 엘러리가 화가 나서 뿌려놓은 쓸데없는 헛수고의 산물들이었다.

따라서 눈길을 끄는 것은 하나도 없었다. 노라에 대한 것만 빼놓고는 하나도 없었다. 노라는 참으로 이상했다. 그 체포와 공판의 무시무시한 스트레스를 그녀는 너무나도 장하게 이겨내었기 때문에 모두들 겨우 마음을 놓았다. 해미온마저 노라의 '건강 상태'와 어머니로서의 염려를 할 뿐 다른 걱정은 하지 않는 듯싶었다. 그런 점에서 늙은 하녀 루디는 현실적으로 훨씬 쓸모가 있었다. 루디의 생각은, 여자란 어차피 아기를 낳게 만들어져 있으므로 너무 요란스럽게 호들갑을 떨지 않는 편이 노라나 아기, 둘 다에게 좋다는 것이었다. 그저 평범하게 먹고 야채와 우유와 과일을 많이 섭취하며, 공연히 나돌아다니지 말고 캔디 따위는 삼가고, 산책과 가벼운 체조를 열심히 하면 나머지는 하느님이 잘 보살펴 주신다는 것이었다. 루디는 그 때문에 해미온과 말다툼을 많이 했고, 한 번은 윌로비 박사와 꽤 심한 말이 오갔다.

그러나 신경 조직의 병리학 문제에 이르면 루디는 무식했고, 다른 사람들도 그녀보다는 조금 낫다고 할 수 있을 뿐 노라 곁에 있는 사람 가운데 오직 두 사람만이 어떤 일이 일어나지 않나 하고 걱정하는 것이었다. 그리고 적어도 그중 한 사람은 최후의 큰 비극을 막을 힘이 없었다. 그것은 퀸 씨였는데, 그는 다만 지켜보며 기다리는 수밖에 별도리가 없었다. 또 한 사람은 윌로비 선생으로, 이 의사는 온갖 수단을 다했다. 약을 먹이고 매일 진찰하고 주위를 주는 것이었는데, 노라는 그 어느 것도 받아들이려 하지 않았다. 그러다가 노라는 갑자기 무너지고 말았다. 부활절 날에 가족들이 교회에서 돌아오자 2층 침실에서 노라가 큰 소리로 웃고 있는 소리가 들려왔다. 홀 끝의 자기 방에서 머리를 매만지고 있던 패티가 가장 가까웠으므로, 노라의 예사롭지 않은 소리에 놀라 맨 먼저 달려갔다. 패티가 보니 노라는 마루 위에 웅크리고 몸을 흔들며 마구 웃고 있었다. 그녀의 볼이 빨간색에서 보랏빛으로 변했고, 마침내 상아 같은 노란빛으로 바뀌었다. 눈은 폭풍우의 바다처럼 미친 듯이 물결치고 있었다.

이때쯤에야 모두 달려와서 힘을 모아 겨우 노라를 침대에 눕혔다. 그리고 옷을 풀어 헤쳐 주었는데, 그 동안에도 그녀는 자기의 비극적 생애가 세상에서 가장 재미있다는 듯이 웃고 또 웃었다. 엘러리는 윌로비 박사에게 전화를 걸어 놓고 패티와 로라의 도움을 받으며 노라의 히스테리를 가라앉히려 했다. 의사가 왔을 때에는 모두의 힘으로 겨우 웃음은 그쳤으나, 노라는 새파랗게 질려서 몸부림치며 겁먹은 눈으로 주위를 둘러보고 있었다.

"나는 무슨 영문인지 모르겠어. 나는 아무렇지도 않아. 그런데 갑자기 모든 것이 아아, 아파!"

그녀는 숨을 할딱거렸다.

윌로비 박사는 사람들을 밖으로 내보냈다. 그는 15분쯤 노라의 방에 있다가 나오더니 쉰 목소리로 말했다.

"입원시켜야겠습니다. 내가 수속을 밟아 놓지요."

해미온은 존 F에게 매달렸고, 딸들은 서로 끌어안았다. 크나큰 손길이 그들을 쥐어틀고 있는 동안 아무도 말조차 할 수가 없었다.

때마침 부활절이었으므로 라이트빌 종합병원에는 사람의 손이 모자랐다. 15분이 지났는데도 구급차는 오지 않았다. 그리고 존 F 라이트는 마일로 윌로비 박사가 무슨 말인지 알아들을 수 없는 큰 목소리로 장황하게 떠들어대는 것을 처음으로 들었다. 그는 한참 뒤에야 무뚝뚝하게 입을 다물고 노라 곁으로 돌아갔다.

"해미, 노라는 곧 나을 거야."

존 F는 말했으나 그의 얼굴은 잿빛으로 변해 있었다. 마일로가 그토록 떠들어댄다는 것은 좋지 않은 징조야!

겨우 구급차가 왔으므로 박사는 떠들고 있는 겨를이 없었다. 노라를 대뜸 구급차에 싣고 자기 차는 라이트 저택 앞에 놓아 둔 채 노라 옆자리에 올라탔다. 가족들은 인턴들이 들것에 노라를 싣고 계단을 내려갈 때 얼핏 그녀의 얼굴을 보았을 뿐이었다. 얼굴의 피부가 살아 있는 동물처럼 꿈틀꿈틀 움직이고 있었다. 입은 비뚤어지고 눈은 고통으로 인해 반쯤 투명해 보였다.

다행히도 해미온은 그런 얼굴을 보지 못했다. 그러나 패티는 보았다. 그래서 겁에 질린 목소리로 엘러리에게 말했다.

"언니가 몹시 괴로워하고 있었어요. 죽는 것이 무서워서 그럴 거예요, 엘러리 씨! 언니는 어떻게 될까요?"

"빨리 병원으로 가 봅시다"

엘러리가 말했다.

그가 모두들을 태우고 운전했다. 라이트빌 종합병원에는 특실이 없었으므로 윌로비 박사가 교섭해서 산부인과 공동병실 한구석에 칸을 막아 노라를 거기 눕혔다. 가족들을 병실에 들어가지 못하게 했기 때문에 모두 로비 옆 큰 대합실에 앉아 있어야만 했다. 대합실에는 부활절의 꽃다발이 예쁘게 장식되어 있고 소독약 냄새가 슬프게 풍겨

왔다.

그 냄새 때문에 해미온은 속이 메슥거렸다. 그래서 가족들이 그녀를 긴 의자에 눕히자 그녀는 눈을 지그시 감았다. 존 F는 그저 공연히 왔다갔다하며 이따금 꽃을 만지기도 했는데, 꼭 한 번 다시 또 봄이 와서 기분이 좋다고 말했다. 패티와 로라는 어머니 옆에 앉았고, 퀸은 딸들 가까이에 앉았다. 꽃무늬 융단을 밟는 존 F의 구두 소리만이 희미하게 들렸다.

이윽고 윌로비 박사가 대합실로 급히 왔으므로 모든 것이 금방 달라졌다. 해미온은 눈을 떴고, 존 F는 걸음을 멈추었으며, 딸들과 엘러리는 벌떡 일어섰다.

"시간이 별로 없습니다. 내 말 좀 들어 보십시오. 노라는 본디 몸이 약했고 어릴 때부터 신경질적이었지요. 그런데 긴장, 마음 쓰이는 일, 걱정, 그밖에 여러 가지 끔찍한 일을 당했습니다. 독약을 마시게 되었고, 섣달 그믐날의 일도 있었고, 공판정에도 나갔기 때문에 몸이 지칠 대로 지쳐 있습니다."

의사는 숨가쁘게 말했다.

"마일로, 그것은 무슨 뜻인가?"

존 F는 친구의 팔을 붙잡으며 물었다.

"존, 노라의 용태는 굉장히 악화되어 있다네. 자네나 부인에게 감출 수 없을 만큼 그녀는 중태야."

윌로비 박사는 다급한지 몸을 돌려 가려고 했다.

"마일로, 잠깐만! 그럼, 아기는?"

해미온이 외쳤다.

"낳아야 합니다. 수술을 받아야 해요."

"하지만 아직 6개월인데!"

"그렇지요. 여러분은 여기서 기다리십시오. 나는 준비해야겠소"

의사는 딱딱하게 말했다.

"마일로, 만일 뭔가……돈이……즉 누구에게 부탁한다면 좋은 의사를……."

존 F가 말했다.

"다행히도 글로퍼가 부활절이어서 슬로컴의 부모님 댁에 와 있다네, 존. 나와는 동창인데, 동부에서는 산부인과의 대가지. 그가 이제 곧 와 주기로 되어 있네."

"마일로……."

해미온은 울음 섞인 목소리로 불렀다.

그러나 윌로비 박사는 이미 가 버렸다. 그리고 그들은 다시 기다리게 되었다. 쥐 죽은 듯 고요한 방에 햇살이 비쳤다. 부활절 꽃다발은 좋은 향기를 뿜으며 저마다 죽음을 향해 나아가고 있었다. 존 F는 아내 옆에 앉아 그 손을 잡아 주었다. 두 사람은 그런 모습으로 대합실 문 위의 시계를 쳐다보며 앉아 있었다. 1초 1초가 모여서 마침내 분이 되었다. 로라는 표지가 찢어진 잡지 코스모폴리탄의 책장을 뒤적이다가 그것을 내려놓더니 다시 또 집어들었다.

"패티, 잠깐만 이리로 와요"

엘러리가 말했다.

존 F가 그를 쳐다보았다. 해미온도 그를 쳐다보았다. 로라도 그를 쳐다보았다. 그리고 해미온과 존 F는 다시 시계에 눈길을 돌렸고, 로라는 잡지를 보기 시작했다.

"어디로요?"

패티가 울먹이며 말했다.

"창가로 갑시다."

패티가 그의 뒤를 따라 저쪽 창가로 갔다. 그녀는 창가의 의자에 앉아 밖을 내다보았다. 그는 그녀의 손을 잡았다.

"말 좀 해요."

그녀는 눈물을 글썽거렸다.

"엘러리 씨."

"알고 있으니 무슨 말이든 해요. 뱃속에 말을 잔뜩 채워 두는 것보다 지껄이는 것이 좋지요. 어머니와는 이야기할 수가 없겠지요. 모두 말문이 막히셨을 테니까."

그는 패티에게 담배를 주며 성냥을 그었으나 그녀는 성냥도 그도 보지 않고 다만 담배만 만지작거릴 뿐이었다. 그는 그었던 성냥불을 불어 끄고는 손가락을 들여다보았다.

"말을 하라고요? 그래요, 할게요. 하지만 머릿속이 뒤죽박죽이 되어 버렸어요. 언니는 병이 나고, 아기는 조산이고, 형부는 형무소에 있고, 아빠와 엄마는 마치 늙은이들처럼 앉아 계시고…… 늙으셨어요, 엘러리 씨. 이젠 두 분 모두 늙으셨어요"

패티가 지친 듯이 말했다.

"그렇군요."

엘러리는 중얼거렸다.

"우리는 모두 정말 즐겁게 지냈었는데, 어쩐지 나쁜 꿈을 꾸고 있는 것만 같아요. 우리들 같지가 않아요. 우리를 이 거리의 모든 사람들이 부러워했었지요! 그런데 지금은 어떻지요, 진흙투성이가 됐고, 늙었고, 마구 욕을 먹고 있어요."

"그렇군요."

엘러리가 또 중얼거렸다.

"그런 일이 있었다는 것을 생각하면…… 어째서 이런 일이 생겼을까요? 나는 이젠 휴일이 와도 조금도 즐겁지 않아요!"

"휴일이라고요?"

"어머나, 모르세요? 그 끔찍스러운 일들은 모두 휴일에 일어났잖아요! 오늘은 부활절이에요. 그런데 언니는 수술대에 올라갔어요! 형부가 체포당한 것은 성밸런타인데이였지요. 로즈메리가 죽고 노라 언니가 심한 중독에 걸린 것은 섣달 그믐날 밤이었고요! 그리고 노라 언니가 병에 걸린 것은——독약을 마신 것은——크리스마스 이브였구요. 그리고 그 이전은 감사절이었지요……. "

퀸은 패티가 둘 더하기 둘은 다섯이라고나 한 듯이 놀라며 그녀를 보았다.

"그렇진 않을 겁니다. 그 점에 대해서는 나도 생각해 보았소. 여러 주일 동안 마음에 걸리더군요. 하지만 우연일 겁니다. 우연이 아니라고 생각할 수는 없어요. 패티 생각이 틀렸을……"

"처음 시작도 그랬는걸요" 하고 패티가 외쳤다. "그날은 할로윈날이었어요. 기억나시지요?" 그녀는 자기가 들고 있던 담배를 들여다보았다. 꾸깃꾸깃해졌다. "엘러리 씨, 만일 우리들이 그 독물학 책 갈피에 끼어 있던 세 통의 편지를 발견하지 못했다면 모든 일은 지금과 딴판이었을지도 몰라요. 머리를 젓지 마세요. 그랬을지도 모르잖아요! "

"패티의 말이 맞을지도 모르지" 하고 엘러리는 중얼거렸다. "나는 나의 어리석음에 놀라서 고개를 젓고 있는 거요. " 어떤 형태 없는 조그만 덩어리가 불꽃처럼 환히 떠오르며 그의 마음을 사로잡았다. 이러한 느낌은 이번이 두 번째이다. 그것은 대체 무엇일까! 어쨌든 같은 일이 다시 일어난 것이다. 그리고 불꽃은 사라지고 그 뒤에는 아무 뜻도 없는 싸늘한 재만이 남아 화를 돋구는 것이었다.

"당신은 지금 우연이라고 하셨지요" 하고 패티가 새된 목소리로 말했다. "좋아요, 그렇다고 해두지요. 당신이 뭐라고 하든 상관없어요. 우연이건 운명이건 어쩌다가 그렇게 됐건 아무래도 좋아요. 하지만 그 할로윈 날에 책을 정리하다가 언니가 그 책을 떨어뜨리지 않았다면 세 통의 편지도 쏟아지지 않은 채 언제까지나 그 책갈피 속에 끼어 있었겠지요."

퀸은 노라가 위험한 일을 당하고 있는 것은 그 편지 때문이 아니라 그것을 쓴 사람 때문이라고 말하려고 했는데, 그때 다시금 머릿속에서 불꽃이 환히 튀어 올랐다가 사라졌으므로 입을 다물었다.

패티는 한숨을 쉬었다.

"하긴 그날 있었던 사소한 일이 다른 형태로 나타났다면 이렇게 되지 않았을지도 모르지요. 만일 노라 언니와 내가 새로 꾸민 형부의 서재를 정리하려고 하지 않고 그 책상자를 열지 않았다면 말이에요!"

앨러리는 자신도 모르게 물었다.

"책상자라니요?"

"내가 그 책상자를 지하실에서 가지고 왔어요. 형부와 언니가 신혼여행에서 돌아온 다음, 에드 호치키스가 정거장에서 형부의 짐을 실어다가 지하실에 넣어 두고 갔지요. 만일 내가 그 나무 상자를 쇠망치와 드라이버로 열지 않았더라면 어떻게 되었을까요? 만일 내가 드라이버를 찾아 내지 못했다면 어떻게 되었을까요? 만일 내가 일주일 뒤에 했거나 하루나 한 시간 뒤에 했다면…… 엘러리 씨, 어떻게 되었을까요?"

퀸은 앉아 있는 그녀 앞에서 심판 내리는 신처럼 우뚝 서서 내려다보고 있었다. 그가 너무나도 무서운 얼굴을 하고 있었으므로 깜짝 놀란 패티는 몸을 웅크리며 창가에 매달렸다.

"그럼, 그 책이, 노라가 떨어뜨린 한 아름의 책이 늘 거실의 책장에 꽂혀 있던 책이 아니란 말이오?" 하고 그는 기분 나쁠 정도로 부드럽게 물었다. "패티, 대답해 보오!" 그가 그녀의 어깨를 흔들자 그녀는 아파서 얼굴을 찌푸렸다. "당신과 노라는 거실 책장에 있던 책을 2층 짐의 서재에 있는 새 책장에 옮겨 놓기만 한 것이 아니란 말이지요? 그 책은 틀림없이 지하실에 있던 나무 상자에서 꺼내 온 것이었지요?"

"그것은……." 패티의 목소리는 떨렸다. "왜 그러세요? 못을 박은 나무 상자를 내가 직접 열었어요, 그날 밤 당신이 거기 오시기 조금 전에 내가 도구며 포장지며 못 등을 빈 상자와 함께 지하실에 도로 갖다 두었지요."

"그건 조금 뜻밖인데" 하고 엘러리는 말하며 한 손으로 패티 옆에 있던 흔들의자를 끌어다 놓고 털썩 앉았다.

패티는 영문을 알 수가 없었다.

"하지만 왜 그러세요, 엘러리 씨? 그것이 그리 큰 문제인가요? 어떻게 했건 마찬가지가 아닌가요?"

퀸은 대뜸 대답하지 않았다. 그의 창백한 얼굴이 더욱더 창백해졌다. 그는 손톱을 깨물며 앉아 있었다. 그리고 입가의 잔주름은 굵고 깊게 패였으며, 빛나는 눈에는 어떤 난처한 듯한 빛이 잠깐 나타났으나 나타나자마자 그는 그것을 감추어 버렸다.

"마찬가지라고요?"

그는 입술을 축였다.

"엘러리 씨!" 이번에는 패티가 그를 흔들었다. "그렇게 무언가 숨기지 마세요! 대체 왜 그러세요? 말씀해 주세요!"

"잠깐만 기다려요." 그녀는 그의 눈을 들여다보며 기다렸다. 그는 잠자코 앉아 있었다. 그리고 마침내 중얼거렸다. "내가 미리 알았더라면……하지만 알 수가 없지…… 운명이오…… 내가 그 방에 5분 늦게 들어간 것은 운명의 장난이었소. 지난 몇 달 동안 당신이 그 사실을 나에게 이야기하지 않은 것도 운명이며, 무엇보다도 중요한 사실을 감추고 있었던 것도 운명이었소."

"하지만 엘러리 씨!"

"월로비 선생님이 오시는군!"

모두 대합실을 가로질러 달려갔다. 월로비 박사가 달려왔다. 그는 수술복 차림에 모자를 쓰고 마스크를 스카프처럼 목에 감고 있었다. 그의 가운에는 피가 묻어 있었으나, 볼에는 핏기가 없었다.

"마일로!"

헤미온의 목소리는 떨려 나왔다.

"어떻게 됐나?" 하고 존 F는 큰 소리로 물었으며, 로라는 "선생님!" 하고 울음 섞인 목소리로 불렀다. 패티는 달려와 늙은 의사의 굵은 팔을 붙잡았다.

"그런데——" 월로비 박사는 쉰 목소리로 말을 하다가 입을 다물었다. 그리고 슬픈 미소를 지으며 헤미온의 어깨를 안았다. "노라는 당신에게 부활절 선물을 주었습니다, 할머니."

"할머니……."

헤미온은 중얼거렸다.

"아가가 태어났단 말이지요! 무사했군요!"

패티가 외쳤다.

"무사했지, 무사했어, 패트리시아. 아주 조그만 여자아이요, 정말 작은 아기——보육기에 넣어야 해——잘 보살펴 주면 몇 주일 안으로 제대로 자랄 수 있소."

"그런데 노라는, 우리 노라는?"

헤미온이 숨을 할딱였다.

"노라는 어떻게 됐나, 마일로?"

존 F가 물었다.

"마취에서 깨어났습니까?"

로라가 말했다.

"언니는 알고 있나요? 언니가 무척 기뻐하겠어요!"

패티가 외쳤다.

월로비 박사는 입고 있는 가운을 내려다보며 노라의 피가 튀기어 생긴 얼룩을 만졌다.

"정말 안됐습니다!"

그는 입술을 떨었다.

해미온이 비명을 질렀다.

"글러퍼나 나는 최선을 다했지만 어쩔 수 없었습니다. 우리는 온 힘을 다해 손을 썼습니다. 하지만 그녀에게는 너무 짐이 무거웠어요. 존, 그렇게 얼굴을 쳐다보지 말게……."

의사는 두 팔을 저었다.

"마일로——"

존 F가 가느다란 목소리로 중얼거렸다.

"노라는 죽었습니다. 끝났습니다!"

박사는 달려나가 버리고 말았다.

제6부

28 쌍둥이 산의 비극

그는 새 재판소 건물 앞의 늙은 느릅나무를 바라보고 있었다. 늙은 느릅나무는 다갈색 잇몸 같은 나뭇가지에 초록빛 이빨 같은 수많은 새싹을 달고 다시 태어나려 했으며, 새로 지었다는 건물의 화강암 바람벽에는 벌써 정맥암 같은 더러움이 끼어 있었다. '봄에도 슬픔은 있구나' 하고 엘러리 퀸은 생각했다. 그는 재판소의 싸늘한 로비로 들어가 엘리베이터를 타고 위로 올라갔다.

"면회 시간은 이미 지났습니다" 하고 월리 플라네키가 까다로운 얼굴로 말했다. 그러나 금방 다시 말했다. "아아, 당신은 패티 라이트의 친구로군요. 퀸 씨, 부활절인데도 이런 곳에 오십니까?"

"글쎄 말입니다" 하고 퀸은 말했다. 간수가 문의 자물쇠를 열자 두 사람은 형무소 안으로 들어갔다.

"그는 어떻게 지내고 있습니까?"

"그처럼 말이 없는 사람도 드물 겁니다. 마치 맹세라도 한 사람 같아요."

"그럴지도 모르지요. 오늘은 누가 면회 오지 않았던가요?"

퀸은 한숨을 쉬며 물었다.

"그 여기자 로버타 로버츠뿐이었습니다."

플라네키는 열쇠를 꺼내어 문을 열고 안으로 들어가 다시 자물쇠를 잠그었다.

"여기에 의사는 있습니까?"

엘러리가 불쑥 물었다.

플라네키는 귀를 후비며 퀸에게 몸이 좋지 않으냐고 물었다.

"있습니까?"

"있긴 있습니다. 부속 진료소가 있으니까요. 오늘은 젊은 의사 에드 클로즈비가——그는 농부 아이버 클로즈비의 아들입니다만———당직일 겁니다."

"조금 있다가 수고를 끼치게 될는지도 모른다고 클로즈비 선생에게 전해 주시오."

간수는 의아한 얼굴로 엘러리를 찬찬히 보았으나, 어깨를 움츠리고 독방문을 열었다가 다시 잠그고는 가 버렸다. 짐은 침대 위에 벌렁 누워서 두 손을 머리 위에 대고 철창 밖의 푸른 하늘을 바라보고 있었다. 그는 수염을 깎고 깨끗한 와이셔츠 옷깃을 풀어놓고 있었다. 그는 마음이 가라앉아 있는 것 같았다.

"짐?"

짐은 머리를 이쪽으로 돌렸다.

"여어, 어서 오시오. 부활절을 축하합니다."

"짐……" 하고 엘러리는 얼굴을 찡그리며 말을 꺼냈다.

짐은 몸을 일으켜 콘크리트 바닥에 두 발을 딛고 앉아 두 손으로 침대 모서리를 붙잡았다. '마음의 평화는 사라졌군' 하고 엘러리는 생각했다. '공포다, 이것은 아무래도 이상한데…… 이치에 맞지 않아.

내가 그 사실을 알고 있는 지금으로서는, 그 사실을 알아 버린 지금으로서는……'

"무슨 일이 있었습니까?" 짐이 말했다. 그는 벌떡 일어섰다.

"무슨 일이 있었군요!"

엘러리는 얼굴을 찌푸렸다. 이것은 쓸데없는 일에 손을 댄 벌이다. 남의 일에 참견했기 때문에 받는 따끔한 보복이다.

"짐, 나는 당신을 위해서라면 무엇이든지 해주고 싶소."

"대체 왜 그러시지요?"

짐은 주먹을 쥐었다.

"짐, 용기를 내요."

짐은 뚫어지게 쳐다보았다.

"그럼……. 노라의 일이로군요."

"짐, 노라가 죽었소." 짐은 입을 벌린 채 눈을 크게 떴다. "나는 지금 병원에서 오는 길이오. 아기는 무사합니다. 여자아이요. 조산인데, 절개 수술을 했지요. 노라는 몸이 너무 쇠약해 있었기 때문에 마취에서 깨어나지 못했답니다. 고통도 없이 그대로 세상을 떠났소, 짐."

짐은 입을 다물었다. 그리고 몸을 홱 돌리며 침대로 가더니 다시 이쪽으로 돌아서 두 손을 짚고 앉았다.

"가족들은 물론…… 당신의 장인 어른께서 나더러 당신에게 알려드리라고 말씀하셨지요. 지금 모두들 집에 모여서 장모님의 병간호를 하고 있답니다. 장인께서는 당신에게 면목이 없다고 하시더군요."

엘러리는 어리석은 소리라고 생각했다. 이런 말이 대체 무슨 소용이 있담! 그러나 그런 때조차도 그는 여전히 방관자였다. 당사자가 될 수는 없었던 것이다. 심장을 찌르면 사람은 얼마만큼이나 괴로워

할까? 상처를 입히지 않고 사람을 죽인다면 어떨까. 비록 1초 동안만이라도, 이것은 퀸이 그다지 익숙지 못한 방면의 폭력 기술이었다. 그는 죄수를 위한 보건 설비함의 뚜껑 위에 앉아서 이것은 하나의 상징주의에 지나지 않는다고 생각했다.

"내가 도와 드릴 일이 있다면……."

이것은 단순히 어리석은 말에 지나지 않을 정도가 아니다, 퀸은 화가 치밀어 올랐다. 이것은 오히려 악의의 말이다. 그가 무엇을 할 수 있단 말인가! 짐의 마음속을 뻔히 알면서! 엘러리는 일어서며 말했다.

"짐, 잠깐만 기다리시오."

그러나 짐은 커다란 원숭이처럼 쇠창살을 두 가닥 붙잡고 그 사이로 머리를 억지로 집어넣으며 빠져나가려고 얼굴을 들이댔다.

"나를 내보내 줘!" 하고 그는 외쳤다. "나를 내보내 줘! 이 개새끼들아! 노라에게 가야겠어! 나를 나가게 해줘!"

그는 아랫입술을 깨물고 허덕이며 눈을 새빨갛게 부릅뜨고서 관자놀이에 파란 핏발을 세웠다. 내보내 달라고 외치는 동안 입가에서 하얀 거품이 뿜어 나오기 시작했다.

검은 가방을 든 클로즈비 의사가 왔으므로 플라네키가 덜덜 떨며 감방 문을 열쇠로 열었을 때, 짐 하이트는 바닥 위에 쓰러져 있었고 퀸은 그의 가슴에 올라타 앉아 그의 두 팔을 너무 심하지 않을 만큼 누르고 있었다. 짐은 아직도 계속 부르짖고 있었으나 그 말은 이미 무슨 뜻인지 알 수가 없었다. 크롤즈비 의사는 첫눈에 보고 주사기를 꺼냈다.

봄의 쌍둥이 산은 즐거운 곳이었다. 북쪽에는 대머리 산이 있는데, 언제나 초록빛 어깨 위에 하얀 모자를 쓰고 있는 그 모습은 마치 수도사 터크(로빈훗 이야기에 나오는 명랑한 수도사)를 먼 곳에서 바라보는 것 같았다. 쌍둥이 산의 골짜기에는 숲도 있어서 그곳에서는 젊은이들이 산도요새며 산토끼 사냥을 하기도 하고, 이따금 사슴을 놀라게 하기도 했다. 그리고 쌍둥이 산에는 나란히 똑같은 모양의 언덕이 두 개 있었고, 거기에는 죽은 사람들이 잔뜩 묻혀 있었다.

동쪽 쌍둥이 산에는 새로운 묘지가 있었다. 훨씬 아래로 내려간 곳의 잡목 숲에는 가난한 농가의 묘지, 유대 사람의 묘지, 가톨릭 교도의 묘지 등이 있는데, 모두 새 무덤들이었다. 거기 묘비에는 1805년 이전의 날짜가 적힌 것은 하나도 없기 때문이다.

그러나 서쪽 쌍둥이 산에는 프로테스탄트 파라고 뚜렷이 표시되어 있는 정말로 오래된 무덤이 있었다. 그곳은 서쪽 쌍둥이 산의 벗겨진 부분인데, 라이트 집안의 묘지가 있고, 초대 라이트——제즈리일 라이트——의 묘비가 묘지의 중심을 이루고 있었다. 물론 이 창시자의 무덤은 비바람에 시달리지 않고 있었다. 대머리 산에서 불어 내려오는 바람은 이 꼭대기의 풀밭과 흙을 몹시 황폐하게 만들었으므로 존 F의 할아버지가 그 무덤을 뒤덮을 만큼 커다란 사당을 지었다. 그것은 버몬트 주에서 산출되는, 패티 라이트의 이처럼 새하얀 화강암으로 지은 멋진 사당이었다. 그리고 그 안에 들어가면 조그만 비석이 서 있다. 찬찬히 보면 무덤의 묘비에 새겨진 글씨를 읽을 수 있었다. 창시자의 이름과 요한 묵시록에서 인용한 말과 1723년이라는 날짜를 읽을 수 있다.

라이트 집안의 비석들은 서쪽 쌍둥이 산의 꼭대기를 거의 온통 차지하고 있었다. 사업면에 있어 꽤 선견지명이 있는 듯한 창시자는 그의 손자의 또 그 손자까지도 영원히 묻힐 수 있을 만큼 드넓은 황무지를 차지해 두었던 것이다. 그는 아마 최후의 심판날까지 라이트 집안 사람들이 라이트빌에서 살다가 죽어갈 것이라 믿었던 모양이다.

다른 묘지나 매장지는 라이트 집안이 차지한 나머지를 차지하게 되었다. 그래도 모두 만족했다. 요컨대 창시자가 이 거리를 세웠으니만큼 하는 수 없는 일인 것이다. 그리고 그곳은 명소로 되어 있었다. 라이트빌 사람들은 반드시 라고 해도 좋을 만큼 다른 고장에서 오는 사람을 슬로컴으로 가는 도중에 있는 이 쌍둥이 산으로 안내하여 이 도시 창시자의 무덤과 라이트 집안의 묘지를 보여 주었다. 그곳은 바야흐로 '관광지'로 되어 있었다.

자동차 길은 묘지 입구에서 끝나 있고 라이트 집안의 묘지는 거기에서 그다지 멀지 않았다. 입구에서부터는 걸어가는 것이었다. 오랜 고목나무 밑을 걷는 평화로운 산책길이었다. 그 나무들이 너무도 오랜 것이어서 어째서 지치지 않을까, 이젠 슬슬 쓰러져 묻히고 싶을 텐데, 하는 생각이 들 정도였다. 그러나 나무들은 한없이 자라서 차츰 나른한 상태로 되어 가고 있었다. 그러나 봄은 그렇지 않았다. 그 딱딱하고 검은 살결에서 초록빛 머리카락이 포근히 돋아 나와 죽는 것은 아직도 멀었다고 말하는 듯했다. 어쩌면 그것은 산허리 전체를 뒤덮고 있는 무덤 덕분이었는지도 모른다.

노라의 장례식은 4월 15일 화요일이었는데 아주 가까운 사람들만 모인 가운데 행해졌다. 호이슬링 거리의 월리스 스톤 장의사의 예배당에서 도우리틀 목사에 의해 간단히 거행되었다. 참가한 사람은 가족들과 몇몇 친한 친구들뿐이었다. 퀸, 마틴과 그의 아내 클래리스, 월로비 박사, 그리고 존 F의 은행 친구 몇 사람이었다. 프랭크 로이드가 이들의 맨 끝에서 몸을 숨기듯 하며 관속에 누워 있는 청순하고 조용한 노라의 옆얼굴을 보려고 발돋움하는 모습이 눈에 띄었다. 그는 일주일이나 옷을 갈아입지 않고 밤에도 그대로 잔 듯한 차림새였다. 해미온이 찬찬히 보고 있다는 것을 눈치채자 그는 목을 움츠리고 모습을 감추었다. 장례식에 참가한 사람은 아마 20명쯤이었으리라.

해미온은 장했다. 그녀는 새로 지은 상복을 입고 곁눈질 한 번 하지 않은 채 도우리틀 목사의 말을 듣고 있었다. 그리고 모두가 줄지어 관 옆을 지나며 노라에게 마지막 작별을 고할 때에도 그녀는 조금 창백해지며 눈을 깜박였을 뿐이었다. 그녀는 울지 않았다. 패티의 말을 빌면 어머니는 이미 울고 또 울어서 눈물이 말라 버렸기 때문이라는 것이었다. 존 F는 풀이 죽어 코가 빨개진 패잔병 같았다. 그리고 장의사 스톤 씨가 죽은 사람의 머리 부분을 처리할 때에는 로라가 아버지의 손을 잡고 관 옆에서 억지로 떨어지게 해야만 했다. 노라는 매우 평화스러운 젊은 얼굴을 하고 있었다. 노라는 결혼식 때의 드레스를 입고 있었다. 모두가 장의차에 오르기 직전에 로라는 살며시 빠져나가 스톤 씨의 사무실로 들어갔다가 잠시 뒤에 다시 나왔다.

"지금 병원에 전화해 보았더니 아기는 잘 있대요. 보육기 속에서 식물처럼 자라고 있다는군요."

패티의 입술이 떨렸다. 퀸은 그녀의 허리에 팔을 감았다.

나중에 생각해 보고 엘러리는 짐의 훌륭한 마음가짐을 알았다. 그러나 그것은 사건이 끝난 다음이었다. 짐이 너무도 연극을 잘했기 때문에 미리부터 짐작할 수는 없었던 것이다. 그는 엘러리를 비롯하여 모든 사람을 감쪽같이 속였던 것이다.

짐은 두 명의 사복 형사 사이에 끼어서 인간 샌드위치 같은 모습으로 묘지에 나타났다. 어쨌든 그는 의젓했다. 법정에 앉아 있었을 때의 짐과 그다지 다르지 않았다. 그러나 독방 속에서 엘러리와 함께 있던 때의 짐과는 아주 딴판이었다. 완전히 절망한 탓인지 그의 침착한 몸가짐에는 오히려 위엄마저 엿보였다. 그는 두 사람에게 호위되면서도 완전히 그들을 무시했고 좌우를 둘러보지도 않았으며, 언덕의 꼭대기로 통하는 고목나무 밑의 오솔길을 걸어서 노라를 묻기 위해 막 파놓아 상처자국처럼 입을 벌리고 있는 곳으로 갔다. 자동차는 모두 묘지 입구 부근에 멈춰서 있었다.

　라이트네 식구들은 슬픔에 젖은 채 한무리를 이루어 무덤 옆에 섰다. 로라와 패티는 해미온과 아버지에게 꼭 붙어서 있었다. 존 F의 누이동생 더비사에게도 알렸으나 그녀는 전보로, 병이 나서 캘리포니아에서 비행기로 장례식에 참석하기 위해 갈 수 없다는 것과 하느님의 부르심을 받은 노라가 평안히 잠들기를 기원한다는 뜻을 전해 왔다. 존 F는 그 전보를 뭉쳐서 내던졌는데, 그것은 루디가 아침 냉기를 가시게 하기 위해 피워 놓은 벽난로 불 속으로 떨어졌다. 그러므로 가족이라고는 하지만 완전히 근친자 뿐이었고, 그 밖에는 엘러리 퀸, 엘리 마틴과 그의 아내 클래리스, 윌로비 박사 등이었으며, 물론 도우리틀 목사도 참석했다. 짐이 이끌려 오자 보고 있던 사람들 사이에서 속삭임이 일었다. 모두가 뚫어지게 보고 있었다. 이것이 오늘의 장례식에서 '가장 볼 만한 장면'이었으리라. 그러나 별로 색다른 일은 일어나지 않았다. 어쩌면 일어났다고 해야 옳을지도 모르겠다. 왜냐하면 해미온이 입술을 움직였고, 짐이 그녀 옆으로 가서 그녀에게 키스했기 때문이다. 그는 그 밖의 사람은 거들떠보지도 않았으며, 끝까지 무덤 옆에 초췌한 모습으로 처량하게 서 있었다.

　관을 묻는 동안 산들바람이 불어 머리카락을 쓸어 올리는 손가락처럼 나무들의 잎 사이를 스치자 도우리틀 목사의 기도 소리가 음악적으로 흔들렸다. 무덤가에 피어 있는 초록빛 풀이며 백합꽃도 흔들렸다. 장례식은 허무하게 끝났고, 사람들은 가파르지 않은 비탈길을 내려왔다. 해미온은 목을 빼어 한 번만이라도 다시 관을 보려고 했으나 이미 무덤속으로 내려져 보이지 않았다. 그러나 관 위에는 아직 흙이 덮이지 않았다. 이것은 천한 일이므로 나중에 아무도 보지 않을 때 무덤 파는 사람들이 하게 되어 있었다. 그래서 해미온은 발돋움해 보았으나 초록빛 풀과 백합꽃이 아름답게 보였고, 노라가 장례식을 몹시 싫어했었다는 것만이 마음에 떠올랐다. 사람들은 입구에 서서 말없이 헤어졌다. 이때 짐이 실행했던 것이다.

짐은 두 형사 사이에 끼어서 죽은 사람처럼 힘없이 걸어갔는데 갑자기 활발해졌다. 그는 호위하던 형사 한 사람의 다리를 걸었다. 그 사나이는 입을 동그랗게 벌리며 쓰러져 뒹굴었다. 짐이 또 한 형사의 턱을 치자 그는 쓰러진 동료 위로 넘어졌고 두 사람은 일어서려고 레슬링이라도 하듯이 서로 붙잡고 늘어졌다. 이 짧은 순간에 짐은 사람들 사이를 수소처럼 뚫고 나가 밀어 넘어뜨리고 치고 비틀며 사라졌다.

엘러리가 고함질렀으나 짐은 계속 달렸다. 겨우 일어난 두 형사도 권총을 빼들고 달렸으나 헛수고였다. 섣불리 총을 쏘면 죄 없는 사람이 다친다. 두 사람은 분해서 욕을 퍼부으며 사람들을 헤치고 나갔다.

이때 엘러리는 무모하게 보이는 짐의 행동이 결코 무모하지 않다는 것을 알았다. 왜냐하면 언덕을 4분의 1쯤 내려간 곳에 주차하고 있는 자동차들보다 조금 앞에 커다란 자동차 한 대가 주차하고 있었는데, 그 안에는 아무도 타고 있지 않았다. 그 차는 묘지의 반대 방향을 향해 세워져 있었는데, 엔진이 그래도 걸려 있는 듯 짐이 그 차에 뛰어오르자 앞으로 달려가기 시작했다. 두 형사가 사람들 사이를 뚫고 나가 언덕 밑을 향해 권총을 쏘았을 때 짐이 탄 자동차는 저 멀리 장난감처럼 조그맣게 보였다. 차는 미친 듯이 좌우로 기울어지며 맹렬한 속도로 달려가고 있었다. 형사들은 급히 자기들 차에 뛰어올라 한 사람은 운전하고 한 사람은 마구 권총을 쏘며 따라가기 시작했다. 그러나 짐은 이미 권총의 사정거리를 벗어나 있어 누구의 눈에도 그는 달아날 수 있는 것으로 보였다. 두 대의 자동차는 마침내 보이지 않았다.

잠시 동안 그 산허리에는 나뭇가지를 스치고 지나가는 바람 소리 말고는 아무 소리도 들리지 않았다. 그 다음에 사람들은 떠들기 시작했다. 그리고 라이트네 사람들과 그 친구들을 남겨 두고 자기들 차에 올라타자 신나게 모래 먼지를 날리며 언덕길을 내려갔다.

마치 그들은 입장료를 지불한 구경거리의 가장 신나는 클라이맥스를 못 보고 놓쳐서는 큰일이라고 생각하는 듯싶었다.

해미온은 거실의 긴의자에 누웠고, 패티와 로라는 어머니의 머리에 식초 찜질을 하고 있었으며, 존 F는 그 일이 무엇보다도 중요하다는 듯이 매우 신중하게 우표 앨범의 페이지를 들추고 있었다. 그는 방구석 창가에서 저녁 햇빛을 받으며 앉아 있었다. 클래리스 마틴이 해미온의 손을 꼭 쥐고 공판정에 나가지 않았던 일이며, 노라에 대한 일이며, 이번의 마지막 충격에 대해 장황하게 말하며 후회의 눈물을 흘렸다. 그리고 해미온은——과연 장한 해미온은——자기의 친구를 위로해 주는 것이었다!

로라가 새 찜질 수건을 어머니의 이마에 철썩 놓자 해미온은 나무라듯이 미소지었다. 패티가 화가 나 있는 언니에게서 그것을 빼앗아 다시 고쳐 놓았다.

벽난로 앞에서는 윌로비 박사와 엘러리 퀸이 나직이 이야기하고 있었다. 이때 마틴이 밖에서 들어왔다. 카터 블랫포드도 함께였다.

모든 것이 정지되었다. 병영 속으로 적이 들어온 듯한 느낌이었다. 그러나 카터는 개의치 않았다. 그의 얼굴은 창백했으나 가슴을 펴고 있었다. 그리고 그는 그보다 더 창백한 패티 쪽은 보지 않으려고 애썼다. 클래리스 마틴은 완전히 겁을 먹고 있었다. 그녀는 남편을 흘긋 보았으나, 마틴은 고개를 저으며 창가로 가서 존 F 옆에 앉아 우표 앨범의 화려한 페이지가 들춰지는 것을 바라보았다.

"느닷없이 찾아와서 죄송합니다, 라이트 부인. 이번 일은 정말 무어라고 애도의 말씀을 드려야 할지 모르겠습니다."

카터가 어색하게 말했다.

"고마워요, 카터" 하고 말하고 나서 해미온은 로라 쪽을 보았다.

"로라, 나를 어린애 다루듯 하지 말아라! 그런데⋯⋯." 그녀는 침을 삼켰다. "짐은 어떻게 됐지요?"

"짐은 달아났습니다, 라이트 부인."

"잘됐어!" 하고 패티가 외쳤다. "정말 잘됐어!"

카터는 그녀를 흘긋 쳐다보았다.

"패티, 그런 말하는 것은 좋지 않아. 그런 일을 저질러서 결과가 좋을 수는 없으니까. 끝까지 달아날 수는 없거든. 짐은 그대로 계속 재판을 받는 편이 나았어."

"그래서 카터가 형부를 죽음으로 몰아넣는 편이 낫단 말이지요!"

"패티야." 존 F가 앨범을 그대로 두고 앞으로 나섰다. 그리고 카터의 팔에 손을 얹었다. "여기까지 와 주어서 고맙네. 나도 여지껏 자네에게 심하게 대해서 미안하이. 상황은 어떤가?"

카터가 말했다.

"좋지 않습니다, 라이트 씨, 긴급 수배 명령이 내려졌습니다. 하이웨이는 모두 엄중히 감시되고 있지요. 그가 달아난 것은 사실이지만, 체포당하는 것은 시간 문제입니다."

퀸이 벽난로 앞에서 물었다.

"블랫포드 씨, 짐이 타고 간 자동차 주인이 누구인지 알아냈습니까?"

"알아냈습니다."

"미리 짜고 한 일 같더군요. 그 자동차는 타고 달아나기에 아주 편리한 장소에 놓여 있었고 또한 엔진도 그대로 걸려 있었으니까요."

윌로비 박사가 말했다.

"그것은 누구의 차였지요?"

로라가 물었다.

"오늘 아침에 번화가에 있는 후머 핀드레이의 차고에서 세낸 것이랍니다."

"세낸 것이라고요? 누가?"

클래리스 마틴이 깜짝 놀라며 물었다.

"로버타 로버츠였지요."

엘러리는 "아아, 네" 하고 우울하게 말하며, 그게 바로 알고 싶었던 일이었다는 듯 만족스럽게 고개를 끄덕였다. 그러나 다른 사람들은 놀랐다.

로라가 고개를 들며 말했다.

"참으로 잘했군요!"

"카터, 나를 그 부인과 이야기를 할 수 있게 해주지 않겠나? 그 여자는 아주 영리한 사람일세. 오늘 아침에 자동차를 새낸 것은 묘지를 드라이브하기 위해서였다고 주장하고 있거든."

엘리 마틴이 말했다.

"엔진을 끄지 않은 것은 깜박 잊었기 때문이었다고 말하고 있지요."

카터 블랫포드가 무뚝뚝하게 덧붙였다.

"그 자동차를 언덕 아래를 향해 주차시켜 놓은 것도 우연이었을까요?"

엘러리 퀸이 중얼거렸다.

카터는 화가 난다는 듯이 말했다.

"나는 그 점에 대해서도 그녀에게 물어 보았소. 그녀가 공범이라는 것은 틀림없습니다. 디킨 서장이 그녀를 구치시켜 놓았지만, 그렇다고 해서 짐 하이트가 돌아올 것도 아니고, 우리로서는 로버츠라는 여자를 기소할 수도 없습니다. 결국 그녀를 석방해야 하겠지요. 처음부터 그 여자는 수상쩍었는데!"

"그녀는 일요일에 짐을 면회했더군요."

엘러리가 생각난 듯 말했다.

"어제도 찾아왔지요. 그때 짐과 도망 계획을 짰을 겁니다!"

"어떻게 했건 마찬가지 아닐까요. 달아났건 달아나지 않았건 결국 짐은 돌아올 거예요" 하고 해미온은 한숨을 쉬었다. 지금까지 이 사위의 처사를 한탄하며 그에게 죄가 있다고 우기던 해미온으로서는 조금 이상한 말투였다. 그리고 "짐도 가엾지" 하고는 눈을 감았다.

그날 밤 10시에 소식이 들어왔다. 카터가 또 찾아와 이번에는 곧바로 패티 라이트에게 가서 그녀의 손을 잡았다. 그녀는 너무 놀라서 손을 뿌리치는 것도 잊었다. 카터는 온화하게 말했다.

"이번에는 패티와 로라에게 부탁하고 싶어."

"뭔데…… 대체 무슨 말을 하려는 거지요?"

패티는 쌀쌀하게 말했다.

"디킨 서장의 부하가 짐이 타고 달아난 자동차를 발견했어."

"발견했다고요?"

엘러리 퀸은 어두운 구석에서 일어나 밝은 곳으로 나왔다.

"만일 나쁜 뉴스라면 목소리를 낮추시오. 라이트 부인은 지금 막 주무시러 올라가셨고, 존 F 씨도 오늘은 더 이상의 충격을 이겨내실 것 같지 않으니까. 자동차는 어디 있었습니까?"

"'언덕' 478 A호 도로에서 꺾여진 낭떠러지 밑에 있었습니다. 여기서 약 80km쯤 떨어진 곳이지요."

"어머나!" 하고 패티는 눈이 휘둥그레졌다.

"자동차는 고속도로의 철책을 부수고 떨어졌더군요. 바로 U자 모양으로 구부러진 위험한 곳이지요, 약 60km쯤 떨어……. "

"그래, 짐은 ? " 엘러리가 물었다.

패티는 벽난로 옆의 2인용 의자에 주저앉아 운명의 심판을 내리는 신을 바라보듯이 카터를 올려다보았다.

"차 안에 있었습니다. 죽었더군요" 하고 말하며 카터는 고개를 옆으로 돌렸다. 그는 다시 고개를 돌려 정중하게 패티를 보았다. "이것으로 사건을 끝냈어, 패티. 끝난 것은……"

"가엾은 형부……" 하고 패티가 중얼거렸다.

"나는 당신들 두 사람에게 할 이야기가 있소, "

퀸이 말했다.

이미 시간은 꽤 이슥해졌다. 이야기하고 있을 시간이 없었다. 시간은 악몽 속에서 소멸되고 말았던 것이다. 해미온은 이 소식을 듣자 슬픔 때문에 이성을 잃었다. 딸의 장례식을 치를 때에는 그토록 꿋꿋하던 그녀가 이상하게도 사위가 죽었다는 소식을 듣자 그만 정신을 잃고 말았다. 독한 보디 블로우를 마신 다음에 마지막 가벼운 일격을 입은 모습과도 비슷했다. 그래서 해미온은 쓰러지고 말았던 것이다. 월로비 박사는 그녀 곁을 떠나지 않고 돌보아 주었다. 존 F 역시 성하지 못했다. 그는 곁에 있는 사람이 눈치챌 만큼 몸을 떨었다. 의사가 해미온을 로라에게 부탁하고 패티와 함께 존 F를 부축하여 손님용 침실에 눕히기 위해 2층으로 붙들고 올라갔다. 부모들은 겨우 잠이 들었고, 로라는 자기 방으로 들어가 버렸으며, 월로비 박사는 맥없이 집으로 돌아갔다.

그래서 퀸은 '당신들 두 사람에게 할 이야기가 있다'고 말했다.

카터는 아직 돌아가지 않고 있었다. 오늘 밤의 그는 해미온에게 있어 바위와도 같은 존재였다. 그녀는 그에게 매달려 내내 웃었다. 퀸은 그것 참 묘하다고 생각했다. 그러나 다시 생각해 보면 묘할 것도 없었다. 그는 바위였다. 마지막 바위였으므로 해미온은 그 바위에 매달리지 않을 수 없었던 것이다. 만일 손을 놓으면 그녀는 물에 빠지고 만다. 모두가 물에 빠지고 마는 것이다. 그녀는 그렇게 느꼈던 것이다. 엘러리 퀸은 다시 되풀이해서 말했다.

"당신들 두 사람에게 할 이야기가 있소."

패티는 두 개의 세계 사이에 어정쩡하게 끼어 있었다. 그녀는 포치의 엘러리 옆에 앉아 있으면서 카터 블랫포드가 돌아가는 것을 보기 위해 기다리고 있었다. 그는 지쳐 있고, 집은 멀었다. 그는 모양이 망가진 모자를 움켜쥐고 집 안에서 나와 그럭저럭 매만져서 쓰고는 포치 층계를 내려가 저쪽 어두운 잔디밭을 향해 걸어가고 싶은 모양이었다.

"내가 들어서 기뻐할 만한 이야기가 당신에게는 없을 텐데요" 하고 카터는 말했으나, 그래도 포치에서 내려서려는 기색은 보이지 않았다.

"엘러리 씨, 그만두세요" 하고 패티는 어둠 속에서 그의 손을 잡았다.

엘러리는 그녀의 싸늘한 손을 쥐었다.

"나는 말을 해야만 합니다. 당신은 스스로 순교자라고 생각하고 있고, 패티는 패티대로 바이런의 비극에 나오는 여자 주인공이나 된 듯한 기분으로 있거든요. 하지만 두 사람 모두 바보요. 이것은 정말입니다."

"그럼, 편히 쉬십시오."

카터 블랫포드가 말했다.

"잠깐만, 블랫포드 씨, 나쁜 일만 계속됐지만, 오늘은 정말 나쁜 날이었소. 나는 라이트빌에 언제까지나 있을 생각은 없소."

"엘러리 씨."

패티가 울음 섞인 목소리로 말했다.

"나는 조금 지나치게 오래 있었던 것 같군요. 패티, 이제는 내가 있어야 할 이유가 하나도 없소. 단 하나도 말입니다."

"하나도 없단 말인가요?"

"나에게 작별 인사 따위는 하지 않아도 좋소" 하고 카터는 말하며 조금 웃고는 두 사람 옆의 층층대에 걸터앉았다. "나에게 신경쓸 것 없습니다, 퀸 씨, 나는 지난 2, 3일 동안 머릿속이 멍해요. 나 자신이 작고 치사한 인간으로 여겨져서 견딜 수가 없습니다."

패티는 어이없다는 얼굴로 말했다.

"카터, 자기가? 꽤 겸손해지셨군요."

카터는 중얼거렸다.

"지난 2, 3개월 동안에 나는 많이 어른이 된 것 같은 기분이 듭니다."

퀸은 차분히 말했다.

"이 언저리에는 지난 2, 3개월 동안 어른이 된 사람이 많은 모양이군요. 당신들 두 사람도 이젠 슬슬 분별을 되찾아 그 증거를 보여주지 않겠소?"

패티는 잡힌 손을 빼냈다.

"엘러리 씨, 그런 말은……."

"이런 것은 쓸데없는 참견이고, 또한 참견하면 호되게 당하겠지만, 아무래도 마찬가지니까요" 하고 퀸은 한숨을 쉬었다.

카터가 불쑥 말했다.

"나는 당신이 패티를 사랑하고 있는 줄 알았는데요"

"사랑하지요."

패티가 외쳤다.

"엘러리 씨, 당신은 한 번도……."

"나는 패티의 그 재미있는 얼굴을 일생 동안 사랑할 거요" 하고 퀸은 유감스럽다는 듯이 말했다. "아름답고 재미있는 얼굴이니까요. 그런데 유감스럽게도 패티는 나를 사랑하지 않아요. 패티는 카터를 사랑하고 있소."

패티는 말이 막혀 잠자코 있었다. 그러다가 그녀는 의자에서 벌떡 일어났다.

"내가 사랑했음 어때요! 지금도 사랑하고 있음 어때요! 하지만 나는 절대로 데이고 상처입은 걸 잊을 수는 없어요!"

"그럴까요? 하지만 사랑이란 잘 잊는 법이지요. 사람이란 뜻밖에도 건망증이 심하더군요. 그리고 또한 분별도 있구요. 패티도 그렇게 하도록 해요" 하고 엘러리 퀸은 말했다.

"할 수 없어요" 하고 패티는 딱 잘라 말했다. "아무튼 그런 시시한 말이나 하고 있을 때가 아니에요. 우리 집안에 대해 사람들이 뭐라고들 하는지 모르세요? 우리는 이제 최하층민이 되어 버렸어요. 명예를 회복하기 위해서 이제부터 우리는 스스로 일어서 싸워야 해요. 그런데 엄마 아빠의 힘을 북돋아 줄 사람은 이제 로라 언니와 나밖에 없어요. 엄마 아빠가 그 누구보다도 나를 필요로 하고 있는 이때에 나는 저버릴 수 없어요!"

"나도 도와 줄게."

카터가 작은 목소리로 말했다.

"고마워요! 하지만 우리는 우리만의 힘으로 하겠어요. 그래야겠지요, 퀸 씨?"

"너무 서두를 것 없소."

엘러리는 중얼거렸다.

패티는 잠깐 동안 서 있었으나 화난 목소리로 잘 자라고 말하고는 집 안으로 들어갔다. 문 닫히는 소리가 크게 났다. 엘러리와 카터는 얼마 동안 말없이 앉아 있었다.

"퀸 씨" 하고 마침내 카터가 불렀다.

"왜 그러지요, 블랫포드 씨?"

"이 일은 아직 끝나지 않았습니다, 안 그렇습니까?"

"무슨 뜻이지요?"

"당신은 내가 모르고 있는 어떤 사실을 알고 있다는 생각이 자꾸만 드는군요."

"저런, 정말 그렇게 생각하시오?"

엘러리는 말했다.

카터는 모자로 자기 넓적다리를 두드렸다.

"나는 내가 어리석었다는 것을 부정하진 않습니다. 하지만 짐이 죽자 나 자신이 조금 달라진 것 같은 생각이 드는군요. 왜 그런지 모르겠습니다만…… 왜냐하면 그는 죽었지만, 사실은 조금도 달라지지 않았으니까요. 노라의 칵테일에 독약을 넣을 수 있었던 사람은 지금도 그 말고는 없다고 확신합니다. 그리고 그녀를 죽일 동기를 가진 사람 역시 그 말고는 없어요. 그런데도……나는 뭐가 뭔지 모르겠단 말입니다."

엘러리가 묘한 말투로 물었다.

"언제부터 그런 생각이 들었지요?"

"그의 시체를 발견했다는 보고를 받은 다음부터지요."

"어째서 그때부터 달라졌을까요?"

카터는 두 손으로 머리를 눌렀다.

"왜냐하면 그가 운전하고 있던 차가 실수로 쇠 난간을 떠받으며 골짜기로 굴러 떨어진 게 아니라고 믿을 만한 충분한 이유가 있었기 때문입니다."

엘러리가 말했다.

"그렇습니까."

"나는 그 사실을 라이트네 사람들에게 알리고 싶지 않았습니다. 하지만 디킨 서장과 나는 짐이 일부러 자동차를 도로에서 벗어나게 했다고 생각합니다."

엘러리 퀸은 아무 말도 하지 않았다.

"그래서 나는 생각하지 않을 수 없었지요. '어째서 그런 짓을 했을까' 도무지 알 수가 없습니다, 퀸 씨." 카터는 벌떡 일어났다. "만일 당신이 알고 있다면 제발 좀 가르쳐 주십시오! 그 점이 밝혀질 때까지 나는 잠도 잘 수 없을 것 같습니다. 짐 하이트가 정말 사람을 죽였을까요?"

"아닙니다."

카터는 그를 쳐다보았다.

"그럼, 누구의 짓입니까?"

그의 목소리는 쉬어 있었다.

퀸도 일어섰다.

"당신에게는 말하지 않겠소."

"그럼, 당신은 알고 있군요!"

"네."

엘러리는 한숨을 쉬었다.

"하지만 퀸 씨, 당신이 어떻게 그것을……."

"그러나 나는 알았단 말이오. 그렇다고 내가 쉽게 알아냈다고 생각하면 곤란합니다. 이런 일을 묵살한다는 것은 내가 받은 오랜 동안의 훈련으로 보더라도 용서할 수 없는 일이지요. 하지만 나는 이 집 사람들을 좋아합니다. 좋은 사람들뿐인데 아직까지도 그들은 심한 괴로움을 당하고 있어요. 더 이상 그들에게 상처를 입히는 일은 할 수 없소. 그대로 둡시다. 어느 쪽이든 상관없을 테니까요."

"하지만 나에게는 말할 수 있지 않습니까, 퀸 씨"

카터는 애원했다.

"아니오. 당신은 아직도 마음을 정하지 못하고 있소, 블랫포드 씨. 당신은 좋은 사람이오. 그러나 아직 완전한 어른이 되어 있지 않아요. 성년이 늦어요." 엘러리는 고개를 흔들었다. "당신이 할 수 있는 가장 좋은 방법은 잊는 일입니다. 그리고 패티와 결혼하는 거요. 그녀는 당신을 말할 수 없이 사랑하고 있소."

카터가 너무 억세게 그의 팔을 붙잡았으므로 엘러리는 얼굴을 찌푸렸다.

"하지만 나에게만은 말해 주십시오. 나도 도저히……누군가가 했는데…… 그들 가운데 누군가가 했을지도 모르는데…….."

그는 외쳤다.

엘러리 퀸은 어둠 속에서 얼굴을 찌푸렸다.

"그럼, 당신이 무엇을 해야 할지 가르쳐 드리지요" 하고 마침내 그가 말했다. "당신은 그들이 라이트빌에서 그전처럼 살 수 있도록 해주시오. 패티 라이트를 철저하게 쫓아 다녀야 합니다. 그녀를 지치게 만드는 거요. 그러나 그래도 안 되거든 나에게 전화하시오. 나는 이제 그만 집으로 돌아가겠습니다. 뉴욕으로 전보를 쳐주면 금방 올 수 있소. 그리고 그때 내가 말하여 패티가 당신에게로 돌아서면 당시의 고민은 해결되겠지요."

"고맙습니다."

블랫포드가 쉰 목소리로 말했다.

"하지만 그것도 두고 봐야지요. 앞일은 아무도 모르니까. 인간 관계, 감정, 사건 등이 이토록 복잡하게 얽힌 묘한 사건은 처음 보았소. 그럼, 블랫포드 씨, 잘 가시오."

엘러리 퀸은 한숨을 쉬었다.

29 엘러리 퀸, 다시 오다

엘러리 퀸은 정거장 플랫폼에 서서 '이제 또다시 제독이 되었군' 하고 생각했다. 콜럼버스 제2의 항해이다…… 그는 까다로운 얼굴로 정거장 간판을 보았다. 그를 뉴욕에서 싣고 온 기차의 뒤가 여기서 5km쯤 떨어진 라이트빌 접속역 쪽으로 커브를 도는 곳에서 보이지 않게 되었다. 정거장 추녀 밑의 손수레에 걸터앉아 더러운 다리를 흔들거리고 있는 두 소년은 그가 처음 라이트빌에 도착했을 때——그것은 1세기나 이전의 일인 듯한 생각이 들지만——보았던 그 소년들인지도 모른다. 운송업자 개비 월럼이 어슬렁거리며 나와 이쪽을 보았다. 엘러리는 손을 흔들어 보이고는 자갈 위를 달려오는 에드 호치키스의 택시 쪽으로 서둘러 걸어갔다. 에드의 자동차가 번화가를 향해 달리는 동안 엘러리는 주머니 속에서 어제 받은 전보를 꼭 쥐었다. 그것은 카터 블랫포드가 친 것으로, 간단하게 '와 주십시오'라고 씌어 있었다.

지난번 이곳을 떠나고 그리 오래 되지 않았다. 겨우 3주일이 지났다. 그런데도 그에게는 라이트빌이 달라진 것처럼 느껴졌다. 어쩌면 라이트빌이 본디의 모습으로 돌아갔다고 하는 편이 옳을는지도 모른다. 왜냐하면 9개월 전인 작년 8월에 그가 그토록 기대를 걸고 찾아왔던 그리운 라이트빌로 되돌아가 있었기 때문이다. 이 상쾌한 일요일 오후에는 그전과 같은 여유있는 차분한 공기를 느낄 수 있었다. 걸어가는 사람들도 그 1월, 2월, 3월, 4월의 미친 듯한 군중이 아니라 그전의 사람들 같았다. 퀸은 홀리스 호텔에서 전화를 걸어 놓고 에드 호치키스의 택시로 '언덕'을 향해 달렸다. 이미 저녁때가 가까운 낡은 라이트 저택 언저리에는 작은 새들이 지저귀며 힘차게 날아다니고 있었다. 그는 에드에게 요금을 지불하고 택시가 언덕을 덜커덕거리며 내려가는 것을 전송한 다음 천천히 보도를 걸어 올라갔다. 옆의 조그만 집——노라와 짐의 집——은 창의 덧문이 굳게 닫혀 있었다. 어쩌면 장님이라도 된 듯한 불투명한 더러운 느낌이 들었다. 퀸은 등골이 오싹해졌다. 저 집에는 되도록 가지 말아야겠다. 그는 라이트 저택 본채의 현관 층계에 잠깐 멈추어 서서 귀를 기울였다. 뒤뜰에서 사람 목소리가 들려 왔다. 그래서 그는 잔디를 밟으며 돌아갔다. 그는 모두에게 들키지 않도록 협죽도 그늘에 숨었다.

밝은 햇빛 아래에서 해미온이 방금 사 온 새 유모차를 어설픈 솜씨로 밀고 있었다. 존 F는 싱글벙글 웃고 있고, 로라와 패티는 할머니의 솜씨를 짓궂게 놀려 주며 두 이모에게도 밀게 해 달라고 졸라댔다. 앞으로 2주일 뒤면 아기가 병원에서 돌아오는 것이다! 퀸은 그들에게 들키지 않도록 숨어서 한참 동안 바라보았다. 그는 매우 침울한 표정을 짓고 있었다. 한 번은 그대로 달아나고 싶은 생각이 들어 발길을 돌리려 했다. 그러나 바로 그때 그는 다시 패트리시아 라이트의 얼굴을 보고 지난번 헤어질 때보다 나이들어 보이며 많이 여위었다는 것을 알았다. 그래서 그는 한숨을 쉬고 모든 결말을 지어야겠다고 생각했다. 5분쯤 찬찬히 동태를 살피다가 그는 다른 사람들이 무슨 일에 정신이 팔려 있는 사이에 패티의 시선을 잡았다. 그리고 눈짓을 하며 손가락을 입술에 대고 고개를 저어 그녀에게 주의를 주었다.

패티는 부모에게 그럴듯하게 말해 놓고 그가 있는 쪽으로 천천히 걸어왔다. 그가 뒷걸음질치자 그녀는 집 모퉁이를 돌아서 다가와 그의 품안으로 달려들었다.

"엘러리 씨! 와 주셨군요? 언제 오셨어요? 어째서 예고도 없이 이렇게 살짝 오셨지요? 아아, 정말 기뻐요!"

그에게 키스하며 매달리는 그녀의 얼굴은 잠시 그가 알고 있는 그 화사하고 싱싱한 얼굴로 돌아갔다.

그는 얼마 동안 그녀가 눈물로 어깨를 적셔 주는 것을 그대로 두었다가 그녀의 손을 잡고 저택 정면으로 돌아갔다.

"저기 서 있는 것은 당신의 컨버터블 차지요? 우리 드라이브나 갑시다."

"하지만 엘러리 씨, 엄마와 아빠와 로라 언니가 실망하실 거예요. 당신이……."

"지금은 방해하고 싶지 않아서 그렇소, 패티. 저토록 즐겁게 아기를 기다리고 계시니까. 그런데 아기는 잘 자라고 있소?"

엘러리는 패티의 자동차를 운전하여 '언덕'을 내려갔다.

"그럼요, 아주 영리한 아이랍니다! 어떻게 생겼는지 아세요? 꼭……" 하고 말하다가 패티는 입을 다물었다. 그 다음 조용히 "꼭 노라 언니를 닮았어요" 하고 말했다.

"그래요? 그렇다면 상당히 아름다운 아가씨가 되겠군요."

"그럴 거예요. 그리고 할머니의 얼굴을 알아보나 봐요! 정말이에요. 우리는 그 아기가 병원에서 빨리 돌아오기를 손꼽아 기다리고 있어요. 엄마는 그 노라 아기를 아무도 만지지 못하게 해요. 노라는 그 아기의 이름이지요——우리들이 가도 말이에요——우리는 자주 가 보거든요! 하지만 나는 혼자서 몰래 가 볼 때도 있어요. 노라 아기에게 노라 언니가 전에 쓰던 침실을 쓰게 하기로 했어요. 당신에게도 보여 주고 싶군요. 상아 빛 가구와 여러 가지 도구와 커다란 아빠 곰과 특제 어린이방 벽지를 발라놓았답니다. 그리고 아기와 나만의 비밀도 있어요…… 나를 보면 웃는걸요. 그리고 내 손을 꼭 잡고 꼬집기도 해요. 아주 포동포동해졌어요. 엘러리 씨, 무엇이 우습지요?"

엘러리는 웃었다.

"당신 이야기를 듣고 있으니 역시 그전의 패티여서……."

"어머나, 그래요?"

"당신은 아직도……."

"아니에요, 그렇지 않아요. 나는 이미 할머니가 되어 가고 있는걸요. 이제부터 어디로 가지요?"

패티가 말했다.

"특별히 정한 곳은 없지만" 하고 엘러리는 멍청이 말하며 자동차를 남쪽으로 돌려 라이트빌 접속역 쪽으로 달리게 했다.

"그런데 어떻게 또 라이트빌에 오셨어요? 우리들 때문이세요? 그렇지요? 소설은 어떻게 됐지요?"

"끝났소."

"정말 잘됐네요! 엘러리 씨, 나에게는 아직 읽게 해 주시지도 않으시는군요. 끝을 어떻게 맺으셨어요?"

"그것이 내가 라이트빌에 온 이유 가운데 하나랍니다."

"그게 무슨 말씀이세요?"

"끝맺음에 대한 것이지요" 하며 그는 싱긋이 웃었다. "그 소설은 다 쓰긴 했지만, 마지막 장은 언제든지 간단히 고칠 수 있거든요. 적어도 미스터리의 구조에 직접 관련이 없는 요소에 대해서는 말이오. 그 부분에서 바로 당신이 도움을 줄 수 있을 것 같구려."

"제가요? 그럴 수 있을까요? 저는 기뻐요! 그리고 엘러리 씨, 뉴욕에서 보내 주신 그 멋진 선물 고마웠어요. 엄마 아빠와 로라 언니에게도 그런 좋은 선물을 보내 주시다니, 우리는 그다지 잘해 드리지도 못했는데……."

"아아, 괜찮소. 요즈음 카터 블랫포드와 만납니까?"

패티는 손톱을 들여다보았다.

"네, 카터는 이따금 와요."

"짐의 장례식은?"

"노라 언니 옆에 묻어 드렸어요."

"그랬었군! 목이 조금 마른데, 어디 좀 천천히 쉴 만한 곳은 없을까요, 패티?"

"있지요."

패티는 조금 무뚝뚝하게 말했다.

"저기가 거스 올센의 술집이 아니었던가? 역시 맞았군!"

패티는 그를 흘겨보았으나 엘러리는 웃으며 자동차를 술집 앞에 세워 놓고 그녀의 손을 잡아내려 주었다. 그녀가 얼굴을 조금 찌푸리며 라이트빌의 남자들은 그런 짓을 하지 않는다고 말하자 엘러리는 또다시 싱긋이 웃었다. 그러자 이번에는 패티가 그것을 보고 웃기 시작했다. 이리하여 두 사람은 팔짱을 낀 채 마구 웃어대며 거스 올센의 싸늘한 가게 안으로 들어갔다. 그리고 엘러리는 카터 블랫포드가 굳은 표정으로 기다리고 있는 탁자로 그녀를 데리고 가서 말했다.

"블랫포드 씨, 자아, 이 여자를 데리고 왔소. 대금 교환 지불(C O D)이오."

"패티."

카터는 두 손으로 탁자를 짚으며 말했다.

"카터!" 하고 패티가 외쳤다.

"여어, 여러분!"

걸걸한 목소리로 말하는 사람이 있었다. 퀸이 뒤돌아보자 가까운 탁자에 거리의 술 주정뱅이 앤더슨 할아범이 한 손에 돈 뭉치를 쥐고 앞에다 빈 위스키 잔을 쭉 늘어놓은 채 앉아 있었다.

"안녕하십니까, 앤더슨 씨."

퀸은 말했다.

엘러리 퀸이 앤더슨의 탁자로 가서 고개를 끄덕이고 웃으며 이야기하는 동안 이쪽 탁자에서는 여러 가지 일이 벌어지고 있었다. 그리하여 그가 돌아왔을 때 패티와 카터는 마주앉아 탁자 너머로 노려보고 있었다. 퀸은 의자에 앉아 거스 올센에게 말했다.

"뭘 그리 꾸물대고 있는 거요, 거스."

거스는 머리를 긁적이더니 카운터 저쪽에서 일을 시작했다.

"엘러리 씨, 나를 속여서 이리로 데리고 왔군요."

패티가 난처한 표정으로 말했다.

"속이지 않으면 오지 않을 것 같아서요"

퀸이 중얼거렸다.

"퀸 씨를 라이트빌에 오시게 한 것은 나였어, 패티. 그가 말하기를 ——아니, 나는 패티와 이야기하고 싶었어. 과거의 일은 우리 둘이서 깨끗이 지워 버릴 수 있으며, 나는 지금까지도, 지금도, 앞으로도 언제까지나 패티를 사랑한다는 것, 그리고 무엇보다도 패티와 결혼하고 싶다는 것을 알아 주었으면 좋겠어."

카터는 쉰 목소리로 말했다.

"그 이야기는 그만두기로 해요" 하고 패티가 말했다. 그녀는 식탁보의 늘어진 끝을 만지작거리기 시작했다. 카터는 거스가 눈앞에 놓고 간 키 큰 술잔을 들었고, 패티도 어색함을 얼버무리기 위해 술잔을 들어, 두 사람은 말없이 서로 보지도 않고 마셨다.

앤더슨 할아범이 비틀거리며 일어나 탁자에 손을 짚고 암송하기 시작했다.

풀잎은 별이 만들어 놓은 걸작품
개미도 모래알도 새알도 잘 만들었지만
청개구리는 최고의 걸작품이지
검은 딸기 열매는 하늘 나라 응접실의 장식품

"앤더슨 씨, 앉으세요. 다른 사람에게 방해가 되어서는 곤란합니다."

거스 올센이 부드럽게 말했다.

"지금 읊은 것은 휘트먼의 시지요? 근사한데."

엘러리 퀸이 말하며 주위를 둘러보았다.

앤더슨 노인은 눈알을 굴리며 쏘아보고는 계속 읊었다.

조그만 경첩은
그 어느 기계보다도 훌륭하고
머리 숙여 풀을 뜯는 소는
그 어느 조각보다도 아름답다.
한 마리의 쥐는
몇억의 믿지 않는 사람들보다 더한 기적이다!

읊조림이 끝난 이 술주정꾼은 공손히 절을 하고 다시 앉더니 이번에는 장단 맞추어 탁자를 두드리기 시작했다.

"나는 시인이었지!" 하고 그는 외쳤다. 입술이 떨리고 있다. "나를 찬찬히들 봐……."

"맞아요, 그 말씀이 맞습니다."

퀸은 생각에 잠기는 듯한 투로 말했다.

"자, 당신의 독약을 가지고 왔소!"

거스가 앤더슨의 탁자에 위스키 잔을 놓았다. 그리고 거스는 갑자기 미안한 표정을 지으며 놀라고 있는 패티의 눈을 피하듯 급히 카운터 쪽으로 가서 프랭크 로이드의 레코드 신문 뒤에 숨었다. 앤더슨 씨는 위스키를 마시고 트림을 했다.

"패티" 하고 엘러리 퀸은 말을 꺼냈다. "내가 오늘 여기 온 것은 짐 하이트에게 죄가 있는 것으로 되어 있는 범죄를, 정말은 누가 저질렀는지 당신과 카터에게 알려 주기 위해서요."

"어머나!" 패티는 침을 꿀꺽 삼켰다.

"사람의 마음에도 기적이 있더군요. 노라가 죽던 날 대합실에서 당신은 나에게 어떤 말을 했었지요. 아주 작은 씨앗 같은 것이었는데, 그것이 나의 마음 속에서 크나큰 나무로 자랐답니다."

"한 마리의 쥐는 몇억의 믿지 않는 사람들보다 더한 기적이다!"

앤더슨은 기쁜 듯이 소리 높이 외쳤다.

패티가 속삭였다.

"그럼, 형부가 한 것이 아니었군요…… 엘러리 씨, 안 돼요! 말하지 마세요! 제발! 안 돼요!"

"말해야 합니다" 하고 엘러리가 부드럽게 말했다. "그것이 카터와 당신 사이에 가로놓여 방해를 하고 있으니까요. 그것은 당신들 두 사람이 죽을 때까지 해결하지 못할 의문부호로 남을 겁니다. 그래서 나는 그것을 지워 버리고 종지부를 찍어야겠소. 그렇게 하면 이 장은 끝나고, 당신과 카터에게는 다시 새로운 종류의 믿음이 생겨 서로의 눈을 똑바로 들여다볼 수 있게 될 거요." 그는 술을 마시고 얼굴을 찌푸렸다. "나는 그렇게 되기를 바라고 있소!"

"바란다고요?"

카터가 중얼거렸다.

"진실이란 불쾌한 것입니다."

엘러리는 진지한 표정으로 말했다.

"엘러리 씨!"

패티가 외쳤다.

"그러나 당신들 두 사람은 모두 어린애가 아니니까 자기 자신을 속여서는 안 되오. 비록 결혼을 했다 해도 두 사람 사이에는 언제까지나 그것이 남아 있게 됩니다. 확실치 않은 일, 알지 못하는 일들이 낮에도 밤에도 늘 의문이 되어 뒤따라 다니게 됩니다. 당신들은 그것 때문에 사이가 벌어질 것이며, 지금도 그것 때문에 벌어져 있지요. 맞아요. 진실이란 불쾌한 것이지만 어쨌든 그것은 진실이니까요. 그리고 진실을 알면 그것은 지식이 되지요. 그리고 지식을 갖게 되면 당신들은 영속성 있는 결단을 내릴 수 있게 됩니다. 패티, 이것은 외과적 수술입니다. 종기를 자르거나 아니면 죽거나 해야 합니다. 내가 수술을 해줄까요?"

앤더슨이 노래를 불렀다.

"푸른 나무 그늘에서……."

쉰 소리를 지르며 빈 위스키 잔으로 박자를 맞추고 있었다. 패티는 똑바로 앉아 두 손으로 술잔을 꼭 쥐었다.

"해주세요…… 엘러리 씨."

카터는 한 모금 크게 마시고 나서 끄덕였다. 엘러리 퀸은 한숨을 쉬었다.

"기억나오, 패티? 당신은 병원 대합실에서 내가 노라의 집에 갔을 때의 이야기를 했지요――작년 할로윈 날 말입니다――그때 당신과 노라는 거실에 있던 책들을 2층 짐의 새 서재로 옮기고 있었지요?" 패티는 말없이 고개를 끄덕였다. "그런데 당신은 대합실에서 뭐라고 했던가요? 당신과 노라가 2층으로 나르고 있던 책은 못을 박은 상자에서 꺼낸 것이라고 했지요. 내가 그 집에 가기 몇 분 전에 당신은 지하실에 내려가 에드 호치키스가 몇 주일 전에 정거장에서 날라다 놓은 못을 박은 책상자를 보고 당신이 직접 열었다고 했어요."

"책상자라니요?"

카터가 중얼거렸다.

"카터 씨, 그 책상자는 짐이 노라와 화해하기 위해 라이트빌로 돌아왔을 때 그가 뉴욕에서 라이트빌로 부친 것 가운데 일부였답니다. 그는 그것을 라이트빌 정거장에 맡겨 두었다가 자기들이 신혼여행에서 돌아올 때 비로소 새집으로 날라다가 지하실에 넣어 두었던 것입니다. 그리고 할로윈 날 패티는 그 상자가 못도 뜯기지 않은 채 그대로 있는 것을 보았던 거지요. 이것은 내가 전혀 몰랐던 사실입니다. 이것이야말로 핵심이 되는 사실, 근원이 되는 사실이며, 그것 때문에 나는 진실을 알 수 있게 되었지요."

"하지만 어째서 그렇지요, 엘러리 씨?"

패티가 머리를 짚으며 물었다.

"지금 설명하지요. 나는 당신과 노라가 정리하던 책은 거실 책상에 있었던 책인 줄로만 알았소. 그 전부터 집에 있던 짐과 노라의 책들이라고 생각한 거요. 그야 당연하지요. 거실 마룻바닥 위에 나무 상자며 못 따위는 보이지 않았으니까."

"나는 나무 상자에서 책을 다 꺼내고는 당신이 오시기 조금 전에 상자며 못이며 연장들을 지하실로 도로 갖다 두었거든요. 이 사실은 그날 병원에서 말씀드렸지요."

패티는 말했다.

"그런데 때가 늦은 거요. 내가 들어갔을 때에는 그런 것은 그림자도 없었으니까요. 천리안을 가진 것도 아니니 알 턱이 없지요."

엘러리는 신음했다.

"요점은 무엇입니까?"

카터 블랫포드가 얼굴을 찌푸렸다.

"그 할로윈 날에 패티가 연 책 상자 속에 들어 있던 책 가운데 하나가 에치컴의 독물학 책이었소."

엘러리가 말했다.

"비소란에 밑줄이 그어져 있던 책 말인가요?"

카터가 말했다.

"뿐만 아니라 그 책장 사이에서 세 통의 편지가 떨어졌었지요."

이번에는 카터도 아무 말 하지 않았다. 그러나 패티는 눈썹 사이에 깊은 의문을 새기며 엘러리를 보았다.

"그 상자는 뉴욕에서 못질이 되어 라이트빌 역으로 보내졌고, 거기에서 한참 동안 보관되었다가 집으로 운반되었는데, 그 편지가 끼어 있던 독물학 책은 책 상자가 열리자 금방 우리들에게 발견됐습니다. 그리고 노라가 안고 있던 책을 우연히 떨어뜨렸기 때문에 그 편지도 떨어졌던 것입니다. 그렇다면 여기서 절대로 틀림없는 결론이 나옵니다. 짐은 라이트빌에 있을 때 그 편지를 쓸 수 없었다는 결론입니다. 그래서 나는 이 점을 깨닫는 동시에 모든 것을 알았지요. 그 세 통의 편지는 짐이 뉴욕에서 쓴 것입니다. 그것은 그가 노라에게 결혼하자고 다시 한 번 애원하기 위해 라이트빌로 돌아오기 이전에 쓴 것으로, 짐이 그녀를 버리고 3년 동안이나 소식을 끊었던 일을 노라가 용서해 주리라는 것을 그가 아직 모르던 때의 일입니다!"

"그렇군요."

카터 블랫포드가 중얼거렸다.

"그래도 당신은 모르겠소?" 하고 엘러리는 외쳤다. "그 세 통의 편지 속에서 짐은 자기 아내의 병과 죽음을 예언했는데, 그것이 반드시 노라를 가리키고 있다고 어떻게 단언할 수 있겠습니까? 그 편지가 발견됐을 때에는 확실히 노라는 짐의 아내였지요. 그러나 그 편지가 처음에 쓰일 때에는 그의 아내가 아니었고, 짐도 그녀가 자기 아내가 되리라는 것을 몰랐지요!"

그는 말을 끊었다. 거스 올센의 가게는 꽤 싸늘한 편이었는데도 그는 손수건을 꺼내어 땀을 닦고, 유리 잔의 음료를 쭉 들이마셨다. 옆

탁자에서는 앤더슨이 코를 골고 있었다.

패티는 놀란 목소리로 말했다.

"하지만 엘러리 씨, 만일 그 세 통의 편지가 노라를 가리키는 것이 아니라면 모든 일이……모든 일이……."

"이제 설명하지요" 하고 퀸은 쉰 목소리로 말했다. "그 편지에 씌어 있는 '아내'가 노라가 아닌 것 같다면, 지금까지 그저 이상하다고 느끼고 있던 두 가지 사실이 특히 눈에 띄게 됩니다. 그 하나는 그 편지의 날짜가 완전하지 못하다는 사실입니다. 즉 그 편지에는 달과 날은 씌어 있지만 해는 씌어 있지 않았지요. 그러므로 그 세 개의 휴일――감사절, 크리스마스, 정월 초하루――즉 짐이 세 통의 편지에 그의 '아내'의 병, 다음에는 중태, 그리고 마지막에는 죽는다고 씌어 있던 날짜는 1년이나 2년이나 3년 전의 같은 날이었는지도 모른다는 말입니다. 1940년이 아니라 1939년이나 1938년이나 1937년이 었는지도 모른단 말입니다…….

그리고 둘째 사실은, 어느 편지에도 노라라는 이름은 씌어 있지 않습니다. 어디까지나 '나의 아내'라고만 씌어 있었지요.

만일 짐이 그 편지를 뉴욕에서 썼다면――그것은 그가 노라와 결혼하기 전의 일이며, 노라가 과연 그와 결혼할지 어떨지 모를 때에 쓴 것이므로――짐은 노라의 병, 또는 노라의 죽음에 대해 쓸 수 없었을 거요. 그리고 우리가 이 사실을 믿을 수 없게 된다면――이 사건 처음부터 우리가 당연히 그러려니 하고 멋대로 생각했던 일이――노라를 짐의 독살 계획 희생자로 간주하고 쌓아올린 가설이 완전히 무너지고 맙니다."

"도저히 믿을 수 없는 일이군요. 도저히 믿을 수가 없어요."

카터가 중얼거렸다.

"영문을 알 수 없게 되었어요. 그럼, 당신은……."

패티가 가냘픈 목소리로 말했다.

"내가 하고 싶은 말은 노라는 한 번도 위협을 당한 일이 없고 한 번도 위험에 처한 일도 없다…… 노라의 목숨을 노린 것이 아니라는 사실입니다."

퀸은 말했다.

패티는 머리를 세게 저으며 유리 컵을 손으로 더듬어 들었다.

"그렇게 되면 전혀 새로운 방향을 생각해야만 하겠군요. 노라의 목숨을 노리지 않았다면 대체……."

카터가 말했다.

"사실은 어땠습니까?" 하고 엘러리가 말했다. "한 여자, 로즈메리 하이트라는 여자가 섣달 그믐날 죽었소. 노라가 예정된 희생자라고 생각했을 때에, 로즈메리 하이트는 우연히 죽었다고 우리는 말했지요. 그런데 노라가 예정된 희생자가 아니라는 사실을 알게 된 지금은 필연적으로 로즈메리 하이트는 우연히 죽은 것이 아니라는 이야기가 됩니다. 즉 로즈메리 하이트는 처음부터 피살당하게 되어 있었던 것이 아닐까요?"

"로즈메리는 처음부터 피살당하게 되어 있었다……."

패티는 어떤 모르는 나라의 말을 늘어놓듯이 되풀이 했다.

"하지만 퀸 씨──."

블랫포드가 되물으려고 했다.

"알고 있소" 하고 퀸은 한숨을 쉬었다. "여기에 대해서는 대단히 많은 곤란과 이의가 나올 겁니다. 하지만 노라가 계획된 희생자가 아니라면, 지금 내가 말한 사실이 이 범죄에 대한 논리적인 설명이 될 수 있겠지요. 그러므로 우리는 그것을 새로운 전제로서 받아들여야만 합니다. 즉 로즈메리가 살해당하도록 되어 있었던 것입니다. 그래서 나는 나 자신에게 질문했지요. '그 세 통의 편지는 로즈메리의 죽음과 관계가 있는 것이 아닐까?' 표면적으로는 아니라는 결론이었습니다. 그 편지에는 짐의 아내의 죽음에 대해 씌어 있었으니까요."

"게다가 로즈메리는 짐의 누이동생이었어요."

패티가 눈살을 찌푸렸다.

"그렇소. 더구나 로즈메리는 감사절과 크리스마스날에는 예정된 병의 징후를 전혀 일으키지 않았거든요. 그리고 그 세 통의 편지가 2년이나 3년 전에 씌어진 것으로 해석되는 지금에 와서는 그것이 범죄와 관계되어 있다고 생각할 수 없지요. 그것은 짐의 첫 아내——노라가 아닌——가 병에 걸려 죽었을 때를 가리키고 있을 따름이오, 즉 짐이 뉴욕에서 결혼한 첫 아내, 짐이 노라를 버리고 갔을 때부터 그가 노라와 결혼하기 위해 돌아왔을 때 사이의 어느 해 1월 1일 뉴욕에서 죽은 아내를 가리키겠지요."

"하지만 형부는 전처가 있다는 이야기는 한 적이 없는걸요."

패티가 이의를 말했다.

"말하지 않았다고 해서 그가 결혼하지 않았다는 증거는 못 되지."

카터가 말했다.

"그렇지요" 하고 엘러리는 끄덕였다. "그러므로 그것은 죄와는 전혀 관계가 없을지도 모릅니다. 다만 여기에 매우 의미가 깊고도 의심스러운 요소가 두 가지 있소. 첫째로 그 편지를 쓰긴 했으나 보내지 않았다는 점——그것은 뉴욕에서는 죽을 사람이 없다는 뜻을 나타내고 있지요. 그리고 둘째는 라이트빌에서 1940년 1월 1일(섣달 그믐날 자정)에 한 여자가 실제로 죽었다는 사실입니다. 그것은 짐이 그 사건이 일어나기 훨씬 이전에 쓴 마지막 편지의 내용대로 되었습니다. 우연일까요? 다만 우연이라는 생각을 하는 것만으로도 나는 속이 언짢아집니다. 우연이 아닙니다. 나는 로즈메리가 죽은 것과 짐이 쓴 세 통의 편지 사이에는 반드시 어떤 연관성이 있다고 봅니다. 그것은 물론 그가 쓴 것이지요. 엘리 마틴 씨는 유감스럽게도 공판정에서 그것이 진짜인지 아닌지에 대해 의심을 걸어 보려고 했으나, 용감한 행위이긴 했어도 자포자기의 몸부림에 지나지 않았습니다."

앤더슨이 잠에서 깨어나 시끄럽다는 얼굴을 지었다. 거스 올센이 고개를 저었다. 앤더슨은 비틀거리며 스탠드로 다가갔다.

"주인, 사발에다 술을 철철 넘치게 부어 주시오!"

그는 노려보며 말했다.

"우리 집에서는 술을 사발에 붓지 않소. 그리고 앤더슨 씨, 당신은 이젠 그만 하시지요."

거스가 나무라듯 말했다. 앤더슨은 카운터에 머리를 기대고 울기 시작했으나 두세 번 흐느껴 울더니 다시 잠들어 버렸다.

퀸은 생각에 잠기며 말을 이었다.

"로즈메리 하이트의 죽음과 훨씬 이전에 짐 하이트가 쓴 세 통의 편지는 어떤 관련이 있을까? 이 물음에 관련된 문제의 핵심을 살펴보아야겠소. 처음부터 계획되어 있던 희생자가 로즈메리라면 이 세 통의 편지는 엄청난 눈가림이고 현명한 기만이며 당국의 눈으로부터 진실을 감추기 위한 심리적 연막이었다고 해석할 수가 있지요! 사실이 그렇지 않습니까? 블랫포드 씨, 당신도 디킨도 로즈메리의 죽음을 이 사건에 우연히 끼어든 단순한 하나의 요소로써 옆에다 제쳐놓고 주로 노라를 예정된 희생자로 간주하고 수사를 집중시키지 않았습니까? 그런데 그것이 바로 로즈메리를 죽인 사람이 당국으로 하여금 취하게 하려던 방향이었단 말입니다! 당신들은 표면상의 희생에 대한 살인 동기를 규명하려는 나머지 실제의 희생자를 등한히 했던 것입니다. 그래서 당신들은 노라를 독살했을 지도 모르는 유일한 인물 짐을 중심으로 수사를 폈을 뿐, 단 한순간이라도 진범인, 즉 로즈메리를 독살한 동기와 기회를 가진 인물을 찾아내려고 하지 않았던 것입니다."

패티는 뭐가 뭔지 도무지 알 수 없게 되어 듣는 것을 그만두고 말았다. 그러나 블랫포드는 탁자 위에 몸을 얹고 엘러리의 얼굴에서 한순간도 눈을 떼지 않으면서 야만스러우리만큼 열심히 듣고 있었다.

"그리고 그 다음에 어떻게 됐지요, 퀸 씨!"

그는 재촉했다.

"조금 뒤로 돌아가서 생각해 봅시다" 하고 퀸은 말하며 담배에 불을 붙였다. "그 세 통의 편지를 보면, '아내'란 거기에 한 번도 이름이 나오지 않는 숨은 첫 아내를 가리킴을 알 수 있습니다. 만일 이 여자가 2년이나 3년 전 1월 1일에 죽었다면 짐은 왜 그 편지를 누이동생에게 보내지 않았을까요? 더욱 중요한 것은 체포되었을 때 그는 어째서 그 사실을 당신이나 디킨에게 고백하지 않았을까요? 그는 어째서 변호인 마틴 씨에게 그 편지는 노라에 대해 쓴 것이 아니라고 털어놓아 공판 때 변호의 재료로 쓸 수 있게 하지 않았을까요? 만일 전처가 있었고 실제로 죽었다면 그것을 실증하는 일은 매우 간단하지요. 입회했던 의사의 진술서나 사망진단서 등 여러 가지 자료가 얼마든지 있을 테니까요. 그런데 짐은 입을 봉한 채 열지 않았단 말입니다. 그는 노라와 다투고 헤어진 다음 그녀와 결혼하려고 라이트빌로 다시 돌아올 때까지의 4년 사이에는 다른 여자와 결혼했는지도 모르지요. 그런데 짐은 어째서 그 일을 숨겼을까요?"

"어쩌면 그는 정말로 죽일 계획을 세우고 있었는지도 모르겠군요."

패티는 몸을 떨었다.

"그렇다면 그는 어째서 그 편지를 누이동생에게 부치지 않았을까요? 그는 그 때문에 그 편지를 쓴 것이 아닐까요?"

카터가 말했다.

"바로 그것이 거꾸로 생각해 보아야 할 점이지요. 그래서 나는 혼자 이렇게 생각해 보았습니다. '짐은 그의 전처를 죽이려고 계획했었으나, 그것을 예정했던 시기에 실현시키지 못한 것이 아닐까?'라고 말입니다."

"그렇다면 짐이 라이트빌로 돌아왔을 때에도 그 여자는 살아 있었다는 이야기가 되는군요" 하고 패티는 어이없다는 듯이 입을 벌렸다.

"살아 있었을 뿐만 아니라 그녀는 여기까지 짐을 뒤쫓아왔습니다." 하고 퀸은 말하며 담배 꽁초를 재떨이에 천천히 비벼서 껐다.

"전처가 말입니까?"

카터는 입을 벌렸다.

"이 라이트빌에?"

패티가 외쳤다.

"그렇습니다. 하지만 짐의 전처로서 온 것이 아니었지요."

"그렇다면 누구였지요?"

"그녀는 라이트빌에 왔습니다. 짐의 누이동생으로서."

엘러리는 말했다.

앤더슨이 스탠드에서 말하기 시작했다.

"여보시오, 주인!"

"돌아가시오" 하고 말하며 거스는 고개를 저었다.

"벌꿀술을 내놔! 잊어버리는 약을 내놓으란 말이야!"

앤더슨은 애원했다.

"그런 것은 없소"

거스가 말했다.

"짐의 누이동생으로서……" 하고 패티가 나직이 말했다. "짐이 우리에게 소개한 누이동생 로즈메리 하이트라는 그 여자가 누이동생이 아니었단 말인가요? 그 여자는 아내였나요?"

"그렇소" 하고 말하며 엘러리는 거스 올센에게 손짓했다. 거스는 이미 새 술을 준비하고 있었다. 앤더슨은 거스가 들고 가는 쟁반을 눈을 번득이며 바라보았다. 거스가 스탠드로 돌아갈 때까지 아무도 입을 열지 않았다.

"하지만 퀸 씨, 대체 당신은 그것을 어떻게 아셨지요?"

카터는 현기증이 나는 듯 말했다.

"짐 하이트의 누이동생 로즈메리 하이트라고 하며 스스로 나타난 그 여자의 말을 뒷받침할 만한 것이 뭐 있었던가요?" 하고 엘러리가 되물었다. "짐과 로즈메리가 그렇게 말했을 따름이오. 그리고 그들은 둘 다 죽었습니다……하지만 그녀가 그의 아내였다는 것을 알게 된 것은 지금 설명한 사실들 때문이 아니라, 내가 그녀를 죽인 진범을 알고 있기 때문이오. 그리고 정말 그녀를 죽인 사람이 누구인지 알고 있으니까 로즈메리가 짐의 누이동생일 수 없다는 것이 더욱더 뚜렷해졌지요. 그녀가 짐의 전처이기 때문에 그녀를 죽일 동기를 가진 사람의 살인 대상이 되었던 것이지요."

"하지만 엘러리 씨, 당신은 그날 스티브 플래리스의 영수증에 적힌 그 여자의 필적과 짐이 '로즈메리 하이트'에게서 받은 편지에 적힌 필적을 비교해 보고 그 여자가 짐의 누이동생이라고 인정했었잖아요?"

패티가 말했다.

"그것은 나의 잘못이었습니다." 하고 퀸은 얼굴을 찌푸렸다. "나는 어리석은 잘못을 저질렀던 거요. 그 두 가지 필적이 입증한 것은 그저 양쪽 모두 같은 사람이 썼다는 것이었을 따름이오. 다시 말해서 이 거리에 나타난 여자는 짐을 그토록 당황하게 만든 편지를 쓴 여자와 동일 인물이라는 데 지나지 않았소. 나는 그 여자가 봉투에 '로즈메리 하이트'라고 썼기 때문에 감쪽같이 속아 버린 거요. 어쨌든 그녀는 그런 이름을 썼으니 말이오. 모두 나의 잘못이며, 내가 어리석였기 때문입니다. 패티, 마실까요?"

"그러나 섣달 그믐날에 독살 당한 여자가 짐의 전처였다면 그녀가 살해당한 다음 어째서 짐의 진짜 누이동생이 나타나지 않았을까요? 신문에 그토록 크게 났는데 말입니다!"

카터가 반문했다.

"만일 그에게 누이동생이 있었다면 말이겠지요, 만일 정말로 있었다면 말이에요!"

패티도 중얼거렸다.

"물론 그에게는 정말 누이동생이 있었지요" 하고 엘러리는 피곤한 듯 말했다. "만일 없었다면 뭣 때문에 그런 편지를 썼겠습니까. 그가 처음에 그 당시의 자기 아내를 죽일 계획을 세우고 그 편지를 썼을 때에는——그 살인은 이루어지지 않았지만——그 편지가 그에게 죄가 없는 듯이 보이게끔 하는 재료가 된다고 생각했겠지요, 그는 그것을 진짜 누이동생인 로즈메리 하이트에게 보낼 생각이었습니다. 정말 살인 사건으로서 수사가 시작됐을 때, 진짜 누이동생이 나타나지 않는다면 그는 난처한 입장에 몰릴 것이기 때문이지요, 그러므로 짐에게는 정말 누이동생이 있었을 겁니다."

"하지만 신문이 있잖아요!" 하고 패티가 말했다. "카터도 말했듯이 신문에 짐 하이트의 누이동생 로즈메리 하이트가 이 라이트빌에서 어떻게 죽었는지 자세히 났으니까요, 만일 짐에게 로즈메리 하이트라는 진짜 누이동생이 있다면 급히 라이트빌에 와서 잘못된 보도를 지적했겠지요."

"반드시 그렇다고는 할 수 없소, 그러나 사실상 짐의 누이동생은 이 라이트빌에 왔습니다. 그녀가 그 잘못된 보도를 정정하기 위해 왔었는지는 알 수 없지만…… 그러나 그녀는 오빠 짐과 의논한 끝에 자기의 진짜 신분에 대해서는 밝히지 않기로 결정지었습니다.

아마도 짐이 그녀에게 잠자코 있을 것을 약속시켰겠지요. 그래서 그녀는 그 약속을 지킨 것입니다."

"나는 도저히 이해할 수가 없군요." 카터는 답답하다는 듯이 말했다. "당신은 마치 모자 속에서 토끼를 꺼내는 요술쟁이 같은 말을 하는군요. 그렇다면 로즈메리 하이트는 지난 몇 달 동안 내내 라이트빌에 와 있으면서 다른 이름으로 행세했단 말입니까?"

퀸은 어깨를 움츠렸다.

"이 사건에 말려든 짐을 도와 준 사람들이 누구누구였지요? 라이트네 사람들, 오래 전부터 사귀던 친구들——물론 그 사람들의 이름은 알고 있겠지요——그리고 나와…… 또 한 사람 색다른 사람이 있었을 텐데요, 여성이었지요."

"로버타로군요! 여기자 로버타 로버츠예요!"

패티가 소리질렀다.

"바로 로버타 로버츠지요. 달리 또 누가 있겠습니까? 그녀는 처음부터 짐이 무죄라는 것을 믿고 그를 위해 싸웠으며, 그 때문에 직업마저 희생시켰고 마지막에는 자포자기 끝에 짐이 묘지에서 달아나도록 자동차를 제공했던 것입니다. 여러 가지 점으로 미루어 보아 짐에게 누이동생이 있었다면 로버타 말고는 생각할 수가 없습니다. 그렇다면 그녀의 특별한 행동도 납득이 가지요. 로버트 로버츠란 그녀가 오랫동안 사용해온 필명이며, 본디 이름은 로즈메리 하이트였겠지요!"

"그래서 그녀가 형부의 장례식 때 그토록 울었군요."

패티는 조용히 말했다. 주위에서는 거스 올센이 스탠드에서 유리잔을 박박 닦는 소리와 앤더슨의 술 취한 중얼거림 외에는 아무 소리도 들리지 않았다.

"차츰 알 것 같군요. 하지만 어째서 짐의 전처가 짐의 누이동생이라고 하며 라이트빌에 밀고 들어왔는지 모르겠는데요."

마지막으로 카터가 말했다.

"더구나 형부는 어째서 그녀가 하는 것을 그대로 내버려두었을까요? 하나에서 열까지 모두 미친 짓 같아요."

패티가 말했다.

"그렇지 않습니다" 하고 엘러리는 말했다. "찬찬히 생각해 보면 절대로 미친 짓이 아님을 알 수 있소. '당신은 어째서 그랬을까' 하고 말하는데, 나도 어째서였는지 생각해 보았지요. 그래서 나는 이것저것 종합해 본 끝에 틀림없이 이랬을 것이라는 점을 알아냈지요." 그는 술을 한 모금 마셨다. "아시겠소, 짐은 약 4년 전 노라와의 결혼식 전날 밤에 집 문제로 그녀와 말다툼하고 뛰쳐나가 버렸지요. 그는 아마 자포자기하리만큼 불행한 기분으로 뉴욕에 갔겠지요. 그러나 짐의 성격을 생각해 보십시오. 그는 강철같이 강한 독립심을 지닌 사람이었소. 흔히 고집과 자존심은 늘 붙어다니게 마련이 아닙니까. 그런 것이 가로놓여 그는 노라에게 편지도 하지 않았고 라이트빌에 돌아오지도 않았으며, 분별이 있는 사람이 되지도 못했지요. 그러나 여기엔 그 같은 남성에게 있어 자립이라는 것이 얼마나 중대한 것인가를 이해하지 못한 노라에게도 얼마만큼은 책임이 있다고 생각합니다. 어쨌든 뉴욕에서 짐의 생활은——그는 그렇게 생각했음에 틀림이 없지만——견디기 어려우리만큼 쓸쓸했을 겁니다. 그러다가 그는 그 여자를 만났겠지요. 우리는 그녀에게 그런 점이 있다는 것을 이미 알고 있지만, 시무룩하면서도 선정적이며 사람의 마음을 몹시 끄는 데가 있는 여자지요…… 특히 사랑을 잃어 그 상처를 앓고 있는 남자에게는 더욱 매력적으로 보였을 겁니다. 그러한 반동으로 그 여자는 짐을 사로잡았으리라고 생각합니다. 두 사람은 무척 비참한 생활을 했겠지요. 짐은 선량하고 건실한 남자였고, 여자는 무책임하고 제멋대로이며 남자를 화나게 하여 미친 사람처럼 만들어 버리는 성미였겠지요. 그녀가 그의 생활을 엉망으로 만들었을 겁니다. 왜냐하면 짐은 사람을 죽일 타입이 아닌데도 마침내 그녀를 죽여야겠다고 생각할 만큼 달라졌으니 말이오. 그가 그녀를 죽이기 위해 그토록 주의 깊게 자질구레한 점에 이르기까지 계획을 세우고 미리 그런 편지까지 누이동생에게 써 놓았다는 것은——이것은 어리석은 짓이었지만!——그가 그녀를 해치워야겠다는 생각에 얼마나 강하게 사로잡혀 있었는가를 잘 나타내고 있습니다."

"그런 여자와는 이혼했어야 하는데!"

패티는 자못 안타깝다는 듯 크게 말했다.

엘러리는 어깨를 움칠했다.

"이혼할 수 있었다면 했겠지요. 그래서 나는 처음부터 그녀가 이혼을 승낙하지 않았으리라고 생각했습니다. 거머리같이 끈질기고 섹스만 주장하는 여자였기 때문이지요. 물론 우리는 모든 것을 반드시 그렇다고 딱 잘라 말할 수는 없겠지요. 그러나 카터 씨, 만일 당신이 거슬러 올라가 조사해 본다면, 반드시 다음의 사실을 알게 되리라고 믿습니다. 내기를 걸어도 좋소. 첫째, 그녀는 이혼을 거부했다, 둘째로 그는 그녀를 죽일 계획을 세웠다, 셋째로 어떤 계기로 그녀가 그 기미를 알아차리고 무서워서 달아났으므로 그는 계획을 저버리지 않을 수 없었다, 넷째로 그녀는 나중에 이혼 허가를 얻었다고 그에게 알려 왔다. 이런 것들이지요.

왜냐하면 그 뒤에 일어난 일들을 생각해 보면 틀림없이 지금 말한 대로였으리라고 여겨지기 때문입니다. 이제 짐이 어떤 여자와 결혼했었다는 것도 알았고, 나중에 짐이 라이트빌로 돌아와 노라에게 결혼 신청을 한 것도 알고 있습니다. 그가 그렇게 한 것은 전처로부터 자유로워졌다고 생각했기 때문일 겁니다. 그가 그렇게 생각한 것은 그녀가 그에게 그 이유를 제시했기 때문이겠지요. 그래서 나는 그녀가 그에게 이혼이 성립된 것처럼 말했다고 생각하고 있소.

그 다음은 어떻게 되었을까요? 짐은 노라와 결혼했습니다. 그는 너무 기뻐서 언제부터였는지는 알 수 없으나 오랫동안 독물학 책갈피에 끼워 두었던 그 편지에 대해 깡그리 잊고 있었지요. 그리고 신혼 여행을 마치고 짐과 노라는 라이트빌로 돌아와 그 조그만 집에서 신혼 생활을 시작했습니다…… 그러나 불행은 이때부터 시작되었소. 짐의 누이동생으로부터 편지가 온 것이지요. 그 편지는 우편 배달부가 가지고 왔는데, 짐은 그것을 보고 몹시 당황했습니다. 그래서 나중에 '누이동생'에게서 편지가 왔는데, 그녀를 라이트빌로 오게 해도 좋으냐고 짐은 말했지요."

패티는 고개를 끄덕였다.

"짐의 누이동생이라고 하며 들이닥친 여자는——짐도 누이동생이라고 하며 모두에게 소개했지만 ——실은 그의 누이동생이 아니라 전처였다는 것을 지금 우리는 알고 있습니다. 그리고 그 편지가 그의 전처로부터 온 것이라는 사실도 입증되었지요…… 짐은 자기가 받은 편지를 불태웠는데, 그 타다 남은 봉투 끝에 쓰인 서명과 스티브 플래리스가 그녀가 짐을 운반해 주고 영수증에 받은 서명을 내가 대조해 보고 확인했으니까요. 그렇다면 짐에게 편지를 보낸 사람은 전처였으며, 또한 그녀가 라이트빌에 오는 것을 짐이 기뻐할 리 없으므로 그녀가 온 것은 짐의 뜻이 아니라 그녀의 뜻이었을 것이며, 그가 받은 편지에 그 말이 쓰여 있었음에 틀림이 없지요.

그러나 그녀는 대체 무엇 때문에 짐에게 편지를 보내고 그의 누이동생으로서 라이트빌에 나타났을까요? 그리고 짐은 어째서 그녀가 오는 것을 허락했을까요? 또한 그는 그녀가 오는 것을 막지는 못했다 하더라도 어째서 그녀가 왔을 때 그 거짓말을 묵인하고 그녀가 죽은 뒤에도 그것을 숨기고 있었을까요? 그 이유는 하나밖에 없습니다. 즉 그녀는 그의 약점을 쥐고 있었던 것입니다.

그것을 입증할 수 있느냐고요? 있지요. 짐은 많은 돈을 낭비하고 있었습니다. 그리고 그의 낭비벽은 그의 전처가 라이트빌에 도착한 것과 시간적으로 서로 들어맞는다는 사실에 눈길을 돌리십시오. 그가 무엇 때문에 노라의 보석들을 전당포에 잡혔을까요? 그는 무엇 때문에 라이트빌 금융회사에서 5천 달러나 되는 돈을 꾸었을까요? 무엇 때문에 그는 노라에게 돈을 달라고 졸랐을까요? 무엇 때문이었을까요? 그 돈은 모두 어디로 갔을까요? 도박에 쓰였다고 당신은 말했지요, 카터 씨. 그리고 법정에서 그것을 입증하려고 했었지요."

"하지만 증언에 의하면, 짐이 노라에게 도박을 하다가 돈을 잃었다고 말하지 않았습니까?"

카터가 반박했다.

"만일 그의 첫아내가 그를 협박하고 있었다면 그로서도 갑자기 많은 돈이 필요하게 된 이유를 노라에게 설명하기 위해 무언가 구실을 만들어야만 했겠지요. 카터 씨, 당신은 짐이 빅터 캐러티의 '핫 스포트'에서 도박으로 돈을 잃은 사실을 실제로 입증하시지 못했지요? 당신은 그가 도박을 하고 있는 현장을 목격한 사람을 찾아내지도 못했소. 만일 있었다면 당신은 증인으로서 내세웠겠지요. 짐이 노라에게 도박으로 돈을 잃었다고 말하는 것을 엿들은 사람 하나를 겨우 불러냈을 뿐입니다! 짐은 확실히 '핫 스포트'에서 술을 많이 마셨소. 자포자기하고 있었기 때문이지요. 하지만 그는 거기서 도박을 하지는 않습니다.

그러나 그 돈은 어디로 갔는지 없어졌습니다. 나는 아까 어느 어자가 그의 약점을 쥐고 있었다고 말했지요. 결론적으로 말해서, 그는 그 돈을 로즈메리에게 주고 있었던 것입니다. 즉 자칭 로즈메리라고 하는 여자, 섣달 그믐날 밤에 죽은 여자 말입니다. 그가 자기 누이동생이라고 하던 여자 ——실제로 결혼했던 적이 있는 그 냉혹한 여자가 시키는 대로 돈을 주고 있었던 것입니다!"

"하지만 엘러리 씨, 그녀는 짐의 어떤 약점을 쥐고 있었을까요?" 하고 패티가 물었다. "무언가 상당히 무서운 일이었던 것 같군요!"

"그 해답은 하나밖에 생각할 수가 없소" 하고 엘러리는 까다로운 표정을 지었다. "그 회답은 석고 세공이 틀에 맞듯이 우리가 알고 있는 모든 사실에 꼭 들어맞고 있소. 우리가 로즈메리라고 부르고 있는 여자——그의 첫아내——가 이혼하지 않았다고 가정하면 어떨까요? 그녀가 짐에게 자유로워졌다고 생각하게끔 만들었던 것뿐이라면 어떨까요? 처음에는 그에게 위조한 이혼 서류를 보이며 속였는지도 모르지요. 돈만 내면 무엇이든지 할 수 있는 세상이니까요! 이렇게 생각하면 모든 것을 뚜렷이 알 수 있지요. 그 결과 짐은 노라와 결혼한 탓으로 중혼의 죄를 범했다는 이야기가 됩니다. 그래서 그는 그 여자의 손에 꼭 붙잡히고 말았지요. 그녀는 미리 편지로 짐에게 경고해 놓고, 그의 누이동생으로 가장하여 라이트빌에 온 것입니다. 이리하여 노라와 그 가족들에게 자기의 정체를 밝히지 않고 짐을 협박할 수 있는 입장에 서 있었던 것입니다! 이제 비로소 우리는 어째서 그녀가 누이동생으로 가장했는지 뚜렷이 알았습니다. 만일 그녀가 자기의 정체를 밝혀 버리면 짐을 협박할 힘도 없어지고 마니까요. 그녀는 돈이 필요한 것이지, 복수가 목적은 아니었거든요. 짐의 머리 위에 폭로하겠다는 협박을 들이대고 있는 동안은, 그녀는 그가 말라비틀어질 때까지 단물을 짜낼 수가 있었던 것입니다. 그러기 위해서 그녀는 누이동생으로 가장하고 있을 필요가 있었지요. 이리하여 짐은 그녀의 덫에 걸려서 그녀가 누이동생으로 행세하는 것을 인정하지 않을 수 없었고, 절망 때문에 미칠 지경이 될 만큼 돈을 계속 주어야만 했지요. 로즈메리는 이 희생자의 인품을 잘 알고 있었을 겁니다. 왜냐하면 짐으로서는 노라에게 이 사실을 알린다는 것은 도저히 할 수 없는 일이었거든요."

"할 수 없었겠지요."

패티가 슬픈 목소리로 말했다.

"어째서 못했을까요?"

카터 블랫포드가 물었다.

"전에 한 번 짐이 그녀를 버리고 달아났을 때 그는 가족이며 거리 사람들 앞에서 노라에게 창피를 주었으니까요. 거리 사람들 앞에서 말입니다. 라이트빌이라는 고장에는 비밀도 동정도 없거든요. 오직 잔인함만이 있을 뿐이지요. 만일 당신이 노라처럼 감수성이 예민하고 내성적이었다면 세상 사람들의 소문거리가 된다는 것이 일생을 망칠 만큼 심하고도 커다란 비극이었음을 알았을 겁니다. 짐은 그가 처음에 그녀를 버렸을 때 얼마나 심한 타격을 그녀에게 주었는지 잘 알고 있었지요. 그녀를 자기 세계 속으로 기어 들어가게 만들었고, 부끄러움 때문에 미칠 지경으로 만들었으며, 겁 많은 사람으로 바꾸어 버렸고, 라이트빌 사람들이나 친구들이나 가족들과도 마주 대하지 않으려는 사람으로 만들어 버렸지요. 노라에게 결혼식을 저버리게 한 것만으로도 그토록 큰 타격을 주었는데, 만일 그녀가 중혼자와 결혼했다는 사실을 알았다면 또 얼마나 큰 타격을 입었을지 알 수 없지요. 그녀는 미쳐 버렸을지도 모르고 죽어 버렸을지도 모릅니다.

짐은 그런 점을 잘 알고 있었던 것입니다. 로즈메리가 걸어 놓은 덫은 악마처럼 튀었던 것입니다. 짐은 노라에게 자기들이 법률에 어긋나는 결혼을 하고 있다는 사실, 자기들의 결혼은 진짜 결혼이 아니라는 사실 등을 들려 줄 수도 없었고, 그녀가 그것을 눈치채면 큰일이라고 생각했으며, 더구나 태어나려는 아이에 대해 생각하면 도저히 견딜 수 없었겠지요. 라이트 부인의 증언을 기억하고 있겠지만, 노라에게 아이가 생겼다는 것을 짐은 벌써부터 알고 있었다고 하니까요."

"참으로 기가 막힌 일이로군."

카터가 쉰 목소리로 말했다.

엘러리는 술을 한 모금 마시고 담배에 불을 붙여 반짝이며 타고 있는 그 한쪽 끝을 물끄러미 바라보았다.

"그래서 점점 더 말하기가 어렵게 되었지요. 짐은 온갖 곳에서 돈을 꾸어다가 어떻게 해서든지 그 여자의 입을 막음으로써 노라를 미치게 하고 그녀를 죽음으로 몰아넣을지도 모르는 무서운 사실이 탄로나지 않도록 했습니다."

그는 중얼거리듯이 말했다.

패티는 울먹이며 말했다.

"가엾은 형부가 아빠 은행의 돈을 횡령하지 않은 것이 이상할 정도로군요!"

"그리고 술에 취한 나머지 짐은 '그 여자를 해치우겠다'느니 '죽여야겠다'는 등의 말을 지껄였지요. 그것은 아내를 가리키는 말임에 틀림없었으나, 그것은 그의 합법적인 아내, 즉 로즈메리 하이트라는 이름의, 그의 누이동생으로 가장하고 있는 여자를 말하는 것이었지요. 짐이 술에 취한 김에 어리석게도 협박조의 고함을 지른 말은 결코 노라를 가리키고 있었던 것이 아닙니다."

"하지만 나는 이렇게 생각합니다. 그가 체포되어 처형당할 처지에 이르렀는데도 잠자코 있었다는 것은……."

카터는 중얼거렸다.

"내 생각으로는 짐이라는 사람은 꽤 훌륭한 남자라고 봅니다" 하고 퀸은 슬픈 듯이 미소지었다. "그는 자기가 노라에게 저지른 일 때문에 죽을 각오를 하고 있었던 것입니다. 그리고 그가 그녀에게 사죄할 수 있는 유일한 방법은 아무 말도 하지 않고 스스로 죽는 길밖에 없었지요. 그는 진짜 누이동생인 로버타 로버츠에게도 비밀을 지키도록 맹세시켰을 것입니다. 짐이 카터 당신과 디킨 서장에게 사실을 털어놓게 되면 어쩔 수 없이 로즈메리의 정체를 폭로해야만 했겠지요. 그가 전에 그녀와 결혼했다는 사실, 이혼이라고 할 수 없는 이혼, 그리고 그 결과 노라는 미혼모가 된다는 사실을 모두 드러내는 결과가 되었겠지요. 그러나 사실을 드러낸다 해도 그에게는 이익이 없습니다. 왜냐하면 짐에게는 노라를 죽이는 것보다 로즈메리를 죽여야 할 동기가 훨씬 더 컸기 때문이지요. 그는 이러한 꺼림칙한 모든 내막을 자기 마음속에 간직한 채 무덤으로 가지고 가는 것이 최선의 길이라고 결심했던 겁니다."

패티는 울고 있었다. 퀸은 중얼거렸다.

"그리고 짐에게는 또 한 가지 잠자코 있어야 할 이유가 있었지요. 그것이 가장 큰 이유였는지도 모릅니다. 영웅적 이유라고도 할 수 있는 이유지요. 당신들 두 사람은 그것이 무엇인지 상상할 수 있을까요?" 두 사람은 그를 보고 다음에는 서로 눈을 마주보았다.

"모를 겁니다" 하고 엘러리는 한숨을 쉬었다. "도저히 모를 겁니다. 진실은 너무나도 단순하여 우리는 유리를 통해 보듯이 그 진실의 존재조차도 알아보지 못하니까요. 그것은 둘에다 둘을 더하는 것, 또는 둘에서 하나를 빼는 것과 같지요. 그러면서도 이토록 어려운 계산은 달리 또 없습니다."

피같이 새빨간 물체가 그의 어깨 너머로 나타났다. 자세히 보니 그것은 앤더슨의 커다란 코였다.

"비참한 인생은 길고 행복은 짧다" 하고 앤더슨은 큰 소리를 질렀다. "벗이여, 옛사람들의 지혜를 배우시라…… 나 같은 가난뱅이가 이런 날씨 좋은 날에 어떻게 돈을 가지고 있는지 이상하게 생각하겠지. 나는 누가 부쳐 주어서 먹고사는 사람인데, 오늘은 배가 항구에 도착했단 말이야. 행복은 짧다!"

그리고 그는 패티의 유리잔을 만지기 시작했다.

"앤디, 당신은 저쪽 구석에 가서 조용히 있어요."

카터가 소리질렀다.

"이봐요, 선생, 나의 목숨은 모래알로 만들어졌단 말이야. 우리는 여기서 살고 우리의 목숨은 여기서 끝나도다" 하고 말하며 앤더슨은 패티의 술잔을 들고 가서 자기 탁자에 앉아 급히 마셨다.

"엘러리 씨, 여기서 멈추면 안 돼요!"

패티가 말했다.

"당신들 두 사람은 진실을 들을 각오가 되어 있습니까?"

패티는 카터를 보았고 카터도 패티를 보았다. 그는 탁자 위로 손을 뻗어 그녀의 손을 잡고 말했다.

"말씀하십시오."

퀸은 고개를 끄덕였다.

"대답해야 할 질문은 하나밖에 없습니다. 가장 중요한 질문이지요. '로즈메리를 정말 죽인 사람은 누구일까?' 짐의 공판에서 다음 사실이 밝혀졌었지요. 동기를 가지고 있는 것은 짐뿐입니다. 칵테일을 나누어 준 사람도 짐뿐입니다. 따라서 독약이 든 칵테일을 희생자의 손에 넘어갈 수 있게 한 것도 짐 말고는 없었습니다. 카터 씨, 당신은 짐이 쥐약을 샀으므로 그 칵테일에 비소를 넣을 수 있었다고 입증했지요. 이러한 것은 모두 합리적이어서 그 입증을 전혀 물리칠 여지가 없소, 단 그것은 짐이 노라를 죽일 작정으로 그 칵테일을 노라에게 주었을 경우에만 해당됩니다. 그러나 지금 우리는 짐에게는 노라를 죽일 생각이 조금도 없었다고 입증했지요. 이러한 것은 모두 합리적이어서 그 입증을 전혀 물리칠 여지가 없소, 단 그것은 짐이 노라를 죽일 작정으로 그 칵테일을 노라에게 주었을 경우에만 해당됩니다. 그러나 지금 우리는 짐에게는 노라를 죽일 생각이 조금도 없었다는 것을 알고 있습니다. 즉, 처음부터 진짜 희생자로서 지목을 받고 있었던 사람은 로즈메리 말고는 그 누구도 아니었다는 사실을 알고 있습니다!

그래서 나는 마음의 쌍안경 초점을 다시 맞추어야만 했지요. 로즈메리가 예정된 희생자라는 것을 알게 된 이상 이 사건은 노라가 희생자라고 여겨지던 때처럼 짐만을 결정적인 용의자로 생각할 수가 없게 되었습니다. 그러나 짐에게는 칵테일에 독약을 넣을 기회가 있었으며, 또한 로즈메리가 희생자라고 한다면 그에게는 매우 크나큰 동기가 있다고 할 수 있지요. 그리고 그는 아직 비소를 가지고 있었으니까요. 그러나 로즈메리를 희생자로 생각했을 경우, 짐은 독이 든 칵테일을 나눌 때 자기 마음대로 조정할 수 있었을까요? 비소가 들어 있는 칵테일인 줄 모르고 노라에게 주었다는 사실을 나중에야 그가 알았다는 것을 생각해 보십시오. 그는 독약이 든 칵테일이 결국은 로즈메리의 손에 넘어가리라고 미리부터 확신할 수 있었을까요? 아닙니다!"

엘러리는 흥분하여 갑자기 칼날처럼 목소리가 날카로워졌다.

"그는 그 마지막 칵테일을 주기 전에도 로즈메리에게 칵테일을 주었습니다. 그러나 그전의 칵테일에는 독약이 들어 있지 않았지요. 그 마지막 쟁반에 얹혀 있던 노라의 칵테일 속에만——이 칵테일은 노라와 로즈메리 두 사람을 중독 시켰지만——비소가 들어 있었습니다. 만일 짐이 노라에게 준 칵테일 속에 비소를 넣었다면 그 것을 나중에 로즈메리가 마시리라고 어떻게 짐작하고 있었겠습니까?

그런 일은 도저히 있을 수 없는 일이므로 그런 일이 일어나리라고는 꿈에도 생각지 않았을 겁니다. 상상할 수도 계획할 수도 기대할 수도 없었을 겁니다. 사실 로즈메리가 노라의 칵테일을 마셨을 때——그때의 상황을 다시 회상해 보면 알겠지만——짐은 거실 밖에 나가 있었습니다. 그래서 여러 가지로 생각한 끝에 이런 질문을 하지 않을 수 없게 되었지요. '짐으로서는 그 독약이 든 칵테일을 로즈메리가 반드시 마신다고 확신할 수 없었다면, 그것을 확신할 수 있었던 사람은 누구였을까?'"

카터 블랫포드와 패트리시아 라이트는 탁자 모서리에 몸을 갖다 붙이고 숨도 쉬지 않은 채 꼿꼿이 앉아 있었다.

퀸은 어깨를 움츠렸다.

"금방 알 수 있지요. 2에서 1을 빼 보십시오, 그 자리에서. 믿을 수 없는 일이고 토하고 싶을 만큼 싫은 일이지만, 이것만이 있을 수 있는 사실입니다. 2에서 1을 빼면 1이지요. 오직 한 사람뿐입니다. 오직 한 사람만이 그 칵테일에 독약을 넣을 수 있는 기회를 가지고 있었지요. 다시 말해서 그 칵테일이 로즈메리의 손에 넘어가기 전에 그것을 들고 있던 오직 하나의 다른 사람뿐이었기 때문입니다! 오직 하나의 다른 인물이 로즈메리를 죽일 동기를 가지고 있었고, 짐이 쥐를 잡기 위하여 사다 놓았던 독약을 사람을 죽이는 데 썼던 것입니다. 짐이 그것을 사 온 것도, 누군가가 시켜서 그랬는지도 모르지요. 그가 마일론 가백의 약방에서 처음에 퀵코를 한 통 사 갔고 얼마 뒤에 또 한 통 사간 것을 기억하고 있겠지요? 그때 그는 먼저 사 간 쥐약을 어디 두었는지 잊었다고 했다지요? 어째서 잊었을까요? 지금에 이르러 생각해 보면, 그것을 어디에 두었는지 생각이 나지 않아서가 아니라 누군가가 훔쳤기 때문이었으며 훔친 사람이 로즈메리를 죽이기 위해 집 안 어디에 숨겼던 것임에 틀림없습니다."

퀸은 패트리시아 라이트를 곁눈질해 보고는 금방 눈이 아픈 듯이 감아 버렸다. 그리고 입술 한쪽 끝에 담배를 문 채 말했다.

"그 오직 하나의 인물이란 섣달 그믐날 밤에 실제로 로즈메리에게 칵테일을 준 사람 말고는 있을 수 없습니다."

카터 블랫포드는 여러 차례 입을 축였다. 패티는 몸이 얼어들어왔다.

"패티, 당신에게는 안됐지만 말입니다. 뭐라고 말할 수 없을 만큼 안됐지만, 이것은 죽음과 마찬가지로 논리에 들어맞는 일입니다. 그리고 당신들 두 사람에게 장래의 기회를 주기 위해 나는 당신들에게 이야기하지 않을 수 없었어요."

패티는 정신을 잃어가며 말했다.

"노라 언니는 아니에요. 오오, 노라 언니는 아니란 말이에요!"

30 5월 둘째 일요일

"조금 지나치게 마셨군. 거스, 구석방을 써도 좋겠소?"

퀸은 거스 올센에게 급히 말했다.

"좋고말고요, 암요, 블랫포드 씨, 죄송합니다. 이 음료수에는 고급 럼주가 들어 있었습니다. 하지만 이 아가씨는 한 잔밖에 마시지 않으셨어요. 두 잔째는 앤디가 빼앗아 갔거든요. 도와 드릴까요?"

"우리들만으로 할 수 있소. 그런데 버번을 두 잔만 더 갖다 주시오."

엘러리 퀸이 말했다.

"하지만 속이 언짢으시다면, 알았습니다."

거스가 이상하다는 듯이 말했다.

카터와 엘러리가 괴로운 듯 눈을 찌푸리고 있는 패티를 구석방으로 데리고 가는 것을 술주정꾼 늙은이가 멍청히 바라보고 있었다. 두 사람은 검은 가죽 긴의자에 그녀를 막 눕혔을 때 거스가 급히 위스키 잔을 들고 들어왔으므로, 카터 블랫포드는 그것을 그녀에게 억지로 마시게 했다. 패티는 눈물을 흘리며 목이 메었다. 그리고 술잔을 밀어젖히고 긴 의자 위에서 벽 쪽을 향해 돌아누워 버렸다.

"이젠 됐소. 거스, 고맙소. 라이트 양은 우리가 돌보겠소."

퀸은 말했다.

거스는 고개를 설레설레 젓고 나가며 중얼거렸다. 우리 가게에서는 고급 럼주만 쓴단 말이야. 빅터 캐러티네 '핫 스포트'처럼 기름덩어리 같은 쥐약 따위는 넣지 않아.

패티는 꼼짝하지 않고 누워 있었다. 엘러리는 그녀의 손가락이 꼭 쥐어져서 하얗게 되어 있는 것을 보았다. 그는 몸을 돌려 방의 반대 쪽으로 걸어가 낡은 맥주 광고를 바라보았다. 어디에서도 아무런 소리 하나 들려오지 않았다.

이윽고 그는 패티가 중얼거리는 소리를 들었다.

"엘러리 씨."

그는 뒤돌아보았다. 그녀는 긴의자에 앉아 있었고, 그 두 손을 카터 블랫포드가 붙잡고 있었다. 그는 그녀의 두 손에 매달려 있었다. 위로를 받고 있는 것은 그녀가 아니라 그인 듯했다. 엘러리는 이 침묵의 몇 초 동안에 싸움이 있었고, 승리가 거두어졌음을 알았다. 그는 의자를 긴의자 곁으로 가지고 가서 두 사람과 마주앉았다.

"그 다음 이야기를 해주세요. 엘러리 씨, 어서 계속해 주세요."

패티는 그의 눈을 들여다보며 말했다.

"들으나마나 마찬가지야, 패티. 패티는 이미 알고 있어. 알고 있을 텐데그래" 하고 카터가 중얼거렸다.

"알고 있어요."

"무슨 짓을 했건 그녀는 병에 걸려 있었잖아. 그전부터 그녀는 노이로제에 걸려 있었어. 늘 위험한 고비에 서 있었지."

"알고 있어요, 카터. 엘러리 씨, 그 다음을 이야기해 주세요."

"패티, 기억하고 있겠지만 11월 첫 무렵 로즈메리가 오고 난 2, 3일 뒤에 당신이 우연히 노라의 집에 갔다가 노라가 식기실에 갇힌 상태로 있는 것을 보았다고 했지요?"

"짐과 로즈메리가 말다툼하고 있는 것을 노라 언니가 엿들었을 때의 일 말이세요?"

"그렇소. 그때 당신은 이야기의 끝부분만 들었기 때문에 중요한 대목을 모른다고 했지요? 그리고 노라가 무슨 말을 들었는지 가르쳐주지 않았다고 했지요. 그리고 노라는 그 독물학 책 속에서 세 통의 편지가 떨어졌을 때와 같은 표정을 짓더라고 했지요?"

"그래요……."

"아마 그때가 전환점이었던 것 같습니다, 패티. 노라는 그때 모든 진실을 알아버린 듯합니다. 아주 우연한 일로 그녀는 짐과 로즈메리의 입을 통해 로즈메리가 누이동생이 아니라 아내라는 사실과, 노라 자신은 법률상 아내가 아니라는 사실, 이 모든 불결한 이야기를 들었던 것 같습니다" 하고 엘러리는 자기의 손을 들여다보았다.

"그래서 노라의 신경이 미쳐 버렸던 것이지요. 불과 한순간에 그녀의 세계는 온통 무너졌으며 그와 동시에 그녀는 도덕 감각과 정신의 건강을 잃고 말았던 것입니다. 그녀는 얼굴도 들 수 없을 만큼의 굴욕과 맞부딪친 것이지요. 더구나 노라는 짐이 갑자기 달아났다가 다시 돌아와 결혼할 때까지의 기간에 보냈던 부자연스러운 생활 때문에 정서적으로 허약해져 있었던 것입니다. 그래서 노라는 그만 이성의 선을 넘어서고 말았지요."

"선을 넘고 말았군요."

패티는 핏기 잃은 입술로 속삭였다.

"노라는 그들 두 사람이 그녀를 더럽혔고 자신의 생활을 파괴했다고 생각하여 그들에게 복수할 계획을 세웠던 것입니다. 그녀는 짐의 첫 아내였던 로즈메리라는 밉살스러운 여자를 죽이려고 계획했지요. 그녀는 짐에게 그 범죄의 대가를 지불하도록 해야겠다고 생각했습니다. 그리고 그러기 위해서 그녀는 짐이 같은 목적으로 만들어 놓았고 지금은 하느님의 뜻이기라도 한 듯이 그녀의 손에 들어와 있는 도구를 사용하기로 했던 것입니다. 그녀는 그 계획을 천천히 짰을 겁니다. 그녀는 그 세 통의 편지를 손에 넣고 있었으며, 그것은 이미 이상하지도 않았고 아무렇지도 않았습니다. 그에게 죄가 있는 듯한 환상을 만들기에 꼭 맞게끔 그는 칠칠치 못한 행동마저 하고 다녔으니까요. 그리고 그녀는 자기에게 크나큰 힘과 지혜가 있음을 깨닫고, 세상을 속여 자기의 참뜻을 숨길 수 있는 천재적 재능이 있다는 점에 자신을 가졌지요."

패티는 눈을 감았고 카터는 그녀의 손에 키스했다.

"패티, 당신과 내가 세 통의 편지에 대해 눈치 채고 있음을 알게 된 노라는 곰곰히 생각한 끝에 그 세 통의 편지에 씌어진 형태대로 실행해 나갔습니다. 그녀는 감사절에 일부러 비소를 조금 마심으로써 짐이 계획대로 실행하기 시작한 것처럼 꾸몄지요. 그리고 그 저녁 식사를 하는 자리에서 비소 중독의 징조를 조금 보인 다음 그녀가 금방 어떻게 했는지 생각납니까? 그녀는 2층으로 뛰어올라가 많은 양의 마그네시아 유액을 마셨습니다. 그것은 내가 나중에 당신에게 말했듯이 그날 밤 내 방에 놓아두었던 것인데, 비소 중독의 응급 해독제였습니다. 이것은 누구나 흔히 아는 상식은 아닙니다. 노라는 모든 것을 미리 알아 두었던 겁니다. 그것만으로는 그녀가 스스로 독약을 마셨다는 증거가 되지 못하지만, 그녀가 저지른 다른 일들을 보면 뚜렷이 알 수 있지요. 패티, 계속 이야기할 필요가 있을까요? 카터 씨더러 집까지 데려가 달라고 하면…….”

“모두 듣고 싶어요. 지금 여기서 말이에요. 엘러리 씨, 모두 말씀해 주세요.”

“장해!”

카터 블랫포드가 목쉰 소리로 말했다.

“나는 지금 ‘그녀가 저지른 다른 일들’이라고 말했습니다” 하고 엘러리는 나직이 말했다. “생각해 보십시오! 노라는 짐에 대해 그토록 걱정해 주는 척했지만, 만일 정말 짐을 그토록 염려해 주는 아내라면 그런 편지는 금방 태워 버렸을 겁니다. 그런데 그렇지 않았습니다. 노라는 간직해 두었거든요…… 당연하지요. 짐이 체포됐을 때 그 편지가 매우 결정적으로 짐을 불리하게 만든다는 것을 그녀는 알고 있었으니까요. 그래서 그에게 불리하게끔 만들기 위해 간직해 두었습니다. 생각납니까, 더킨이 그것을 발견했을 때의 상황이 어떠했었지요?”

카터가 천천히 말했다.

“노라였어요…… 노라가 하는 말을 듣고 우리는 알았지요. 그녀가 히스테리를 일으키며 편지에 대한 말을 엉겁결에 입 밖에 냈기 때문에 우리는 그런 편지가 있는 줄도 모르다가…….”

“엉겁결에 말했다고요?” 하고 엘러리는 외쳤다. “히스테리라고요? 블랫포드 씨, 그것이야말로 최고의 연기였답니다! 그녀는 히스테리인 척했지요. 그녀는 내가 이미 당신과 더킨에게 말한 것처럼 꾸미며, 당신들에게 편지의 존재를 알린 겁니다. 그것이 바로 끔찍스러운 포인트가 아니었겠습니까. 하지만 노라가 진범임을 알게 될 때까지 그것은 나에게 아무런 뜻도 없었지요."

그는 담배를 더듬었다.

"또 무엇이 있나요, 엘러리 씨?"

패티는 떨리는 목소리로 물었다.

"또 한 가지 있습니다. 패티, 괜찮겠소? 얼굴빛이 나쁜데……."

"또 무엇이 있나요?"

"짐에 대해서입니다. 진실을 알고 있던 사람은 그 하나뿐이었지요. 로버타 로버츠도 눈치채고 있었는지도 모르지만요. 짐은 자기가 칵테일에 독약을 넣지 않았으나 노라 말고는 넣을 수 있는 사람이 없다는 것을 알고 있었을 겁니다. 그래도 짐은 잠자코 있었지요. 나는 아까 짐이 자기 자신을 순교자처럼 만드는 숭고한 이유를 가지고 있었다고 말했는데, 그 뜻을 아시겠습니까? 그는 죄 값을 치르고 있었던 것입니다. 그는 자기 스스로에게 벌을 주고 있었지요. 짐은 노라의 비극은 모두 자기 때문에 생긴 것이라고 생각했지요. 노라로 하여금 살인 행위마저 저지르게 했으니까요. 그래서 그는 아무런 불평도 없이 죄 값을 치르는 뜻에서 자기의 패배를 순순히 받아들였던 것입니다! 그러나 마음에 괴로움이 있으면 여러 가지 생각을 하게 되지요. 짐은 그녀를 쳐다볼 수가 없었습니다. 법정에서 그의 태도가 생각납니까? 한 번도 보지 않았어요. 그는 그녀를 보려고 하지도 않았으며, 보고 싶어도 볼 수가 없었지요. 그는 공판 전에도, 공판이 한창 진행될 때에도, 공판이 끝난 다음에도 노라를 만나려고도 이야기하려고도 하지 않았습니다. 그는 도저히 이겨 낼 수가 없었던 것이겠지요. 왜냐하면 뭐니 뭐니 해도 그녀는……."

엘러리는 일어섰다.

"내가 하고 싶은 말은 이제 없습니다."

패티는 긴 의자에 기대어 머리를 바람벽에 댔다. 카터는 그녀의 표정을 보고 얼굴을 찌푸렸다. 그리고 충격을 약하게 하고 아픔을 덜어 주려는 듯 말했다.

"하지만 퀸 씨, 노라와 짐을 공범자로서 생각할 수는 없을까요?"

엘러리는 빠른 어조로 말했다.

"만일 그 두 사람이 공범자였고 로즈메리를 없애기 위해 힘을 모았다면, 공범자인 짐 혼자만이 범인으로 몰릴 범죄 계획을 세웠을까요? 결코 아닙니다. 만일 두 사람이 힘을 모아 공동의 적을 파멸시키려 했다면, 두 사람 모두 말려들지 않도록 계획을 세웠을 겁니다."

그리고 잠시 조용한 순간이 지나갔다. 바에서 앤더슨의 목소리가 물소리처럼 들려왔다. 그의 말은 졸졸 흐르는 시냇물로 바뀌는 듯했다. 그 목소리는 맥주 냄새와 섞이어 듣기 좋았다.

패티는 카터를 돌아보았다. 이상하게도 그녀는 미소 짓고 있었다. 그러나 아주 희미한 그림자 같은 미소였다.

"아니야. 말하지 마. 나는 듣고 싶지 않아."

카터가 말했다.

"어머나, 카터, 내가 무슨 말을 하려는지 알지도 못하면서……."

"알고 있어! 그것은 지독한 모욕이야!"

"자아……."

퀸이 말을 하려고 했다.

"만일 패티가 나를 단순히 '직무' 관념 때문에 이 이야기를 공표함으로써 라이트빌의 에밀린 듀플레 같은 패들에게 소문거리를 만들어 주는 비겁자라고 생각한다면, 너는 내가 결혼하고 싶어하는 여자라고 할 수 없어, 패티!" 하고 카터는 대들 듯이 말했다.

"나는 카터하고 결혼할 수 없어요, 안 돼. 노라 언니가…… 그런!……" 하고 패티는 숨이 막히는 듯한 목소리로 말했다.

"그녀에게는 책임이 없어! 그녀는 병에 걸려서 그랬던 거야! 퀸 씨, 분별있는 생각을 하게끔 해주십시오. 패티, 만일 네가 그런 어리석은 태도로 나온다면 나는 이젠 끝장이야. 나는 파멸이란 말이야!"

카터는 그녀를 소파에서 일으켜 세우고 힘차게 끌어안았다.

"이봐, 패티, 그것은 노라가 아니었어. 짐도 아니었고, 패티의 아버지도 어머니도 로라도 아니었으며, 너의 일도 아니야. 내가 생각하고 있는 것은…… 내가 병원에 안 갔다고 생각하진 않겠지. 나는……갔었단 말이야. 보육기에서 금방 나온 그 아기를 보고 왔단 말이야. 아기는 나를 보고 목구멍을 울리더니 금방 울기 시작했어. 그리고……제기랄! 패티, 모든 일이 끝나면 우리 결혼해. 그리고 이 시시한 비밀은 그대로 무덤까지 가지고 가는 거야. 그리고 이 조그만 노라를 양녀로 삼아. 이런 시시한 이야기는 어느 시시한 책에나 씌어 있는 것으로 해 둬. 우리는 그렇게 해야 해! 알았지?"

"알았어요, 카터."

패티는 속삭였다. 그리고 눈을 감고 그의 어깨에 볼을 댔다.

구석방에서 어슬렁어슬렁 나오는 엘러리 퀸은 어딘지 슬프게 보였으나, 어쨌든 미소 짓고 있었다.

그는 거스 올센의 카운터 위에 10달러 지폐를 놓으며 말했다.

"구석방에 있는 두 사람에게 뭐 좀 갖다 주시오. 그리고 앤더슨 씨에게도. 거스름돈은 필요없소. 잘 있어요, 거스. 나는 뉴욕 행 기차에 늦지 않게 가야겠소."

거스는 지폐를 보았다.

"이것은 꿈이 아닙니까? 당신은 산타클로스신가요?"

"그렇진 않소. 하지만 지금 막 저 두 사람에게 갓난아기를 선사하고 왔소. 진주 같은 손톱까지 있는 완전한 갓난아기를 말이오."

"대체 그게 무슨 말씀이십니까? 무슨 경사라도 났단 말씀입니까?"

거스가 물었다. 퀸은 멍청히 입을 벌리고 있는 앤더슨에게 윙크했다.

"물론이지요! 모르시오? 오늘은 '어머니날'이 아니오!"

엘러리 퀸은 미국 미스터리소설 그 자체이다

앤소니 버우처는 퀸은 미국 미스터리소설 그 자체이라고 말하고 있다. 그는 온 세계 미스터리문학에 이루 말할 수 없이 많은 영향을 끼쳤다.

1929년에 《로마 모자의 비밀》을 가지고 처음으로 세상에 나온 퀸은 차이나 오렌지, 샴 쌍둥이, 네델란드 구두, 이집트 십자가 등등의 비밀이라는 두 글자가 붙는 나라 이름 시리즈와 버너비 로스라는 또 하나의 다른 필명으로 쓴 《X의 비극》《Y의 비극》《Z의 비극》《최후의 비극》 등의 비극 4부작을 발표하여 뛰어난 미스터리소설가로 이름을 떨쳤을 뿐만 아니라, 범죄소설 및 미스터리소설의 으뜸가는 완벽한 서적 수집가에다 〈엘러리 퀸 미스터리 매거진〉의 발행인 겸 편집장이며, 곳곳에 잊혀진 채 파묻혀 있는 걸작 미스터리소설의 끊임없는 발굴자이기도 하다.

엘러리 퀸은 '프레드릭 대니'와 '맨프리드 리'라는 사촌형제의 합작인 미스터리소설의 필명이자 또한 그 작품 속에 나오는 명탐정의 이름이기도 한데, 재미있게도 작품 속 주인공 또한 본래 직업은 미스터리소설가이다. 그리고 그의 대표작은 《검은 창 사건》이라고 첫 작품인 《로마 모자의 비밀》에 씌어져 있다.

퀸은 수수께끼 풀이를 주목적으로 하는 본격 미스터리소설로 출발하여, 각 나라의 이름에다 그 나라를 대표할 수 있거나 상징할 수 있는 것 다음에 비밀이라는 말을 붙인 나라 이름 시리즈로 미스터리소설 애호가들에게 많은 즐거움을 주었다. 그러는 한편 버너비 로스라는 필명으로 비극 4부작을 써내었는데, 이것은 등장인물 및 그 구성과 문체가 나라 이름 시리즈와 아주 다를 뿐 아니라 보다 장중한 명작다운 느낌마저 있어 네 작품 모두 걸작으로 일컬어지고 있으며, 그중에서도 특히 《Y의 비극》은 세계 미스터리소설 베스트 10의 첫 번째 자리를 언제나 굳게 지키고 있다.

이렇게 많은 작품을 짧은 기간 동안 왕성하게 써내었으니만큼 사람의 힘에도 한계가 있는 법이다. 그의 모든 작품이 다 뛰어나다고 할 수는 없으며 나라 이름 시리즈 중에는 졸작이라고 할 만한 것도 더러 섞여 있다. 그리고 수수께끼를 만들어 내는 데에도 이젠 더 이상 자료와 두뇌가 없어 퀸은 《미국 총의 비밀》과 《샴 쌍둥이의 비밀》부터는 스스로도 필치가 쇠약해짐을 느껴서인지 신작 발표를 차츰 삼가하게 되었다.

그러다가 1930년대의 오랜 공백을 깨고 1942년에 비로소 발표된 것이 《재앙의 거리》이다. 이 작품은 엘러리 퀸의 작품활동에 있어서도 중요한 기점이 되는데, 말하자면 최전성기라고 할 수 있는 1929년에서 1935년에 이은 제2기의 정점에서 발표된 역작이라 할 수 있다. 이 작품에서는 스토리 구성이며 등장인물이며 무대 등 여러 가지 면에서 변화를 주는 등 그 이전의 나라 이름 시리즈에서는 볼 수 없었던 참신한 노력이 시도되고 있음을 잘 알 수가 있다. 범인이 독살을 계획하고 독을 넣는다손치더라도 목적한 인물이 반드시 그 독을 먹는다는 보장은 없다. 그러므로 용의자는 성공률 '0'에 가까운 살인을 할 까닭이 없다고 작품 속에서 탐정 퀸은 특유의 논법을 펼치고 있다. 물론 황금시대의 엘러리 퀸이라면 '만약'이니 '그러나' 같은 상황을 절대로 허락하지 않을 것이다. 즉 바늘 끝만한 여지도 남겨두지 않는 철저한 논리의 일관성이 돋보였을 것이다. 그러나 중기의 대표작이라고 할 수 있는 《재앙의 거리》는 독자들에게 미스터리소설을 읽는 또다른 재미를 주고 있다. 미스터리소설, 특히 본격파 미스터리소설이라면 작가와 독자의 관계가 대단히 중요하다. 독자들도 처음에는 막연히 작품을 읽고 선입견도 없으니까 큰 의미를 부여하지 않고 소설처럼 재미만 있으면 된다고 생각하겠지만 점차 본격 미스터리소설을 어떻게 읽는 것이 더 재미있을까 하는 의문과 함께 요령을 알게 되어 '공범자'처럼 변해갈 것이다. 지적인 카타르시스를 만끽하면서 《재앙의 거리》에서는 독자들도 작품 속에서 종횡무진하게 될 것이며 읽는 이에게 많은 공감과 감동을 주었던 버너비 로스라는 이름의 비극 4부작이 단 네 권으로 끝났던 아쉬움에서 벗어나, 그리운 탐정 도르리 레인의 풍모를 엘러리 퀸에게서 다시 찾을 수 있을 것이다.

이 작품의 무대를 위하여 퀸은 라이트빌이라는 조그만 가공의 도시를 창조해 내었다.

어느 날 바쁜 나날의 생활에 지친 인기 미스터리소설가이며 명탐정인 엘러리 퀸이 여행을 떠났다가 우연히 이 작은 도시를 발견하고, 콜럼버스가 기나긴 항해 끝에 아메리카 대륙을 찾아 낸 심정으로 이곳에 발을 내딛는 장면에서부터 이야기는 시작된다.

라이트빌 역에 내린 퀸은 먼저 이 도시의 건립자인 제즈리일 라이트의 동상이 서 있는 광장으로 가서 한 번 우러러보고는, 급성장을 하며 번영으로 치닫고 있는 이 작은 도시를 세밀하게 묘사하여 광활한 미국 땅 어디에서나 흔히 있을 수 있는 소도시로 생명을 불어넣는데 성공하였다.

그리하여 그곳에서 바람 뒤에는 폭풍이 일고 명탐정이 가는 곳에는 사건이 뒤따르는 식으로 미스터리소설다운 스토리가 전개되는데, 그 구성이 마치 19세기의 연극을 한 편 보는 듯한 느낌을 읽는 이에게 안겨 준다.

아무튼 오랜 침묵 끝에 내놓은 이 한 편으로 퀸은 눈부신 성공을 거두었다. 그 필치의 여세를 그대로 몰아 퀸다운 정력으로 펜을 휘둘러 1945년에는 《폭스 살인 사건》, 1948년에는 《10일 간의 불가사의》, 1950년에는 《더블더블》 등 가공의 도시 라이트빌을 무대로 하는 일련의 작품을 내놓는다.

그 뒤에도 1954년에 《제왕의 죽음》과 《유리 마을》, 1961년에 《200만 달러의 사자》 등의 작품을 내놓았지만, 안타깝게도 1971년에 맨프리드 리가 심장마비로 66살에 먼저 세상을 떠나고 홀로 남겨진 프레드릭 대니도 1982년 생을 마감하게 된다.

엘러리 퀸 만년에는 왕년의 중후한 작품들처럼 걸작까지는 기대할 수 없었지만 《기분좋은 나만의 장소》로 붓을 놓기까지 퀸다움을 잃어버리지 않았기에 그의 모든 작품들 속에는 깊고 장대한 본격 미스터리의 수맥이 흐르고 있었다.

이들 두 사람의 약력을 소개하면 다음과 같다.

맨프리드 리——1905년 1월, 브루클린에서 출생. 뉴욕 대학 재학 중 학생 오케스트라를 조직하여 특기인 바이올린을 연주함. 졸업한 뒤에는 영화회사의 선전부에 근무. 24살 때부터 대니와 함께 미스터리소설을 쓰기 시작했다.

프레드릭 대니——1905년 10월 브루클린에서 출생. 고등학교를 졸업하자 곧 뉴욕 광고회사에 취직. 그곳에서 미술 주임으로 일하던 23살 때 어느 잡지사에 미스터리소설 현상 공모가 난 것을 보고 리를

설득하여 함께 공동 집필하기로 합의한 뒤 미스터리소설가로서 출발
했다.